KB082914

8월의 태양

8월의 태양

마윤제 장편소설

특별한서재

한밤중 이리도 늦은 시간에 바람을 뚫고

말을 달리는 이는 누구인가.

그는 자신의 사랑하는 아이를 안고 있는 아버지다.

-괴테의 「마왕」

차례

1부

1

그해 어느 따사로운 봄날, 살인죄로 감옥에 갇혀 있던 한 남자가 출소하여 언덕 위의 저택을 찾아왔다. 넓은 정원에 피어난 봄꽃을 바라보던 남자는 응접실로 들어가서 아버지 영정 사진 앞에 향을 사르고 두 번 절을 올렸다. 그때 나는 어머니와 함께 해안에 있었다. 살갗에 닿은 햇살은 따사롭고 바람은 부드러웠다. 그러나 해안에 모인 사람들의 표정은 한없이 침울했다. 그들은 지난겨울 아버지의 배가 침몰하면서 희생당한 선원들의 가족이었다. 기나긴 겨울이 끝나자 죽은 선원들의 넋을 달래기 위한 위령제가 열린 것이다. 한 손에 방울을 든 늙은 무당이 긴 독백을 이어가고 있었다. 무당은 호흡이 끊어질 때마다 방울을 흔들었다. 짤랑거리는 소리는 쇳빛부전나비의 날개처럼 나른한 공기를 오르내렸다. 그 모습을 지켜보는 어머니의 안색이 밀랍처럼 창백했다.

무당이 기나긴 독백을 멈추었다. 방울을 내려놓은 무당은 흰색 비단으로 동여맨 놋쇠 그릇을 들고 해안으로 걸어갔다. 사람들이 서둘러 무당의 뒤를 따라갔다. 해안에 도착한 무당이 놋쇠 그릇을 흔들며 주문을 외웠다. 그 기이한 소리는 짐승의 소란처럼 수면 위를 부산하게 돌아다녔다. 이윽고 주문을 멈춘 무당이 쌀이 담긴 놋쇠 그릇을 바다에 던졌다. 징 소리가 울렸다. 놋쇠 그릇과 이어져 있는 하얀 비단 천이 살아 있는 듯 너울거렸다. 해안은 깊은 침묵에 휩싸였다. 놋쇠 그릇과 이어진 비단을 잡은 무당의 주름진 얼굴을 바라보는 사람들의 눈빛에 불안감이 가득했다. 어머니가 내 손을 움켜잡았다. 손톱이 살을 파고들었다. 어머니는 입술을 꽉 깨물고 물속에서 흔들리는 비단을 뚫어지게 노려보고 있었다.

무당이 비단을 흔들었다. 사람들의 시선이 물속에서 흔들리는 비단으로 옮겨갔다. 잠시 후 혼잣말을 중얼거리던 무당이 비단을 잡아당겼다. 놋쇠 그릇이 수면에 떠올랐다. 사람들이 우르르 몰려들었다. 그들은 비단에 싸인 놋쇠 그릇을 뚫어지게 쳐다보았다. 무당이 천천히 놋쇠 그릇과 이어진 비단 줄을 잡아당겼다. 이윽고 그릇이 뭍에 올려지자 해안은 일순 긴장감에 휩싸였다. 그릇을 감싼 매듭이 하나둘 풀어졌다. 그릇을 덮고 있던 마지막 비단이 풀어지는 순간 사람들의 얼굴에 안도의 빛이 떠올랐다. 물기 한 점 없이 보송보송한 쌀 위에 새 발자국 형상이 선명했다. 망자들의 넋을 달래는 진혼鎭魂이 시작되었다. 선원들의 가족이 기다렸다는 듯 통곡했다.

신열이 느껴졌다. 나는 가늘게 숨을 내쉬며 뒤를 돌아보았다. 항구 뒤쪽 언덕에 저택이 보였다. 정원 끝에 누군가 서 있었다. 처음에는 교동댁인 줄 알았는데 건장한 남자였다. 고개를 갸웃하는 순간 해안을 굽어보던 남자의 형체가 사라졌다. 그때 위령제가 끝났다. 사람들이 하나둘 해안을 돌아나가는데 한 중년 여자가 우리 앞을 가로막았다. 선뜻 말을 잇지 못하는 여자의 눈에서 눈물이 흘러내렸다.

"무슨 일이죠?"

어머니가 조심스럽게 물었다.

"이제 우린 어떻게 살아야 합니까?"

여자가 어머니를 무서운 눈빛으로 쳐다보았다.

지금껏 북항北港 사람 누구도 어머니를 그렇게 쳐다보지 못했다. 그것은 어머니가 오랫동안 북항 절반에 가까운 땅과 선박을 소유했던 대선주 집안의 외동딸이기 때문이었다. 어머니는 여자의 강렬한 시선에 당혹감을 감추지 못했다. 선원 가족들이 하나둘 모여들었다. 그들의 적대적인 눈빛에 어머니의 안색이 창백해졌다.

"우린 이제 뭘 먹고 살아야 합니까?"

여자의 절망적인 흐느낌에 어머니의 손가락이 내 어깨를 파고들었다. 나는 비명을 지를 수 없었다. 몸이 점차 뜨거워졌다. 파도 소리도 갈매기들의 울음소리도 들리지 않았다. 세상 모든 소리가 일시에 사라진 듯했다. 그때 여자의 허리에 매달려 있던 여자아이가 땅바닥에 철퍼덕 주저앉아 울음을 터뜨렸다. 아이의 울음은 파국을 예고하는 사이렌처럼 부둣가로 퍼져갔다. 어머니의 손이 미끄러지듯 내려와서 내 손을 잡았다. 평정심을 회복한 어머니의 차가운 눈빛에 사람들이 갈라졌다. 어머니가 천천히 걸어갔다. 여자아이가 울음을 그치고 놀란 눈으로 우릴 바라보았다. 어머니는 뒤를 돌아보지 않았다. 한 치의 흐트러짐 없이 정확한 보폭으로 걸어갔다. 그러나 어머니의 마음속에서 일렁거리는 두려움과 혼란이 손을 타고 고스란히 전해왔다.

상가 거리에 들어섰다. 세탁소, 횟집, 식당, 선구점 주인들, 어시장의 상인들, 시장 입구에 좌판을 펼친 할머니들, 포경이 금지되어 일자리를 잃고 술에 취해 어슬렁거리는 선원들이 우릴 지켜보고 있었다. 작살 같은 저들의 시선에 숨이 막혔다. 그들의 눈에 비친 어머니는 몰락한 왕국의 공주였다. 남편을 잃고 열두 살 아들 하나만 남은 과부였다. 우리를 바라보는 저들의 시선은 복잡했다. 온갖 부귀영화를 누리며 살아온 모자가 앞으로 자신들과 똑같은 삶을 살아갈 것인지 아니면 그전처럼 살 것인지 가늠하는 듯했다.

언덕길 초입에서 어머니가 손을 놓았다. 주변에 아무도 없는 것을 확인한 어머니가 땅이 꺼질 듯 한숨을 내쉬었다. 나는 언덕을 올라가는 어머니를 지켜보았다. 만개한 벚나무 아래 어머니의 발길이 위태롭게 흔들렸다. 언덕에 올라선 어머니는 마중 나온 교동댁의 품에서 힘없이 무너졌다. 나는 우리가 처한 상황을 정확하게 알지 못했다. 아버지의 부재가 우리의 일상을 무너뜨릴 거라고 상상할 수 없었다. 알고 있다고 해도 아무 소용이 없었다. 서로를 끌어안고 등을 토닥거리던 두 사람이 대문 안으로 들어간 뒤에야 나는 걸음을 옮기기 시작했다.

언덕 중간에서 걸음을 멈추었다. 숲 저편에 검은 형체가 어른거렀다. 숲으로 들어가서 살펴보니 죽은 새였다. 그러나 금방이라도 날아갈 듯 생생했다. 그때 새의 동공이 번쩍 움직였다. 나는 깜짝 놀라 뒤로 물러났다. 발끝으로 새를 툭툭 건드렸다. 새는 돌덩어리처럼 딱딱했다. 숲은 생명이 약동하는 기운으로 가득했다. 그러나 죽은 새만은 아니었다. 문득 이 하나의 오점이 숲 전체를 덮어버릴지 모른다는 불길한 생각이 들었다. 나는 숲을 돌아나와 언덕길을 올라갔다. 교동댁이 대문을 열어주었다. 그녀는 내 얼굴을 가만히 들여다보더니 이마를 짚었다.

"열이 있구나."

콧날이 시큰해졌다.

"집에 누가 왔어요?"

"어떻게 알았어?"

"해변에서 봤어요."

교동댁의 눈빛이 흔들렸다.

"누구예요?"

"아버지 친구."

교동댁은 그렇게 말하고 돌아섰다. 그녀를 따라 집 안에 들어간 나는 어머니를 찾았다. 2층 어머니의 방문이 굳게 잠겨 있었다. 응접실로 내려간 나는 벽에 걸린 아버지의 영정 사진을 바라보았다. 환하게 웃는 아버지 사진을 보자 당장이라도 현관문을 열고 들어올 것 같았다. 교동댁이 해열제를 건네주었다. 나는 약을 먹고 방으로 올라가서 침대에 누웠다. 그리고 창문턱에 어른거리는 봄볕을 지켜보다 스르르 잠이 들었다.

폭풍이 휘몰아치는 바다에서 한 남자가 고래와 사투를 벌이고 있었다. 바다가 갈라지자 바닷속 깊이 박힌 남자의 다리에 달라붙어 있던 수천 개의 따개비가 드러났다. 남자가 바윗덩어리 같은 팔로 몸통을 조이자 고래가 비명을 질렀다. 간신히 위기를 벗어난 고래가 남자를 집어삼켰다. 남자가 고래 입 속으로 빨려 들어갔다. 상반신을 삼킨 고래가 몸을 비틀었다. 바닷속에 박힌 다리가 뽑혀 올라왔다. 그때 남자의 두 팔이 밖으로 빠져나왔다. 그리고 두 팔로 고래의 턱을 잡아 벌리기 시작했다. 괴력에 고래의 입이 조금씩 벌어졌다. 상반신을 빼낸 남자가 더 강하게 고래의 턱을 벌렸다. 한순간 비명과 함께 고래의 입이 찢어졌다. 축 늘어진 고래의 입에서 붉은 피가 흘러나왔다. 고래의 사체를 바라보며 거칠게 숨을 몰아쉬는 남자의 뒷모습이 눈에 익었다. 거대한 고래와 맞서 싸울 수 있는 사람은 단 한 명밖에 없었다. 아버지였다. 나는 아버지를 불렀다. 아버지는 돌아보지 않았다. 다시 큰소리로 아버지를 외쳤다. 아버지가 천천히 돌아섰다. 온몸에 피를 뒤집어쓴 남자는 아버지가 아니었다. 처음 보는 중년의 남자였다. 짧은 머리에 짙은 눈썹의 남자가 무서운 눈빛으로 나를 노려보고 있었다. 강렬한 눈빛에 놀란 나는 도망치려 몸을 움직였다. 그런데 발이 떨어지지 않았다. 아무리 안간힘을 써도 몸이 움직이지 않았다. 남자가 성큼성큼 다가왔다. 비명을 질렀지만, 목에서는 꺽꺽거리는 소리만 새어 나왔다. 내 앞에 우뚝 선 남자가 팔을 뻗어 내 목을 움켜잡았다.

눈을 뜬 나는 일어나서 커튼을 열었다. 달빛이 층층으로 쌓여 있었다. 나는 일렁거리는 은빛 바다를 바라보며 목을 어루만졌다. 누구일까. 한 번도 본 적 없는 남자였다. 목이 말랐다. 방문을 열었다. 복도 끝 어머니의 방에서 선율이 흘러나왔다. 슈베르트의 「겨울 나그네」였다. 작년 초겨울, 아버지의 배가 침몰한 이후 겨울 나그네는 매일 밤 출구를 찾지 못한 손님처럼 저택을 저벅저벅 돌아다녔다. 앙상한 나뭇가지와 차가운 눈바람이 불어오는 표지가 떠올랐다. 청년은 어째서 황량한 들판을 걸어가는 걸까. 그는 언제쯤 집으로 돌아가서 눈비 젖은 외투를 벗고 얼어붙은 몸을 녹일 수 있는 걸까.

나는 물을 꺼내 마신 다음 밖으로 나갔다. 정원은 봄꽃이 한창이었다. 그러나 자세히 보면 꽃들은 함부로 자란 잡초 사이로 간신히 얼굴을 내밀고 있었다. 한쪽에 버려진 듯 녹슨 전정 가위와 모종삽, 찢어진 장갑이 보였다. 작년 이맘때만 해도 잠시도 쉴 틈이 없던 원예기구들이었다. 그러나 올해 들어 어머니가 모습을 드러내지 않자 잡초가 주인 행세를 하고 있었다. 정원 가장자리에선 항구가 한눈에 내려다보였다. 항구는 적막했다. 인적 끊어진 선창에는 출항을 기약할 수 없는 포경선들이 잔파도에 불안하게 흔들리고 있었다. 작년만 해도 새벽까지 불을 밝히고 흥청거리던 상가는 죽은 듯 조용했다. 먼 수평선에 집어등 불빛 몇 개가 나타났다가 사라졌다. 밤바다에서 불어온 바람에 봄꽃이 눈송이처럼 흩날렸다.

나는 저택을 바라보았다. 북항 사람들이 성이라고 부르는 저택이 어둠 속에 우뚝 서 있었다. 그러나 외조부가 지은 저택은 그 위용을 잃은 지 오래였다. 정원의 판석은 깨어졌고 이끼는 기둥을 잠식했다. 문설주는 금이 갔고 햇볕이 닿지 않는 곳에는 거미줄이 가득했다. 저택은 과거의 영광을 잊고 빠르게 쇠락하고 있었다. 정원 가장자리에 놓인 나무 의자에 앉았다. 비바람에 삭은 의자가 삐걱거렸다. 달빛이 이지러졌다. 먼바다에서 몰려온 안개가 선창의 배들을 하나둘 먹어치우고 부둣가의 상점들마저 집어삼켰다. 그런 다음 언덕을 향해 올라왔다. 안개의 입자가 내 몸을 포박하는 순간 어디선가 깊은 밤을 가르는 무적 소리가 들려왔다. 턱과 사타구니가 굼실거렸다. 살갗 아래 무언가 꿈틀거렸다. 내 유년의 배가 돌아올 수 없는 곳으로 떠나가고 있었다. 문득 겨울 나그네가 되어 영원히 눈 덮인 겨울 들판을 헤매고 다닐지 모른다는 불안감이 어깨를 짓눌렀다.

2

5월이 시작되자 동해의 모든 어선은 참돔과 병어, 우럭과 갑오징어를 잡기 위해 바다로 나갔다. 그러나 근 백 년 동안 고래를 잡아온 강주 북항만은 예외였다. 배들은 지난 늦가을 출항을 마지막으로 닻을 올리지 못한 채 선창에 묶여 있었다. 상업 포경이 전면적으로 금지되었기 때문이었다. 국제포경위원회IWC가 고래를 포획하면 연간 30만 톤에 달하는 명태 쿼터를 줄인다고 경고하자 정부가 손을 든 것이다. 당시 명태는 전 국민이 가장 즐겨 먹는 생선이었다. 명태를 포기할 수 없는 정부는 어쩔 수 없이 국제포경위원회의 요구를 받아들일 수밖에 없었다. 해빙기가 시작되자 수산청에서 나온 공무원들이 포경업자와 포경선 종사자들을 만나기 위해 부두를 돌아다녔다. 선주들의 선택은 두 가지였다. 정부에 포경선을 팔거나 원양어업과 저인망어업으로 전환하는 것이었다. 포경 금지 기간 5년을 버틸 수 있는 사람은 아무도 없었다. 고래잡이가 멈추자 가장 먼저 홍등가의 여자들이 짐을 쌌다. 뒤이어 포경과 관련된 업체 사람들이 새로운 일자리를 찾아서 항구를 떠났다. 그러나 일부 사람들은 포경에 미련을 버리지 못했다. 조만간 국제포경위원회가 포경 금지를 철회한다는 근거 없는 소문을 믿은 그들은 다른 일은 쳐다보지 않았다. 평생 고래를 잡아온 그들에게 농어, 방어, 부시리 따위는 성에 차지 않았다. 그들은 아무런 준비 없이 속박에서 풀려난 죄수처럼 무기력증에 빠져들었다. 서슬 퍼런 군사 정부의 결정에 분노한 사람들은 아침부터 선술집에 모여 술을 마시다 아무런 이유 없이 서로 멱살을 잡고 주먹을 휘둘렀다. 오후가 되면 어김없이 경찰차가 사이렌을 울리며 텅 빈 부두를 가로질렀다.

학교 수업을 마친 아이들은 상가 입구에서 하나둘 흩어졌다. 매일 사람들이 북적거리던 냉동업소 출입문에 커다란 자물쇠가 걸려 있었다. 포경선을 수리하던 '해동조선소'는 녹슨 크레인만이 봄 햇살을 튕겨내고 있을 뿐 조용했다. 상가 위쪽으로 올라가자 식당마다 손님들이 가득했다. 그러나 그들의 표정은 뭔가 빠진 듯 허전해 보였다. 휑한 거리를 오가는 사람들의 표정도 어둡기는 마찬가지였다. 어시장도 똑같았다. 시장 입구에 얼굴이 까맣게 탄 노인네들이 옹기종기 좌판을 펼치고 있지만, 구경하는 사람도 흥정하는 사람도 없었다. 어시장 통로는 물기 한 점 없이 바짝 말랐고 천장에 대롱대롱 매달린 백열등 불빛에 드러난 상인들의 주름이 깊었다. 어시장 입구에서 해안으로 발길을 돌렸다. 그곳에는 지붕 높은 창고가 늘어서 있었다. 그중 하나는 나무 기둥에 슬레이트로 지붕을 덮은 사위가 뚫린 건물이었다. 갈라진 시멘트 바닥에서 비릿한 피 냄새가 났는데 작년까지 고래를 해체하던 장소였다.

어머니는 내가 고래 해체장에 가는 걸 싫어했다. 그렇다고 내가 고래 해체 구경을 포기한 건 아니었다. 어느 날 바다를 내다보니 수평선에 갈매기 떼가 새카맣게 모여 있었다. 뭔가 심상치 않았다. 잠시 후 고래를 매단 포경선이 나타났다. 나는 얼른 방을 나가 집 안에 어머니가 없는 걸 확인하고 살그머니 저택을 빠져나갔다. 단숨에 언덕길을 뛰어 내려가서 고래 해체장을 향해 달려갔다. 그곳은 이미 인산인해였다. 간신히 사람들 틈을 비집고 들어갔다. 포경선에서 옮겨진 고래가 해체장 바닥에 누워 있었다. 여덟 살 내 눈에 비친 고래는 산처럼 거대했다. 칠흑 같은 검은 눈동자를 보자 전율이 일었다. 머리에 수건을 질끈 동여맨 한 남자가 고래 등으로 올라갔다. 장화를 신고 긴 칼을 든 남자는 번들거리는 고래의 몸통을 주의 깊게 살폈다. 그런 다음 절개 부위에 칼을 대자 고래의 살이 스르르 벌어졌다. 칼날이 지나갈 때마다 피와 기름이 흘러내렸다. 고래가 크게 양분되자 기다리던 인부들이 합세하여 종횡으로 살을 잘랐다. 고래는 두 덩어리에서 네 개로, 다시 여덟 개에서 열여섯 조각으로 나누어졌고 마지막에는 뼈와 내장을 남기고 완전히 해체되었다. 불과 몇 시간 전까지 온전한 형체로 바다를 유영하던 한 생명이 눈앞에서 사라지는 광경은 너무나 놀라웠다. 그것은 동정과 연민이 아니었다. 우리 눈에 보이지 않는 세계가 작동하고 있다는 경이로움이었다.

피 냄새를 맡은 갈매기들이 미친 듯 울어대는 가운데 부위별로 잘려나간 고래가 냉동 창고로 옮겨졌다. 그때부터 고래 해체장은 아수라장으로 변했다. 목이 긴 장화를 신은 사람들이 달려들어 바닥에 흩어진 내장과 뼈를 줍기 시작했다. 고무장갑을 낀 그들은 고래 부산물을 집어 자기 상호가 적힌 양동이에 담았다. 부산물이 빠르게 줄어들자 그들은 서로를 밀쳐내며 바닥을 헤집었다. 급기야 서로 머리채를 붙잡고 기름과 핏물이 질펀한 바닥을 뒹굴었다. 그런데도 누구 한 명 말리지 않고 킬킬거렸다. 사람들이 온몸에 피를 묻히고 한 점이라도 더 가져가려고 싸우는 모습은 너무나 충격적이었다. 그제야 나는 어머니가 고래 해체 과정을 보지 못하게 한 이유를 깨달았다. 아이들이 맨발로 핏물이 고인 시멘트 바닥을 철퍼덕거리며 뛰어다니는 고래 해체장은 날것의 세계였다. 나는 호기심과 불안이 뒤섞인 시선으로 새로운 세계를 오랫동안 바라보았다.

북항의 상징에서 이젠 쇠락의 진원지로 변한 고래 해체장을 돌아본 나는 상가를 향해 올라갔다. 거리 초입에 들어섰을 때 어디선가 코를 자극하는 매캐한 냄새가 풍겨왔다. 뒤를 돌아보니 해체장 옆 냉동 창고에서 검은 연기가 솟구치고 있었다. 한낮의 정적을 깨고 나타난 불길은 무서운 속도로 타올랐다. 내가 창고 앞으로 달려갔을 땐 이미 불길이 해체장 건물로 옮겨붙은 뒤였다. 불길은 검은 연기를 울컥울컥 토해내며 타올랐다. 해체장 지붕을 받친 기둥이 쾅하고 무너졌다. 불씨가 사위로 파편처럼 흩날렸다. 나는 뒤로 물러나서 주위를 돌아보았다. 아무도 없었다. 집채 같은 불길이 넘실거리고 검은 연기가 자욱한데도 아무도 보이지 않았다. 불길이 또 다른 창고로 옮겨붙었을 때 한 무리의 아이들이 달려왔다. 아이들은 굉장한 구경거리를 발견한 듯 괴성을 지르며 불 앞을 뛰어다녔다. 그러다 뜨거운 열기에 놀라서 메뚜기 떼처럼 흩어졌다가 몰려들기를 반복했다.

그러나 생각보다 불길이 거세게 번지자 아이들 표정이 어두워졌다. 그때 작달막한 체격의 한 남자가 헐레벌떡 달려왔다. 러닝서츠에 슬리퍼를 신은 남자가 "불이야, 불!" 하고 소리칠 때마다 불룩 튀어나온 아랫배가 출렁거렸다. 뒤를 이어 나이 든 어른들이 어슬렁거리며 몰려왔다. 뒷짐을 진 그들은 해안도로를 쳐다볼 뿐 움직이지 않았다. 소방차를 기다리는 듯했다. 그러나 기다리는 소방차는 오지 않고 개들만 몰려와서 맹렬하게 짖어댔다. 불길이 점점 더 거세졌다. 냉동 창고 뒤편은 2차선 도로였고 그 너머는 주택가였다. 처음에는 대수롭지 않게 생각하던 사람들은 불길의 방향이 주택가를 향해 움직이자 낯빛이 어두워졌다. 그때 저 멀리 해안도로 입구에 검은색 승용차 한 대가 나타났다. 부두로 들어선 승용차는 자욱한 연기를 뚫고 달려와서 사람들 앞에 멈춰 섰다. 슈트 차림의 한 남자가 차에서 내렸다. 그는 불길에 휩싸인 창고 앞으로 걸어가서 담배를 꺼내 물었다. 남자의 뒷모습을 바라본 사람들이 술렁거렸다.

작년 겨울부터 강태호란 이름이 사람들 입에 오르내렸다. 그가 포경 금지로 가치가 급락한 북항의 땅을 사들인다는 소문이었다. 학교 아이들도 쉬는 시간마다 그 남자에 관한 이야기를 경쟁하듯 떠들었다. 강태호는 시내 유흥가에서 룸살롱과 나이트클럽을 운영하는 폭력 조직의 보스였다. 어떤 아이는 그가 맨손으로 수십 명과 싸우다 칼에 찔려 흘러내리는 내장을 부여잡고 병원 응급실까지 걸어갔다는 믿지 못할 말을 늘어놓았다. 또 어떤 아이는 강태호가 사람을 죽인 죄로 감옥에 갔다 왔다고 말했다. 북항 주민이라면 아이부터 어른까지 모두가 알고 있는 그 소문의 남자가 내 앞에 서 있었다. 아이들은 그가 덩치가 엄청나게 크고 무섭게 생겼다고 했었다. 그러나 청색 슈트를 입은 강태호는 소문과 완전히 달랐다. 균형 잡힌 체격에 슈트가 잘 어울리는 중년의 남자일 뿐이었다. 강태호가 담배꽁초를 던지고 돌아섰다. 그가 사람들을 돌아보았다. 그를 바라보며 수군거리던 사람들이 강렬한 눈빛에 움찔했다. 나 역시 마찬가지였다. 잠시 눈길이 스쳤을 뿐인데 심장이 뛰고 손에 땀이 났다. 그런데 사람을 압도하는 눈빛이 어디선가 본 듯 강한 기시감이 들었다.

그가 내 앞으로 천천히 걸어왔다. 몸이 뻣뻣하게 굳었다. 내 옆에 서 있던 아이들이 놀라서 뒤로 물러났다. 강태호가 나를 뚫어지게 쳐다보았다. 무섭게 번져가는 불길보다 더 뜨거운 눈빛이었다. 냉동 창고 벽이 무너지면서 검은 연기가 솟구쳤지만 아무도 움직이지 않았다. 바위에 짓눌린 듯한 공포에 잠식당할 즈음 강태호가 입을 열었다.

"네가 동찬이냐?"

강태호의 입에서 내 이름이 나오는 순간 머릿속이 아득해졌다. 입이 떨어지지 않았다. 허벅지 안쪽이 떨리면서 다리에 힘이 풀렸다. 주저앉기 직전 그가 상의를 벗어 내게 내밀었다. 얼떨결에 옷을 받아들자 강태호가 사람들을 돌아보며 말했다.

"해안도로 입구에서 소방차와 덤프트럭이 충돌하는 사고가 일어났습니다. 소방차가 오려면 시간이 좀 걸리니 우리가 불을 끕시다."

강태호의 말이 끝나기 무섭게 뒷짐 지고 불구경하던 사람들이 주술에서 풀려난 인형처럼 움직이기 시작했다. 그들은 각자 집으로 달려가서 바닷물을 끌어 올릴 수 있는 펌프와 호스를 가져왔다. 나머지 사람들은 양동이에 물을 담아 불을 끄기 시작했다. 잠시 뒤에 펌프가 가동되자 바닷물이 불길을 향해 뿜어졌고 뒤늦게 달려온 사람들까지 합세하여 불을 끄기 시작했다. 강태호는 노련한 지휘관이었다. 그가 가리키는 방향으로 물줄기가 뿜어져 날아갔다. 사람들이 일사불란하게 움직이는 모습은 마치 강태호의 눈에 들기 위해 안간힘을 다하는 것 같았다.

나는 꼼짝할 수 없었다. 그의 옷이 천 근의 무게로 나를 짓눌렀기 때문이었다. 소방차가 사고 현장을 뚫고 나타났을 때 비로소 나는 그 무거운 압박에서 벗어날 수 있었다. 그제야 소방관들에게 뒤처리를 맡긴 강태호는 불을 끈 사람들을 데리고 상가로 올라갔다. 나는 그가 사람들과 웃고 떠들며 식당으로 들어가는 모습을 멍하게 바라보았다. 그는 소방관들이 잔불을 제거하고 항구를 돌아나갈 때까지 돌아오지 않았다. 다행히 그의 차 문이 열려 있었다. 나는 상의를 운전석에 올려놓고 폭삭 주저앉은 고래 해체장을 떠났다. 식당을 들여다보니 강태호가 술잔을 들고 무어라고 말하고 있었다. 식당을 가득 채운 사람들의 눈빛은 오랫동안 기다려온 메시아를 맞이하는 듯한 기대가 가득했다. 그렇게 시작된 술자리는 그동안 집 안에 틀어박혀 있던 뱃사람들까지 합세하여 새벽 늦게까지 떠들썩하게 이어졌다.

그날 밤 자려고 누웠던 나는 소스라치게 놀라서 일어났다. 강태호가 누군지 생각났기 때문이었다. 내 꿈에서 무서운 힘으로 고래의 턱을 찢어 죽여버린 남자가 바로 강태호였다. 그가 왜 내 꿈에 나타난 걸까. 그리고 내 이름은 어떻게 알고 있는 걸까. 문득 위령제가 벌어지던 날 정원에 서 있던 남자가 떠올랐다. 그 남자가 강태호일지 모른다는 생각이 들었다. 내 주변에서 내가 알지 못하는 일이 일어나고 있었다. 어쩌면 이미 시작되었을 수도 있었다. 하지만 그 변화가 무엇이든 나는 아무것도 할 수 없었다. 난 내 의지로 아무것도 할 수 없는 열두 살의 어린아이였다.

3

구한말 내의원에서 첨정僉正으로 봉직한 외고조부는 경술국치가 시작되자 고향인 강주로 내려와서 한의원을 열었다. 가업을 물려받은 외증조부의 침구술이 중풍과 관절염에 탁월한 효험을 보이자 전국에서 손님들이 몰려왔다. 일본에서도 치료를 받기 위해 바다를 건너올 정도로 한의원은 문전성시를 이루었다. 외증조부는 한

의원을 운영하면서 벌어들인 돈으로 북항 일대의 땅을 사들였다. 북항 대부분 땅과 선박을 소유한 대선주의 집안에서 외동으로 태어난 외조부는 외증조부가 가업을 계승한 것과 달리 한의학에 전혀 관심이 없었다. 스물다섯 늦은 나이에 일본으로 건너간 그는 게이오대 문학부에 입학했다. 그리고 대학 3학년 때 일본 직계황족의 후손인 쓰치야 후미코를 만났다. 첫눈에 반한 두 사람은 불같은 사랑에 빠져들었다. 곧 이 사실을 알게 된 한일 양쪽 집안은 벌집을 쑤셔놓은 듯 발칵 뒤집혔다. 한국에서는 당장 귀국하지 않으면 학비와 생활비를 보내지 않겠다고 으름장을 놓았고 쓰치야 후미코의 집안에서는 아예 바깥출입을 금지했다. 이때가 해방된 지 겨우 4년이 지났을 때였다. 반일 감정이 극에 달한 시기에 만난 두 사람은 어디에서도 환영받지 못했다. 하지만 자신들의 운명을 담담하게 받아들인 두 사람은 일본 공산당원이며 오사카 나카니시 민족학교 교사인 윤춘식의 도움을 받아 고베 산노미야에 거처를 마련했다.

1951년, 일본 공산당은 군사 노선으로 방향을 선회했다. 이듬해 도쿄에서 '피의 메이데이', 오사카에서 '스이타 사건', 나고야에선 '오스 사건'이 차례로 일어났다. 일본 공산당에 소속된 재일 한국인들이 투쟁의 전면에 나섰다. 그해 6월 24일 저녁 오사카대학에서 '이타미 기지 분쇄, 반전 독립의 밤'이란 집회가 열렸다. 이 집회에 공산당원이 아닌 외조부가 참여한 것은 고베행에 절대적인 도움을 준 윤춘식의 부탁을 거절할 수 없었기 때문이었다. 집회를 끝낸 재일 한국인과 일본인 4,000명이 두 갈래로 나누어서 스이타역 조차장을 향해 행진했다. 스이타역 조차장은 전쟁 무기와 군수품을 실은 열차가 집결되는 곳이었다. 이곳에 모인 군수품은 고베항을 통해 한반도로 보내졌다. 군수품 수송 열차를 한 시간 지연시키면 동포 1,000명을 살릴 수 있다고 믿었던 재일 한국인들은 스이타역 철길과 역사에 불을 지르고 상황이 여의치 않으면 몸에 쇠사슬을 두르고 철길에 누워 군수품 수송을 막을 계획이었다. 그런데 그들이 스이타역 조차장에 도착했을 땐 군수 열차가 한 대도 없었다. 사전에 정보가 누설된 것이었다. 어쩔 수 없이 시위 대열이 오사카 시내로 이동하기 위해 스이타역으로 들어선 순간, 미리 대기하고 있던 일본 경찰이 총을 쏘기 시작했다.

이날 경찰에 체포된 250명 중에 외조부도 끼어 있었다. 민족학교 교사들과 함께 소요죄와 공무방해죄로 검찰에 기소된 외조부는 그해 7월 '오스 사건'에서 체포된 상당수 재일 한국인들과 오무라 수용소로 보내졌다. 그리고 다시 오사카로 이감되는 우여곡절을 겪은 끝에 1955년에야 출소할 수 있었다. 고베로 돌아온 외조부는 아내가 돌이 갓 지난 딸을 데리고 사라졌다는 사실을 알았다. 그날 저녁 한 중년 남자가 여자아이를 데리고 집을 찾아왔다. 남자는 외조부에게 한국행 배표를 건네주며 24시간 안에 일본을 떠나라고 했다. 남자의 명령에 가까운 말을 듣자 외조부는 밀입국자도 아닌 자신이 오무라 수용소로 보내졌고 아내가 한 번도 면회를 오지 않은 이유를 깨달았다. 전직 외무대신을 역임한 쓰치야 가문에서 손을 쓴 것이었다. 외조부는 아내를 만나게 해달라고 매달렸지만 남자는 쓰치야 후미코는 한국인을 만난 적이 없고 앞으로도 영원히 만날 수 없을 거라고 말하며 연청색 도요타 크라운을 타고 떠났다. 그해 재일 한국인 당원들이 일본 공산당을 집단으로 탈당했다는 소식이 들려오던 날, 외조부는 엄마를 애타게 찾으며 울어대는 딸을 데리고 한국행 배에 올랐다.

그로부터 4년 후 외증조부가 돌아가시자 외조부는 일본에서 기술자들을 데려와서 북항이 내려다보이는 언덕에 저택을 짓기 시작했다. 고베 기타노이진칸의 서양식 저택이 모델이었다. 2년에 걸친 대공사 끝에 300평 정원을 품은 웅장한 저택이 완성되었다. 서양식 저택의 가장 큰 특징은 정원이었다. 그런데 외조부가 만든 드넓은 정원은 계절의 변화가 확연하게 드러나는 한국식 정원이 아니었다. 그렇다고 균형을 중요시하는 프랑스식도 아니고, 외부 경치를 끌어들여 규모를 축소한 일본식은 더더욱 아니었다. 그 어떤 형식도 조형미도 없이 그저 외조모가 좋아하는 꽃과 나무로 채워진 정원이었다. 두 사람이 매년 여름 찾아가던 휴양지 가루이자와에서 본 협죽도, 수선화, 진달래, 방울꽃, 개나리, 민들레, 튤립, 모란, 수국, 원추리, 벌개미취, 접시꽃, 느릅나무와 단풍나무가 주종을 이루었다. 일본을 떠난 이후 두 번 다시 만나지 못한 외조모를 향한 그리움을 오롯이 정원에 투영한 것이었다. 외조부는 정원사를 두라는 주변의 권유를 무시하고 손수 꽃과 나무를 돌보았다. 식물도감을 비롯한 원예에 관한 책과 도구가 하나둘 쌓였고 겨울철에도 꽃과 식물을 볼 수 있는 온실이 만들어졌다.

어린 어머니의 놀이터는 정원이었다. 외조부의 뒤를 졸졸 따라다니며 계절마다 형형색색으로 피어나는 꽃들의 향기에 자연스럽게 빠져들었다. 북항의 뱃사람들은 언덕 위의 서양식 저택을 붉은 성城이라고 불렀다. 해 질 녘 귀항하는 배에서 바라본 저택이 노을 빛을 받아 불타는 듯 보였기 때문이었다. 외조부는 친척의 소개로 한 여성을 만났으나 성사되진 않았다. 이 소문을 들은 매파들이 전국에서 몰려왔다. 북항 대부분의 땅과 선박을 소유한 젊은 부호만큼 매력적인 혼처는 없었다. 그러나 외조부는 저택을 찾아오는 매파들을 만나지 않았다. 공공연히 축첩蓄妾이 인정되던 시절이었다. 본처를 버젓이 두고도 한두 명 첩을 두는 걸 자랑으로 여기는 부호들이 즐비한 시절에 외조부의 순정은 기행에 가까웠다.

어머니는 성장기 내내 외톨이였다. 특히 반쪽 일본인이란 말은 어머니에게 큰 상처였다. 물론 북항 사람들이 대놓고 말하진 않았다. 그러나 은밀한 시기와 배척은 어머니를 그림자처럼 따라다녔다. 그 누구의 잘못이 아니었지만, 원죄가 되어버린 것이다. 이런 어머니를 자상하게 돌봐준 사람이 교동댁이었다. 경주 교동이 고향인 그녀는 열여덟 살에 가정부로 저택에 들어왔다. 그 후 어머니와 친자매처럼 지내던 교동댁은 5년 뒤 한 선장의 주선으로 뱃사람과 결혼했다. 그런데 1년 만에 술에 취한 남편이 배에서 떨어져 죽자 그녀는 다시 언덕 위의 저택으로 돌아왔다. 그리고 지금까지 집안일을 도맡아 살림을 꾸려오고 있었다.

저택에는 방이 많았다. 그중에서도 가장 전망 좋은 방은 외조부의 서재였다. 아침나절이면 빛이 산란하듯 동창東窓으로 스며들고 저녁에는 노을이 방 안 전체를 붉게 물들였다. 한여름 태풍이 몰려올 때면 바다에서 짐승의 절규 같은 해명海鳴이 들려왔다. 서재는 언제나 내 호기심을 자극하는 곳이었다. 벽을 가득 채운 서가에는 다양한 종류의 책과 LP가 빈틈없이 꽂혀 있었다. 한쪽 진열장에는 사용한 흔적이 있는 식기 세트가 가지런히 놓여 있고 또 다른 진열장에는 동물 형상의 자기 인형들이 진열되어 있었다. 옷장을 열면 나프탈렌 냄새가 진동하는 여자 옷이 잔뜩 걸려 있었다. 창가에 놓여 있는 큰 책상의 서랍은 진기한 물건이 가득한 보물창고였다. 그땐 몰랐지만, 서랍에는 나카니시 민족학교 교사들이 보낸 편지가 수북하게 쌓여 있었다. 지구본과 해도를 들여다보며 놀다 지겨워지면 나는 책상 가장 아랫부분 서랍을 열어 해묵은 사진첩을 펼쳤다.

　사진첩에는 젊은 남녀 두 사람의 흑백 사진이 가득했다. 게이오대의 둥근 교모를 쓴 남자는 외조부였고 콧날이 오뚝하고 덧니가 드러난 젊은 여자는 외조모였다. 후리소데 차림의 외조모가 가루이자와 긴자 거리를 배경으로 환하게 웃고 있는 사진도 있었다. 두 사람이 바오로 교회 장의자에서 뒤를 돌아보는 사진도 있었다. 20대 초반 외조모의 표정은 행복이 가득했다. 오직 장밋빛 미래만이 충만하던 시절이었다. 때론 흑백 사진을 가만히 들여다보면 두 사람의 가장 아름다운 시절이 정지된 채 책상 서랍에 갇혀 있다는 느낌이 들었다. 서재에 들어갈 때마다 한 사람을 향한 그리움이 오롯이 느껴졌다. 나중에 알았지만, 그건 서재 곳곳에 있는 물건들이 두 사람이 고베 산노미야에서 사용하는 걸 옮겨온 것이기 때문이었다. 서재가 저택에서 가장 볕이 잘 들고 좋은 풍광을 볼 수 있는 위치에 자리 잡은 것은 그런 이유 때문이었다. 그러나 내 기억에 남아 있는 외조부는 흑백 사진 속의 행복한 모습과는 거리가 멀었다.

　어느 날 낮잠에서 깨어난 나는 습관처럼 어머니를 찾았다. 그런데 방문을 열어보니 어머니가 없었다. 나는 잠이 덜 깬 상태로 계단을 내려갔다. 집 안이 조용했다. 1층 곳곳을 돌아다녔지만, 어머니와 교동댁이 보이지 않았다. 집 안에 아무도 없다는 생각이 들자 갑자기 겁이 덜컥 났다. 나는 현관문을 열고 밖으로 나갔다. 정원은 조용했다. 온실 문을 연 순간 나는 그대로 얼어붙었다. 외조부가 온실을 가로지른 쇠기둥에 대롱대롱 매달려 있었다. 그때 누군가 내 눈을 가렸다. 아버지였다. 아버지가 천천히 나를 돌려세웠다. 그리고 등을 떠밀며 집으로 들어가라고 말했다. 현관까지 가는 길이 아득하게 멀었다. 발밑에 불덩어리가 활활 타는 듯 뜨거웠고 머릿속에선 쇠로 유리를 긁는 소리가 울렸다.

한 사람의 죽음은 불확실한 것을 명징하게 드러낸다. 외조부의 죽음으로 인해 베일에 싸여 있던 우리 집안의 실체가 낱낱이 드러났다. 강주 북항의 포경업은 60년대 중흥기를 거쳐 70년대에 절정기를 맞이한 뒤에 조금씩 쇠퇴하고 있었다. 이를 증명하는 것이 대형 고래의 포획 감소였다. 1959년까지 연간 100마리씩 포획되던 참고래는 60년대 중반 절반으로 줄었고, 70년대에 들어서자 다시 절반으로 감소했다. 그리고 1976년부터는 한 마리도 포획하지 못했다. 대신 그 자리를 차지한 것이 밍크고래였다. 주종이 바뀐 것이다. 겉으로는 호황을 누리고 있지만 늘 몇 년 후를 대비해야 하는 선주들의 입장은 달랐다. 그들에게 포경은 언제 마를지 모르는 우물이었다. 일부 선주들이 포경선을 처분하고 건설업에 뛰어들었다. 그들이 건설업에 눈을 돌린 건 강주가 공업지구로 선정되면서 인구 유입으로 인해 주택 수요가 급증했기 때문이었다. 외조부도 그중 한 명이었다. 그러나 선대로 물려받은 재산만을 관리해온 외조부는 건설업은 잘 알지 못했다. 그런 이유로 사업 전권을 친구에게 맡겼는데 이것이 화근이었다. 가장 믿었던 친구가 자금을 빼돌린 다음 고의 부도를 내고 잠적해버린 것이다. 그 결과 선대로 물려받은 재산이 송두리째 넘어가고 은행에 저당 잡힌 저택과 역시 남의 배나 다름없는 포경선 한 척이 남았다. 외조부의 장례식이 끝나자 얼마 되지 않는 친척들의 발길이 뚝 끊어진 건 당연한 일이었다. 그리고 마지막 남은 포경선마저 원인을 알 수 없는 사고로 아버지와 함께 깊은 바닷속으로 침몰해버렸다.

4

위령제가 끝나자 아이들이 노골적으로 적의를 드러냈다. 화장실에 갔다 오면 노트에 낙서가 그려져 있거나 책이 찢어져 있었다. 또어떤 날은 신발 한 짝이 화장실 변기에 빠져 있고 도시락이 운동장한 곁 모래더미에 파묻혀 있었다. 한번 준동한 악의는 걷잡을 수 없었다. 아이들은 내가 있으면 입을 다물었고 내가 떠나면 웃고 떠들었다. 나는 입을 다물고 없는 것처럼 행동했다. 하지만 아이들의 집단 괴롭힘은 갈수록 심해졌다. 나는 이런 사실을 어머니에게 말하지 않았다. 나를 괴롭히는 아이들이 아버지의 포경선을 탔다가 목숨을 잃은 선원들의 자식들이었기 때문이었다. 포경선이 침몰하기 전까지 이런 일은 없었다.

북항 사람들은 나에게 친절을 아끼지 않았다. 그런데 사고 소식이 전해지자 돌변했다. 한여름 뙤약볕 아래 웅덩이처럼 우리 집안이 처한 현실이 낱낱이 드러났기 때문이었다. 해동포경의 마지막 남은 포경선이 침몰하자 수대에 걸쳐 영화를 누리던 집안이 완전히 끝났다는 사실이 알려진 것이다. 오랫동안 북항을 내려다보는 서양식 저택은 그들에게 있어 풍요의 상징이었다. 사람들은 언덕 위의 삶을 동경했고 때로는 시기했다. 그들이 내게 턱없는 호의를 보인 건 바로 그 때문이었다. 하지만 이젠 그럴 이유가 없었다. 그들이 한때 동경했던 우리의 삶이 자신들과 다를 게 없어졌기 때문이었다.

그해 7월의 어느 날 아침, 교동댁의 비명이 저택을 뒤흔들었다. 대문 앞으로 달려가보니 교동댁이 부들부들 떨고 있었다. 대문 옆 담장 밑에 목이 잘린 고양이가 놓여 있었다. 그녀는 동물을 끔찍하게 싫어했다. 어렸을 때 개에게 물린 적이 있어서였다. 넓은 저택에서 개를 키우지 않는 건 그런 교동댁 때문이었다. 잠시 생각에 잠겨 있던 어머니가 날 보고 치우라고 했다. 나는 두 사람을 집 안으로 들여보낸 다음 창고에서 마대 자루를 찾아왔다. 문득 학교에서 내가 당하는 일들이 떠올랐다. 그러나 아무리 대담한 아이들이라도 고양이 목을 잘라서 담장 너머로 던질 순 없었다. 따라서 이 일은 아이들이 아니라 어른들이 벌인 짓이었다. 나는 고양이 사체를 마대 자루에 담고는 대문을 열었다. 대문 앞과 언덕길을 살폈지만, 아무도 없었다. 나는 언덕길 중간쯤에서 숲으로 들어갔다. 그리고 삼나무 사이로 마대 자루를 던졌다. 공중으로 날아간 마대 자루가 어딘가에 부딪히는 둔탁한 소리가 났다. 순간 우렁차게 울어대던 매미 소리가 뚝 그쳤다. 집으로 돌아가자 어머니와 교동댁이 어떻게 처리했는지 물었다. 나는 두 사람을 안심시키기 위해 담담한 말투로 숲에 버리고 왔다고 대답했다. 그런데도 두 사람은 불안한 표정을 거두지 못했다.

그날 이후 우리 세 사람의 신경은 날카롭게 곤두섰다. 어디선가 조금만 바스락거리는 소리가 들려도 어머니와 교동댁은 소스라치게 놀랐다. 고양이 사체가 투척된 뒤로 어머니의 침잠은 더 깊어졌다. 어머니가 암막 커튼이 드리워진 방에서 나오질 않자 나는 버림받은 아이처럼 온종일 집 안을 돌아다녔다.

8월 하순 태풍 '베라'가 한반도를 통과한다는 소식이 들려왔다. 교동댁의 근심 어린 표정을 보자 아버지의 부재가 실감 났다. 여름철 태풍이 몰려올 즈음이면 아버지는 지붕의 헐거운 판재에 못질하고 물받이에 쌓인 낙엽을 제거했다. 비가 새어 들어올 곳을 막고 정원의 나무에는 버팀목을 설치했다. 그런데 이제 그 일을 할 수 있는 사람이 없었다. 우린 그저 태풍이 무사히 지나가기를 바랄 뿐이었다.

8월 27일, 한 줄기 바람이 느릅나무 가지를 흔들었다. 척후의 바람이 지나가자 곧바로 수 미터 높이의 파도가 파성추처럼 해안을 때렸다. 시속 220킬로미터의 바람이 자신을 가로막는 장애물을 응징하듯 부수었다. 해안가 집들의 지붕이 날아가고 바닷물이 범람하여 저지대를 휩쓸었다. 태풍이 지나가는 동안 우린 각자의 방에서 이불을 뒤집어쓰고 죽은 듯 엎드려 있었다. '베라'가 한반도를 할

쿼고 지나간 다음 날 아침 요란하게 대문을 두들기는 소리가 들려왔다. 아침 식사를 하던 우리는 깜짝 놀라 대문 앞으로 뛰어나갔다. 대문 앞에는 열 명 남짓한 사람들이 모여 있었다.

"누구세요?"

"문부터 여시오!"

사람들이 주먹으로 대문을 쾅쾅 두들겼다. 어머니가 교동댁을 밀치고 나섰다.

"무슨 일이에요?"

"알고 싶으면 대문을 여시오!"

교동댁이 말렸지만, 어머니가 대문을 열었다. 사람들이 기다렸다는 듯 안으로 들어서서 어머니를 에워쌌다. 그들은 포경선에 탔던 선원들의 가족이었다. 어머니가 그들을 돌아보며 물었다.

"무슨 일인가요?"

"보상금 때문에 찾아왔습니다."

"그건 보험 회사에서 전부 처리한 것으로 알고 있어요."

"그걸로는 부족합니다."

"그게 무슨 말인가요?"

"3년 5개월 치 보상금으론 아이들을 건사할 수 없습니다."

어머니가 난감한 표정으로 그들을 바라보았다.

"그럼 나더러 어쩌라는 거예요?"

"보상금을 더 내놓으십시오."

어머니가 매서운 눈빛으로 사람들을 돌아보았다. 사람들이 당당하게 어머니의 시선을 맞받았다. 어머니가 대문을 두들기고 보상금을 더 내놓으라고 요구하는 한 사내를 노려보며 말했다.

"당신은 이 일과 무슨 상관이에요?"

사내는 사고 선원의 가족이 아니었다. 그는 한때 아버지가 운항하는 포경선의 선원이었다. 그러나 동료들의 물건을 훔치고 이간질하는 바람에 아버지에게 쫓겨났다. 그 뒤로 앙심을 품은 사내는 온갖 험담을 떠벌리고 다녔다. 그러다 사건이 발생하자 희생자 가족들을 선동하여 저택에 찾아온 것이었다.

"죽은 사람들이 내 친구요. 그런데 왜 상관이 없다는 거요?"

사내가 비아냥거리듯 말하자 어머니는 당황했다. 지금껏 북항에서 어머니를 이렇게 무례하게 대한 사람은 아무도 없었다. 어머니는 난생처음 노골적으로 자신을 적대시하는 사람들 앞에서 당혹감을 감추지 못했다. 사내가 보상금을 요구하는 동안 희생자 가족들은 입을 다물고 지켜보고만 있었다. 한 시간 뒤 어머니를 다그치며 보상금을 요구하던 사내가 희생자 가족을 데리고 돌아갔다. 어머니는 침울한 눈빛으로 교동댁이 바가지 가득 담아온 소금을 뿌리는 모습을 지켜보았다. 사내를 비롯한 사람들의 태도가 바로 우리가 처한 현실이었다. 어쩌면 그들은 우리가 완전히 몰락하길 기다리고 있는 건지도 몰랐다.

다음 날 그들이 다시 저택을 찾아왔다. 그들은 대문을 열어주지 않자 한동안 서성거리다 돌아갔다. 며칠 뒤 사내가 더 많은 사람을 데리고 언덕을 올라왔다. 반수 이상은 피해자 가족과 상관이 없는 사람들이었다. 대문을 열어주지 않자 사내가 입에 담기 힘든 욕설을 퍼붓기 시작했다. 사실 포경선 침몰로 인해 가장 큰 피해를 본 건 우리였다. 동진호는 해동포경에 남은 마지막 배였다. 따라서 우리 유일한 수입원과 동시에 아버지를 잃은 것이었다. 그들이 한 시간이 지나도록 물러가지 않고 대문을 걷어차며 욕설을 퍼붓자 참다못한 어머니가 대문을 열었다.

"당장 물러가지 않으면 경찰을 부르겠어요."

"어디 한번 불러보시오."

사내가 눈을 희번덕거리며 이죽거렸다. 그때 어머니가 사내의 뺨을 철썩 후려쳤다. 사람들이 어리둥절하는 사이 어머니는 대문을 걸어 잠갔다. 뒤늦게 정신을 차린 사내가 성난 멧돼지처럼 대문을 발로 걷어찼다.

"문 열어!"

수십 명이 동시에 달려들어 철제 대문을 흔들고 발로 걷어찼다. 우리가 놀라서 우두커니 서 있을 때 철제 대문이 굉음을 울리며 무너졌다. 사람들이 우르르 집 안으로 몰려들었다. 어머니가 그들을 막아섰다.

"이게 무슨 짓이에요?"

"무슨 짓이냐고?"

"그래요."

"사람이 열 명이나 죽었는데 모른 척하는 당신은 뭐야?"

사내가 입에 거품을 물었다. 어머니가 사내를 무시하고 저택에 난입한 사람들을 돌아보며 말했다.

"아무것도 묻지 않을 테니 그냥 돌아가세요."

사내가 또 앞으로 나섰다.

"이 사람들은 쥐꼬리만 한 보상금으로 평생을 살아야 하는데, 당신은 이 큰 저택에서 여전히 떵떵거리고 살고 있잖아. 그래선 안 되지."

사내가 사람들을 돌아보며 불을 지폈다.

"이 저택을 팔아 보상을 더 해줘야 하지 않겠소?"

사람들이 서로를 돌아보며 웅성거렸다. 말이 통하지 않는다고 판단한 어머니가 우리를 데리고 집 안으로 들어와서 현관문을 걸어 잠갔다. 사내가 득달같이 달려들어 현관문을 두들겼다. 문을 열지 않자 사내가 계속 사람들을 선동했다.

"아무래도 이 집 마님은 보상할 생각이 없는 것 같소. 그렇다면 이렇게라도 보상을 받아야지요."

사내가 현관 옆 장독대로 뛰어 올라가서 장독을 걷어찼다. 와장창 장독 깨지는 소리가 주저하던 사람들의 빗장을 열었다. 그때부터 사람들은 누가 먼저랄 것도 없이 닥치는 대로 짓밟고 부수기 시작했다. 그들은 모두 아버지의 친구이며 동료들이었다. 그런 사람들이 외조부가 애지중지 가꾸어 온 정원을 무참하게 파괴하고 있었다. 꽃들이 짓밟히고 나무가 뽑히는 광경을 지켜보던 어머니가 소리 없이 울었다. 그들을 막을 힘이 없는 우리는 그저 보고만 있을 수밖에 없었다. 장독대와 정원을 초토화한 사람들이 이번에는 온실로 몰려갔다. 사내가 곡괭이로 온실을 내리치자 유리가 와장창 내려앉았다. 사람들이 앞다투어 온실의 유리창을 깨부수고 있을 때 어디선가 벼락같은 고함이 터져 나왔다.

"멈춰!"

정원을 쩌렁쩌렁 울리는 소리에 사람들이 동작을 멈추었다. 대문을 돌아본 나는 깜짝 놀랐다. 지난번 화재 현장에서 본 강태호가 서 있었다. 처참하게 짓밟힌 정원을 돌아본 그가 인상을 찡그린 채 온실로 걸어갔다. 곡괭이 자루로 온실에 가득한 화분을 깨고 있던 사내가 강태호를 흘깃 쳐다보았다.

"당신 뭐야?"

강태호가 곡괭이를 빼앗아 자신의 무릎에 내리쳤다. 굵은 곡괭이 자루가 쩍 하고 둘로 쪼개졌다. 이를 본 사람들이 놀라서 뒤로 물러났다. 그때 사내가 주먹을 휘두르며 달려들었다. 강태호가 가볍게 주먹을 피한 후 슬쩍 밀어내자 사내가 온실 구석에 처박혔다. 강태호가 쓰러진 사내의 멱살을 움켜잡고 뺨을 후려쳤다. 핏방울이 사방으로 튀었다. 광기에 휩싸여 있던 사람들이 쥐 죽은 듯 입을 다물었다. 강태호는 사내가 쓰러지지 못하게 멱살을 잡은 상태에서 계속 뺨을 내리쳤다. 철썩거리는 소리가 온실을 울렸다. 사내가 외마디 비명을 지를 때마다 사람들의 몸이 파르르 떨렸다. 이윽고 두 팔을 바둥거리던 사내의 몸이 축 늘어졌다. 그런데도 강태호는 무표정한 얼굴로 사내의 뺨을 계속 내리쳤다. 사내의 눈자위가 허옇게 뒤집히는 순간 온실로 들어간 어머니가 강태호의 손을 잡았다.

"그만해요."

강태호가 어머니를 돌아보고는 손을 놓았다. 사내가 짓이겨진 쓰레기처럼 바닥에 널브러졌다. 사내의 얼굴이 풍선처럼 부풀었고 입에선 피거품이 새어 나왔다. 어머니가 말리지 않았다면 죽을 수도 있는 위험한 상황이었다. 사내의 처참한 몰골을 본 사람들은 어느새 순한 양으로 변해 있었다. 강태호가 쏘아보자 그들은 황급히 눈을 내리깔았다.

"그만 돌아가시오."

강태호의 말이 떨어지자 그들은 바닥에 널브러진 사내를 둘러 업고 도망치듯 정원을 빠져나갔다. 교동댁이 슬며시 내 손을 잡아 끌었다. 집 안으로 들어온 나는 2층 내 방으로 올라가서 정원을 내려다보았다. 강태호와 어머니가 정원 가장자리에서 대화를 나누고 있었다. 강태호의 뒷모습이 낯익었다. 그는 위령제가 열리던 날 저택을 찾아온 손님이 분명했다. 그런데 나는 그를 지금껏 한 번도 본 적이 없었다. 두 사람이 나란히 서 있는 모습을 보자 기분이 이상했다.

다음 날 아침, 대문 앞이 소란스러웠다. 깜짝 놀라 뛰어나가니 인부들이 대문을 교체하고 있었다. 조금 뒤에는 대여섯 명의 청년들이 나타나서 깨진 장독과 온실의 깨진 유리창과 화분을 정리하기 시작했다. 어머니는 그들을 보고도 아무런 말이 없었다. 교동댁만이 신이 나서 그들에게 음료수를 갖다 날랐다. 오후가 되자 유리업자가 와서 온실의 깨진 유리를 전부 교체했다. 다음 날에는 조경사들이 찾아와서 짓밟히고 뽑힌 나무를 솎아내고 새로운 묘목을 심었다. 그렇게 일주일이 지나자 정원은 예전 모습을 되찾았다. 어쩌면 전에 보지 못한 꽃까지 피어 있어 더 화려해진 것 같았다. 새로운 정원을 돌아보는 어머니의 발길이 화사하게 피어난 달리아 앞에서 멈추었다. 달리아를 들여다보는 어머니의 표정이 모처럼 환하게 밝았다.

5

9월이 시작되자 매미 소리가 잦아지고 책장의 종이가 까슬까슬해졌다. 새벽녘 창틈으로 스며든 안개의 입자가 차가웠다. 먼바다 물빛이 짙은 남색으로 변했다. 학교에서는 이상한 변화가 일어났다. 아이들이 약속이라도 한 듯 괴롭힘을 멈춘 것이다. 뭔가 눈치를 보는 기색이 역력했다. 그런데 한 아이만은 예외였다. 그 아이는 종일 나를 뚫어지게 쳐다보았다. 새카맣게 그을린 아이의 눈동자는 인형처럼 동공이 움직이지 않았다. 기분이 묘했다. 차라리 한 대 얻어맞는 편이 낫겠다는 생각이 들 정도로 아이의 눈빛은 섬뜩했다. 교실, 운동장, 화장실, 창고, 체육관, 학교 앞 문구점에서 마주치는 아이의 초점 없는 눈빛은 무서웠다. 수업을 마치고 집으로 돌아갈 때도 마찬가지였다. 문득 생각나서 뒤를 돌아보면 그 아이가 무표정한 얼굴로 나를 쳐다보고 있었다.

그날은 수업이 끝나자 일부러 느릿하게 책가방을 챙겼다. 아이들이 모두 나간 걸 확인한 다음 교실을 빠져나갔다. 텅 빈 운동장을 보니 기분이 좋아졌다. 운동장을 가로질러 교문을 나서는 순간 심장이 덜컥 내려앉았다. 그 아이가 교문 앞에 우두커니 서 있었다. 가방을 둘러멘 아이의 눈두덩이 시퍼렇게 멍들어 있었다. 나는 짐짓 아무렇지 않은 듯 아이를 지나쳐서 도로를 건너갔다. 청명한 공기와 뒤섞인 햇살이 해수면에서 부드럽게 반사되고 있었다. 그러나 내 머릿속은 복잡했다.

얼마나 걸었을까. 나는 숨을 멈추고 뒤를 돌아보았다. 놀랍게도 그 아이가 바로 뒤에 있었다. 순간 등줄기에서 식은땀이 났다. 비명이 터지는 걸 꾹꾹 눌러 참았다. 때마침 시내버스 한 대가 달려오고 있었다. 나는 재빨리 도로를 건너 버스정류장으로 뛰어갔다. 아이가 뒷덜미를 잡아챌 듯해서 사타구니가 저릿했다. 버스가 도착했다. 버스에 뛰어올라 창밖을 내다보니 아이가 도로변에서 나를 쏘아보고 있었다. 해안도로를 벗어난 버스는 시내로 나가지 않고 싯누렇게 변해가는 들판을 가로질렀다. 곧이어 하구河口가 나타났다. 하구를 돌아간 버스는 내가 본 적 없는 낯선 풍광 속으로 달려갔다.

언젠가부터 어머니 방에서 흘러나오는 음악이 바뀌었다. 무겁고 딱딱한 슈베르트를 밀어낸 모차르트가 오케스트라를 지휘하고 있었다. 선율 사이에 불협화음처럼 끼어들던 한숨 소리도 사라졌다. 어머니의 옷차림이 화사해졌고 집을 비우는 시간이 부쩍 늘어났다. 교동댁과 얼굴을 맞대고 소곤거리는 어머니를 볼 때마다 이상하게도 불안했다. 언덕 위의 저택은 아무것도 달라진 게 없었다. 그런데 어머니는 모든 문제가 해결된 듯한 표정이었다.

깜빡 졸다 눈을 뜨니 버스가 덜컹거리며 숲길을 달리고 있었다. 승객은 여섯 명이 전부였다. 나는 멍한 눈길로 차창을 스쳐가는 낯선 풍경을 바라보았다. 깊은 계곡을 이리저리 휘돌아간 버스가 종점에 도착했다. 버스에서 내리자 사하촌이었다. 그제야 나는 도착한 곳이 전국적으로 알려진 사찰이란 사실을 알았다. 평일 한낮의 사찰 입구는 조용했다. 나는 관리인이 자리를 비운 매표소를 통과했다. 일주문을 지나자 전나무 숲길이었다. 청명한 하늘에서 쏟아진 햇살이 곧게 뻗은 신작로에 깔려 있었다. 나는 이왕 여기까지 왔으니 절 구경이라도 하자는 심정으로 느긋하게 숲길을 걸어갔다. 혼자서 이렇게 먼 곳을 온 것은 처음이었다. 그러나 두렵진 않았다. 그동안 찰거머리처럼 따라다니던 아이를 떨쳐냈다는 홀가분함이 더 컸다. 사천왕문을 통과하자 높은 누각이 차례로 나타났다. 경내는 고요했다. 대웅전 앞 섬돌에 가지런히 놓인 고무신 한 켤레가 하얗게 빛났다. 처마 끝에 내려앉은 이름 모를 새 한 마리가 날카롭게 울었다. 그 소리에 화답하듯 어디선가 청아한 독경이 흘러나왔다. 금방이라도 끊어질 듯한 소리는 한낮의 정적 사이로 퍼져갔다.

나는 넓은 경내를 발길 닿는 대로 돌아다녔다. 하지만 본당에는 들어가지 않았다. 황금빛 불상을 바라보면 숨이 턱 막혔기 때문이었다. 간간이 잿빛 가사 차림의 스님들이 나타났다. 그때마다 나는 잘못을 저지른 아이처럼 기둥에 몸을 숨겼다. 관음전 뒤쪽에 칠이 벗겨진 작은 문이 있었다. 문을 열자 맹종죽 숲이었다. 바람에 서걱서걱 흔들리는 대나무 숲 사이로 작은 길이 나 있었다. 호기심에 이끌린 나는 숲길로 들어갔다. 대숲의 공기가 서늘했다. 어디선가 참매미 울음소리가 들렸지만 이내 그쳤다. 완만하게 이어지던 길이 양쪽으로 갈라졌다. 나는 오른쪽 길을 선택했다. 한참을 거슬러 올라가자 산 아래에서 이어지는 임도가 나타났다. 자칫 길을 잃을지 모른다는 생각이 들어 돌아서는데 자동차 엔진 소리가 들렸다. 잠시 후 승용차 한 대가 지나쳐갔다. 운전자를 본 나는 깜짝 놀랐다. 강태호였다. 대숲을 나온 나는 귀신에 홀린 듯 임도를 따라 올라갔다.

문득 온실에 난입한 사내를 때리던 강태호의 표정이 떠올랐다.

사내는 강태호의 왼팔을 풀기 위해 안간힘을 다했다. 그러나 강한 힘에 짓눌린 사내는 꼼짝하지 못했다. 그때부터 사내는 쇠꼬챙이에 꿰인 개구리처럼 바들바들 떨면서 뺨을 얻어맞았다. 사내의 멱살을 움켜잡고 뺨을 내리치던 강태호의 무덤덤한 표정을 떠올리자 소름이 돋았다. 산등성이를 돌아가자 임도가 끝나는 곳에 기와집이 늘어서 있었다. 주차장에 세워진 승용차에 사람이 없는 걸 확인한 다음 요사채 마당을 기웃거렸다. 일자형 한옥 툇마루 앞 섬돌에 하얀 고무신이 가지런히 놓여 있었다. 수런거리는 말소리가 들렸는데 어느 방인지는 알 수 없었다. 요사채를 돌아가니 짐승들의 접근을 막기 위한 울타리가 둘러져 있었다. 나는 울타리를 따라 위쪽으로 올라갔다.

요사채 뒤편이 나왔다. 요사채는 새로 지은 듯 나무에선 들기름 냄새가 풍겼고 회반죽을 바른 벽은 얼룩 하나 없이 깨끗했다. 활짝 열린 쌍바라지 창으로 귀에 익은 목소리가 들려왔다. 벽이 너무 높아서 안이 들여다보이지 않았다. 울타리 옆 소나무 뿌리를 밟고 올라서자 버팀쇠로 받쳐놓은 들창 사이로 방 안이 보였다. 긴 나무 탁자를 사이에 두고 강태호와 볼살이 투실투실한 노스님이 앉아 있었다.

"그게 말이 된다고 생각합니까?"

"잠시 내 말을 들어보게."

강태호가 인상을 찡그리며 노스님을 쳐다보았다. 노스님이 눈꼬리를 휘며 부드러운 목소리로 말했다.

"내 사정이 그러니 몇 달만 유예해주게."

"내가 그런 말 들으려고 여길 찾아온 줄 아십니까?"

"알고 있네. 요즘 사정이 그렇네."

"그동안 감옥에 갇혀 있다가 이제 겨우 나왔습니다. 그런데 약속을 어겨요?"

강태호의 강한 질책에 노스님의 축 늘어진 귓불이 희미하게 떨렸다. 강태호의 무례한 추궁에도 불구하고 노스님은 변명만을 늘어놓을 뿐 다른 반응을 보이지 않았다. 벌겋게 달아오른 스님의 민머리를 보자 의구심이 들었다. 두 사람의 나이 차이는 얼핏 봐도 20년은 넘어 보였다. 거기다 사찰에서 중요한 인물인 듯한 노스님이 강태호에게 쩔쩔매고 있었기 때문이었다. 대체 무엇 때문에 노스님을 어린아이 대하듯 윽박지르는 걸까. 나는 그가 아버지와 친구라는 사실을 믿을 수 없었다. 두 사람을 지켜보는 내 머릿속에서 수많은 의문이 소용돌이쳤다. 그때 강태호가 갑자기 목소리를 낮추고 몸을 앞으로 숙였다.

"내가 감옥에 가지 않았다면 어떻게 되었을지 알고 있습니까?"

"알고 있네, 알고 있어."

그 순간 나는 두 사람이 주고받는 대화가 엄청난 비밀이란 사실을 깨달았다. 따라서 자칫 발각되면 큰일 날 수 있었다. 그러나 강태호가 어떤 사람인지 알고 싶은 마음이 더 컸다. 그날 어머니를 바라보던 그의 눈빛이 떠올랐기 때문이었다. 나는 주위를 돌아보았다. 요사채는 여전히 조용했다. 나는 언덕을 내려와서 요사채 울타리로 다가갔다. 그러나 목소리를 낮춰서인지 무슨 말을 하는지 알아들을 수 없었다. 나는 울타리를 넘어갔다. 그런데 울타리를 넘어가기 직전 한쪽 발이 걸렸다. 중심을 잃고 넘어지는 순간 요사채에서 고함이 터져 나왔다.

"누구야!"

들창 사이로 두 사람이 얼굴을 내미는 것과 동시에 나는 벌떡 일어나서 달리기 시작했다. 주차장을 지나 임도에 뛰어들었을 때 요사채에서 다급하게 달려오는 발소리가 들렸다. 등허리가 축축했다. 한낮의 뜨거운 햇살 속에서 끈적끈적한 피 냄새가 풍겨왔다.

"거기 서!"

나는 뒤를 돌아보지 않았다. 두 사람은 자신들의 비밀을 지키기 위해 나를 가만두지 않을 게 분명했다. 대숲으로 뛰어들었다. 굵은 대나무가 눈앞으로 달려들면서 발밑이 푹푹 꺼졌다. 나는 어두컴컴한 대나무 숲을 미친 듯 달렸다. 등 뒤에서 둔탁한 발소리가 들려왔다. 내 얼굴을 봤을까. 굵은 대나무가 촘촘하게 들어선 대숲 바닥은 양탄자를 깔아놓은 듯 푹신했다. 한순간 대나무 뿌리에 발이 걸려 몸이 공중으로 떠올랐다. 바닥에 내동댕이쳐진 나는 벌떡 일어났다. 대숲 입구에서 썩은 대나무가 와지끈 밟히는 소리가 들려왔다. 나는 다시 달리기 시작했다. 맹종죽 숲을 빠져나가자 아름드리 전나무 숲이었다. 정신없이 숲속을 내달리던 나는 마침내 걸음을 멈추고 뒤를 돌아보았다. 아무도 없었다. 그러나 언제 강태호가 나타날지 몰랐다. 나는 점점 더 울창해지는 숲을 바라보며 망설였다. 계속 내달리다간 길을 잃을 수 있었다. 그때 바닥에 쓰러져 있는 고사목이 눈에 띄었다. 다가가서 살펴보니 속이 비어 있었다. 나는 주변을 돌아본 다음 고사목 속으로 기어들어 갔다. 이끼에 잠식당한 고사목 안은 축축하고 어두워서 죽은 동물의 배 속 같았다. 잠시 후 묵직한 발소리가 들려왔다.

"분명 이쪽으로 갔는데, 어딜 갔지?"

"그런데 누굴 찾는 겁니까?"

"열두세 살 정도의 사내아이요."

"그 아이가 여길 어떻게 들어온 걸까요?"

"지금 그게 문제요?"

"죄송합니다."

강태호가 성난 목소리로 꾸짖자 젊은 스님이 사과했다. 온몸에서 땀이 흘러내렸다. 금방이라도 강태호가 고사목 속을 들여다볼 것 같아서 심장이 방망이질하듯 쿵쾅거렸다. 나는 더 안쪽으로 들어가서 몸을 둥글게 말았다. 두 사람의 묵직한 발소리가 고사목으로 다가왔다. 온몸이 덜덜 떨렸다. 나는 두 손으로 귀를 틀어막고 눈을 질끈 감았다. 강태호의 형형한 눈빛이 떠올랐다. 그는 사람을 죽인 살인자였다. 나 하나 죽이는 것은 식은 죽 먹기보다 쉬울 것이다. 이 깊은 숲에 묻힌다면 백 년이 지나도 찾을 수 없을 것이었다. 두 사람의 숨소리가 바로 옆에서 들려왔다. 입술을 깨물자 아릿한 피 맛이 입 안으로 번져나갔다.

"멀리 못 갔을 거요. 흩어져서 찾아봅시다."

"알겠습니다."

두 사람의 발소리가 점차 멀어져갔다. 시간이 느리게 흘러갔다. 나는 움직이지 않았다. 강태호가 밖에서 지켜보고 있을 것 같았다. 다리가 저리고 팔이 아팠다. 몸을 바로 하자 불안감이 약간 가셨다.

졸음이 슬슬 몰려왔다. 얼마나 지났을까. 이상한 기척에 눈을 번쩍 떴다. 한참을 기다렸다가 몸을 움직여 슬쩍 밖을 살폈다. 해가 저물었는지 숲속이 어두웠다. 고사목을 빠져나왔다. 그때 저 멀리서 범종 소리가 들려왔다. 둔중한 종소리는 불길한 징후처럼 고요한 숲을 울렸다. 나는 조심스럽게 주변을 살피며 숲을 거슬러 올라갔다. 임도가 나타났다. 임도를 따라가서 요사채 주차장을 살폈다. 승복을 입은 스님 몇 명이 서성거리고 있을 뿐 승용차는 보이지 않았다. 그제야 안심한 나는 대숲 길로 들어갔다. 경내로 들어가자 추녀 끝에 걸린 풍경이 흐릿했다. 나는 범종 소리가 울리는 경내를 돌아나갔다. 사하촌 입구에서 항구로 돌아가는 버스를 탔다. 승객은 촌로 서너 명이 전부였다. 시내버스가 하구를 건널 무렵 해가 완전히 저물었다. 해안도로에 들어서자 수평선에 집어등 불빛이 환하게 빛나고 있었다. 그 불빛을 보자 비로소 온몸이 욱신거렸다. 부둣가 입구에서 내렸다. 항구 거리가 무겁게 가라앉아 있었다. 나는 집으로 가는 대신 상가 거리 입구에서 낮은 언덕으로 방향을 틀었다. 그곳에는 길을 따라 작은 선술집들이 다닥다닥 붙어 있었다.

작년 이맘때만 해도 새벽 늦게까지 불야성을 이루던 거리가 을씨년스러웠다. 고래잡이 선원들을 상대하던 선술집은 쇠락의 발화점이었다. 축제가 끝난 거리처럼 빈 술병이 나뒹굴고 전봇대에 붙은 영화 포스터가 너덜너덜했다. 더께 앉은 여닫이창 너머로 중년 여인들이 우두커니 앉아 있었다. 어떤 선술집에는 일자리를 잃은 포경 선원 한 명이 술 취해 탁자에 얼굴을 묻고 있었다. 또 다른 선술집 문이 드르륵 열리며 중년 남자 두 명이 어깨동무하고 걸어 나왔다. 그들을 배웅하듯 따라 나온 유행가가 흐느적거리며 흩어졌다. 두 사람은 길가에서 오줌을 갈기며 욕설을 퍼붓더니 비틀거리며 항구로 내려갔다. 한 선술집이 불을 환하게 켜놓고 있었다. 주변의 가게들이 문을 닫아서인지 불빛이 유난히 밝았다. 나는 문을 열고 가게 안으로 들어갔다. 홀 맞은편 방문 앞에 여자 구두 한 켤레가 놓여 있었다. 창가 탁자에 앉자 외항 등대 불빛이 선명하게 보였다. 바다에서 돌아온 아버지는 늘 이 자리에서 술을 마셨다. 아버지를 데려오라는 교동댁의 성화에 떠밀려 나는 이따금 이곳을 찾아왔다. 아버지가 늘 앉던 자리는 차가웠다. 콧날이 시큰하고 입천장이 아렸다. 아버지를 영원히 만날 수 없다는 슬픔이 아릿한 통증으로 밀려왔다.

그때 방문이 열리며 짙은 화장을 한 여자가 얼굴을 내밀었다. 그녀는 말간 백열등 불빛 아래 오도카니 앉은 나를 물끄러미 바라보았다. 여행용 가방을 들고 나온 여자가 맞은편에 앉았다. 싸구려 화장품 냄새가 진동했다. 여자가 담배를 꺼내 물고 불을 붙였다. 그녀의 입에서 흘러나온 짙은 연기가 긴 한숨처럼 부유했다.

"동찬아."

"예."

"아버지가 보고 싶니?"

내가 고개를 끄덕이자 그녀가 처연한 목소리로 말했다.

"나도 네 아버지가 보고 싶다."

여자의 눈에서 눈물이 주르륵 흘러내렸다. 검은 눈물이 설원을 미끄러지듯 얼굴을 타고 흘러내렸다. 여자의 몸에서 삶의 비애가

독기처럼 뿜어져 나왔다. 언젠가 여자의 품에 안겨 곤히 잠든 아버지를 본 적이 있었다. 아버지를 무릎에 눕히고 유행가를 흥얼거리던 그녀가 나를 보고는 한쪽 눈을 찡긋했다. 나는 그렇게 편안한 아버지의 모습을 그때 처음 보았다. 그날 나는 두 사람을 물끄러미 지켜보다 그냥 돌아나왔다. 이유는 알 수 없었다. 다만 그렇게 해야만 할 것 같았다. 여자가 담배를 눌러 끄고 나를 바라보았다. 짙은 화장을 걷어내면 어머니보다 나이가 어릴 것 같았다. 뭔가 결핍된 듯한 분위기가 그녀를 나이 들어 보이게 만든 것이었다.

"이리 와."

나는 자리에서 일어나서 그녀에게 다가갔다. 여자가 손을 뻗어 나를 안았다. 두툼한 젖가슴에서 송진 냄새가 났다. 나는 여자의 눈을 가만히 올려다보았다. 여자가 두 손으로 내 얼굴을 잡았다. 그녀의 입술이 천천히 다가와서 내 입술에 닿았다. 부드럽고 촉촉한 감각이 몸을 휘감는 순간 아버지의 체취가 풍겼다. 입술을 맞댄 우리는 동시에 한 사람을 간절하게 떠올리고 있었다. 나도 모르게 두 팔을 뻗어 여자의 목덜미를 강하게 끌어당겼다. 아버지의 체취가 더 강하게 풍겨 나왔다. 이윽고 입술을 뗀 여자가 내 눈을 들여다보며 읊조리듯 말했다.

"네 아버진 정말 좋은 사람이었어."

그 말을 듣는 순간 뜨거운 눈물이 흘러내렸다. 여자가 손으로 눈물을 닦아주었다. 그리고 나를 다시 한번 안아준 뒤에 일어났다. 여행용 가방을 든 여자가 출입문을 향해 걸어갔다. 출입문을 잡고 잠시 나를 돌아본 여자가 어둠 속으로 사라졌다. 그녀의 구둣발 소리가 멀어질 무렵 천장에 매달린 백열등이 퍽 소리를 내며 깨졌다. 문득 아버지는 왜 배에서 내려 집으로 돌아오지 않고 늦은 밤까지 이곳에서 홀로 술을 마신 걸까, 하는 생각이 떠올랐다. 선술집 거리를 돌아 내려간 나는 힘없이 상가 거리를 가로질러 언덕길을 올라갔다.

그날 밤 어머니가 집으로 돌아온 것은 자정 무렵이었다. 술에 취해 콧노래를 흥얼거리며 계단을 올라오는 어머니의 발걸음이 유난히 흐트러져 있었다. 열린 창 너머 흔들리는 나뭇가지가 유난히 소란스러운 밤이었다.

6

그해 가을, 지난 1년 동안 조용했던 항구에 요란한 중장비 소리가 들려왔다. 화재로 소실되어 흉물스럽게 방치된 창고가 철거되고 터 파기 공사가 시작된 것이다. 식당과 다방에 모인 사람들은 새로 짓는 건물에 관한 이야기를 나누느라 여념이 없었다. 무수한 소문이 나돌았지만 아무도 건축주가 누구며 건물의 용도가 무엇인지 알지 못했다. 그 실체는 건물의 공사가 완성된 다음에 드러났다. 신축 건물의 주인은 강태호였다. 그가 고래 해체장을 비롯한 일대 부지 전체를 사들여 회사 사옥과 냉동 창고를 짓기 시작한 것이었다. 건물이 조금씩 형체를 갖춰갈 무렵 강태호가 나타났다. 그는 매일 정오 무렵 벤츠를 몰고 와서 공사 현장을 지켜보다 돌아갔다. 그때부터 마른 섶에 불을 붙인 듯 강태호에 관한 소문이 난무했다. 제법 그럴듯한 말도 있었지만 대부분 확인되지 않는 풍문에 불과했다. 사람들의 관심은 신축 건물 공사에 들어가는 막대한 자금에 집중되었다. 포경 금지로 부동산 가치가 하락했다고 하지만 2,000평에 달하는 부지 매입비와 건축 비용은 결코 적은 금액이 아니었다. 시내 번화가에서 룸살롱과 나이트클럽을 운영하는 그가 쉽게 감당할 수 없는 자금이란 게 세간의 평가였다. 어떤 사람들은 그의 감옥행과 연관이 있다고 주장했지만 확인할 길이 없었다. 이렇듯 추측만이 난무할 뿐 막대한 자금의 출처를 아는 사람은 아무도 없었다.

시간이 지나자 사람들의 관심은 매일 달라지는 건축물에 쏠렸다. 건물 공사가 한창일 무렵 항구 곳곳에서 작은 변화가 일어났다. 오랫동안 한쪽 귀퉁이에 옹색하게 숨어 있던 경로당이 리모델링 공사를 시작했고, 항구 곳곳에 산더미처럼 쌓여 있던 폐기물이 말끔하게 치워졌다. 넓고 깨끗한 공중화장실 두 개도 새로 만들어졌다. 그리고 이 모든 일에 자금을 무상으로 댄 사람이 강태호란 사실이 알려지자 사람들은 놀라움을 금치 못했다. 뒤를 이어 새로운 소식이 들려왔다. 강태호가 창업하는 수산 회사에서 인근 바다에서 잡히는 해산물을 모아 일본으로 수출한다는 내용이었다. 그는 또 포경 금지로 침체한 지역 경제를 살리기 위해 관광객들을 끌어들일 수 있는 해상 축제를 만들겠다고 선포했다. 이 소식은 북항 사람들에겐 하늘에서 쏟아진 축복이었다. 포경 금지로 일자리를 잃은 사람들이 생업을 이어나갈 수 있었기 때문이었다. 회사 건물과 냉동 창고가 빠르게 제 모습을 갖춰나갈 무렵, 강태호의 회사에서 매입한 포경선 두 척이 포신을 제거하는 작업에 들어갔다. 그때부터 아무도 강태호의 자금 출처를 거론하지 않았다. 대신 사람들은 새로운 기대와 희망에 부풀었다. 그러나 내 눈에 비친 수산 회사 건물은 불길한 재앙의 근원지 같았다.

이듬해 중학교에 입학하던 날, 강태호가 설립한 수산 회사 창천蒼天의 창립기념식이 성대하게 열렸다. 그날 아침 시내에서 사람들과 차량이 몰려들어 한산하던 항구가 북새통을 이루었다. 회사를 방문한 손님들의 면면은 화려했다. 고위 간부들을 대동한 시장과 지역 국회의원, 각급 기관장과 지역 유지들이 참석했고 심지어 경찰서장까지 왔다. 사람들은 무려 500개가 넘는 화환에 놀라움을 금치 못했다. 그날 저녁 환하게 불을 밝힌 창천의 만찬장에서 가장 이채로운 손님은 상석 높은 곳에 앉은 노스님이었다. 스님은 만찬이 끝날 때까지 살이 포동포동한 얼굴 가득 미소를 머금고 자리를 지켰다.

기념식에 참석하여 선물을 받은 촌로들은 강태호의 사업가적인 안목과 기질을 입이 마르게 칭찬했다. 그해 여름부터 연근해에서 잡힌 수산물을 가공하여 일본으로 수출하는 일이 본격적으로 시작되었다. 이 모든 과정이 순탄하게 이루어진 것은 시의 적극적인 협조 덕분이었다. 창천이 수출하는 품목은 종류가 다양했는데 주력 수출품은 양식 김과 청주를 이용하여 만든 저염화 명란이었다. 수산물 수출 사업이 호조를 보이자 그때까지 미적거리던 사람들이 창천에서 권유하는 양식 사업에 적극적으로 뛰어들었다. 이렇게 창천의 사업이 순풍에 돛 단 듯 순조롭게 흘러가자 강태호의 과거

전력을 거론하는 사람들은 흔적도 없이 사라졌다. 그가 시내 유흥가를 장악한 폭력 조직의 보스이며 동시에 살인자라는 사실이 사람들의 뇌리에서 완벽하게 잊힌 것이다.

초여름 어느 날, 학교를 마치고 집에 왔는데 대문이 열려 있었다. 대문을 들어서자 활짝 열린 창문으로 남자 목소리가 들려왔다. 나는 흠칫 놀라 걸음을 멈추었다. 강태호의 목소리였기 때문이었다. 반년이 지났지만, 내 머릿속에는 대숲을 달릴 때의 감각이 선명하게 남아 있었다. 파도 소리를 내며 흔들리던 굵은 대나무, 발목까지 푹푹 빠지던 대숲, 고사목 속의 축축한 이끼, 연청색 물감을 풀어놓은 듯 퍼지던 범종 소리, 정수리까지 벌게진 노스님의 당혹스러운 표정, 노스님을 협박하던 강태호의 성난 목소리가 어제처럼 생생했다.

그 뒤에 저택을 찾아온 강태호와 맞닥뜨렸다. 잔뜩 겁을 먹고 있었는데 그는 다행스럽게도 나를 알아보지 못했다. 그날 내 얼굴을 보지 못한 모양이었다. 하지만 나는 될 수 있는 한 강태호와 마주치지 않기 위해 노력했다. 폐부를 꿰뚫는 듯한 눈빛을 감당할 수 없었기 때문이었다. 그와 얼굴을 마주치는 게 싫었던 나는 우두커니 정원을 돌아보았다. 초여름의 꽃들이 활짝 피어 있는 정원은 화려하고 풍성했다. 하지만 이상하게도 내 눈에 비친 정원은 설계도에 맞춘 인공 구조물처럼 보였다.

그때 어머니의 웃음소리가 들려왔다. 어딘지 약간 풀어진, 교태 섞인 웃음이었다. 나는 살금살금 창가로 다가갔다. 느릅나무 뒤에 몸을 숨기고 응접실을 들여다보았다. 물결치듯 흔들리는 크림색 커튼 사이로 강태호와 어머니의 얼굴이 보였다. 두 사람은 손이 닿을 듯 가까웠다. 강태호가 무슨 말을 하자 어머니가 목젖을 보이며 웃었다. 강태호에게 몸을 살짝 기울이고 눈빛을 반짝거리는 모습이 열여덟 소녀 같았다. 나는 어머니의 다정한 눈빛과 웃음을 언제나 그리워했다. 하지만 어머니는 포경선이 침몰한 이후 나를 내버려두고 자신만의 동굴로 들어가서 침잠했다. 그랬던 어머니가 낯선 남자를 향해 환하게 웃고 있었다. 당혹감에 이어 질투심이 끓어올랐고 분노가 치밀었다.

며칠씩 방 안에 틀어박혀 있던 어머니는 확실하게 달라졌다. 밀랍 같던 창백한 얼굴은 혈색이 살아났고 축 늘어진 피부는 탄력을 되찾았다. 초조와 불안에 시달리던 눈빛에 여유가 흘러넘쳤다. 햇볕을 듬뿍 받은 관엽식물처럼 싱그러운 생명력이 가득했다. 그러나 그건 나를 위한 변화가 아니었다. 망연한 시선으로 어머니를 지켜보던 나는 뒷문으로 걸어갔다. 2층 방으로 올라간 나는 책가방을 집어 던지고 침대에 몸을 던졌다. 베개 깊이 얼굴을 파묻고 두 손으로 귀를 틀어막았다.

장맛비가 추적추적 내리던 날, 우리는 오전 수업을 마치고 단체로 영화를 보러 갔다. 두 시간 동안 영화를 보고 나와 버스 정류장으로 걸어가다 어머니를 발견했다. 쇼핑백을 든 어머니가 백화점 정문 앞에 서 있었다. 아이들이 어머니를 흘끔거렸다. 아이들이 훔쳐볼 정도로 어머니는 아름다웠다. 괜히 우쭐한 마음이 들었다. 그때 눈에 익은 승용차가 빗속을 뚫고 달려와서 어머니 앞에 멈춰 섰다. 어머니가 뒷좌석에 쇼핑백을 밀어 넣고 앞자리에 올라탔다. 은색 승용차가 시야에서 멀어지는 순간 손에 들고 있던 우산이 툭 떨어졌다. 나는 우산이 바람에 날려가는 모습을 지켜보았다. 하늘을 올려다보자 굵은 빗방울이 눈두덩을 때렸다. 나는 쏟아지는 빗속을 걸어갔다. 거리의 사물이 흐릿했다. 까닭 모를 서러움과 배신감이 끓어올랐다. 눈에선 빗방울인지 눈물인지 알 수 없는 것이 끝없이 흘러내렸다. 얼마나 걸었을까. 문득 정신을 차려보니 버스 정류장이었다. 버스에 오르자 사람들이 쳐다보았다. 흠뻑 젖은 옷에서 빗물이 뚝뚝 떨어져 내렸다. 항구에 도착하여 언덕길을 올라가는데 오한이 일었다. 대문을 열어준 교동댁이 물에 빠진 생쥐 같은 내 몰골을 보고 경악을 감추지 못했다.

그날 밤, 나는 대문 앞을 서성거리며 어머니를 기다렸다. 어머니는 내 영혼의 안식처였다. 내 슬픔을 받아줄 수 있는 유일한 사람이었다. 그런 어머니가 이해할 수 없는 행동을 하고 있었다. 다른 사람도 아닌 폭력 조직의 보스이며 사람을 죽인 사람을 어떻게 만날 수 있단 말인가. 어머니는 속고 있었다. 강태호의 감언이설에 현혹된 것이었다. 강태호는 양의 탈을 쓴 늑대였다. 가면 뒤에는 잔혹하고 탐욕스러운 포식자가 숨어 있었다. 그건 세상 모든 사람이 알고 있는 진실이었다. 그런데 어째서 어머니 혼자만 그 진실을 모르는 걸까. 어머니를 헛된 망상에서 깨어나게 할 방법은 무얼까. 한 가지밖에 없었다. 진실이었다. 강태호가 어떤 사람인지 알고 나면 분명 어머니는 자신의 실수를 깨달을 것이다. 그때 비로소 나를 끌어안고 참회의 눈물을 흘릴 것이었다. 그런데 뜻밖에도 그런 기회가 빨리 찾아왔다.

여름방학 일주일 전, 반 친구들과 함께 맹장 수술로 입원한 담임 선생님을 병문안 했다. 갑작스러운 수술이었지만 선생님의 표정은 밝았다. 친구들이 선생님과 얘기를 나누는 동안 화장실에 다녀오는데 휴게실에 앉아 있던 중년 남자 두 명이 창밖을 가리키며 강태호라고 말했다. 휴게실 창을 내려다보니 강태호가 승용차에서 내리고 있었다. 그는 검은 양복 차림의 청년들에게 둘러싸인 채 병원 안으로 들어갔다. 처음 그들을 발견한 남자가 마주 앉은 깁스한 친구에게 물었다.

"강태호가 여길 왜 왔지?"

"며칠 전 시내 유흥가에서 폭력배들끼리 싸움이 벌어졌는데, 거기서 다친 조직원 몇 명이 이 병원에 입원해 있어."

휴게실을 돌아보니 한쪽 구석에 아주머니 세 명이 낮은 목소리로 대화를 나누고 있었다.

"아직도 강태호에게 맞서는 세력이 있나?"

"아무리 깨끗이 청소해도 보이지 않는 곳에 쓰레기가 남아 있기 마련이지. 지난달에도 조폭 몇 명이 강태호를 습격하는 일이 있었어."

"어떻게 됐어?"

"강태호를 어떻게 이기겠어."

"놈들은?"

"배에 태워 바다로 데려간 모양이야."

"바다로?"

깁스한 남자가 나를 흘깃 돌아보고는 친구의 귀에 뭔가를 소곤거렸다. 얘기를 듣고 난 친구의 안색이 하얗게 변했다.

"그게 정말이야?"

"쉿, 조용히 해."

"설마 그런 일 때문에 강태호가 수산 회사를 설립한 건 아니겠지?"

"물론이지."

깁스한 남자가 어깨를 으쓱하며 말을 이어갔다.

"합법적인 사업체가 필요해서지."

"합법이라니?"

"음지를 벗어나서 양지로 진출하는 교두보가 바로 창천이야."

"조폭이 아닌 번듯한 사업가가 되고 싶다는 거야?"

"그렇지. 그리고 고래 고기 공급권을 장악하려는 의도도 있어."

"포경을 금지했는데 무슨 고래 고기야?"

"이 친구, 아무것도 모르는군. 합법적으로 고래 고기를 유통하는 방법이 있어."

"그게 뭔데?"

"혼획."

"혼획이라니?"

"어부들이 바다에 처놓은 그물에 걸린 고래는 합법적으로 거래할 수 있어."

남자의 말에 의하면 포경은 금지되었지만 고래 고기 유통이 완전히 끊어진 건 아니었다. 혼획을 통해 꾸준하게 고래 고기가 공급되고 있었다. 오히려 고기가 귀해지면서 가격이 천정부지로 상승했다고 했다. 그런데 혼획을 통해 유통되는 물량의 90퍼센트가 창천에서 나온다는 것이었다. 창천은 선주들에게 매입한 두 척의 포경선을 보유하고 있었다. 고래를 잡는 포신을 제거했지만, 배를 몰고 나가 공해상에서 포를 부착하면 얼마든지 고래를 잡을 수 있었다. 그렇지 않고서야 강주의 많은 식당에 풀리는 고래 고기 물량을 설명할 수 없다는 게 깁스한 남자의 주장이었다. 또 그는 창천의 배들이 공해상에서 일본 야쿠자들과 접선하여 가전제품부터 금괴까지 밀수하고 있다는 의혹도 제기했다. 그때 깁스한 남자의 친구가 창밖을 내려다보며 말했다.

"이제 나오는군."

강태호를 비롯한 청년들이 병원을 빠져나와 승용차에 올라타고 있었다. 두 대의 승용차가 시야에서 사라진 뒤에야 두 사람은 대화를 이어갔다.

"바야흐로 강태호의 시대군."

"그런 셈이지. 음지와 양지, 양쪽을 석권한 강태호에게 대적할 수 있는 사람은 아무도 없어. 지역 기관장들은 물론이고 지역 유지들의 비밀을 손에 넣고 있다는 소문도 있어. 강태호는 괴물이야. 돈이 되는 일이라면 수단과 방법을 가리지 않는 괴물. 언젠가는 강주도 집어삼켜 자신의 것으로 만들 거야."

그 말을 끝으로 두 사람은 자리에서 일어나서 휴게실을 나갔다. 선생님이 계신 병실에 들렀다가 친구들과 병원을 나와 버스에 올랐다. 집으로 가는 내내 머리가 어지럽고 복잡했다. 우연히 엿들은 이야기를 어머니에게 어떻게 알려야 할지 몰라서였다.

언덕길을 올라가서 초인종을 누르자 뜻밖에도 어머니가 대문을 열어주었다. 나는 가만히 어머니를 쳐다보았다. 의아한 눈빛으로 나를 바라보던 어머니가 부드러운 목소리로 말했다.

"무슨 일 있니?"

그 순간 나는 어머니 품으로 뛰어들었다. 은은하고 자극적인 향수 냄새가 풍겨 나왔다. 어머니의 품에 안기자 그동안 억눌러온 감정이 복받쳐 올랐다. 평소 나를 밀어내던 어머니가 어쩐 일인지 꼭 안아주었다. 강태호가 양의 탈을 쓴 늑대라는 사실을 알릴 수 있는 절호의 기회였다. 나는 어머니를 올려다보며 오늘 병원에서 들은 얘기를 상세하게 전했다. 어머니의 표정이 시시각각으로 변했다. 미간을 잔뜩 찡그린 표정을 보자 어머니가 곧 허망한 꿈에서 깨어날 것 같았다. 나는 마지막 말을 덧붙였다.

"그는 나쁜 사람이에요."

어머니 얼굴에 회한의 그림자가 어른거렸다. 그런데 어머니 입에서 전혀 뜻밖의 말이 흘러나왔다.

"그는 그런 사람이 아니야."

어머니의 말이 나를 아득한 절벽으로 밀었다. 차가운 눈빛으로 나를 노려보던 어머니가 돌아서는 순간 둔기에 머리를 얻어맞은 듯한 충격이 엄습했다. 나는 깊이를 알 수 없는 심연으로 끝없이 추락했다. 방으로 올라가는데 어머니의 서릿발 같은 말이 머릿속을 텅텅 울렸다. 그날 이후 어머니는 의식적으로 나를 멀리했다. 그런 어머니를 지켜볼 때마다 실망스러웠고 화가 났다. 하지만 어머니를 포기할 수 없었다. 아버지를 상실한 슬픔을 달래주고 그 빈자리를 채워줄 사람이 절실하게 필요했기 때문이었다. 그런 이유로 나는 마냥 어머니를 미워할 수 없었다. 하지만 나의 간절한 바람에도 불구하고 어머니 마음은 돌아서지 않았다. 그리고 미세한 균열은 날이 갈수록 깊어졌다.

나는 어머니의 관심을 끌기 위해, 마음을 돌리기 위한 일탈을 감행했다. 학교를 빼먹고 온종일 만화방에 틀어박혀 있었고 어떤 날은 기차역에 가서 무작정 기차를 탔다. 그리고 낯선 도시를 배회하다가 저녁 늦게 집으로 돌아왔다. 때론 보란 듯 담배를 책상에 올려놓기도 했다. 그러나 어머니는 나의 어설픈 일탈을 거들떠보지도 않았다. 오히려 나를 대하는 눈빛이 더 냉랭해졌고 이따금 건네는 말은 남을 대하듯 건조했다. 이를 지켜보던 교동댁이 나서서 중재했지만, 어머니는 요지부동이었다. 나는 강태호가 원망스러웠다. 그는 이 모든 일을 만든 원흉이었다. 강태호가 나타나지 않았다면 이런 일이 일어나지 않았을 것이기 때문이었다.

그날 밤 대낮처럼 불을 밝힌 창천을 내려다보던 나는 언덕길을 내려갔다. 사람들이 알지 못하는 비밀을 캐기 위해서였다. 부두와 맞닿은 창천의 냉동 창고에 지붕을 덮은 트럭들이 드나들었다. 정문을 지키는 젊은 수위들이 잘 훈련된 군인처럼 위압적으로 운전사들을 윽박지르고 있었다. 나는 멀리 떨어진 곳에서 옛 포경선을 면밀하게 살폈다. 어떤 날은 배 두 척이 나란히 정박해 있었고 어떤 날은 한 척만 덩그렇게 있었다. 배에 올라가서 무슨 짓을 하는지 눈으로 확인하고 싶었지만, 인상 더러운 사람들이 지키고 있어 접근할 수 없었다. 불을 환하게 밝힌 창천의 건물과 배를 바라보자 강태호를 향한 증오와 적개심이 독버섯처럼 무럭무럭 자라났다.

　1988년 8월 6일 밤, 북항에서 축제를 알리는 불꽃놀이가 시작되었다. 수천 개의 깃발이 걸린 해안도로에 차들이 끝없이 밀려들었다. 일주일 전부터 열린 야시장은 여름밤의 불꽃놀이를 구경하려는 사람들로 발 디딜 틈이 없었다. 포경 금지 원년부터 사람들의 발길이 뚝 끊어졌던 북항은 언제 그랬냐는 듯 사람들로 북적거렸다. 축제의 공식적인 명칭은 '뱃고놀이'였다. 이름에서 알 수 있듯 뱃고놀이는 바다에서 벌어지는 고싸움놀이였다. 양편으로 나뉜 선단은 각기 대장선과 열 척의 호위선으로 구성되었는데 대장선은 50명이 탔고 호위선은 20명이 탔다. 양쪽 진영을 합쳐 500명이 참여하는 거대한 놀이였다. 대장선의 뱃머리에 부착한 고는 통대나무를 짚으로 묶어 만들었고 고를 받치는 굉갯대는 5미터의 Y형 나무를, 아래 받침대는 20미터 길이의 통나무를 사용했다. 양측의 선봉이 뱃머리에 튀어나온 받침대에 올라서서 선단을 지휘하여 상대편의 깃발을 먼저 뺏는 쪽이 승리하는 시합이었다. 단순한 축제에 불과한 뱃고놀이가 횟수를 거듭할수록 격렬해진 것은 남항과 북항으로 편을 갈랐기 때문이었다. 북항은 전통적으로 고래잡이를 해온 토착민들이 거주했고 뒤에 만들어진 남항은 외부에서 유입된 주민들이 많았다. 눈만 마주쳐도 싸움을 벌이는 두 지역을 패로 나눈 것은 끓는 물에 기름을 끼얹은 형국이었다.
　강태호는 축제의 성공을 위해 패자에겐 굴욕적인 벌칙을 주고 승자에겐 엄청난 상금을 주었다. 그러자 두 지역의 주민들은 과도할 정도로 뱃고놀이에 빠져들었다. 두 척의 대형 목선과 스무 척의 호위선을 만들기 위해선 막대한 자금이 필요했다. 강태호는 목선 건조에 들어가는 비용의 절반을 내놓았고 나머지 절반은 지역에 기반을 둔 기업과 유지들에게 십시일반 자금을 거두었다. 축제를 대외에 알리는 홍보는 시에서 맡게 하여 민관이 함께 참여하는 축제를 만들어냈다. 그는 그것으로 만족하지 않고 직접 북항의 선봉을 맡아 청년들을 이끌고 뱃고놀이에 참여했다.

다음 날 정오, 뱃고놀이 시합이 시작되었다. 작열하는 태양 아래 구릿빛 상체를 드러낸 500명의 청년들이 상대의 깃발을 빼앗기 위해 충돌했다. 천지를 진동하는 북소리와 수천 개의 깃발이 나부끼는 가운데 웃통을 벗은 청년들이 맞부딪치는 싸움에 사람들은 흥분했다. 맨몸으로 부딪치는 청년들의 굵은 땀과 거친 숨소리가 잊고 있던 야성에 불을 지른 것이다. 그들은 청년들이 상대를 바다에 내던질 때마다 발을 구르고 고함치며 열광했다. 사람들의 시선이 한 사람에게 집중되었다. 강태호였다. 그는 중년의 나이에도 불구하고 근육질 청년들을 어린아이처럼 메다꽂고 있었다. 관중들은 이런 강태호의 모습에 빠져들었다. 마침내 그가 상대편 선봉을 바다에 내던지고 깃발을 탈취하여 흔들자 관중들은 우레와 같은 박수를 보냈다. 적의 깃발을 들고 우뚝 선 강태호는 포세이돈이었다. 거친 바다에서 고래를 잡아 생명을 이어 온 뱃사람들에겐 바다를 지배하는 자가 영웅이었다. 승자를 태운 배가 내항을 천천히 선회했다. 갑판에 선 청년들의 얼굴에 승리의 기쁨이 넘쳤다. 전쟁에서 승리한 자들만이 느끼는 강한 연대감이 그들을 휘감고 있었다. 관중들은 그런 청년들을 향해 뜨거운 환호와 박수를 보냈다.

　이듬해 여름, 두 번째 뱃고놀이 축제가 끝나고 한 달 뒤 저택 정원에서 결혼식 피로연이 열렸다. 현악 사중주가 연주하는 아름다운 선율이 울려 퍼지는 정원에는 손님들이 줄지어 앉아 있었는데 가장 눈에 띄는 사람은 노스님이었다. 잿빛 가사를 입은 스님은 혈색 좋은 얼굴로 어머니 목에 걸린 다이아몬드가 반짝거리는 모습을 지켜보며 싱글벙글했다. 테이블 중앙에 검게 그을린 강태호와 연녹색 한복을 입은 어머니가 앉아 있었다. 어머니의 자태는 모든 사람의 시선을 받을 만큼 아름다웠다. 강태호의 전신에서는 원하는 걸 쟁취했다는 포만감이 흘러넘쳤다. 그러나 내 눈에 비친 어머니는 그저 저속할 뿐이었다. 두 사람을 지켜보는 내 마음은 가장 소중한 걸 상실한 듯 허전했다. 피로연이 무르익자 사람들의 화제는 자연스럽게 뱃고놀이 축제로 이어졌다.
　축제의 성공은 침체에 빠진 북항을 완전히 탈바꿈시켰다. 시에서는 항구 입구의 나대지를 사들여 대형 주차장을 신설했는데 내년 축제에 맞춰 북항에서 강주시로 이어지는 2차선 도로를 확장하겠다는 계획을 발표했다. 이런 내용이 신문과 방송을 통해 대대적으로 보도되자 하락을 거듭하던 북항 부동산 가격이 급반전했다. 이렇듯 축제의 성공으로 상황이 변하자 포경 금지 때문에 북항을 떠났던 주민들이 하나둘 돌아오고 있다는 소식도 들려왔다. 축제를 통해 얻은 성과는 이것만이 아니었다. 뱃고놀이는 트로트 가수들을 불러 노래를 듣는 수동적인 축제가 아니었다. 준비부터 시합까지 1,000여 명의 주민이 직접 팔을 걷어붙이고 참여하는 능동적인 축제였다. 따라서 목표를 향해 나아가는 과정에서 얻은 연대와 성취감이 가장 큰 결실이었다.

나는 손님들이 북적거리는 정원을 빠져나와 집으로 들어갔다. 주방은 외부에서 온 요리사들이 음식을 만드느라 정신이 없었다. 요리사들이 만든 음식과 술은 하얀 와이셔츠를 입은 청년들이 맡고 있었다. 며칠 전에 저택에 나타난 그들은 집 안은 물론이고 정원과 언덕을 둘러싼 숲까지 들어가서 깨끗하게 청소했다. 교동댁은 이 청년들을 마치 수족처럼 부렸다. 결혼식 날이 정해지자 교동댁은 의식적으로 나를 피했다. 이따금 눈이 마주치면 그녀는 짐짓 의뭉스러운 표정을 지었다. 나는 입을 다물었다. 아니 침묵할 수밖에 없었다. 어머니의 재혼에 대한 결정권이 없었기 때문이었다. 분주하게 움직이는 낯선 사람들을 바라보던 나는 2층으로 올라갔다. 창밖을 내려다보니 사람들에게 둘러싸인 강태호가 호탕하게 웃고 있었다. 창문을 닫고 커튼을 단단히 여미었다. 그런데도 강태호의 웃음소리는 칼날처럼 미세한 틈을 비집고 들어왔다. 나는 도망치듯 외조부의 서재로 들어갔다. 한결 마음이 가라앉았다. 그러나 그것도 잠시였다. 이번에는 어머니의 웃음소리가 벽을 뚫고 들어와서 외조부의 서재를 함부로 휘저었다. 가슴 깊은 곳에서 시기와 질투와 배신감이 뒤섞여 부글부글 끓어올랐다.

아버지가 원망스러웠다. 이 모든 것은 아버지의 부재 때문에 일어난 일이었다. 아버지가 있었다면 이 어이없는 일은 절대 있을 수 없었다. 아버지의 죽음은 언덕 위의 모든 걸 변화시켰다. 나와 어머니의 삶을 송두리째 바꿔버린 것이다. 거대한 조류처럼 밀려와서 나를 낯선 세계로 밀어냈다. 나는 무력했다. 그것이 나의 소중한 모든 걸 무자비하게 유린하는 모습을 지켜볼 수밖에 없었다. 강태호는 잡초였다. 언덕 위의 꽃과 나무를 잠식한 그는 끝내 외조부가 세운 이 저택까지 집어삼킬 것이었다.

마음이 어지러웠다. 나는 책장 앞으로 다가갔다. 어류 도감이 눈에 들어왔다. 다섯 권의 전집 중 첫 번째 책을 꺼냈다. 크고 무거웠다. 외조부의 넓은 마호가니 책상에 앉아 어류 도감을 펼쳤다. 물고기 사진과 어류의 생태와 습성이 상세하게 적혀 있었다. 눈에 익은 물고기보다 난생처음 보는 물고기가 더 많았다. 모조리상어, 쌍뿔달재, 불범상어, 퉁치, 별넙치처럼 기괴한 이름의 물고기 사진을 들여다보자 정원의 떠들썩한 소리가 점차 가라앉았다. 책의 끝부분에 사진 한 장이 끼워져 있었다. 검은 교복을 입은 남녀 고교생들이 바다를 등지고 서 있는 흑백 사진이었다. 앳된 얼굴의 어머니를 사이에 두고 아버지와 강태호가 나란히 서서 웃고 있었다.

2부

1

저택의 아침은 잘 벼린 칼이 도마를 내리치는 소리로 시작되었다. 생선 비린내가 섞인 둔탁한 소리는 영민한 집사의 발걸음처럼 조심스럽게 집 안을 돌아다녔다. 20대 초반의 청년이 매일 새벽 어시장에서 선도가 가장 좋은 활어를 사서 교동댁에게 전달했다. 그는 운전이나 정원을 관리하는 동료들보다 체격은 작았지만, 동작이 민첩했다. 그는 나와 마주칠 때마다 허리를 90도로 숙였다. 내가 한사코 말려도 청년은 말을 듣지 않았다. 청년의 표정을 보면 내일 바다 날씨를 알 수 있었다. 표정이 맑은 날은 날씨가 좋았고 어두운 날은 풍랑이 높았다. 여름철 태풍이 몰려올 즈음이면 청년은 중병 걸린 환자처럼 안색이 어두웠다. 배들이 고기잡이를 나갈 수 없었기 때문이었다. 강태호의 식성은 특이했다. 그는 매일 아침 신성한 의식을 치르듯 생선을 한 마리씩 먹어치웠다. 뼈째 잘라낸 회를 고추냉이에 찍어 오독오독 씹어 삼키는 모습은 마치 바다의 정기를 흡입하는 것처럼 보였다.

그해 10월, 우리는 시내로 거처를 옮겼다. 저택 보수 공사 때문이었다. 두 달 정도 예정했던 공사는 내가 인문계 고등학교에 진학한 이듬해 봄이 되어서야 완공되었다. 임시로 얻어 지내던 집에서 학교까지는 10분 거리였다. 덕분에 편하게 학교에 다녔지만, 이제 다시 버스 통학을 해야 했다. 오랜만에 돌아온 북항은 예전과 달리 활기가 넘쳤다. 어시장도 북적거렸고 횟집 앞에는 외지 번호판을 단 승용차들이 줄지어 서 있었다. 거리를 오가는 사람들의 표정도 밝았다. 언덕길 초입에 들어서자 편백나무 숲이 나타났다. 외조부가 저택을 지을 때 심은 편백이 지금은 울창한 숲을 이루고 있었다. 숲을 가른 언덕길 양쪽에 벚꽃이 만발했다. 내가 어렸을 때만 해도 듬성듬성 꽃을 피웠던 벚나무는 이제 나뭇가지가 휘청 내려앉을 정도로 꽃을 피웠다. 승용차는 꽃잎이 눈송이처럼 날리는 언덕길을 단숨에 치고 올라갔다. 언덕에 올라서자 대문 옆 차고 문이 스르르 열렸다. 정원에 들어선 나는 깜짝 놀랐다. 저택의 모습이 완전히 변해 있었다. 진초록 양잔디가 깔린 정원에는 저택 지붕을 덮은 적삼목 냄새가 가득했다. 현무암 판석을 밟고 석조계단에 올라서서 마호가니 현관문을 열었다. 구조가 변경된 실내 벽체의 아랫부분은 두툼한 목재였고 위쪽은 짙은 그린색 벽지였다. 벽난로가 설치된 넓은 응접실 곳곳에 관엽식물 화분과 플로어 조명이 놓여 있었다. 주방에 들어선 교동댁의 눈이 휘둥그레졌다. 처음 보는 요리기구를 비롯한 집기가 고급 레스토랑 주방처럼 정연하게 설치되어 있었기 때문이었다. 주방 한쪽에 놓인 대형 오븐을 본 교동댁은 입을 다물지 못했다. 소파, 커튼, 장식장, 조명, 식기는 물론이고 심지어 벽에 걸린 시계까지 최고급품으로 바뀌어 있었다. 내 방도 마찬가지였다. 책상, 의자, 책장, 침대는 물론이고 베개와 이불까지 새것이었다. 집 안을 돌아본 나는 상심에 빠졌다. 아버지의 손때 묻은 물건과 내가 어렸을 때부터 뛰어놀던 공간이 흔적도 없이 사라졌기 때문이었다. 그런데 단 한 곳은 그대로 남아 있었다. 외조부의 서재였다. 할머니의 체취를 느낄 수 있는 유일한 공간이라서 어머니가 건드리지 못하게 한 모양이었다. 집 안을 돌아본 어머니는 아주 만족스러워했다. 자신의 발목을 잡고 있던 과거를 완전히 떨쳐낸 듯 홀가분한 표정이었다. 나는 그런 어머니가 가증스러웠다. 언덕 위의 저택은 이제 외조부의 것이 아니었다. 쇠락의 기운을 완전히 떨쳐낸 저택은 강태호가 쌓아 올린 새로운 성城이었다. 이 성에서 나는 볼모로 잡힌 비운의 왕자처럼 비탄에 잠겨 살아가게 될 것이었다. 그나마 내게 위안을 준 건 아버지 사진이었다. 이따금 아버지 사진을 들여다보며 나는 볼모의 서러움을 달랬다.

　매일 저녁 낯선 손님들이 저택을 방문했다. 주말 저녁에는 수십명이 참석하는 모임이 열렸다. 외등을 환하게 밝힌 언덕길에는 고급 승용차가 줄을 섰고 때론 상가 입구까지 자리를 차지했다. 덕분에 교동댁은 정신없이 바빠졌다. 그동안 한가롭게 세 사람의 음식을 준비하던 그녀는 하루아침에 도우미 두 사람을 거느린 주방장으로 변신했다. 직접 시장을 가는 일은 없었다. 필요한 물품이 적힌 메모지를 건네주면 청년들이 차를 몰고 가서 물건을 사 왔다. 손님이 많이 방문하는 주말에는 전문 요리사들이 출장을 나왔다. 그들은 핏물이 뚝뚝 떨어지는 스테이크를 비롯하여 각종 중화요리와 일식 요리까지 만들어냈다. 어머니의 변화는 너무나 극적이어서 완전히 다른 사람처럼 보였다. 매일 저녁 옷을 차려입고 손님들을 맞이하는 어머니를 볼 때마다 마음이 불편했다. 무엇보다 뻔뻔함을 견딜 수 없었다. 일말의 죄의식 없이 손님들과 어울리는 어머니를 보면 화가 났다. 어머니는 경멸당하고 비난받아야 했다. 강태호가 아버지의 절친한 친구였기 때문이었다. 그런데 아무도 그 사실을 말하지 않았다. 오히려 사람들은 두 사람을 세상에서 가장 고결한 부부처럼 부러워하며 칭송했다.

강태호는 자기 관리가 철저했다. 어둠의 세계를 전전한 사람답지 않게 일과가 규칙적이었다. 매일 아침 기사가 운전하는 차를 타고 시내 호텔 헬스클럽에서 두 시간씩 운동했다. 그런 다음 집으로 돌아와서 아침 식사를 한 뒤에 다시 출근했다. 사람들을 대하는 모습을 보면 성격이 확연하게 드러났다. 그는 자신의 존재감을 서서히 드러내는 스타일이 아니었다. 먼저 자기 생각을 말하고 상대에게 동조할 것인지 거부할 것인지를 요구했다. 동조하면 친구가 되었고 거부하면 적으로 간주했다. 피아 구분이 확실했다. 친구에게는 자신이 베풀 수 있는 것을 전부 내주었다. 하지만 적에게는 무자비한 응징을 가했다. 이런 이유로 사람들은 그의 적이 아니라 친구가 되고 싶어 했다.

강태호는 나를 무덤덤하게 대했다. 친하게 지내려는 생각도 없었고 그렇다고 무시하는 것도 아니었다. 어머니가 있을 때는 괜찮았지만, 둘이 남게 되면 분위기가 어색했다. 아무 의미 없는 말을 주고받다 눈치 게임을 하듯 먼저 자리를 떠났다. 어머니는 당연히 나와 강태호가 친밀한 사이가 되길 원했다. 하지만 어머니의 기대와 달리 우리는 물과 기름처럼 겉돌았다. 시간이 해결할 거라고 생각하던 어머니도 내가 완강하게 거부하자 체념했다. 나는 말을 줄였다. 그리고 긍정도 부정도 아닌 모호한 태도를 유지했다. 강태호는 내가 대적할 수 있는 상대가 아니었다. 그는 세상의 한 축을 지배하는 거인이었다. 그에 비해 나는 내 의지로 할 수 있는 게 아무것도 없는 아이에 불과했다. 따라서 내가 할 수 있는 건 적의를 숨기고 위선의 가면을 쓰는 것뿐이었다.

강태호가 만든 새로운 질서에 가장 먼저 순응한 건 성문을 열고 적을 맞아들인 어머니였다. 그다음이 교동댁이었다. 그녀의 투항은 못내 아쉬웠다. 어머니를 제지할 수 있는 유일한 사람이기 때문이었다. 물론 어머니의 고집을 쉽게 꺾을 순 없었겠지만, 너무 쉽게 동조한 것은 나에게 큰 실망을 주었다. 나는 강태호의 질서를 거부했다. 아니 그가 만든 새로운 질서에 절대 순응할 수 없었다. 내 아버지가 아니었기 때문이었다. 그를 아버지로 받아들인다는 건 저 바닷속에 잠든 진짜 아버지를 배신하는 일이었다. 따라서 그는 절대 내 아버지가 될 수 없었다. 나는 믿었다. 언젠가는 어머니가 이 달콤한 꿈에서 깨어나 제자리로 돌아올 거라고 굳게 믿었다. 따라서 그날이 올 때까지 그 어떤 회유와 협박에도 굴하지 않고 묵묵히 견뎌 나갈 것이었다.

그해 어느 가을날, 나는 부둣가에 있었다. 지난여름 축제에 쓰였던 목선은 치열했던 흔적이 고스란히 남아 있었다. 그중에서도 가장 상태가 심한 배는 대장선이었다. 뱃전에 늘어진 밧줄은 곳곳이 끊어졌고 밖으로 튀어나온 노는 군데군데 부러져 있었다. 나는 뱃전에 걸쳐진 사다리를 밟고 갑판으로 올라갔다. 갑판에는 핏자국이 말라붙어 있고 한쪽에는 양측이 죽을힘을 다해 뺏으려던 깃발이 찢어진 채 내팽개쳐 있었다. 깃발을 보자 축제에서 다친 상처를 자랑스럽게 내보이며 부둣가를 돌아다니던 청년들이 떠올랐다. 뱃머리에 부착한 고의 상태도 심각했다. 배가 충돌할 때의 충격으로 통대나무가 부러졌고 고를 지탱하는 받침대도 깨어져 있었다. 문득 검게 그을린 상반신을 드러내고 선단을 지휘하던 강태호의 모습이 생각났다. 그에게 있어 축제는 무엇일까. 포경 금지로 침체한 북항을 회생시키기 위해 축제를 만든 걸까. 아니면 폭락한 부동산 가격을 올리기 위해서일까. 아니면 폭력과 살인으로 점철된 과거를 청산하고 새로운 삶을 살기 위해서일까. 대체 이 괴상한 이종교배의 시합을 만든 목적이 무얼까. 혹시 언덕 위의 저택과 어머니를 차지하기 위해서가 아닐까. 나는 싸움의 흔적이 남아 있는 갑판을 돌아다니며 생각에 잠겼다.

강태호의 약점은 무엇일까. 그가 가장 싫어하는 건 패배였다. 강태호는 단순한 내기부터 사업까지, 패배를 죽기보다 싫어했다. 그에게 있어 패배는 죽음보다 더 수치스러운 모욕이었다. 강태호는 지난 세 번의 축제에서 모두 승리했다. 그런 그가 수많은 사람이 지켜보는 가운데 패한다면 어떻게 될까. 나는 뱃머리에 튀어나온 받침대를 들여다보았다. 뱃고놀이의 실격은 아주 간단했다. 배에서 떨어져 몸이 바닷물에 닿으면 그만이었다. 실격한 선수는 시합에 참여할 수 없었다. 강태호는 아주 일당백의 전사였다. 그는 장정 수십 명을 바다에 내던질 정도로 강했다. 만약 강태호가 실격한다면 북항은 패배할 것이다. 갑자기 뱃머리에 올라선 강태호가 받침대가 부러져 바다에 추락하는 모습이 떠올랐다. 그 패배는 그의 삶에 있어 지극히 작은 패배에 불과했다. 하지만 그의 빛나는 자긍심에 지워지지 않는 상처가 될 것은 분명했다.

　여름 축제가 끝난 뒤 목선은 항구 한쪽에 정박했다가 다음 해 6월 중순에 뭍으로 끌어올려 수리한 다음 바다에 내려졌다. 작년 여름 두 번째 축제에서 생각지도 못한 사건이 발생했다. 남항의 청년들이 몰래 배에 올라가서 훼손하려다 발각되는 일이었다. 뱃고놀이에서 이기기 위한 집착이 불러온 사태였다. 그때부터 북항과 남항은 축제가 시작될 때까지 아무도 배에 접근하지 못하게 막았다. 수리를 끝낸 배가 바다에 내려진 후부터 축제가 시작되기 전까지의 일주일은 불침번을 세울 정도로 경비가 철통같았다. 북항의 목선이 정박한 곳은 북쪽 방파제였다. 그곳에서부터는 해안선이 가파르게 솟아 수직에 가까운 절벽으로 이어졌다. 이런 지형으로 인해 방파제 한쪽만 막아버리면 그 누구도 배에 접근할 수 없었다.

　나는 매일 부두를 내려다보며 목선에 접근할 방법을 찾았다. 하지만 아무리 머리를 쥐어짜도 대장선에 몰래 숨어 들어갈 방법이 떠오르지 않았다. 그러던 어느 날 정원에서 항구를 내려다보고 있는데 좋은 아이디어가 번뜩 떠올랐다. 육지는 막혔지만, 바다가 열려 있었다. 내항을 휘돌아간 북쪽 방파제는 낚시꾼들이 즐겨 찾는 장소였다. 평소에는 마음대로 드나들었지만, 축제 일주일 전부터는 출입이 금지되었다. 방파제 끝에는 작은 등대가 서 있었다. 반대편 남쪽 등대와의 거리는 수백 미터 남짓이었다. 쉽게 말하면 두 등대 사이가 내항으로 들어가는 관문이었다. 남쪽 등대 뒤편으로 해안도로와 닿은 암석 지대가 펼쳐져 있었다. 만약 그곳에서 출발하여 북쪽 등대에 접근한 다음 방파제를 따라가면 북쪽 내항에 정박한 목선에 다가갈 수 있었다. 나는 거리를 가늠해보았다. 암반지대에서 남쪽 등대까지 3킬로미터 정도였고 등대에서 내항의 목선까지 약 3킬로미터 남짓이었다. 몰래 배에 올랐다가 출발점으로 돌아가기 위해선 약 12킬로미터를 수영해야 했다. 나는 수영을 못 했다. 바다가 코앞인데도 한 번도 물에 들어가본 적이 없었다. 어머니가 부두 아이들과 어울리는 걸 병적으로 싫어했기 때문이었다. 내년 여름 축제까지 남은 시간은 10개월이었다. 지금부터 수영을 배우면 얼마든지 가능한 거리였다. 다음 날 나는 시내에 있는 시립 수영장을 찾아가서 강습에 등록했다.

그해 가을에 시작한 수영 강습은 이듬해 봄이 되자 어느 정도 익숙해졌다. 그러나 영법을 배웠다고 곧바로 바다에 들어갈 수는 없었다. 바다와 수영장은 전적으로 달랐다. 실내 수영장이 초식 동물이 뛰어노는 초원이라면 바다는 맹수가 들끓는 정글이었다. 특별한 방법은 없었다. 조금씩 바다에 적응하는 것만이 최선이었다. 4월이 되자 나는 사람들 눈에 띄지 않게 바다 수영을 할 수 있는 은밀한 장소를 찾아 나섰다. 남쪽과 북쪽 해안을 샅샅이 뒤진 끝에 나는 적당한 장소를 찾아냈다. 북항에서 자전거로 30분 정도 걸리는 북쪽 해안 절벽이었다. 그곳은 도로에서도 한참 떨어져 있고 주변에 민가가 없어 한낮에도 사람이 보이지 않는 외진 곳이었다. 해안 절벽은 형상이 특이했다. 100여 미터 높이의 절벽 윗부분이 바다를 향해 돌출되어 있었다. 장방형의 암석을 제외하면 나머지는 순비기나무와 갯메꽃과 풍란이 뒤섞인 초지였다. 잡목이 우거진 해안을 살피던 나는 절벽 아래로 내려갈 수 있는 길을 찾아냈다. 암석이 수축과 팽창을 거듭하면서 만들어진 곡벽谷壁에 사람이 오르내린 흔적이 희미하게 남아 있었다. 빨래판처럼 생긴 암석을 밟고 절벽을 내려간 나는 깜짝 놀랐다. 해안 절벽 아래 초승달 모양의 백사장이 숨어 있었다. 밀가루처럼 고운 모래가 쌓인 백사장은 사람들 눈에 띄지 않게 수영을 연습할 수 있는 최적의 장소였다.

그러나 곧바로 바다에 들어갈 순 없었다. 슈트를 입어도 손발이 시릴 정도로 수온이 낮았기 때문이었다. 본격적으로 바다 수영을 시작한 것은 5월 중순이 되어서였다. 나는 모래사장 시작점에서 50미터 간격으로 부표를 띄워놓고 거리를 조금씩 늘려갔다. 바다 수영의 가장 큰 장애물은 파도였다. 예측할 수 없는 파도는 몸의 중심을 제멋대로 흔들어놓았다. 어떤 날은 갑자기 물속으로 끌려 들어간 적도 있었다. 간신히 벗어나서 살펴보니 해초가 발목을 칭칭 감고 있었다. 하지만 나는 꾸준히 바다에 들어갔다. 때론 파도가 심한 날도 들어갔고 밤바다도 들어갔다. 축제가 시작되는 8월 첫 주까지 12킬로미터를 수영할 수 있는 몸을 만들어야 했기 때문이었다.

　바다는 시시각각으로 변했다. 박명薄明의 물빛은 적색에서 오렌지색으로 변했고 맑은 날의 우연한 돌풍은 수면에 큰 붓을 휘두른 듯한 자국을 만들어냈다. 저녁 어스름에 애처롭게 떨던 바다는 보름달이 뜨면 언제 그랬냐는 듯 은빛을 튕겨내며 화사해졌다. 밤의 바다는 고요했다. 저 멀리 아득한 항구의 불빛은 표석이었다. 거친 파도에 휩쓸려 중심을 잃을 때마다 두려움과 공포가 밀려왔다. 한 달쯤 지나자 천근 같던 몸이 가벼워졌다. 물결에 저항하지 않고 순응하는 순간 몸이 쑥쑥 나갔다. 그때부터 나는 힘들이지 않고 바다를 유영할 수 있었다. 어두운 밤바다를 헤엄치면 문득 아버지가 떠올랐다. 아버지가 있는 삶과 없는 삶은 완벽하게 달랐다. 아버지를 잃은 내 삶은 진창에 빠진 것과 같았다. 만약 어긋난 궤도를 제자리에 돌려놓지 못하면 나는 영원히 진창을 벗어날 수 없을 것이었다. 강태호가 축제에서 패한다고 제자리로 돌아갈 수 있을까. 어머니는 헛된 꿈에서 깨어날 수 있을까. 거친 파도에 휩쓸릴 때마다 의심과 불신이 소용돌이쳤다. 그러나 거친 물살을 넘어가면 새로운 힘과 희망이 솟구쳤다. 강태호의 빛나는 자긍심에 흠집을 내는 것은 그가 구축한 질서에 몸을 던지고 싶은 유혹을 떨치기 위해서였다. 그것만으로 나는 기꺼이 거친 바다를 유영할 수 있었다.

2

매일 학교 수업이 끝나면 자전거를 타고 해안 절벽을 찾아갔다. 백사장에서 몸을 풀고 두 시간 정도 수영한 뒤에 집으로 돌아갔다. 주말에는 좀 더 많은 시간을 보냈다. 나중에 알았지만, 이 해안 절벽에 사람을 찾기 힘든 건 10년 전 젊은 남녀가 절벽 아래로 몸을 던진 사건이 있고 난 뒤부터였다. 투신 사건 후 이상한 소문이 퍼지면서 사람들의 발길이 뚝 끊어진 것이다. 그 뒤에 시에서 사람들의 출입을 막기 위해 목책을 설치했지만, 이듬해 태풍에 전부 유실된 것이었다. 어쨌든 나로선 더할 나위 없는 장소였다.

6월 첫 주말 오후, 한창 수영을 하고 있는데 절벽 위에 사람의 형체가 어른거렸다. 나는 재빨리 절벽 아래 모래사장으로 몸을 숨겼다. 몸이 마를 즈음 다시 절벽을 올려다보니 여전히 사람이 있었다. 어쩔 수 없이 몸을 닦고 옷을 갈아입었다. 한참을 기다렸다가 곡벽을 타고 절벽을 올라갔다. 초지에 올라선 순간 나는 깜짝 놀랐다. 한 여학생이 바위 가장자리에서 바다를 바라보고 있었다. 내가 잠시 머뭇거리고 있을 때 여학생이 고개를 돌려 나를 쳐다보았다. 그리고 천천히 다가와서 갑자기 내 얼굴을 만졌다. 순식간에 일어난 일이었다. 나는 여학생의 차가운 손이 이마와 뺨과 입술을 어루만질 동안 가만히 서 있었다. 잠시 후 손을 거둔 여학생이 실망스러운 눈빛으로 한숨을 내쉬었다. 그러고는 몸을 홱 돌려 초지를 달려갔다. 나는 귀신에 홀린 사람처럼 여학생이 자전거를 타고 멀어지는 모습을 바라보았다. 이윽고 그녀가 시야에서 사라진 뒤에야 정신이 번쩍 들었다. 마치 꿈을 꾼 듯했다. 그러나 얼굴에 닿은 감촉이 너무나 선명했다. 누굴까. 여길 어떻게 찾아온 걸까. 내 얼굴을 만져보고 실망한 이유는 무얼까. 나는 해안 절벽을 돌아보았다. 저 멀리 북쪽 해안에 작은 마을이 있었다. 남쪽으로는 북항의 전경이 아스라하게 보였다. 바람은 선선했고 모래밭을 뜨겁게 달구던 햇살의 열기는 식어 있었다. 남색 바다를 멍하게 내려다보던 나는 바위를 내려가서 초지를 가로질렀다. 해안가 덤불에 숨겨놓은 자전거를 끌어내서 페달을 밟기 시작했다.

수업 시간 내내 정신이 집중되지 않았다. 책을 들여다보면 여학생의 찰랑거리는 머릿결과 새카만 눈동자가 생생하게 떠올랐다. 성긴 풀을 밟고 달려가던 하얀 종아리와 내 얼굴을 어루만지던 촉감이 선명하게 떠올랐다. 수업을 마치고 학교를 나온 나는 할 일 없이 시내를 어슬렁거리며 돌아다녔다. 혹시라도 그녀를 만날 수 있을까 싶어서였다. 그러나 어디에서도 그 여학생은 보이지 않았다.

집으로 돌아간 나는 자전거를 타고 해안 절벽을 향해 달려갔다. 해안 절벽이 가까워질수록 가슴이 두근거렸다. 그러나 해안 절벽에는 키 낮은 풀만이 바람에 흔들리고 있었다. 실망감에 힘이 빠졌다. 해안으로 내려간 나는 옷을 갈아입고 물에 들어갔다. 마음이 어지러워서인지 좀처럼 속도가 나질 않았다. 파도에 밀려온 해초가 자꾸만 발에 걸려 물에서 나왔다. 모래밭에 벌렁 드러누워 해안 절벽을 올려다보았다. 불룩 튀어나온 바위에 부딪힌 잔광에 눈이 아팠다. 그날 그 아이는 나를 얼마나 지켜본 걸까. 누가 지켜보는지도 모르고 수영했다는 사실에 얼굴이 화끈거렸다.

시도 때도 없이 떠오르는 잔상에 시달리는 가운데 주말이 찾아왔다. 학교에서 돌아와서 수영 가방을 챙겨 들고 집을 나섰다. 해안 절벽에는 바닷새들만 비행하고 있을 뿐 아무도 없었다. 초지를 한 바퀴 돌아본 나는 곡벽을 타고 모래밭으로 내려갔다. 모래밭에 앉아서 바다를 바라보자 처음 본 여자아이에게 정신을 빼앗긴 자신이 어리석다는 생각이 들었다. 나는 머리를 세차게 흔들어 잔상을 떨쳐냈다. 물에 들어가서 힘차게 물살을 갈랐다. 하루도 거르지 않아서인지 거리가 많이 늘어났다. 하지만 아직도 한참이나 부족했다. 여름 축제까지 계속 비거리를 늘려 나가야 했다. 한 시간쯤 부표를 왕복하다 숨을 고르기 위해 배영으로 자세를 바꾸었다. 그때 절벽 위에 사람의 형체가 어른거렸다. 순간 전율이 엄습했다. 나는 황급히 모래밭으로 나갔다. 몸을 닦고 옷을 갈아입은 다음 곡벽을 올라갔다. 혹시 그녀가 가버릴지 모른다는 생각에 발이 자꾸만 미끄러졌다. 간신히 절벽에 올라선 뒤에야 나는 안도의 한숨을 내쉬었다. 그날 그 여학생이 바위 가장자리에 서 있었다. 나는 바위로 올라갔다. 그녀가 손에 닿을 듯 가까웠다. 입 안이 바짝 말랐다. 여자아이가 천천히 몸을 돌렸다. 지난 일주일 동안 내 의식을 흔들던 얼굴이 앞에 있었다. 나는 마른침을 삼키며 여자아이의 새카만 눈동자를 바라보았다. 그때 여자아이가 가방에서 뭔가를 꺼내 내밀었다. 엉겁결에 받아들고 보니 초콜릿이었다.

"날 저 아래에 데려가 줘."

"절벽 밑에?"

"응."

나는 잠시 망설였다. 비밀의 장소를 침범당하는 것 같아서였다. 하지만 그 생각은 곧바로 무너졌다. 나는 그녀를 데리고 곡벽을 내려갔다. 혼자 오르내릴 때는 위험한 줄 몰랐는데 신경이 곤두섰다. 하지만 여자아이는 곧잘 내려갔다. 마지막 가파른 구간에서 손을 내밀자 여자아이가 주저 없이 손을 잡았다. 기묘한 느낌이 허리를 타고 올라왔다. 심하게 열이 올랐을 때의 고통 같은 쾌감이었다. 이윽고 모래밭에 내려선 여자아이가 이마에 송골송골 맺힌 땀을 훔쳐내며 탄성을 질렀다. 그녀는 하얀 운동화와 양말을 벗고 맨발로 모래밭을 걸었다. 고운 모래밭에 그녀의 발자국이 만들어졌다. 누군가 내 속살을 만지는 듯한 느낌이었다. 모래밭 중간에서 걸음을 멈춘 여자아이가 바다에 띄워놓은 부표를 바라보며 말했다.

"혼자서 수영하면 쓸쓸하지 않을까?"

나는 모호한 웃음을 지었다. 모래밭 끝까지 걸어간 여자아이는 바다를 바라보며 침묵에 잠겼다. 그녀를 어디선가 본 듯했다. 어류도감에서 발견한 흑백 사진이 떠올랐다. 여자아이는 사진 속 어머니 모습과 일란성 쌍둥이처럼 닮았다. 여자아이의 숨소리가 달콤한 향기처럼 다가왔다. 해수면을 오락가락하는 바닷새의 날카로운 울음소리가 잦아들 무렵 여자아이가 뭔가 생각난 듯 나를 돌아보며 환하게 웃었다.

여자아이의 이름은 서윤주, 나와 같은 고등학교 2학년이었다. 윤주가 해안 절벽을 찾아온 이유는 동화를 쓰기 위해서였다. 자신이 상상하는 이야기의 배경이 될 만한 장소를 찾다가 우연히 해안 절벽을 발견한 것이었다. 윤주는 그날 해안 절벽 밑에서 홀로 수영하는 날 발견하고 놀랐다고 했다. 나를 바닷속에 사는 요정이나 괴물로 착각한 것이다. 윤주가 처음 본 내 얼굴을 어루만진 건 바로 그 때문이었다. 말을 듣고 보니 너무나 황당했다. 한편으론 상상력이 뛰어난 아이라는 생각이 들었다. 외조부 서재에는 여러 분야의 책들이 많았다. 그 수많은 책의 저자들은 아득히 먼 별나라의 사람들이었다. 그런데 나와 같은 나이의 여학생이 그 사람들처럼 자신만의 이야기를 만들고 있었다. 글을 쓰게 된 동기를 묻자 윤주는『데미안』이란 소설을 읽다가 자신이 창조한 인물들이 다양한 목소리를 내는 세계를 만들 수 있다는 생각에 글을 쓰게 되었다고 말해주었다. 그런 윤주가 경이롭게 보였다.

　우연히 황량한 해안 절벽에서 만난 우리는 친구가 되었다. 윤주를 알고 나자 거짓말처럼 내 마음속에서 일렁거리던 불안이 사라졌다. 아버지의 갑작스러운 죽음이 몰고 온 파장은 나를 숱한 번민에 빠져들게 만들었다. 거기다 어머니의 이해할 수 없는 행동까지 더하자 걷잡을 수 없는 혼란이 나를 덮쳤다. 그런데 윤주를 만나면서 한 치 앞도 보이지 않던 세상이 비 그친 다음 날 새벽처럼 선명해진 것이다. 가장 큰 변화는 어머니를 향한 집착에서 벗어났다는 사실이었다. 아버지의 죽음 이후 나는 과도할 정도로 어머니에게 매달렸다. 어머니 표정이 밝으면 날아갈 듯 기뻤고 어머니 표정이 어두우면 하늘이 무너진 듯 절망했다. 어머니가 며칠 동안 방에 틀어박혀 슈베르트의 음악을 듣고 있으면 나는 의지할 곳을 잃어버린 고아처럼 방황했다. 강태호가 나타난 뒤에 보인 어머니의 태도는 충격이었다. 그렇게 배신감과 분노에 휩싸여 있던 내가 어머니를 담담하게 바라볼 수 있게 된 것이다. 윤주가 내 무의식을 칭칭 동여맨 유자철선을 잘라버린 것이다. 그것은 황량한 들판을 헤매던 영혼이 온기 넘치는 안식처를 찾은 것과 같았다.

7월 마지막 주말 오후, 북항 입구에서 윤주를 만났다. 우린 각자의 자전거를 타고 해안 절벽을 향해 달려갔다. 북항을 벗어나자 도로가 두 갈래로 갈라졌다. 왼쪽은 새로 생긴 4차선 도로였고 오른쪽은 기존의 해안도로였다. 노란 중앙선이 거의 벗겨진 옛 도로는 워낙 굴곡이 심해서 통행량이 거의 없었다. 덕분에 자전거를 타기에는 안성맞춤이었다. 해 질 무렵의 바닷바람이 선선했다. 시내를 벗어나서 바닷가에 오면 기온이 3~4도 뚝 떨어지는 게 동해의 특징이었다. 오후 늦게 해안 절벽을 찾아간 이유는 윤주가 보름달을 보고 싶어 했기 때문이었다. 실제 보름날은 금요일이었다. 하지만 하루 뒷날의 달이 더 크다고 해서 토요일 저녁에 가게 된 것이다. 해안 절벽 입구에 도착한 우리는 자전거를 세워놓고 초지를 가로질렀다. 저녁 어스름 속에 윤주의 발목이 하얗게 빛났다. 절벽 가장자리에 올라서자 은빛 바다가 수평선까지 광활하게 펼쳐져 있었다. 그 위에 실핏줄까지 선명하게 드러낸 보름달이 휘영청 떠 있었다. 초지의 풀들이 서걱서걱 흔들리는 가운데 빠르게 어둠이 내려앉았다. 윤주는 넋을 잃고 달을 바라보았다. 그러나 실은 달이 아닌 다른 세계를 응시하고 있었다. 그곳은 윤주의 상상에 존재하는 세계였다. 하늘에서 쏟아져 내린 달빛이 윤주의 몸을 휘감았다. 지금까지 수없이 바라본 달이었다. 그런데 오늘의 달은 달랐다. 어떤 특별한 의미를 품은 듯 신비롭게 보였다. 달을 향해 온몸을 내민 해국海菊조차 여느 때와 다른 것 같았다. 그때 윤주의 낮은 목소리가 들려왔다.

"달과 바다가 교접하는 것 같아."

나는 바다를 내려다보았다. 허옇게 배를 뒤집은 물결이 밤하늘을 밝힌 달을 향해 진저리치듯 떨고 있었다. 윤주의 나직한 목소리가 이어졌다.

"지금 저 바다에서 달의 정기를 받은 새로운 생명이 잉태되고 있어."

그때 저 멀리 아득한 수평선에서 기묘한 소리가 들려왔다. 윤주가 놀란 표정으로 나를 돌아보았다.

"고래 울음소리야."

윤주가 해수면을 울리며 퍼져 나가는 고래 울음소리에 귀를 기울였다. 잔향처럼 퍼져 나가던 울음소리가 느리게 가라앉았다. 이윽고 고래 울음소리가 멈추자 윤주가 환한 얼굴로 나를 쳐다보았다.

"이제 글을 쓸 수 있을 것 같아."

윤주의 눈동자가 달빛을 받아 반짝거렸다. 광대한 바다 한가운데 떠 있는 달이 창조적 영감에 불을 지핀 것이다. 우린 바위에 앉아 가방에 넣어 온 담요로 무릎을 덮었다. 어째서 혼자 보는 달과 좋아하는 사람과 같이 보는 달이 다른 걸까. 왜 이전까지 아무런 의미가 없던 바다가 무수한 비밀을 품은 듯 보이는 걸까. 세상은 우리 눈에 보이는 것이 전부가 아닐지도 몰랐다. 우리 눈에 보이지 않는, 또 다른 세계가 공존하고 있다는 윤주의 말이 사실처럼 여겨졌다. 한 시간 뒤 우리는 자전거를 타고 왔던 길을 돌아갔다. 달빛이 없었다면 어두운 밤길이었다. 급격하게 꺾어진 도로를 돌아가는데 갑자기 시커먼 물체가 우리 앞을 지나쳤다. 윤주의 자전거가 휘청거리다 넘어졌다.

"뭐야?"

"고라니 같았어."

"아, 어쩌지?"

자전거를 살피던 윤주가 난감한 표정을 지었다.

"왜 그래?"

"체인이 끊어졌어."

윤주의 자전거를 살펴보니 체인이 끊어져 있었다. 어쩔 수 없이 윤주의 자전거를 도로변 풀숲에 숨겨놓고 뒷자리에 윤주를 태웠다. 페달을 밟는 다리에 힘이 들어갔다. 속도가 조금씩 올라가자 윤주의 팔이 내 허리를 감았다. 윤주의 따스한 체온이 몸으로 스며들었다. 그것은 단순한 온기가 아니었다. 아버지가 돌아가신 이후 텅 비어 있던 내 마음을 채워주는 온기였다.

그로부터 일주일 뒤, 윤주가 보낸 두툼한 편지가 집에 도착했다. 봉투를 열어보니 간단한 인사말에 덧붙여 윤주가 쓰기 시작한 동화의 첫 부분이 실려 있었다.

***

뿔의 아이들

역무원이 재이의 얼굴을 빤히 쳐다보며 물었다.

"어딜 가니?"

"강주요."

"거긴 왜?"

"이모가 거기 살고 있어요."

"정말이지?"

재이는 고개를 끄덕였다.

"좋아, 모자를 벗어."

"모자를요?"

"아이들은 머리에 뿔이 없는 걸 확인해야 표를 살 수 있어."

재이는 불안한 눈빛으로 뒤를 돌아보았다. 늙수그레한 아저씨가 심드렁한 표정으로 차례를 기다리고 있었다. 창구의 역무원이 재이를 쳐다보며 재촉했다.

"기차표를 끊을 거면 빨리 모자 벗어."

손님 두 명이 다시 줄을 섰다. 재이는 입술을 꽉 깨물고 창구 안을 슬쩍 쳐다보았다.

"그냥 표 끊어주시면 안 돼요?"

"너, 혹시?"

창구 안의 역무원이 벌떡 일어났다. 그 순간 재이는 돌아서서 달리기 시작했다. 역을 빠져나와 광장을 가로질렀다. 횡단보도 앞 공중전화에 몸을 숨기고 뒤를 돌아보았다. 배가 불룩하게 튀어나온 역무원이 문 앞에서 광장을 두리번거리고 있었다. 재이는 숨을 헐떡거리며 머리에 쓴 모자를 두 손으로 꽉 움켜잡았다. 재이의 눈에 공중전화 유리창에 붙은 포스터가 들어왔다. 청금색 뿔이 난 아이들을 발견하는 즉시 경찰에 신고하라는 글자가 적혀 있었다. 재이는 땅이 꺼질 듯 한숨을 내쉬며 모자 속으로 손을 넣었다. 정수리의 딱딱한 각질이 손에 잡혔다. 끝이 뾰족한 뿔이었다.

청금색 뿔이 하룻밤 사이에 만들어진 건 아니었다. 처음에는 정수리가 간질간질했다. 거울에 비춰보니 새카만 점이 있었다. 그때부터 점이 계속 간지러웠다. 푸른빛을 띤 각질이 단단해진 것은 그로부터 일주일이 지나서였다. 보름 정도가 더 지나자 딱딱한 청금색 뿔이 돋아 있었다. 놀란 엄마가 재이의 손을 잡고 응급실로 달려갔다. 각질 일부를 떼어내서 조직을 검사한 의사는 뿔이 뇌에 깊게 박혀 제거할 수 없다고 했다. 자칫 잘못하면 생명을 잃을 수 있어 수술이 어렵다는 게 의사의 최종 결론이었다. 이 소식을 전해들은 아빠는 그동안 입에 대지 않던 술을 마시며 침울한 표정을 지었다. 한 달쯤 지나자 청금색 뿔이 난 아이들이 빠르게 늘어나고 있다는 뉴스가 전해졌다. 뒤이어 청금색 뿔이 인수 전염병처럼 번지고 있다는 흉흉한 소문이 나돌기 시작했다. 뿔이 달린 개를 보았다는 목격담이 여름철 괴질처럼 확산하자 보건복지부에서 진상을 조사하기 시작했다. 그리고 마침내 청금색 뿔이 난 아이들의 외출을 엄금한다는 정부의 방침이 뉴스를 통해 대대적으로 전해졌다.

그러던 어느 날, 이상한 소문이 입에서 입으로 퍼져 나갔다. 동해의 한 해안 절벽에서 보름달을 보면 청금색 뿔이 녹아내린다는 믿을 수 없는 소문이었다. 공교롭게도 며칠 뒤 보건복지부 대변인이 텔레비전 뉴스에 출연하여 청금색 뿔이 난 아이들과 동물을 체포한다고 발표했다.

나는 윤주가 보낸 글을 온종일 읽었다. 어느 날 갑자기 머리에 청금색 뿔이 난 아이들에 관한 이야기는 사뭇 흥미로웠다. 그보다도 머릿속의 상상이 활자로 만들어진다는 점이 더 신기했다. 나는 편지를 가방에 넣고 다니며 틈날 때마다 읽고 또 읽었다. 단어와 단어, 문장과 문장 사이를 들여다보면 윤주의 세계가 희미하게 감지되었다. 잠이 오지 않는 밤이면 나는 자전거를 타고 윤주의 집을 찾아갔다. 윤주의 집은 해안도로가 끝나는 주택가에 있었다. 주택가 골목을 거슬러 올라가면 수령이 수백 년인 은행나무가 있는 공터가 나왔다. 그곳에서 보면 윤주의 방 창문에서 흘러나온 불빛이 보였다. 윤주는 세상 모든 사람이 잠든 깊은 밤 홀로 자신의 세계를 창조하고 있었다. 나는 늙은 은행나무 둥치에 몸을 기대고 오렌지색 불빛을 오랫동안 바라보았다. 그러다 불이 꺼지면 자전거를 타고 새벽녘 해안도로를 달려갔다.

8월 첫 주말 저녁, 네 번째 여름 축제 전야제가 시작되었다. 축제 일주일 전부터 야시장이 열린 항구는 그야말로 북새통이었다. 내항 방파제를 따라 끝없이 늘어선 야시장은 시내에서 몰려온 사람들로 발 디딜 틈이 없었다. 저녁 9시, 나는 슈트가 든 가방을 창문 밖으로 던졌다. 그런 다음 방을 나와 1층으로 내려갔다. 응접실에서 텔레비전 드라마를 보고 있던 어머니와 교동댁이 동시에 나를 쳐다보았다.

"이 밤에 어딜 가니?"

나는 대답을 하지 않고 현관문을 열었다. 현관문을 닫자 어머니가 혀를 차는 소리가 끊어졌다. 나는 가방을 찾아 들고 대문을 나섰다. 언덕길을 내려가자 활어직판장에서 흘러나온 불빛이 대낮처럼 환했다. 작년 봄 대대적인 공사 끝에 어시장이 현대식 활어직판장으로 바뀌었다. 손님들이 직접 활어를 골라 인근 식당에서 저렴한 가격으로 생선회를 먹을 수 있는 시스템을 도입한 것은 강태호였다. 고기를 잡는 어부들과 이를 받아 판매하는 상인들이 골고루 수익을 나눠 가지는 이 방식은 북항 주민들과 손님들 모두에게 큰 만족감을 주었다.

야시장을 가로질렀다. 부둣가 아이들이 방파제를 따라 늘어선 노점상 사이를 분주하게 돌아다니고 있었다. 초저녁 일찌감치 집을 나선 개들은 으슥한 곳에서 훔친 고깃덩어리를 뜯었고 아직 먹잇감을 구하지 못한 들고양이들의 눈동자가 사위에서 번득거렸다. 야시장은 물론이고 부둣가의 식당과 술집은 빈자리가 없었다. 그들이 둘러앉은 탁자에는 바다에서 갓 건져 올린 생선이 회와 구이와 탕으로 변해 올려져 있었다. 시뻘건 양념이 뚝뚝 떨어지는 붕장어 가게에선 한 남자가 자욱한 연기 속에서 철 지난 노래를 부르고 있었다. 노래는 다른 손님들이 가세하자 거대한 합창으로 변해 축제의 열기가 넘실거리는 항구 곳곳으로 퍼져 나갔다.

이윽고 부두 입구에 도착했다. 해안도로를 따라서 걸어가다 암반지대에 내려섰다. 가로등 불빛이 점점 멀어졌다. 가방에서 플래시를 꺼냈다. 불빛에 놀란 게들과 갯강구가 파다닥 흩어져 도망쳤다. 해변으로 접근할수록 바위가 날카로워졌다. 미리 봐둔 바위에 도착한 나는 슈트를 갈아입고 바다로 들어갔다. 천천히 호흡을 가다듬고 밤바다를 헤엄쳤다. 내항과 달리 바람의 영향을 받는 외항 바다는 파도가 높았다. 나는 물결에 맞서지 않고 순응하며 조금씩 나아갔다. 첫 번째 목적 지점인 남쪽 등대에서 잠시 숨을 돌렸다가 내항의 관문을 빠르게 가로질렀다. 평상시에는 낚시꾼이 던진 야광 찌가 가득한 바다에는 아무것도 없었다. 북쪽 등대에 도착하자 종아리에 통증이 일었다. 한 손으로 테트라포드를 잡고 쥐가 올 것 같은 종아리를 주물렀다. 옅은 구름 속에서 별빛이 우수수 떨어져 내렸다. 내 몸을 투과한 달빛이 바닷속으로 고요히 가라앉았다. 그때 돌연 어두운 하늘에서 섬광이 번쩍거렸다. 불꽃놀이가 시작된 것이다. 야시장을 가득 채운 사람들이 불꽃이 터질 때마다 환호성을 질렀다. 불꽃의 반영이 드넓은 내항에 일렁거렸다. 잠시 밤하늘을 수놓는 불꽃을 바라보던 나는 내항 방파제에 딱 붙어서 물살을 갈랐다. 물결의 흔들림이 거의 없는 내항은 헤엄치기가 한결 수월했다. 방파제 위쪽을 주의 깊게 살피며 조금씩 나아갔다. 저 멀리 선창에 정박한 배들의 실루엣이 손에 잡힐 듯 가까워졌다.

형형색색의 깃발이 걸린 목선을 보자 갑자기 예수를 배신한 가롯 유다의 참혹한 죽음이 생각났다. 예루살렘 사람들은 스스로 목을 매어 죽은 유다의 시신을 굶주린 개들이 훼손하는 걸 막지 않았다. 유다가 범한 죄의 대가를 충분히 치르게 한 것이다. 만약 오늘 일이 발각되면 나는 유다보다 더 참혹한 형벌을 받게 될 것이다. 북항의 모든 사람이 나를 배신자라고 욕하며 침을 뱉을 게 분명했다. 이제 여름 축제는 단순한 놀이가 아니었다. 모래알처럼 흩어진 주민들을 연대감으로 단단하게 결속시킨 북항의 상징이었다. 거기다 강태호는 파탄에 빠진 사람들을 구한 영웅이며 자긍심이었다. 따라서 강태호의 패배를 원하는 내게 북항 주민 전체가 적이 될 것이었다. 하지만 나는 그 어떤 비난도 기꺼이 받아들일 수 있었다. 설령 세상 전부가 적이 된다고 해도 얼마든지 감수할 것이었다. 강태호의 빛나는 자긍심에 한 줄기 상처를 낼 수 있다면 이보다 더한 일도 할 수 있었다.

첫 번째 목선에 도착했다. 대장선의 호위선이었다. 배 사이로 들어간 나는 숨을 가라앉히며 동정을 살폈다. 통제선까지 거리가 먼 탓에 말소리가 희미하게 들렸다. 나는 배 사이를 미끄러지듯 건너갔다. 불침번들의 목소리가 점차 가까워졌다. 이윽고 대장선에 도착한 나는 뱃전에 늘어진 밧줄을 잡았다. 중간쯤에서 발이 미끄러졌다. 곧바로 중심을 잡은 나는 갑판에 올라섰다. 몸을 낮추고 반대편으로 기어갔다. 얼굴을 살짝 들어 내려다보니 오른쪽 방파제 길목을 차단한 청년들이 술을 마시고 있었다.

그들을 살핀 다음 뱃머리로 기어갔다. 짚 끈으로 칭칭 동여맨 받침대가 눈에 들어왔다. 받침대는 고가 상대편 고와 부딪칠 때의 충격을 흡수하는 곳이었다. 받침대를 표나지 않게 일부만 잘라놓으면 충격을 받아 부러질 것이다. 그러면 그 위에 올라서서 선단을 지휘하는 강태호는 그대로 바다에 떨어져 실격하게 될 것이었다. 지금까지 세 번의 축제에서 남항은 북항을 한 번도 이기지 못했다. 그러나 이번만은 상황이 달랐다. 강태호가 실격하면 북항은 일시에 무너질 것이다. 사실 나는 이 괴상한 축제의 승패에 전혀 관심이 없었다. 내가 원하는 건 오직 강태호의 패배였다. 허리춤에서 쇠톱을 꺼냈다. 입 안이 모래를 씹는 것처럼 서걱거렸다. 짚 끈을 벌린 다음 쇠톱을 밀어 넣었다. 긴장한 탓인지 톱날이 비껴 미끄러졌다. 이마에 흥건한 땀을 닦고 손에 힘을 주는 순간 갑판 너머에서 청년들의 목소리가 들려왔다.

"야, 술 그만 처먹고 돌아보고 와."

"개미 새끼 한 마리 없는데, 무슨 배를 살핀단 말이야."

"남항 새끼들이 바다로 숨어들어올 수도 있어."

"미친놈, 헛소리 좀 그만해."

나는 쇠톱을 거두고 갑판을 돌아보았다. 몸을 숨길 곳이 없었다. 발소리가 점점 다가왔다. 시간이 없었다. 나는 반대편 갑판을 뛰어넘었다. 시합 중 배에서 떨어지는 선수들이 잡을 수 있도록 뱃전에 매달아놓은 밧줄을 잡았다. 뱃전에 몸을 붙이는 순간 반대편 뱃전에 걸친 사다리가 출렁거렸다. 투덜거리는 소리가 내가 있는 쪽으로 다가왔다. 나는 숨을 죽이고 뱃전에 몸을 더 바짝 붙였다. 잠시 후 고개를 살짝 들자 갑판에 몸을 기댄 청년의 얼굴이 보였다. 청년이 아래를 내려다보면 끝이었다. 온몸에서 식은땀이 솟구쳤다. 팔

힘이 점점 빠졌다. 이를 악물었다. 밧줄을 놓치면 지옥문이 열릴 것이다. 머리 위에서 찰칵 소리가 났고 담배 냄새가 풍겼다. 땀에 젖은 밧줄이 조금씩 미끄러졌다. 손바닥에 불이 붙은 것 같았다. 남은 힘을 모았다. 그러나 힘은 빠르게 소진되었다. 발밑에서 지옥문이 스르르 열리는 소리가 들려왔다. 머릿속이 하얗게 변했다. 밧줄을 놓으려는 순간 머리 위로 담배꽁초가 포물선을 그리며 날아갔다. 그리고 발소리가 점차 멀어졌다. 사다리가 출렁 움직이는 순간 나는 젖먹던 힘을 다해 갑판으로 올라갔다. 갑판에 벌렁 드러눕자 온몸이 부들부들 떨렸다. 잠시 거친 숨을 고르면서 뻣뻣해진 손가락을 풀었다. 몸이 완전히 풀리자 뱃머리를 향해 기어갔다. 뱃전을 내려다보니 청년들이 술잔을 돌리고 있었다. 나는 다시 받침대를 자르기 시작했다. 적당한 깊이가 만들어지자 쇠톱을 바다에 버렸다. 그리고 톱질한 부위를 짚 끈으로 잘 여민 다음 반대편 갑판을 넘어갔다. 차가운 바닷물이 달아오른 몸을 빠르게 식혀주었다. 나는 내항 방파제를 따라 헤엄치기 시작했다. 북쪽 등대에 도착해서 잠시 휴식을 취한 다음 다시 일렁거리는 파도를 헤치고 나아갔다.

3

"난 이 축제를 볼 때마다 카니발리즘이란 단어가 생각나."

"그게 뭔데?"

오상윤이 금속 안경을 밀어 올리고 나를 빤히 쳐다보았다.

"같은 종끼리 서로 공격하거나 잡아먹는 행위."

"식인을 말하는 거야?"

"맞아."

오상윤이 심각한 표정으로 카니발리즘을 설명했다.

"식인 풍습은 두 가지 의미가 있어. 사회적 행위로서의 식인과 단순히 먹기 위한 식인, 그중 사회적 의미가 중요해."

활짝 열린 창으로 불어오는 바람이 후덥지근했다.

"사람들은 죽은 자의 지혜와 능력을 이어받기 위해서 식인을 했어. 마오리족이 적의 살을 베어 축제에 사용한 것이나 오스트레일리아 일부 원주민이 죽은 자의 살점을 먹고 뼈를 보관한 것도 죽은 자가 갖고 있던 힘을 얻을 수 있다고 믿었기 때문이지. 즉 식인은 죽은 사람에 대한 애착과 능력을 자신의 것으로 만들고 싶은 열망이 만들어낸 거야."

나는 의자에서 일어나서 창밖을 내려다보았다. 타원형으로 돌아간 방파제에 사람들이 가득했다. 방파제에서 자리를 잡지 못한 사람들은 망원경을 들고 건물 옥상과 지붕으로 올라갔다. 중앙의 본부석을 중심으로 오른쪽에는 북항 주민들이 왼쪽에는 남항 주민들이 발 디딜 틈 없이 몰려 있었다. 그들은 각기 자신들이 응원하는 목선이 지나쳐 갈 때마다 손뼉을 치면서 환호성을 내질렀다. 항구는 타는 듯 뜨거웠다. 폭염에 달아오른 바닷물이 출렁거릴 때마다 은빛 파편이 사위로 튕겨 나갔다. 머리띠를 질끈 동여맨 청년들이 본부석 좌우에 마련한 거대한 북을 치기 시작했다. 둔탁한 소리가 울려 퍼지자 사람들이 점차 흥분하기 시작했다. 서로 위치를 바꾼 남항과 북항의 선단船團이 천천히 내항을 빠져나갔다. 금술이 달린 붉은 깃발을 단 대장선의 위용이 대단했다. 대장선과 그 뒤를 따르는 호위선 갑판에 늘어서 있던 청년들이 동시에 기합을 내질렀다. 내항을 쩌렁쩌렁 울리는 소리에 사람들이 환호성을 내질렀다. 외항에서 전열을 정비한 선단은 다시 내항으로 들어와서 마주 설 것이었다. 양측의 선단이 장중하게 울리는 북소리에 맞춰 전진과 후퇴를 반복하는 건 본격적인 시합이 벌어지기 전의 퍼포먼스였다. 내항을 빠져나가는 선단을 바라보던 오상윤이 입을 열었다.

"이 야만적인 축제에 사람들이 열광하는 이유가 뭔지 알아?"

"뭔데?"

"피를 볼 수 있기 때문이야."

등이 축축했다. 날이 더워서가 아니라 긴장한 탓이었다. 나는 선풍기의 세기를 강풍으로 올리며 오상윤의 이어지는 말을 기다렸다.

"인간의 본성을 자극하는 최고의 흥분제는 피야. 붉은 피만큼 인간을 흥분시키는 건 없어. 오래전 부족과 부족, 국가와 국가, 종교와 종교가 대립하던 시절에는 언제나 피가 흘러넘쳤어. 그런데 문명이 발달하면서 점차 피를 볼 수 없게 되었어. 모든 갈등과 반목을 법으로 해결했기 때문이지. 그렇다면 인간은 말을 타고 달려가며 적의 목을 베던 희열을 잊은 걸까. 아니야. 아무리 문명이 발달해도 피를 통한 쾌락을 추구하는 본성은 우리 무의식에 고스란히 남아 있어. 그런데 이 원시적이며 야만적인 축제가 우리 무의식에 잠들어 있던 그 본성을 일깨웠어. 저 사람들을 봐. 저들은 청년들의 팔다리가 부러져도 눈 하나 깜빡이지 않아. 콜로세움의 잔혹한 관중처럼 오직 피를 원할 뿐이야."

나는 오상윤을 멍하게 바라보았다. 내가 그를 만난 건 고등학교 입학식에서였다. 상윤은 서울 토박이였다. 그런 상윤이 남쪽 지방 항구 도시 강주로 이사를 온 건 그의 아버지 때문이었다. 서울에서 제법 큰 내과 병원을 운영하던 그의 아버지가 의료 사고를 일으켰다. 대부분 의료 사고는 환자가 불리했다. 환자가 의료 사고의 원인을 증명해야 했기 때문이었다. 그런데 상윤의 아버지는 그 반대였다. 사망한 환자의 가족이 유력 정치인을 동원하여 공세에 나서자 도저히 견딜 수 없었던 아버지는 병원을 정리하고 도망치듯 선대의 고향인 북항으로 내려왔다. 상윤은 어느 학교에나 한두 명 정도 있는 수재형 외톨이였다. 매사에 냉소적인 상윤과 내가 친해진 건 나에 대한 편견이 없었기 때문이었다.

"작년 축제에서 다친 사람이 몇 명인지 알아?"

"몰라."

오상윤이 나를 쳐다보며 혀를 끌끌 찼다.

"남항과 북항을 합쳐 팔과 다리가 부러진 사람이 열 명, 이가 부러진 사람은 여덟 명, 갈비뼈 골절이 다섯 명, 콧대가 주저앉은 사람이 세 명, 장기가 파열된 사람이 한 명, 머리가 깨진 사람이 두 명이야. 그중 가장 심하게 다친 사람은 광대뼈가 함몰되었어. 누군가 쇠뭉치를 숨겼다가 얼굴을 내리친 거지. 운이 나빴다면 죽을 수도 있었어. 그런데도 아무도 이 문제를 거론하지 않아. 왜일까. 축제를 망치지 않기 위해서? 물론 그런 이유도 있겠지. 그보다 중요한 건 사람들이 계속 피를 원하기 때문이야."

상윤의 말대로 뱃고놀이는 총칼만 들지 않았을 뿐 전쟁이었다. 바닷물이 닿으면 실격하고 상대 깃발을 먼저 빼앗는 쪽이 승리한다는 규칙만 있을 뿐 모든 수단과 방법을 허용한 무제한 시합이었다. 따라서 강한 체력과 싸움 실력이 없으면 축제에 참여할 수 없었다. 이런 무자비한 방식에도 불구하고 매년 축제에 참여하려는 청년들이 줄을 섰다. 뱃고놀이가 그들의 호전성과 승부욕을 자극한 것이다. 뼈가 부러지고 선혈이 낭자한 육박전에 열광적으로 빠져드는 건 관중들도 마찬가지였다. 상대 깃발을 빼앗는 단순한 시합에 관중들이 몰려드는 것은 상윤의 말대로 피를 보기 위해서일 수도 있었다. 그렇다면 콜로세움의 황제는 누구인가. 노예를 죽이고 살리는 사람은 본부석에 근엄한 표정으로 앉아 있는 사람들이 아니었다. 황제는 방관자가 아니라 적의 목을 베기 위해 대장선의 뱃머리에 우뚝 선 강태호였다.

"지금까지 북항이 전부 승리했지?"

"맞아."

"그 때문인가?"

나는 고개를 끄덕거렸다. 두 개의 선단이 줄을 지어 내항으로 들어오고 있었다. 선단은 내항 중앙에서 마주 보고 포진했다. 흰옷을 입은 심판들이 탄 보트가 본부석을 출발했다. 보트가 자리를 잡자 항구는 정적에 휩싸였다. 관중들의 시선이 본부석을 향했다. 연단 높이 올라선 심판관이 신호총을 들었다. 총성이 울리자 관중들이 동시에 함성을 질렀다. 북소리가 둥둥둥 울려 퍼졌다. 양측의 선단이 앞으로 나아갔다. 근접한 배들이 멈춰 섰다. 양측 대장선 뱃머리

에 올라선 선봉이 손을 흔들자 배가 뒤로 물러났다. 전진과 후퇴를
반복하여 탐색전을 벌이는 선단을 지켜보자 입술이 타들었다.

지금쯤 뱃머리의 받침대는 강태호의 하중을 받고 있을 것이다.
그러나 시합이 시작되기 전에 부러져선 곤란했다. 양측의 대장선
이 충돌하여 본격적인 싸움이 시작될 때 부러져야 했다. 진퇴를 거
듭하던 선단이 움직임을 멈추었다. 선봉이 손을 흔들자 배의 움직
임이 빨라졌다. 전속력으로 달려간 양측의 대장선이 충돌하자 뱃
머리에 부착한 고가 맞닿은 채 하늘로 솟구쳤다. 동시에 양측 선봉
의 몸이 공중으로 올라갔다. 밧줄을 잡고 버티기 위해선 엄청난 힘
이 필요했다. 이런 이유로 선단의 선봉은 가장 힘이 강한 사람이 맡
았다. 강태호의 상체 근육이 팽팽하게 곤두섰다. 뱃고놀이가 불과
몇 년 만에 성공한 데는 강태호의 존재감이 절대적인 역할을 했다.
그 모습을 보기 위해 축제를 찾아오는 사람들이 많았다. 양측 대장
선이 팽팽하게 대치하자 관중들이 흥분하기 시작했다. 북소리가
울리자 맞붙은 고가 천천히 떨어졌다. 두 선봉의 몸이 바로 섰다.
한바탕 힘을 쏟은 선봉의 상체가 땀에 흠뻑 젖어 있었다. 선봉 뒤에
웅크린 청년들이 두 팔을 번쩍 치켜들고 기합을 질렀다. 선단이 뒤
로 물러났다. 간격을 벌린 양 선단이 서로를 노려보며 짐승처럼 으
르렁거렸다. 양측 대장선이 시위를 벗어난 화살처럼 전진했다. 청
년들이 핏발 선 눈으로 상대 뱃전에 높이 걸린 깃발을 노려보았다.
전속력으로 전진한 대장선이 정면으로 충돌했다. 맞붙은 고가 공
중으로 밀려 올라갔다. 배가 뒤로 살짝 물러나자 고가 천천히 내려
왔다. 그 순간 벽력 같은 고함이 터져 나왔다.

"공격!"

남항의 청년들이 북항의 대장선에 뛰어들었다. 뱃머리에 버티고 선 강태호의 주먹이 청년의 턱을 강타했다. 청년이 그대로 바다에 떨어졌다. 그러나 남항의 청년들은 조금도 물러서지 않았다. 그들은 성난 전사처럼 북항의 배로 달려들었다. 강태호는 침착했다. 그는 조금도 동요하지 않고 몰려오는 청년들을 차례로 때려눕혔다. 다섯 번째 청년이 비명을 지르며 바다에 떨어지는 순간 갑자기 강한 파열음이 터져 나왔다. 강태호가 서 있던 받침대가 부러지는 소리였다. 강태호의 몸이 기우뚱하더니 부러진 받침대와 함께 추락했다. 관중들이 비명을 지르며 벌떡 일어났다. 나는 보았다. 강태호가 당혹스러운 표정으로 허공을 향해 손을 뻗으며 추락하는 모습을 두 눈으로 분명히 보았다. 짜릿했다. 지난 1년 동안 준비해온 인고의 시간이 결실을 맞이하는 순간이었다. 강태호의 빛나는 자긍심에 영원히 지울 수 없는 상흔이 만들어지고 있었다. 그때 사람들이 술렁거리며 어딘가를 가리켰다. 망원경으로 내항을 들여다보던 상윤의 입에서 감탄사가 흘러나왔다. 망원경을 빼앗았다. 뱃머리가 맞붙은 대장선과 그 주변에 스무 척의 호위선이 뒤엉켜 있었다. 나는 한순간 얼어붙었다. 강태호가 갑판에 늘어뜨린 밧줄을 잡고 있었다. 그의 맨발은 거의 바다와 맞닿아 있었다. 심판이 바닷물이 닿지 않았다는 신호를 보내자 북항 주민들이 우레와 같은 함성을 질렀다. 강태호가 밧줄을 잡아당기며 뱃전으로 올라갔다. 가볍게 갑판에 올라선 그가 두 팔을 번쩍 들었다. 이 모습을 본 관중들이 큰 소리로 강태호의 이름을 외쳤다.

"강태호! 강태호!"

온몸에 소름이 돋았다. 관중의 외침이 바늘처럼 내 몸을 찔렀다. 나는 망원경을 상윤에게 넘겨주었다. 내 계획대로 하중을 견디지 못한 받침대가 부러졌다. 그러나 그게 전부였다. 그는 죽지 않았다. 되살아난 그는 영원불멸의 전사처럼 적들을 때려눕히고 있었다. 북항의 배들이 일제히 뒤로 물러났다. 잠시 숨을 고른 배들은 전속력으로 나아가서 남항의 배들을 들이박았다. 남항의 청년들이 충격을 받아 비틀거리는 순간 북항의 파상적인 공세가 시작되었다. 하지만 이에 맞서는 남항의 기세도 만만치 않았다. 특히 남항 선봉의 활약이 뛰어났다. 그는 거세게 몰려오는 북항 청년들을 손에 잡히는 대로 바다에 집어 던졌다.

뒤에서 이를 지켜보던 강태호가 적진으로 뛰어들었다. 기다렸다는 듯 남항의 선봉이 맞섰다. 그동안 강태호에게 막혀 한 번도 이기지 못한 남항이 고심 끝에 새로 내세운 선봉은 국가대표 유도 선수 출신의 유도관 관장이었다. 그는 100킬로그램이 넘는 거구였는데 강태호보다 머리 하나가 더 컸다. 양측 선단을 지휘하는 선봉이 맞서자 백병전이 소강상태에 들어갔다. 관중들은 방파제와 건물 옥상과 지붕 위에서 숨을 죽인 채 두 사람을 지켜보았다. 두 선봉의 대결은 용호상박이었다. 유도 관장이 손을 뻗을 때마다 강태호는 교묘하게 빠져나갔다. 유도 관장 역시 강태호의 주먹을 가볍게 피했다. 몇 차례의 접전이 무위로 돌아가자 이번에는 유도 관장이 몸을 낮추고 하체를 공격하기 시작했다. 강태호는 쉽게 걸려들지 않았다. 유도 관장이 다리를 잡아챌 때마다 쉽게 빠져나왔다. 상대를 노려보며 기회를 엿보던 강태호가 갑자기 유도 관장 앞으로 뛰어들었다. 유도 관장이 손을 뻗어 목덜미를 잡는 순간 강태호의 발이 번쩍 떠올랐다. 하늘 높이 치솟은 발뒤축이 몸을 트는 유도 관장의 목덜미를 내리찍었다. 순간 유도 관장의 몸이 정지 화면처럼 멈추었다. 그리고 태산이 무너지듯 고꾸라졌다. 이를 지켜보던 북항의 청년들이 남항의 대장선에 뛰어들었다. 그들은 선봉을 잃은 남항을 무차별로 공격하기 시작했다. 대장선을 따르던 호위선에서도 백병전이 벌어졌다. 순식간에 내항은 전쟁터로 변했다. 여기저기서 비명이 터져 나오자 심판들은 뒤엉킨 배 사이를 돌아다니며 바다에 떨어진 청년들의 팔에 실격이란 붉은 낙인을 찍었다. 이제 남항의 깃발을 지키는 청년들은 30명 남짓이었다. 그에 비해 그들을 둘러싼 북항의 청년들은 100명이 넘었다. 그러나 갑판 중앙에 높이 걸린 깃대를 지키는 청년들의 표정은 비장감이 넘쳤다. 나는 남은 남항의 청년들이 하나둘 바다에 내던져지는 모습을 지켜보다 천천히 돌아섰다.

나는 상윤에게 간다는 말도 없이 방을 나갔다. 2층 내과의 출입문은 닫혀 있었다. 낡은 건물 어디선가 냉장고가 윙윙거리며 돌아가는 소리가 들렸다. 나는 소독약 냄새가 배어 있는 낡은 계단을 내려갔다. 1층 출입문을 열자 사람들의 함성이 와락 달려들었다. 귀가 먹먹했다. 강태호는 포세이돈이었다. 그의 삼지창이 내 살을 찢고 뼈를 부러뜨렸다. 그는 내가 맞설 수 있는 상대가 아니었다. 그의 빛나는 자긍심을 훼손할 수 있다는 생각은 어리석었다. 나는 8월의 태양이 이글거리는 거리를 바라보았다. 아지랑이 너머의 거리가 흐릿했다. 신발 밑창이 아스팔트 바닥에 달라붙었다. 그때 승리를 알리는 북소리가 울려 퍼졌다. 전쟁에 승리한 북항의 배들이 한 줄로 늘어서서 위풍당당하게 내항을 선회했다. 적의 깃발을 빼앗아 든 청년들의 얼굴에 승자의 자부심이 넘쳤다. 관중들은 그들을 향해 아낌없이 박수를 보냈다. 이윽고 내항을 한 바퀴 돌아온 배들이 본부석 앞에 정렬했다. 청년들이 배에서 내려와 두 줄로 섰다. 잠시 후 미소를 머금은 강태호가 천천히 배에서 내려왔다. 사람들이 그를 보기 위해 우르르 몰려들었다. 강태호가 본부석으로 올라갔다. 내빈들이 강태호를 맞이하기 위해 자리에서 일어났다. 한 지역 국회의원이 강태호의 손을 잡고 승리를 축하했다. 내빈들과 차례로 악수한 강태호가 두 손을 들었다. 본부석 옆에서 대기하고 있던 관악대가 승리의 찬가를 연주하기 시작했다. 사람들은 단상 높은 곳에 우뚝 선 강태호를 향해 우레와 같은 박수를 보내며 함성을 내질렀다.

그날 저녁, 강주의 유력 인사들이 승리를 축하하기 위해 줄을 지어 저택을 찾아왔다. 어머니가 대문 앞에서 그들을 맞이했다. 그들이 항구가 내려다보이는 정원에서 성대한 축하 파티를 벌일 때 나는 아무도 모르게 집을 빠져나갔다. 축제가 끝난 항구에는 여전히 사람들이 북적거렸다. 항구 곳곳의 술집과 식당은 축제에 참여한 북항의 청년들이 가득했다. 그들은 승리의 술잔을 부딪치며 오늘의 무용담을 늘어놓고 있었다. 그들 중에는 집으로 돌아가지 않고 남은 남항의 청년들도 있었다. 패배의 쓰라린 고통을 삼키며 술을 마시던 그들은 북항 청년들을 붙잡고 시비를 걸었다. 술에 취한 그들은 서로의 멱살을 붙잡고 주먹을 휘둘렀다. 병이 깨지고 재떨이가 날아갔다. 코피가 터지고 이빨이 부러졌다. 거리 한복판에서 뒤엉켜 싸우는 청년들을 물끄러미 지켜보던 나는 부두로 내려갔다. 관중들이 썰물처럼 빠져나간 방파제에는 쓰레기가 가득했다. 나는 사다리를 타고 대장선으로 올라갔다. 뱃머리로 가서 받침대를 살펴보았다. 짚 끈이 풀려나간 나무 받침대는 정확하게 내가 톱질한 부분이 부러져 있었다. 나는 찢어진 부위를 손으로 어루만졌다. 깊은 상처를 만지듯 날카로운 통증이 일어났다. 나는 항구의 불빛을 망연한 눈길로 바라보았다.

문득 윤주의 얼굴이 떠올랐다. 그녀를 잠시 볼 수 있다면 마음속에서 일렁거리는 고통이 가라앉을 것 같았다. 나는 자전거를 타고 소란스러운 항구를 빠져나갔다. 해안도로를 따라 늘어선 가로등 불빛이 흐릿했다. 자전거는 아무리 페달을 밟아도 삐걱거리는 소리만 내지를 뿐 좀처럼 앞으로 나아가지 못했다. 간신히 주택가에 도착한 나는 자전거에서 내려 골목을 거슬러 올라갔다. 은행나무 공터 입구에 자전거를 세워놓고 벤치에 털썩 주저앉았다. 윤주의 방은 불이 꺼져 있었다. 아직 집에 돌아오지 않은 모양이었다. 언덕 가득한 집들에서 흘러나온 불빛이 밝았다. 세상 사람 모두가 그 불빛 아래서 행복한 저녁 시간을 보내고 있었다. 나는 아니었다. 상처 입은 짐승처럼 거리를 방황하고 있었다. 여름이 무색할 정도로 한기가 엄습했다. 나는 두 팔로 어깨를 끌어안았다. 얼마나 지났을까. 고개를 들자 윤주가 앞에 서 있었다.

"어쩐 일이야?"

"그냥 왔어."

내가 힘없이 고개를 가로젓자 윤주가 걱정스러운 눈빛으로 쳐다보았다.

"무슨 일 있구나?"

"아무 일 없어."

윤주에게 무엇을 말해야 할까. 지난 1년 동안 준비한 일이 참담한 실패로 끝났다는 사실을 어떻게 설명할 수 있을까. 그건 가룟 유다가 자신의 죄를 고백하는 것이나 마찬가지였다. 나는 윤주의 새카만 눈동자를 바라보며 불쑥 말했다.

"나 좀 안아줄래?"

나는 위안이 필요했다. 내 어리석음을 감싸줄 수 있는 위로가 절실하게 필요했다. 윤주가 놀란 눈으로 나를 빤히 쳐다보았다. 무슨 말을 하려고 입술을 달싹거리던 윤주가 공터를 돌아보았다. 잠시 망설이던 윤주가 나를 가만히 안았다. 윤주의 품에 얼굴을 묻는 순간 눈물이 흘러내렸다. 목이 메었다. 참았던 슬픔이 복받쳐 올랐다. 윤주가 손으로 내 얼굴을 감쌌다. 그녀의 입술이 천천히 다가와서 내 입술을 덮었다. 순간 나락으로 추락하던 내 영혼이 날개를 흔들며 날아올랐다. 파멸의 가장자리에 내몰린 영혼이 되살아났다. 동시에 새로운 희망이 샘물처럼 솟아났다. 그랬다. 이제 겨우 한 번 실패했을 뿐이었다. 나에겐 앞으로 수많은 기회가 남아 있었다. 그 문은 한 번에 열리는 문이 아니었다. 수십, 수백 번을 두들겨야 열릴 것이었다. 나는 입술을 떼고 윤주의 눈동자를 가만히 바라보았다. 투지가 끓어올랐다. 강태호와 다시 맞서고 싶은 충동이 타올랐다. 나는 윤주의 얼굴을 끌어당기며 입술을 맞추었다.

4

수산 회사 창천의 신장세가 놀라웠다. 작년부터 일본으로 수출을 시작한 명란젓 매출이 폭발적으로 늘어났기 때문이었다. 일본의 명란젓 시장은 한국의 열 배 규모였고 소고기보다 비싼 값에 팔리고 있었다. 수출 규모가 늘어나자 창천에서는 인근 부지를 더 사들여 가공식품 공장을 증설, 확장했다. 이즈음부터 저택을 방문하는 손님들의 면모가 달라졌다. 주로 정치인을 비롯한 각급 기관장 위주의 방문객이 문화예술계 인사로 확대되었다.

그동안 외부 활동에 관심이 없던 어머니가 강주 부유층 부인들이 주축인 사교 모임에 참석하기 시작한 것도 그즈음이었다. 그때부터 저택 연회실에는 다도회茶道會가, 정원에서는 소규모 음악 연주회가 열렸다. 이런 행사가 있을 때마다 사람들은 초대권 향방에 촉각을 곤두세웠다. 특별히 선정된 사람만이 중부 이남에서 가장 아름답다고 소문난 정원에서 특급 요리사가 만든 저녁을 먹으면서 음악을 감상할 수 있었기 때문이었다. 이런 행사를 통해 어머니는 단숨에 강주 사교계에 혜성처럼 떠올랐다. 여름 축제를 통해 이미지 변신에 성공한 강태호의 행보도 눈부셨다. 그는 수산 회사를 운영하는 기업가로 대외적인 활동폭을 늘려갔다. 강주에서 주최하는 각종 행사에 중요한 내빈으로 참석했고 지역 신문과 방송에 나와 해상 축제를 더 확장하여 강주의 발전을 도모하겠다는 계획을 발표했다.

그러나 이 모든 것은 기만이었다. 강태호가 헐값에 처분했다는 룸살롱과 나이트클럽은 여전히 조직원들이 관리하고 있었다. 각 유흥업소를 운영하는 조직원들이 은밀하게 저택을 찾아와서 업무 보고를 했다. 매출이 부진한 대리 사장들은 강태호에게 곤욕을 치르고 돌아갔다. 또 일본에서 건너온 야쿠자들도 은밀하게 저택을 드나들었다. 사람들은 이런 사실을 전혀 알지 못했다. 대외적으로는 수산 회사를 경영하는 사업가이며 축제를 관장하는 문화기획자였지만, 강태호는 여전히 어둠의 세계에 군림하는 제왕이었다. 강태호의 탐욕은 끝이 없었다. 어머니의 마음을 빼앗고 언덕 위의 저택을 강탈한 그는 세상 전부를 집어삼키려는 듯 무서운 기세로 사업을 확장하고 있었다.

여름 축제가 끝나자 나를 바라보는 강태호의 눈빛이 달라졌다. 저택을 드나들면서 집안일을 도와주는 청년들의 태도도 이상해졌다. 예전 같으면 나를 보자마자 달려와서 인사했을 청년들이 데면데면하게 굴었다. 어머니 역시 마찬가지였다. 뭔가를 알고 있는 듯 나를 경멸의 시선으로 바라보았다. 언제나 내 편을 들어주던 교동댁의 표정도 모호했다. 불안감이 엄습했다. 무슨 일이 있는지 알아야 했다. 그래야만 대비할 수 있었다. 어느 날 두 사람이 외출한 틈을 타서 주방으로 들어갔다. 양파 껍질을 벗기고 있던 교동댁이 심드렁한 눈빛으로 나를 쳐다보았다.

"어쩐 일이야?"

"요즘 전부 왜 그래요?"

"뭐가?"

"전부 날 이상한 눈으로 쳐다보잖아요?"

"난 잘 모르겠는데."

교동댁이 날 슬쩍 쳐다보더니 양파가 담긴 소쿠리를 앞으로 끌어당겼다. 나는 다가가서 그녀의 눈을 빤히 쳐다보았다. 갓난아기 때부터 나를 키워온 교동댁의 눈빛이 심하게 흔들렸다. 그녀가 손에 든 칼을 내려놓고 짧은 한숨을 내쉬었다.

"네 엄마가 수영 장비가 든 가방을 찾았어."

나는 깜짝 놀랐다. 어머니는 지금껏 내 방에 들어온 적이 거의 없었다. 옷장에 숨겨둔 가방에는 바다 수영할 때 입는 슈트가 들어 있었다.

"엄마가 왜 내 방을 뒤졌어요?"

"난 몰라."

어머니가 내 방에 들어가서 물건을 뒤졌다는 것은 내가 알지 못하는 일이 생겼다는 것을 의미했다.

"무슨 일인지 말해줘요."

나를 가만 쳐다보던 교동댁이 입을 열었다.

"그날 누가 너를 봤어."

"그게 무슨 말이에요?"

"축제 전날 밤, 네가 남쪽 해안에 서 있는 걸 본 사람이 있어."

머리털이 쭈뼛 섰다. 나는 짐짓 모르는 척했다.

"그래서요?"

"그 이상은 난 몰라."

"그날 친구들과 수영을 했어요."

내가 생각해도 어이없는 변명이었다. 하지만 어떤 말이라도 해야 했다. 오늘 교동댁과 주고받은 말이 어머니 귀에 들어갈 게 뻔했기 때문이었다. 교동댁은 순진한 눈빛으로 나를 쳐다보았다.

"그랬구나."

"그럼 혼자서 거길 뭣 하러 가겠어요."

내가 아무 일 없다는 표정을 짓자 교동댁의 표정이 밝아졌다.

"어머니가 다른 말은 안 했어요?"

"다른 말은 없었어."

양파가 담긴 소쿠리를 들고 싱크대로 걸어가던 교동댁이 나를 돌아보며 말했다.

"강 사장님, 생각보다 많은 걸 알고 있어. 그러니 조심해."

주방을 나와 2층 계단을 올라가는데 다리가 후들거렸다. 누가 나를 본 걸까. 강태호가 사람을 시켜 나를 미행한 걸까. 그게 아니라면 그는 어떻게 대장선 뱃머리에 부착한 받침대가 부러진 것이 나와 상관있다고 생각한 걸까.

노환으로 병원에 입원한 할머니 병세가 깊어지자 윤주는 정신없이 바빠졌다. 어머니가 병간호를 위해서 집을 비웠기 때문이었다. 주중에는 어머니를 대신해서 집안일을 해야 했고 주말에는 병원을 가야 했기에 성당도 나가지 못하는 모양이었다. 윤주를 만나지 못하자 하루가 1년처럼 길어졌다. 집에 있는 시간이 불편했다. 강태호와 마주치는 것도 어머니의 서늘한 얼굴을 보는 것도 싫었다. 학교를 마치면 시립 도서관을 찾아가서 문을 닫을 때까지 시간을 보냈다. 주말이면 아침 일찍 집을 나와 극장을 전전하다 밤이 깊어지면 집으로 돌아갔다. 어두운 극장에 앉아 있으면 불안감이 사라졌다. 스크린에 정신을 쏟고 있으면 아무런 생각이 나질 않았다. 나는 닥치는 대로 영화를 봤다. 때론 같은 영화를 다시 볼 때도 있었다. 강주에 볼 영화가 없으면 기차를 타고 부산으로 갔다. 남포동과 서면의 극장을 돌아다니며 〈여인의 향기〉, 〈에이리언〉, 〈보디가드〉, 〈배트맨〉, 〈용서받지 못한 자들〉, 〈홍등〉 같은 영화를 봤다. 두 시간 동안 낯선 세계에 빠져 있다 극장을 나서면 세상이 비현실적으로 보였다. 파도처럼 밀려오는 사람들을 보면 겁이 덜컥 났다. 강태호가 보낸 사람들이 어딘가에서 나를 지켜보고 있는 것 같아서였다. 일부러 뛰기도 하고 갑자기 눈에 보이는 건물로 들어가서 한참을 기다렸다가 나오기도 했다. 때론 쇼윈도 앞을 오랫동안 서성거리며 유리에 비친 사람들을 확인했다. 늘 마지막 기차를 타고 집으로 돌아갔다. 강주가 점점 가까워지면 온종일 잊고 있던 불안감이 슬금슬금 몰려왔다. 그럴 때면 그날 본 영화의 장면들을 떠올렸다. 그러면 이상하게도 심장을 옥죄어오는 스릴과 주인공의 화려한 액션이 생각나지 않았다. 여배우들의 아름다운 미모도 생각나지 않았다. 대신 〈홍등〉에서 어느 부잣집 노인의 넷째 첩으로 들어간 송련이 세 명 부인들의 암투와 시기에 시달리다 점차 미쳐가는 모습이 떠올랐다. 딱딱이와 비파, 징후와 태평소가 울려 퍼지는 홍등 아래를 서성거리는 송련의 눈빛이 선명하게 살아났다. 기차가 플랫폼으로 미끄러져 들어가면 그냥 이대로 종착역까지 가고 싶다는 충동이 일었다. 버스에서 내려 언덕길을 올라가면 숨이 턱턱 막혔다. 동시에 심장에 구멍이 난 듯 견딜 수 없는 외로움이 몰려왔다. 그렇게 매일 낯선 거리를 헤매고 돌아다니던 어느 날, 나는 구시가지 뒷골목에서 복싱 체육관 간판을 발견했다.

형광등 불빛이 깜빡거리는 시멘트 계단을 올라갔다. 출입문을 열자 열 명 남짓의 관원들이 나를 흘깃 돌아보았다. 입구 왼쪽에 유리로 칸막이를 친 사무실이 있었는데 아무도 없었다. 나는 사무실 앞에 놓인 의자에 앉아 내 또래 아이들이 운동하는 모습을 지켜보았다. 밖에서 보는 것과 다르게 체육관은 중창中窓이 있을 정도로 천장이 높았다. 먼지 낀 창문을 뚫고 들어온 희붐한 햇살에 마룻바닥의 먼지가 음표처럼 통통 튀어 오르는 체육관은 거대한 동굴 같았다. 그때 줄넘기를 끝내고 샌드백 앞에 선 한 관원이 눈에 들어왔다. 그는 벽에 붙은 거울을 쳐다보며 천천히 샌드백을 치기 시작했다. 가볍고 경쾌한 몸놀림이었다. 속도가 점차 빨라지자 둔탁한 마찰음이 실내를 텅텅 울렸다. 나는 관원의 상체 근육이 팽팽하게 당겨졌다가 풀어지는 모습을 멍하게 바라보았다. 한순간 관원의 주먹이 고장 난 기관차처럼 폭주하기 시작했다. 두 개의 주먹이 눈에 보이지 않을 속도로 맹렬하게 샌드백을 때리자 내 안에서 뭔가 꿈틀거렸다. 이윽고 동작을 멈춘 관원이 샌드백을 붙잡고 숨을 헐떡거렸다. 그의 얼굴에서 흘러내린 땀방울이 마룻바닥 위로 툭툭 떨어져 내렸다. 그 순간 나는 벌떡 일어났다.

두 달쯤 지나자 먼지가 풀썩거리는 마룻바닥, 오래 찌든 땀 냄새, 찌그러진 철제 옷장, 누렇게 변한 무하마드 알리와 조 프레이저, 조지 포먼의 흑백 사진들, 흑백텔레비전 시절에 받은 듯한 우승 트로피, 땀이 얼룩진 링 바닥의 캔버스 천, 탈퇴한 관원들이 버리고 간 잡다한 물건, 오후가 되면 중창을 통해 들어오는 햇살에 익숙해졌다. 나는 학교 수업이 끝나면 곧바로 체육관으로 가서 줄넘기를 뛰고 윗몸을 일으켰다. 체력 훈련이 끝나면 원투를 날리며 왼발과 왼쪽 어깨를 잇는 선을 축으로 상체를 회전시키며 주먹을 날리는 기술 훈련과 상대의 펀치를 손, 팔꿈치, 어깨로 막고 상반신을 좌우로 움직여 피하는 연습에 몰두했다. 수영과 복싱은 근본적으로 다른 운동이었다. 기록 경기인 수영과 달리 복싱은 상대와 맞서 싸우는 운동이었다. 잠시라도 방심하거나 빈틈을 보이면 여지없이 얻어맞았다. 고통을 피하는 방법은 간단했다. 상대의 주먹을 막거나 상대를 때려눕혀야 했다. 그러나 이 간단한 방법을 실천하는 게 너무나 어려웠다.

내가 체육관에 등록한 것은 불안을 떨치고 끓어오르는 분노를 쏟아부을 대상이 필요했기 때문이었다. 그런데 매일 체육관을 드나들면서 생각이 조금씩 바뀌었다. 복싱이 그와 맞설 수 있는 운동이란 사실을 깨달았다. 오늘의 강태호를 만든 건 뛰어난 싸움 실력과 두둑한 배짱이었다. 거기다 명석한 두뇌가 더해져 강주의 폭력 세계를 장악하고 그 힘을 바탕으로 여러 개의 유흥업소를 운영하다 사업가로 변신한 것이었다. 따라서 언제일지 모르지만, 그와 맞서기 위해선 힘을 길러야 했다. 누구와도 맞설 수 있는 두둑한 뱃심을 키우는 데 가장 적합한 운동이 복싱이었다.

어느 날 오후, 체육관에 가니 모든 관원이 링 주변에 모여 있었다. 스파링이 한창이었다. 한 명은 전국체전에서 동상을 받은 체육관의 유망주였고 상대는 처음 보는 얼굴이었다. 유망주가 정통 복서라면 사각형 얼굴에 여드름이 만개한 상대는 변칙적인 스타일이었다. 유망주를 코너로 몰아넣은 여드름이 미친 듯 펀치를 날렸다. 그러나 유망주는 마구잡이로 날아오는 여드름의 주먹을 더킹과 위빙으로 가볍게 피했다. 그가 가벼운 풋워크로 코너를 빠져나오자 여드름의 얼굴이 벌겋게 달아올랐다. 여드름이 숨을 헐떡거리며 유망주를 쫓아갔다. 두 사람은 링 중앙에서 다시 맞붙었다. 상반신을 부드럽게 비틀어 주먹을 피한 유망주의 펀치가 여드름의 눈두덩이를 벼락처럼 강타했다. 잠시 멍한 표정을 짓고 있던 여드름이 씩씩거리며 유망주에게 달려들었다. 침착하게 주먹을 피한 유망주가 왼손으로 툭툭 잽을 날린 다음 어퍼컷을 날렸다. 여드름이 자세 그대로 링 바닥에 주저앉았다. 유망주가 링 바닥에 뻗어 있는 여드름을 발로 툭툭 차더니 글러브를 벗고 링을 내려갔다.

스파링이 끝나자 관원들은 제자리로 돌아가서 운동을 시작했다. 여드름은 내가 운동복을 갈아입고 나올 때까지 링 바닥에 그대로 누워 있었다. 기절한 건 아니었다. 짙은 눈썹을 꿈틀거리며 천장의 형광등을 바라보며 생각에 잠겨 있었다. 잠시 후 천천히 몸을 일으킨 여드름이 글러브를 벗고 관원들을 돌아보았다. 그러다 막 줄넘기를 시작하려던 나와 눈이 마주쳤다. 나를 빤히 쳐다보던 여드름이 링을 훌쩍 뛰어넘어 내 앞으로 달려왔다.

"강동찬 맞지?"

나는 엉거주춤 물러나서 여드름을 쳐다보았다. 아무리 생각해도 아는 얼굴이 아니었다. 그날 저녁 운동을 마친 나는 여드름과 함께 체육관을 나섰다. 여드름은 학교는 달랐지만, 같은 2학년인 변태석이었다. 그는 나를 끌고 어딘가를 향해 걸어갔다.

"언제부터 복싱했어?"

"두 달."

"그럼 어느 정도 보는 눈은 있겠군."

나는 변태석을 의아한 눈빛으로 쳐다보았다.

"내가 스파링하는 거 봤지?"

"그래."

"어땠어?"

"졌잖아."

"흐흐흐, 역시 그렇게 생각하는군. 나는 결코 진 게 아니야."

나는 벌건 잇몸을 드러낸 변태석을 멍하게 쳐다보았다. 변태석이 체육관에 등록한 건 올해 초였다. 하지만 실제 체육관에 나온 횟수는 두 달이 되지 않았다. 그런 그가 관원들과의 스파링에서 쉽게 상대를 이겼던 것은 뛰어난 싸움 실력 때문이었다. 그런데 어느 날 유망주가 등장하면서 상황이 달라졌다. 첫 스파링에서 변태석이 1라운드에 KO 당한 것이다. 그날 이후 변태석은 체육관에 올 때마다 유망주와 스파링을 했는데 다섯 번 싸우는 동안 한 번도 이기지 못했다. 다른 사람 같으면 포기했겠지만, 변태석은 달랐다. 그는 집요하게 유망주에게 스파링을 요청했다. 유망주 역시 변태석의 스파링 요청을 언제나 받아주었다. 첫 스파링에서 다섯 번 다운당한 변태석은 점차 횟수를 줄여나간 끝에 오늘 마침내 단 한 번만 다운을 당한 것이다. 변태석이 다음 스파링은 자신이 이길 차례라고 침을 튀기며 떠벌렸다.

밤거리를 이리저리 돌아간 변태석이 유흥가 뒷골목 입구에서 걸음을 멈추었다. 그는 낡은 2층 건물을 가리키며 등을 떠밀었다. 계단을 올라가서 출입문을 열자 담배 연기가 자욱했다. 어두운 실내에 커튼으로 입구를 막은 방들이 늘어서 있었다. 변태석이 익숙한 걸음으로 안쪽으로 들어갔다. 방들이 전부 차 있었는데 놀랍게도 손님 전부가 고교생이었다. 가장 안쪽의 커튼을 열자 담배 연기를 뿜고 있던 남고생 여섯 명이 우릴 쏘아보았다. 놀란 내가 머뭇거리자 변태석이 구석 자리로 나를 밀어 넣었다.

변태석의 입에서 내 이름이 나오는 순간 그들의 눈빛이 스르르 풀어졌다. 그들이 차례로 자신을 소개했다. 모두 2학년이었고 각기 학교가 달랐다. 그들 중 한 명이 내게 담배를 권했다. 고개를 젓자 다른 친구가 술잔을 내밀었다. 역시 고개를 가로젓자 그들이 의아한 표정으로 서로를 돌아보았다. 잠시 후 그들은 중단한 대화를 이어갔다. 음료수를 마시며 그들의 대화를 듣던 나는 놀랐다. 그들의 입에서 어느 학교의 누가 누구와 싸웠고 어디를 다쳤으며 또 누구는 수업 시간에 선생을 두들겨 패서 퇴학당했고 시내 모처에서 벌어진 패싸움에서 몇 명이 다쳐 병원에 입원했다는 소식이 끝없이 쏟아져 나왔다. 변태석을 비롯한 그의 친구들의 관심사는 오로지 싸움이었다. 그것 말고는 전혀 관심이 없었다. 그런데 어째서 나에게 호의를 보이는 건지 알 수 없었다. 힘으로 만들어지는 서열을 목숨보다 중요하게 여기는 이들이 나를 마치 오랜 친구처럼 스스럼없이 대하는 이유가 궁금했다.

다음 날 변태석이 체육관에 나타났다. 가뭄에 콩 난 듯 체육관을 찾던 그가 갑자기 착실한 관원이 된 것이다. 어쨌든 나는 변태석과 함께 샌드백을 두들겼고 운동이 끝나면 밤거리를 돌아다녔다. 그렇지 않아도 갈 곳 없던 내게 변태석은 구세주였다. 변태석이 보여주는 세계는 엄연히 우리 곁에 있지만 잘 드러나지 않는 또 하나의 세계였다. 그는 당구장, 음악 다방, 술집, 디스코텍을 돌아다니며 나를 친구들에게 소개했다. 그들은 처음에는 나를 시큰둥하게 쳐다보다가도 내 이름을 듣고는 태도가 돌변했다. 초등학교 때 한동안 아이들에게 괴롭힘을 당한 후 지금까지 학교에서 얻어맞거나 선배들에게 불려가서 고초를 겪은 적이 없었다. 나는 그 이유를 평범함 때문이라고 생각했다. 체격도 보통이고 성격이 온순하여 단한 번도 싸운 적이 없었기 때문이었다. 그러나 그건 나의 착각이었다. 그들이 나를 건드리지 않은 건 내 평범함이 아니라 강태호 때문이었다. 엄밀하게 말하면 그가 나의 의붓아버지였기 때문이었다. 그래서 아무도 나를 건드리지 못한 것이다. 항구 도시 강주에서 나에게 시비를 걸 수 있는 사람은 아무도 없었다. 변태석과 그 친구들이 내게 호의와 친절을 베푼 건 바로 그 때문이었다. 그동안 세상 모두가 알고 있는 사실을 혼자만 몰랐던 것이다. 강태호란 이름석 자가 견고한 갑옷처럼 나를 보호하고 있었다는 사실을 알고 나는 충격을 받았다. 남자들만 다니는 학교는 정글이었다. 학년 초마다 힘이 약한 아이들은 늘 전전긍긍했다. 서너 달이 지나서 암묵적인 서열이 정해진 뒤에도 그들은 잔혹한 포식자의 눈을 피해 다녀야 했다. 지금껏 그 초식 동물이었던 내가 흉포한 짐승들 사이에서 무사했던 건 강태호 덕분이었다. 강태호의 위상은 놀라웠다. 그의 이름 석 자는 이 도시에서 절대적인 힘으로 작용했다.

특히 유흥가에선 그의 이름을 대면 모든 일이 가능했다. 그걸 두 눈으로 확인한 건 변태석 친구들과 놀러 간 나이트클럽에서였다. 변태석이 나를 가리키며 무어라고 말하자 지배인이 우릴 클럽에서 가장 좋은 룸으로 안내한 다음 술과 안주를 돈 한 푼 받지 않고 내주었다. 감히 쳐다볼 수 없는 사내가 두 손을 모으고 공손한 자세를 취하는 모습에 나는 입을 다물지 못했다. 그리고는 고민에 빠졌다. 인상 더러운 조폭들이 나를 깍듯하게 대하고 처음 본 후배들이 달려와서 허리 숙일 때 짜릿한 희열을 느꼈기 때문이었다. 그뿐이 아니었다. 언제나 내게 먼저 자리를 내주고 내 말에 귀를 기울이며 극진한 보호와 대접을 받을 때마다 마음이 흔들렸다. 사람들은 내가 강태호의 친아들이 아니란 걸 알고 있었다. 그런데도 그와 한집에 산다는 이유만으로 내 앞에 머리를 조아렸다. 그 힘은 나의 것이 아니었다. 내가 세상에서 가장 증오하는 사람의 권력이었다. 그걸 알면서도 내 발밑에 무릎을 꿇는 사람들을 볼 때마다 그 권력을 향유하고 싶은 충동에 시달렸다. 이율배반의 혼란이었다. 솔직히 그 달콤한 유혹을 받아들이고 싶었다. 그가 내준 견고한 갑옷을 내 것으로 만들고 싶었다. 마음이 흔들릴 때마다 나는 아버지를 떠올렸다.

아버지의 넉넉한 웃음을 떠올리면 내 귓전에 속삭이던 뱀의 혀가 물러나고 한겨울 찬물을 뒤집어쓴 것처럼 정신이 번쩍 들었다.

　변태석은 내가 복싱하는 걸 이해할 수 없다고 했다. 그의 관점에서 보면 틀린 건 아니었다. 강주에서 나를 건드릴 사람이 없었기 때문이었다. 오히려 나를 도와주지 못해 안달인데 왜 힘들게 복싱을 하느냐는 것이 변태석의 생각이었다. 그럴 때마다 나는 웃음으로 무마하고 매일 체육관에 나갔다. 복싱은 좀처럼 늘지 않았다. 옷을 벗고 거울 앞에 설 때마다 나는 자신에게 실망했다. 내 몸은 좋은 복서가 되기엔 턱없이 부족했다. 근육도 없고 뼈도 약하고 탄력도 없었다. 그냥 뼈에 살을 입혀놓은 몸이었다. 내가 거울 앞에서 비참할 정도로 초라해지는 이유는 강태호 때문이었다. 대장선의 뱃머리에 우뚝 선 강태호의 탄탄한 근육질 몸 때문이었다. 나는 몸을 만들기 위해서 새벽 러닝을 시작했다. 달린다는 건 고통의 연속이었다. 온몸의 세포가 아우성치고 심장이 펄떡거릴 때마다 포기하고 싶었다. 하지만 나는 이를 악물었다. 나는 초식 동물이었다. 맹수의 왕과 싸우기 위해선 반드시 맹수가 되어야 했다. 고통을 견디지 못하면 결코 맹수가 될 수 없었다. 강태호의 강철 같은 근육을 찢을 수 있는 날카로운 이빨을 얻을 수 없었다. 새벽 바닷바람을 뚫고 해안을 달려갈 때면 뭔가 격렬하게 끓어 올랐다. 그것은 아무런 형상이 없었다. 봄날의 새순을 어루만지는 산들바람일 수도 있고 바닷속을 뒤집는 거친 폭풍우가 될 수도 있었다. 그 어떤 형상도 이루지 못하고 허망하게 사라질 수 있는 그 무엇이었다.

5

첫 스파링 상대는 중학교 3학년이었다. 링에 올라갈 때만 해도 자신이 있었다. 상대가 두 살이나 어린 데다 체격도 작고 인상도 위압적이지 못했기 때문이었다. 거기다 버저가 울리자마자 가볍게 휘두른 주먹이 상대의 턱을 때리자 쉽게 이길 수 있을 것 같은 생각이 들었다. 그러나 그건 나의 착각이었다. 불과 1분이 지나기도 전에 중학생의 16온스 글러브가 내 얼굴에 꽂히는 순간 머릿속이 텅 울리며 무릎에 힘이 쭉 빠졌다. 그때부터 몸이 말을 듣지 않았다. 호흡은 가쁘고 몸이 천근처럼 무거웠다. 눈앞이 빙글빙글 돌았다. 눈앞으로 주먹이 날아와 반사적으로 글러브를 올렸다. 그러면 여지없이 펀치가 옆구리를 강타했다. 내 주먹은 허공만 가를 뿐 상대를 전혀 건드리지 못했다. 연속으로 라이트 훅을 맞고 나자 다리가 휘청거렸다. 그 순간 중학생의 주먹이 성난 뱀처럼 쉭쉭거리며 날아왔다. 가드를 올려도 소용없었다. 공포가 엄습했다. 발밑이 쑥쑥 내려앉았다. 비로소 나는 누군가와 싸우는 게 어렵다는 사실을 통절하게 깨달았다. 땀에 젖어 번들거리는 글러브가 눈앞에서 번쩍하는 순간 나는 그대로 무너져 내렸다.

천장에 매달린 형광등 불빛이 눈을 찔렀다. 나는 움직이지 않았다. 링 바닥이 침대처럼 편안했다. 사각의 링은 높고 견고했다. 변태석은 내가 연습하는 모습을 지켜보고는 운동할 몸이 아니라고 단언했다. 그의 말대로 복싱에 소질이 없는 걸까. 지난 석 달 동안 하루도 쉬지 않고 운동한 결과는 너무나 참담했다. 나는 천천히 일어났다. 이미 링을 내려간 중학생은 나와의 스파링이 성에 차지 않은 듯 샌드백을 두들기고 있었다. 그 모습을 보자 얼굴이 화끈거렸다. 나는 수건으로 얼굴을 닦으며 링을 내려왔다. 탈의실에서 옷을 갈아입고 나왔는데 뜻밖에 오상윤이 기다리고 있었다. 퉁퉁 부은 내 얼굴을 본 상윤이 혀를 끌끌 찼다.

"얼굴이 왜 그래?"

"스파링했어."

"언제까지 이 야만적인 운동을 할 거야?"

난 쓴웃음을 지으며 고개를 저었다. 요즘은 상윤의 얼굴을 보기가 힘들었다. 변태석과 어울려 다니느라 정신이 없었기 때문이었다. 체육관을 나온 우리는 근처에 있는 분식점으로 들어갔다. 라면을 주문한 상윤이 진지한 표정으로 물었다.

"그렇게 기를 쓰고 운동하는 이유가 뭐야?"

"그냥."

"대학 안 갈 거야?"

"모르겠어."

"아직도 늦지 않았어. 지금부터 공부하면 충분히 원하는 학교에 갈 수 있어."

나는 난감한 눈빛으로 분식점 벽에 걸린 달력을 쳐다보았다. 그때 주문한 라면이 나왔다. 라면을 홀홀 불어 입에 넣은 나는 비명을 지르며 뱉어냈다. 입 안이 전부 터진 것이다. 상윤이 한숨을 내쉬었다.

"인간의 우열은 단순한 힘의 유무로 결정할 수 없어. 원시사회라면 강한 힘을 가진 자가 추앙받을 수 있겠지만, 문명사회에선 아무 소용이 없어. 현대사회의 모든 부와 권력은 두뇌가 결정해. 따라서 힘과 기술로 상대를 굴복시켜 승패를 정하는 복싱은 아무런 쓸모가 없어."

상윤은 레슬링, 복싱, 유도, 태권도처럼 상대에게 타격을 가하는 운동은 이제 문명사회에서 퇴출해야 한다며 신랄하게 비판했다. 그러면서 바둑이나 체스처럼 두뇌를 사용하는 시합만이 인간의 진정한 우열을 가릴 수 있다고 역설했다. 나는 상윤의 말을 귓등으로 흘리며 차갑게 식은 라면을 입 속으로 꾸역꾸역 밀어 넣었다.

분식점을 나서자 11월의 차가운 공기가 몸을 휘감았다. 버스 정류장을 향해 걸어가던 상윤이 춥다고 투덜대며 목깃을 세웠다. 나는 한기를 느낄 수 없었다. 도리어 몸이 불덩어리 같았다. 머릿속에선 계속 다운당하던 순간이 떠올랐다. 나는 자신에게 화가 났다. 게다가 상윤의 말을 듣고 있으니 모두가 앞으로 달려가는데 나만 혼자 깊은 웅덩이에 빠진 것 같았다. 나는 언제쯤 내 길을 나아갈 수 있을까. 어쩌면 영원히 그 길을 찾을 수 없을지 모른다는 불길한 예감이 들었다. 버스 정류장에 도착하자 때마침 북항으로 들어가는 버스가 왔다. 나는 상윤의 등을 떠밀었다.

"먼저 가."

"안 갈 거야?"

"잠깐 들를 데가 있어."

상윤을 태운 시내버스가 샛노란 은행잎을 흩날리며 밤거리를 달려갔다. 막상 혼자가 되자 갈 곳이 없었다. 문 닫힌 상점의 유리에 얼굴을 비춰보았다. 얼굴이 형편없었다. 눈두덩이는 푸르죽죽하게 부어 있고 윗입술이 찢어져 있었다. 침을 뱉자 피가 섞여 있었다. 나는 발길 닿는 대로 걷기 시작했다. 오늘 스파링에서 알게 된 사실은 상대를 때릴 때 희열이 생긴다는 것이었다. 맞는 자가 고통을 느끼는 건 당연했다. 그런데 때리는 자가 쾌감을 느낀다는 건 의외였다. 그러나 희열의 순간은 짧았고 고통의 시간은 너무나 길었다. 마주쳐 오던 사람들이 내 얼굴을 보고는 피해갔다. 저들의 눈에 비친 나는 어떤 사람일까. 아마도 아이도 어른도 아닌, 그 무엇도 되지 못한 한심한 인간으로 비칠 것이다.

얼마나 걸었을까. 문득 고개를 들어보니 체육관 앞이었다. 어째서 여길 다시 온 걸까. 2층을 올려다보니 창문 한쪽에 빛이 새어 나오고 있었다. 나는 어두운 계단을 올라갔다. 출입문이 열려 있었다. 사무실은 비어 있고 탈의실에도 사람이 없었다. 관장이 불을 끄고 문을 잠그는 걸 잊은 모양이었다. 나는 텅 빈 체육관을 돌아보았다. 지난 석 달 동안 하루도 빠짐없이 드나들던 체육관이 낯설었다.

링으로 올라갔다. 링 중앙에 서자 지난 석 달 동안 배운 복싱 기술이 하나둘 떠올랐다. 거리를 재고 상대의 공격 타이밍을 무너뜨리기 위해 던지는 잽, 뒷발에 힘을 실어 허리를 회전하며 뻗는 스트레이트, 체중을 싣고 발과 허리를 동시에 움직여 날리는 훅, 상대방을 좌우로 움직이지 못하게 공격하는 어퍼컷이 기억났다. 그러나 스파링에선 그 기술을 하나도 사용하지 못했다. 얼굴을 정통으로 맞는 순간 지난 석 달 동안 배운 기술이 신기루처럼 사라져버린 것이다. 나는 주먹을 쥐고 자세를 취했다. 그리고 가상의 상대를 향해 주먹을 날렸다. 바람을 가르며 날아간 펀치가 상대의 안면과 명치와 옆구리를 강타했다. 고통스러워하는 상대의 비명이 들렸다. 나는 비틀거리는 상대를 향해 온몸의 힘을 실어 주먹을 날렸다. 순간 돌덩어리를 때린 듯한 반발이 일어났다. 그리고 상대의 주먹이 눈앞으로 날아왔다. 황급히 가드를 올렸지만 스크루처럼 가드를 뚫고 들어온 주먹이 얼굴에 꽂히자 코피가 분수처럼 터졌다. 링 바닥에 흩뿌려진 피를 보자 공포가 해일처럼 몰려왔다.

"넌 두려움에 졌어."

돌아보니 한때 동양 챔피언을 지낸 관장이 술 냄새를 풍기며 서 있었다. 관장은 링사이드 옆에 놓인 의자에 털썩 주저앉아서 말을 이어갔다.

"복싱에선 그걸 초심자의 공포라고 해. 선수라면 누구나 한 번쯤 겪는 일이지."

"초심자의 공포요?"

관장이 천천히 고개를 끄덕거렸다.

"복싱은 힘과 기술의 조합이야. 이 두 가지가 정교하게 맞물렸을 때 승자가 될 수 있어. 하지만 링에서 상대를 이긴다는 건 쉬운 일이 아니야. 내가 가진 만큼의 힘과 기술을 상대 역시 갖고 있기 때문이지. 따라서 그게 없는 선수는 절대 상대를 이길 수 없어."

"그게 뭔가요?"

"차가운 심장."

나는 링사이드로 걸어가서 관장을 내려다보았다. 관장이 일어나서 형광등 불빛이 흥건하게 괴어 있는 링을 뚫어지게 쳐다보며 말했다.

"그런데 선천적으로 차가운 심장을 가진 놈들이 있어. 태어날 때부터 간덩이가 부은 놈들이지. 오늘 네가 상대한 꼬맹이가 바로 그런 유형이지. 복싱은 두려움을 이기지 못하면 한 걸음도 나아갈 수 없는 운동이야. 그걸 극복하지 못하면 넌 누구와 싸워도 이길 수 없어."

관장의 목소리는 갈라졌고 눈동자는 풀려 있었다.

"넌 누굴 이기고 싶은 거냐?"

나는 대답할 수 없었다.

"체육관에 오는 놈들은 전부 마음속에 이기고 싶은 상대를 하나씩 숨겨두고 있어. 아마 너도 그럴 거야. 세상을 살아가는 것도 마찬가지야. 누구나 이기고 싶은 무언가를 가슴에 품고 살아. 그걸 이기지 못하면 어떻게 되냐고? 패자가 되는 거야. 인생의 실패자가 되는 거지."

관장은 그렇게 말하고는 돌아서서 사무실을 향해 걸어갔다. 가방을 챙겨 들고 사무실을 들여다보니 관장은 이미 소파에 잠들어 있었다. 체육관을 나온 나는 밤거리를 걸어갔다. 불을 환하게 밝힌 술집에는 넥타이를 풀어헤친 중년 남자들이 술잔을 부딪치고 있었다. 그들의 흐트러진 모습이 어쩐지 코너에 몰려 난타당하는 선수처럼 보였다. 관장의 말대로 세상을 살아가는 사람들은 누구든 예외 없이 싸우고 있었다. 각자 자신의 세계에서 원하는 걸 얻기 위해 치열하게 싸우고 있었다. 하지만 세상은 승자를 향해서만 문을 열었다. 패자는 결코 그 문 너머에 있는 세상을 볼 수 없었다. 정류장에서 버스를 탔다. 구시가지를 벗어난 버스는 속도를 올려 해안도로에 들어섰다. 가로등 불빛이 섬처럼 어둠의 바다에 점점이 떠 있었다. 불빛은 혼탁하게 빛났고 바다는 둔한 빛에 싸여 고요했다. 차창을 열자 차가운 바닷바람이 손을 휘감았다. 나는 주먹을 움켜쥐며 차가운 심장이란 말을 되뇌었다. 버스에서 내리자 창천이 대낮처럼 환하게 불을 밝히고 있었다. 늦은 시간인데도 활짝 열린 대형 냉동 창고에 작업자들이 분주하게 드나들고 있었다. 회사 바로 앞 부두에 정박한 배의 갑판에도 인부들이 움직이고 있었다. 이런 사세社勢라면 언젠가 창천이 북항 전체를 집어삼킬 것 같다는 생각이 들었다. 그때 강태호를 찬양하던 사람들은 뭐라고 말할까.

언덕을 올라가서 대문 앞에 서는 순간 어둠 속에서 누군가 튀어나와 내 목을 움켜잡았다. 나는 괴한의 손목을 잡고 비틀었다. 그러나 남자는 꿈쩍하지 않고 더 강하게 목을 조여왔다. 강하게 몸을 비틀자 목을 움켜잡은 손이 살짝 풀렸다. 그 틈을 노려 남자의 옆구리를 후려쳤다. 남자의 입에서 바람 빠지는 소리가 나면서 천천히 주저앉았다. 나는 재빨리 뒤로 물러났다. 땅바닥에 주저앉은 남자는 옆구리를 붙잡고 끙끙거릴 뿐 일어서지 못했다. 조심스럽게 다가갔다. 남자의 몸에서 코를 찌르는 악취가 풍겼다. 헝클어진 머리카락 사이로 드러난 얼굴을 본 순간 나는 깜짝 놀랐다. 나를 공격한 남자는 놀랍게도 6년 전 아버지의 포경선이 침몰할 때 유일하게 살아남은 기관장이었다. 포경선에 승선한 선원은 모두 12명이었다. 그중 여섯 명이 실종되고 다섯 명은 사체로 발견되었다. 구조 신호를 받고 달려간 어선에 구출된 그는 곧바로 집으로 돌아오지 못했다. 정신 상태가 온전하지 못했기 때문이었다. 이런 이유로 당국에서도 정확한 사고 원인을 밝혀내지 못했다. 반년 동안 정신 병원에서 치료를 받다가 집으로 돌아온 기관장의 정신은 오락가락했다. 북항 주민들은 그런 기관장을 안타깝게 바라보았다. 눈앞에서 동료들이 죽어가는 모습에 충격을 받아 정신이 이상해졌다고 생각한 것이다. 시간이 지나면 회복될 거라는 모두의 예상과 다르게 기관장의 상태는 점점 나빠졌다. 그렇게 몇 년이 지나자 혼잣말을 중얼거리며 부둣가를 돌아다니는 기관장의 모습은 어느덧 일상이 되어버렸다. 해변의 쓰레기더미에서 잠을 자고 사람들 앞에서 바지를 내려 용변을 보는 등 상태가 점차 심해지자 그의 아내는 아이들을 데리고 집을 나가버렸다. 이런 사실조차 알지 못한 기관장은 온종일 먼바다를 쳐다보며 혼잣말을 중얼거렸다. 그제야 북항 사람들은 마지막 남은 연민과 동정을 거두어들였다. 처음에는 조심스럽게 기관장을 바라보던 아이들도 이젠 대놓고 미치광이 취급을 했다.

그는 매년 여름이 가까워지면 모습을 감추었다가 가을이 되어서야 나타났다. 그것은 공공연한 비밀이었다. 강태호가 부하들을 동원하여 강제로 정신 병원에 입원시킨 것이다. 여름 축제를 보기 위해 몰려온 사람들 눈에 띄지 않게 하기 위해서였다. 어쨌든 정신 병원을 밥 먹듯 들락거리던 기관장이 숨어 있다가 나를 공격한 것이다. 그때 옆구리 통증이 가라앉은 듯 기관장이 주위를 두리번거렸다. 눈빛을 보니 자신이 어디에 있는지 모르는 것 같았다. 기관장이 혼잣말을 중얼거렸다.

"그것이 오고 있어."

"무슨 말이에요?"

"그것이 나를 찾고 있어."

"누가요?"

기관장은 알 수 없는 말을 중얼거렸다. 그는 아버지의 오랜 친구였다. 동시에 함께 배를 탄 동료이기도 했다. 내가 갓난아이 때부터 저택을 드나들던 기관장은 성격이 온순했다. 아버지가 술 취해 몸을 가누지 못할 때 집까지 데려다주던 사람도 기관장이었다. 사고 뒤 온종일 부둣가를 헤매고 돌아다녔지만, 사람들에게 시비를 걸거나 난폭한 행동을 한 적은 한 번도 없었다. 그런 기관장이 날 공격한 것은 이상한 일이었다.

"그것이 모두를 데려갔어."

그때 혼잣말을 중얼거리던 기관장이 벌떡 일어나서 내 목을 움켜잡았다. 조금 전까지 풀려 있던 동공에 살기가 번득였다. 그는 무서운 악력으로 목을 조여왔다. 거기다 몸에서 풍기는 악취까지 더해 머리가 어질어질했다. 나는 기관장의 멱살을 잡고 좌우로 흔들다 다리를 걸어 잡아 돌렸다. 기관장의 몸이 홱 돌아가면서 바닥에 내동댕이쳐졌다. 그러나 그는 마치 좀비처럼 벌떡 일어나서 다시 달려들었다. 나는 몸을 피하며 소리쳤다.

"아저씨, 왜 이러시는 거예요?"

그때 기관장의 몸이 태엽 풀린 인형처럼 스르르 멈추었다. 눈에 초점이 없었다. 나는 기관장을 쳐다보며 조심스럽게 물었다.

"아저씨, 제가 누군지 모르겠어요?"

기관장은 아무런 반응이 없었다. 그때 먼바다에서 묵직한 쇳덩어리가 공명하는 듯한 소리가 들렸다. 징과 피리와 나팔 소리가 어우러진 듯한 소리는 바다 깊은 곳에서 솟아올라 해수면으로 낮고 길게 퍼져 나갔다. 기관장이 몸을 홱 돌려 달빛이 출렁거리는 은빛 바다를 뚫어지게 쳐다보았다. 이윽고 고래 울음소리가 사라졌다. 기관장의 시선이 부두 한쪽에 정박한 창천의 배로 옮겨갔다. 배에서 흘러나온 불빛을 응시하던 기관장은 나를 지나쳐서 언덕길을 내려가기 시작했다. 나는 기관장이 언덕을 내려가서 어둠 속으로 모습을 감출 때까지 그 자리에 못 박힌 듯 오랫동안 서 있었다.

6

다음 날 윤주에게서 편지가 왔다. 그동안 병원에 입원해 있던 할머니가 끝내 회복하지 못하고 돌아가셨다는 안타까운 내용이 적혀 있었다. 그리고 그동안 틈틈이 쓴 글이 덧붙여 있었다. 나는 단숨에 글을 읽었다. 두 번째 글은 처음 읽을 때의 모호함이 사라지고 모든 상황이 선명해졌다. 한 가지 아쉬운 건 짧은 분량이었다. 하지만 학교 공부와 집안일에 부산까지 오가야 했던 현실을 생각하면 결코 적은 분량이 아니었다. 윤주는 글을 쓰는 과정이 나침반 없이 목적지를 찾아가는 일이라고 했다. 아무도 가지 않는 길, 누구도 알지 못하는 길을 오로지 자신의 의지만으로 묵묵히 나아가는 윤주의 모습이 놀라웠다. 편지의 마지막에는 다가오는 주말에 소매물도에 같이 가달라는 부탁이 쓰여 있었다.

***

후드를 눌러쓴 재이는 골목에 숨어서 샘터상회를 바라보고 있었다. 점심나절에 마실 물이 떨어졌다. 하지만 창고 밖으로 나갈 수 없었다. 청년들이 지프를 타고 마을 구석구석을 돌고 있었다. 그들에게 붙잡히면 끝이었다. 깊은 산속 어딘가로 끌려가서 영원히 가족들을 만나지 못할 것이다. 가게 입구에는 노란색 장판이 깔린 평상이 놓여 있고 그 맞은편에 플라스틱 상자가 달린 자전거가 세워져 있었다. 재이는 할아버지를 쳐다보며 계속 망설였다. 할아버지가 모른 척 물건을 팔 것인지 아니면 붙잡아 자경단에게 넘겨줄지 알 수 없어서였다. 이틀 전 지나친 마을의 슈퍼마켓 주인을 떠올리면 아직도 심장이 두근거렸다. 가게 문을 열고 들어설 때부터 눈초리가 이상했던 아주머니는 재이가 계산하려고 가져온 빵과 우유를 보고는 확신한 듯 모자를 벗어보라고 말했다. 때마침 한 남자가 들어와서 아침에 산 우유가 상했다며 소란을 피우는 틈을 타서 슈퍼마켓을 빠져나왔다. 조금만 늦었어도 자경단에게 끌려갔을 것이다. 샘터상회의 오렌지색 불빛을 보자 우울했다. 어째서 세상에 많고 많은 아이 중 내 머리에 뿔이 돋아난 걸까. 아무리 생각해도 잘못한 건 한 가지밖에 없었다. 하지만 억울했다. 고작 그런 일로 이렇게까지 심한 벌을 받을 줄은 몰랐다.

동생 재희는 좀 이상한 아이였다. 부모님이 있을 땐 화장실을 청소하고 설거지를 도와주며 어깨를 주무르고 애교를 피웠다. 그러나 부모님이 없을 땐 태도가 돌변했다. 손가락 하나 움직이지 않고 전부 재이에게 미루었다. 재이는 그런 동생이 정말 미웠다. 어느 날 재이는 2층 계단에서 재희를 슬쩍 밀어버렸다. 계단을 굴러 떨어진 재희는 오른쪽 다리가 부러졌다. 재이는 깁스한 동생을 보고도 미안한 마음이 들지 않았다. 오히려 고소했다. 그동안 재희가 사람들을 속인 벌을 받았다고 생각했다. 그런데 재희가 다리를 깁스하고 돌아온 날 재이의 정수리에 딱딱한 딱지가 생겨나기 시작했다.

재이는 개를 슬쩍 돌아보았다. 개의 머리 한가운데 푸른빛 뿔이 뾰족하게 올라와 있었다. 개는 무슨 잘못을 한 걸까. 나처럼 남을 시기한 걸까. 아니면 우리 반의 숙희처럼 교만한 걸까. 재이는 집을 나온 뒤에야 아이들과 동물들의 머리에 뿔이 돋은 이유를 알았다. 그들은 폭식과 탐욕, 나태와 분노, 시기와 거짓과 교만의 죄를 지었다. 뿔이 난 아이들은 사람들 눈에 띄지 않는 장소에서 은밀하게 정보를 주고받았다. 재이는 그 아이들에게 동해의 해안 절벽에서 100년 만에 뜨는 달을 보면 머리의 뿔이 녹아 없어진다는 말을 들었다. 뿔이 난 아이들은 모여 다니지 않았다. 사람들 눈에 띄지 않기 위해서였다. 그나마 아이들은 붙잡히면 강원도 산속 수용소로 보내졌지만, 동물은 발견 즉시 죽였다. 재이도 개와 헤어져 혼자 가려고 했다. 그런데 해안 절벽까지 사람들 눈을 피해 가는 길이 너무 험난했다. 그래서 의지할 상대가 필요했다. 재이와 개는

낮에는 사람들 눈을 피해 다리 밑이나 숲에 숨어 있다가 날이 어두워지면 움직였다.

털이 뭉치고 눈곱이 잔뜩 낀 개가 혀를 날름거리며 재이를 올려다보았다. 재이는 어쩔 수 없이 골목을 빠져나갔다. 개는 후드를 뒤집어쓴 재이를 걱정스러운 눈빛으로 바라보았다. 밤이 깊어서인지 골목을 오가는 사람들은 없었다. 그렇다고 경계를 늦출 순 없었다. 어디서 몽둥이를 든 자경단이 튀어나올지 알 수 없어서였다. 재이는 주변을 살피며 조심스럽게 가게 앞으로 다가갔다. 심호흡을 한 다음 미닫이문을 열었다. 할아버지가 고개를 돌려 뚫어지게 재이를 쳐다봤다. 재이는 후회했다. 도망칠까 망설이는데 할아버지가 말했다.

"필요한 거 있으면 안으로 들어가서 찾아봐라."

그제야 재이는 안으로 들어갔다. 진열장에 쌓인 과자를 보자 입안에 침이 고였다. 보이는 것을 전부 사고 싶었지만, 참아야 했다. 동해의 해안 절벽까지 얼마나 걸릴지 알 수 없었기 때문이었다. 재이는 신중하게 빵과 물을 골랐고 개를 위해 소시지 세 개를 집어들었다. 마지막으로 냉장고에서 콜라를 한 병 꺼냈다. 전부 계산대에 올려놓았다.

"더 필요한 건 없니?"

"이거면 충분해요."

계산기를 두들기던 할아버지가 손을 멈추고 재이의 얼굴을 뚫어지게 쳐다보았다. 재이의 심장이 쿵쾅거렸다.

"배가 많이 고픈 모양이구나."

재이는 무슨 말을 해야 할지 알 수 없었다. 할아버지가 눈을 치켜떴다.

"이 동네에 사니?"

"예……"

재이는 배낭끈을 잡고 미닫이문을 흘깃 돌아보았다. 다섯 걸음만 뛰면 가게를 벗어날 수 있었다. 등허리가 축축해졌다. 다른 가게를 찾아봐야 할 것 같았다.

"최 영감네 손녀인가?"

"예? 네, 맞아요."

재이는 얼떨결에 고개를 끄덕였다. 그제야 할아버지가 의심의 눈길을 거두었다. 재이가 돈을 건네자 할아버지가 거스름돈과 물건이 담긴 봉지를 내어주었는데 그 시간이 너무나 길게 느껴졌다. 재이는 미닫이문을 향해 천천히 걸어갔다. 뛰면 안 된다. 천천히 아무 일 없었다는 듯 자연스럽게 문을 열고 밖으로 나가야 한다고 재이는 주문을 외웠다. 출입문 앞까지 걸어온 재이는 침착하게 미닫이문을 열었다. 그때 저 멀리 사거리에서 검은색 지프 한 대가 이편을 향해 달려오고 있었다.

일요일 아침, 시외버스 터미널에서 윤주를 만났다. 그녀는 그동안 마음고생을 알려주듯 얼굴이 수척했다. 하지만 통영행 버스가 출발하자 이내 생기를 되찾았다. 오랜만에 만난 우리는 서로에게 할 말이 많았다.

"할머니 장례는 잘 치렀어?"

"응."

할머니의 죽음은 윤주가 세상을 살아가면서 처음 경험하는 죽음이었다. 누구보다 예민한 그녀에게 할머니의 죽음은 감당할 수 없는 무게로 다가왔다. 어렸을 때 불의의 사고로 아버지를 잃은 나는 그 상실의 아픔을 충분히 알고 있었다.

"그런데 소매물도는 왜 가려는 거야?"

"할머니가 살아생전 가보고 싶어 했던 곳이야."

나는 의아한 눈길로 윤주를 바라보았다.

"할머니는 관절염이 심해서 외출조차 마음대로 할 수 없었어. 장례가 끝나고 할머니 유품을 정리하는데 갑자기 할머니 소원을 들어주고 싶은 생각이 들었어."

"돌아가셨는데 어떻게 들어준다는 거야?"

"할머니 건데 섬에서 가장 경치 좋은 곳에 묻어주려고."

윤주는 약지에 낀 실반지를 보여주었다. 살아생전 자신을 끔찍하게 예뻐했던 할머니를 추모하는 윤주만의 방식이었다. 통영 터미널에 도착한 우리는 다시 여객선 터미널로 가서 소매물도행 여객선에 올랐다. 여객선은 다도해의 크고 작은 섬들을 빠져나간 후 망망대해를 일직선으로 나아갔다. 40분 뒤 우리는 소매물도 선착장에 도착했다. 매표소 앞에 있는 섬 지도를 살펴본 우리는 북쪽으로 올라가서 길을 따라 등대섬에 갔다가 선착장으로 돌아오는 코스를 선택했다. 우선 북쪽 해안을 돌아봤다. 그러나 반지를 묻을 수 있는 적당한 장소가 눈에 띄지 않았다. 초지를 돌아본 우리는 길을 따라 남쪽으로 내려갔다. 동백나무 군락지를 지나자 낮은 언덕에 집 한 채가 덩그렇게 있었다. 가까이 가보니 사람이 살지 않는 폐가였다. 무성한 잡초가 지붕이 무너진 집을 둘러싸고 있었다. 부엌 장지문을 들여다보니 흙먼지가 가득했다. 우리는 잠시 땀을 식히기위해 먼지를 털어내고 툇마루에 앉았다. 수평선까지 이어진 바다에는 돛단배 한 척 보이지 않았다. 자리에서 일어나려고 할 때 어디선가 바스락거리는 소리가 들려왔다. 우거진 풀 사이로 고양이 한 마리가 모습을 드러냈다. 어미 고양이 뒤에는 새끼 고양이 다섯 마리가 아장아장 따라오고 있었다. 고양이 가족을 발견한 윤주가 눈을 동그랗게 뜨고 나를 쳐다보았다. 내가 검지를 입술에 대자 그녀가 고개를 끄덕거렸다. 우린 숨을 죽이고 가만히 고양이들을 지켜보았다. 어미 고양이가 무너진 장독대 위로 폴짝 뛰어 올라갔다. 뒤를 이어 이제 겨우 한 달 정도 된 듯한 새끼들이 낑낑거리며 장독대위로 올라갔다. 어미 고양이가 벌렁 드러눕자 새끼들이 달려들어젖꼭지를 물었다. 그 모습을 지켜보던 윤주가 살며시 일어났다.

"뭐 하려고?"

"자세히 보고 싶어."

우리는 뒤꿈치를 들고 장독대를 향해 살금살금 걸어갔다. 열 걸음쯤 나아갔을 때 윤주가 나뭇가지를 밟았다. 고양이들이 놀라서우릴 쳐다보았다. 우린 그대로 얼어붙었다. 나는 윤주를 살짝 끌어당겨 입을 맞추었다. 그 상태로 슬쩍 돌아보니 고양이들이 일어나서 우릴 빤히 쳐다보고 있었다. 잠시 우릴 지켜보던 고양이들이 한줄로 늘어서서 장독대를 내려갔다. 그리고 우릴 못 본 척하며 느릿하게 마당을 가로질렀다. 우린 고양이들이 허물어진 벽 사이로 모습을 감춘 뒤에야 입술을 뗐다. 옛집을 돌아나오며 뒤를 슬쩍 돌아보니 고양이 가족들이 벽 틈으로 우릴 쳐다보고 있었다. 그 모습을 본 윤주의 표정이 환하게 밝아졌다.

완만하던 길이 점차 가팔라졌다. 망태봉 정상 부근에 학교가 있었다. 교실 창문은 파란색 페인트가 칠해져 있고 운동장에는 잔디가 깔려 있었다. 운동장 한 곁에는 미끄럼틀과 그네가 매달려 있었다. 학교를 지나자 길이 갈라졌다. 왼쪽 길로 들어섰다. 수직 벼랑길에 구절초와 해국과 엉겅퀴가 바람에 흔들리고 있었다. 갑자기 시야가 트이면서 등대섬이 나타났다. 우리는 가파른 산길을 내려갔다. 물기 젖은 몽돌이 깔린 열목개를 건너자 등대섬이었다. 언덕 높은 곳에 하얀 등대가 우뚝 서 있었다. 우린 언덕을 올라가서 등대 난간에 섰다. 하늘과 바다의 경계가 흐릿했다. 푸른빛 바다에 점점이 흩어진 섬들이 가을 햇살을 튕겨내고 있었다. 우리는 잠시 아름다운 풍광을 넋을 잃고 바라보았다.

"어때?"

"여기가 좋을 것 같아."

등대를 내려간 우리는 흩어져서 적당한 장소를 찾아 나섰다. 잠시 후 윤주가 나를 불렀다. 그녀가 있는 곳으로 내려가자 낮은 풀들이 깔린 둔덕이었다.

"이곳에 묻자."

나는 주위를 돌아보며 천천히 고개를 끄덕거렸다. 해가 지는 저녁이면 아름다운 노을을 볼 수 있는 장소였다. 나는 작은 돌을 주워

와서 땅을 파기 시작했다. 적당한 깊이로 흙을 파내자 윤주가 손가락에서 실반지를 뺐다. 그녀는 묵념하듯 잠시 눈을 감았다. 그러고는 실반지에 입을 맞춘 다음 흙에 묻었다. 나는 파낸 흙을 다시 덮고 그 위에 돌탑을 쌓기 시작했다. 처음에는 의아하게 나를 지켜보던 윤주가 적당한 크기의 돌을 주워왔다. 이윽고 작은 돌탑이 완성되었다. 윤주는 그제야 모든 일이 끝난 듯 홀가분한 표정으로 나를 바라보며 미소를 지었다.

"이제 할머니를 보낼 수 있을 것 같아?"

윤주가 천천히 고개를 끄덕였다. 섬을 찾아온 목적을 달성한 우리는 열목개를 건너 본섬으로 올라갔다. 억새 길을 앞서가던 윤주가 갑자기 걸음을 멈추었다. 덩치 큰 흑염소들이 길을 가로막고 있었다. 흑염소들은 자신들의 영역을 침범한 우릴 긴 뿔로 치받을 듯 눈알을 부라렸다. 내가 막대기를 주워 흔들자 마지못해 길을 열어주었다. 흑염소 방목지를 벗어날 때까지 윤주는 내 팔을 꽉 잡고 있었다. 섬을 한 바퀴 돌아 선착장에 도착했지만 배 시간이 많이 남아 있었다. 우린 남은 시간 동안 마을을 돌아보기로 했다. 돌담을 쌓은 골목을 이리저리 기웃거리는데 슬레이트집 마당에 서 있던 할머니와 눈이 마주쳤다. 윤주가 꾸벅 인사했다. 할머니가 돌담 밖으로 얼굴을 내밀었다.

"누구여?"

"섬에 놀러 온 학생들이에요."

"구경은 잘 했어?"

"할머니, 그게 뭐예요?"

윤주가 광주리에 담긴 걸 가리키며 물었다.

"톳이야."

"만져봐도 돼요?"

"그럼."

우리는 할머니 집 마당으로 들어갔다.

"이건 어떻게 먹어요?"

"밥에도 넣고, 무쳐도 먹고, 부침개도 만들어 먹어."

윤주는 평상에 앉아 신기한 눈빛으로 한참 동안 톳을 들여다보았다.

"이 섬에 산 지는 얼마나 되셨어요?"

"난 여기서 태어났어."

윤주는 갑자기 호기심이 생긴 듯 할머니에게 이것저것 질문을 쏟아냈다. 할머니는 차분하게 섬에 관한 이야기를 들려주었다. 소매물도에 사람이 살기 시작한 건 조선 말기인 1850년대부터였다. 섬에 정착한 사람들은 밭을 개간하고 메밀과 목화를 심고 물고기를 잡아 연명했다. 근 100년 동안 인구 변화가 없던 섬은 1960년대에 사람들이 들어오면서 주민 숫자가 200명이 되었다고 했다. 그 후 조금씩 줄어들어 오늘에 이르렀다는 것이 할머니의 설명이었다. 가만 귀를 기울이던 윤주가 엉뚱한 질문을 꺼냈다.

"겨울에 눈은 내려요?"

그 질문을 시작으로 윤주는 계절이 변하는 징후와 흑염소들의 습성과 아침과 저녁의 물빛과 섬에 사는 새들과 짐승에 관한 질문을 쉴 새 없이 쏟아냈다. 할머니는 오랜만에 말동무가 생겨서 반가운

듯 자신이 알고 있는 걸 상세하게 알려주었다. 윤주의 미간이 좁혀졌다가 풀어지고 콧등에 주름이 잡히는 걸 봐서 할머니가 들려주는 모든 이야기가 그녀의 서랍장에 차곡차곡 쌓이고 있는 것 같았다. 그것들은 언젠가 새로운 이야기로 만들어질 것이었다.

"할머니, 혼자 사세요?"

천천히 고개를 끄덕이는 할머니의 주름진 얼굴에 그늘이 드리웠다. 그때 윤주가 할머니를 가만히 끌어안았다. 그러고는 검버섯 핀 손을 어루만졌다. 할머니의 눈시울이 축축해졌다. 두 사람을 보고 있으니 코끝이 찡해졌다. 할머니가 윤주를 다정하게 쳐다보며 물었다.

"넌 사람 마음을 헤아리는 재주가 있구나."

윤주의 눈에 눈물이 그렁그렁 맺혔다. 할머니가 놀란 얼굴로 물었다.

"왜 그러니?"

"얼마 전에 돌아가신 우리 할머니가 생각나서요."

그러자 이번에는 할머니가 안타깝다는 듯 윤주를 안아주었다. 그때 멀리서 뱃고동 소리가 들려왔다. 여객선이 들어오는 소리였다. 내가 손을 잡아끌자 윤주가 눈물을 훔치며 일어났다. 대문을 나서기 전 윤주가 할머니에게 신신당부했다.

"할머니, 아프지 말고 건강하게 오래 사세요. 다음에 꼭 다시 놀러 올게요."

할머니가 눈물을 글썽거리며 골목까지 우리를 따라 나왔다. 골목 어귀에서 할머니와 헤어진 우리는 선착장으로 내려가서 여객선에 올랐다. 선실로 들어가서 자리에 앉자 윤주가 피곤한 듯 내 어깨에 머리를 기댔다.

"재이는 해안 절벽에 갈 수 있는 거지?"

"모르겠어."

나는 깜짝 놀라서 윤주를 쳐다보았다.

"사실 나도 이 이야기가 어떻게 끝날지 알 수 없어. 그냥 머릿속에서 떠오를 때마다 이야기를 이어나가고 있을 뿐이야."

"정말이야?"

"그래."

"그럼 다음 이야기는 언제 쓸 거야?"

"불안해. 이 이야기를 끝내지 못하는 게 아닐까 싶어서."

윤주의 예상치 못한 고백에 나는 놀랐다. 그동안 보내준 글을 읽으면서 나는 윤주가 별다른 고민 없이 글을 썼다고 생각했다. 내가 생각한 윤주의 장애물은 시간이었다. 학교 공부와 집안일 거기다 할머니 병간호까지 시간이 부족하다고 생각했다. 그런데 오늘 윤주의 말을 듣고 보니 시간의 문제가 아니었다. 비록 방식은 달랐지만, 윤주 역시 치열하게 싸우고 있었다. 그 상대는 바로 자신이었다. 어쩌면 자신이 쓰고 있는 이야기 자체일 수도 있었다. 자신과 싸워 이겨야만 지금의 이야기를 완성할 수 있었다. 만약 윤주가 자기와의 싸움에서 지거나 포기한다면 머리에 돋은 뿔을 없애기 위해 동해안의 해안 절벽을 찾아가는 재이는 움직일 수 없었다. 그 낯선 마을에서 박제가 될 것이었다. 재이와 머리에 뿔이 난 개가 원래의 모습으로 돌아가기 위해선 반드시 윤주가 이 싸움에서 이겨야 했다. 이 세계를 창조한 건 윤주였다. 따라서 그들을 위해서라도 윤주는 반드시 이 이야기의 끝을 맺어야 했다.

"빨리 다음 이야기를 써줘. 재이와 개가 무사히 해안 절벽을 찾아갈 수 있는지 알고 싶어. 정말 그들이 달을 보면 뿔이 없어지는지도 궁금하고."

"시간이 날 때마다 조금씩 써서 보내줄게."

윤주의 대답을 듣고 나자 문득 이 싸움이 외롭지 않다는 생각이 들었다. 그동안 혼자서만 싸우고 있는 줄 알았는데 그게 아니란 걸 알았기 때문이었다. 어쩌면 변태석과 오상윤도 마찬가지였다. 각기 자신만의 상대와 치열한 싸움을 벌이고 있었다. 그 승패에 따라 우리 모두의 운명도 바뀌게 될 것이었다.

통영항에 도착한 우리는 강주로 돌아가는 시외버스에 올랐다. 늦은 오후 강주에 도착한 우리는 아쉬움을 뒤로 한 채 헤어졌다. 북항에 도착하여 언덕길을 올라가는데 온종일 마음 가득했던 행복이 스르르 사라지는 느낌이 들었다. 언덕에 올라 대문 앞에 서자 묵직한 공기가 기다렸다는 듯 몸을 옥죄어왔다.

7

나는 상대 선수의 주먹을 피하며 조금씩 코너로 몰았다. 코너에 완전히 갇혔다고 생각한 순간부터 나는 상대의 안면과 복부와 옆구리를 두들겼다. 그러나 상대는 좀처럼 쓰러지지 않았다. 뭔가 이상했다. 주먹을 맞고 쓰러지는 게 아니라 몸집이 조금씩 커지고 있었다. 놀란 내가 주춤하자 상대가 주먹을 휘두르며 다가왔다. 주춤주춤 뒤로 물러났다. 링 줄이 등에 닿는 순간 어느새 헤비급 선수로 변한 상대의 쇳덩어리 같은 펀치가 내 턱을 강타했다. 이어 강력한 라이트 훅이 광대뼈에 꽂히는 순간 나는 그대로 무너졌다. 천장에 매달린 형광등 불빛이 빙글빙글 돌아갔다. 관장의 말이 머릿속을 울렸다.

"두려워서 도망치고, 무서워서 피하고, 공포에 질려 뒤로 물러나는 선수는 아무도 이길 수 없어. 영원한 패자가 되는 거지. 눈앞에 있는 상대는 쉬워. 오히려 가장 힘든 상대는 눈에 보이지 않아. 그들은 어둠 속에서 우리의 두려움과 공포를 먹고 사는 괴물이지."

나는 천천히 몸을 일으켰다. 섀도복싱에서도 상대를 이길 수 없다고 생각하자 온몸에 힘이 빠졌다. 누군가를 이기는 일이 이렇게 어려운 걸까. 원하는 걸 쟁취하는 게 이렇게 힘든 걸까. 서늘한 한기가 몰려왔다. 석유 난로가 켜져 있지만, 천장 높은 체육관 전체를 덥히기엔 역부족이었다. 추위를 잊기 위해선 계속 몸을 움직여야 했다. 링을 내려간 나는 거울 앞에 섰다. 거기에 나의 초라한 실체가 있었다. 섀도복싱에서 상상의 상대조차 이길 수 없는 몸을 가진 열여덟 살의 아이가 퀭한 눈으로 서 있었다. 왜 다른 사람들처럼 강인한 몸이 만들어지지 않는 걸까. 이런 약한 몸으로 누구와 싸워 이길 수 있을까. 상윤이 말한 대로 어리석은 짓을 하는 게 아닐까. 나는 초식 동물이었다. 아무리 노력해도 결코 맹수가 될 수 없었다. 그것이 나의 한계였다.

"너처럼 바보 같은 놈은 내가 처음 본다."

변태석의 얼굴이 거울 속에 나타났다. 팔짱을 낀 그는 고개를 절레절레 흔들었다.

"수십 번 말하지만, 넌 운동할 몸이 아니야."

"그래서?"

"그냥 머리 쓰고 살아."

"미친놈."

탈의실에서 옷을 갈아입고 체육관을 나섰다. 밤공기가 차가웠다. 골목을 빠져나가서 시내 중심가로 들어갔다. 어른들은 모두 두꺼운 코트에 목도리를 두르고 있었다. 그러나 아이들은 가벼운 옷차림으로 추위도 잊고 목적 없이 거리를 돌아다니고 있었다. 저들이 원하는 건 무엇일까. 명문대학과 좋은 환경은 부차적이었다. 거리를 방황하는 저들에게 지금 가장 필요한 것은 주목이었다. 자신의 무리에서 인정받을 수 있다면 무슨 짓이든 할 수 있었다. 저들은 열등함을 가장 증오했다. 그것은 치욕이며 절망이었다. 따라서 우월감은 절대적인 유혹이었다. 나는 저들이 간절하게 원하는 것을 전부 갖고 있었다. 그러나 그건 나의 것이 아니었다. 그건 강태호의 것이었다. 나는 스스로 만들어야 했다. 스스로 강해져야 했다. 세상 그 무엇과도 싸워 이길 수 있는 강인한 육체와 정신력을 갖추어야 했다. 그래야만 이율배반의 모순에서 벗어날 수 있었다.

"어딜 가는 거야?"

"보여줄 게 있으니 닥치고 따라와."

시가지를 빠져나온 우리는 공원으로 들어갔다. 겨울밤 해안 공원은 조용했다. 헐벗은 은행나무 숲을 가로지른 변태석은 전망대가 있는 돌계단을 뛰어 올라갔다. 나도 뒤질세라 계단을 뛰었다. 곧바로 변태석을 따라잡고 먼저 전망대에 도착했다. 잠시 후 변태석이 숨을 헐떡거리며 마지막 계단을 올라왔다. 전망대에 올라서자 시가지가 내려다보였다. 도심지 중앙을 관통한 거대한 강줄기가 바다로 이어지고 있었다. 강을 경계로 신시가지와 구시가지로 나누어진 강주는 지방 항구 도시치고는 규모가 컸다. 도심지의 휘황찬란한 불빛을 내려다보던 변태석이 불쑥 말했다.

"흥분되지 않냐?"

"뭐가?"

"난 저 불빛을 내려다볼 때마다 온몸이 짜릿해."

"변태냐?"

"이런 바보 같은 놈."

"근데 왜 불빛을 보고 흥분해?"

"그게 아니라, 저 불빛을 내 발밑에 둔다고 생각하면 흥분된다는 말이야."

그제야 나는 변태석을 쳐다보며 고개를 끄덕였다.

"내가 세상에서 존경하는 사람이 딱 두 명 있어."

"이순신 장군과 세종대왕님 맞지?"

"이런 개자식."

변태석의 눈빛이 여느 때와 달리 진지했다.

"첫 번째 인물은 벤자민 시겔, 일명 벅시라고 해."

난생처음 듣는 이름이었다.

"벅시가 누군데?"

"마피아."

이 넓은 세상의 수많은 사람 중에서 마피아를 존경한다는 변태석의 말에 기가 찼다. 한편으로 생각하면 변태석다운 생각이었다. 그는 내 반응을 무시하고 계속 말을 이어나갔다.

"마피아 역사에는 찰스 루치아노, 마이어 랜스키, 찰리 루치아노, 아놀드 로드슈타인, 살바토레 마란자노, 주세페 조 마세리아, 프랭크 코스텔로, 알 카포네, 카를로 감비노, 존 고티, 조지프 발라키, 프랭크 니티, 샘 지안카나 같은 걸출한 인물이 수없이 많아."

변태석의 입에서 마피아 보스들 이름이 비엔나소시지처럼 줄줄이 쏟아져 나왔다. 나는 기절할 뻔했지만, 변태석은 아랑곳하지 않고 벅시의 생애를 비장하게 설명하기 시작했다. 그의 말에 따르면 벤자민 시겔은 뉴욕 브루클린 윌리엄스버그 출신이었다. 1925년 열아홉 살 때 밀주를 운반하던 중 다른 조직의 습격을 받았는데 총알이 빗발치는 절체절명의 위기 속에서 여섯 명을 쓰러뜨리면서 일약 마피아계의 신성으로 떠올랐다. 6년 뒤 벅시는 당시 뉴욕 마피아의 구세대 보스였던 주세페 마세리아를 향해 방아쇠를 당기면서 빅 보스로 올라섰다. 그 뒤로 16년 동안 전성기를 누리던 그는 1947년 6월 20일 밤 10시 20분경 아내인 버지니아 힐의 집 1층 응접실 소파에서 『LA 타임스』를 읽다가 창문을 뚫고 들어온 캘리버 30 소총을 맞고 사망했다.

"그게 전부야?"

"뭐가?"

"네가 벅시를 존경하는 이유 말이야."

변태석이 길게 한숨을 내쉬며 나를 쳐다보며 말했다.

"그 장렬한 최후가 내 가슴에 불을 지른 건 맞지만 전부는 아니야."

나는 의아한 눈길로 변태석을 쳐다보았다.

"내가 벅시를 존경하는 이유는 네바다주 사막 한가운데 도시를 만들었기 때문이야."

"라스베이거스?"

"맞아."

변태석은 벅시가 사막 한가운데 세상에서 가장 화려한 호텔을 건축하는 과정을 상세하게 설명했다. 변태석의 어둠의 세계에 관한 해박한 지식은 끝이 없었다. 그는 마피아뿐 아니라 일본 야쿠자 조직의 계보와 대만과 홍콩을 거점으로 활약하는 삼합회까지 훤하게 꿰뚫고 있었다. 그뿐이 아니었다. 그들이 치르는 의식과 심지어 선호하는 승용차와 사소한 징크스까지, 그야말로 모르는 게 없었다. 나는 어이가 없었다.

"그럼 또 한 명은 누구냐? 김두한이야?"

"그분은 중학교 때 잠시 존경한 적 있지만, 지금은 아니야."

"그럼 누군데?"

"네 아버지."

"뭐라고?"

나는 경악을 금치 못했다.

"그 사람은 내 아버지가 아니야."

"호적상으론 네 아버지야."

변태석의 말에 나는 할 말을 잃었다.

"그가 어떻게 강주의 폭력 조직을 통일했는지 알려줄까?"

"관심 없어."

나는 벤치에 털썩 주저앉았다. 변태석이 옆에 앉아 내가 듣거나 말거나 자기 이야기를 늘어놓았다. 변태석의 꿈은 강주 고교 폭력 클럽 제패였다. 그 원대한 목표는 그의 친구들도 마찬가지였다. 강주의 남고에는 10여 개의 폭력 클럽이 있었다. 그러다 이합집산을 거듭한 끝에 다섯 개로 압축되었다. 그중에서도 가장 큰 세력은 남항이 근거지인 류재열 패거리였다. 그리고 이에 맞서는 또 하나의 세력이 구시가지에 있었다. 엄밀히 말하면 변태석은 그 어디에도 속하지 못했다. 그의 친구들도 마찬가지였다. 어느 집단에도 속하지 못한 그들은 저희끼리 뭉쳐서 원대한 꿈을 꾸고 있었다. 솔직히 말해서 변태석은 그런 역량이 없었다. 지금껏 옆에서 지켜본 변태석은 모르는 사람이 없는 마당발이었지만, 의외로 허술한 구석이 많았다. 나는 변태석의 말을 깨끗하게 무시했다.

"날 여기 데리고 온 이유나 말해."

"부탁할 게 있어."

변태석이 나를 쳐다보며 비장한 어조로 말했다.

"네 아버지를 만나게 해줘."

"제정신이야?"

"당연하지. 같이 사진 한 장만 찍게 해줘."

나는 경악했다. 하지만 변태석에겐 나름 절박한 이유가 있었다.

변태석이 원하는 건 강태호와의 친분이었다. 강주에서는 그것만으로도 엄청난 위력을 발휘했다. 내가 그와 한집에 산다는 이유로 황태자 대접을 받는 것과 같았다. 그 사진으로 피 한 방울 흘리지 않고 고교 폭력 세계를 장악하겠다는 것이 변태석의 속셈이었다. 그날 나는 변태석의 황당무계한 부탁을 단번에 거절했다. 하지만 변태석은 집요했다. 나를 만날 때마다 강태호를 만나게 해달라고 끝없이 치근덕거리며 매달렸다. 그런 어느 날 윤주의 세 번째 편지가 도착했다.

***

재이는 직감적으로 지프가 자경단의 순찰차란 사실을 알았다. 재빨리 비닐봉지를 배낭에 집어넣고 둘러맸다. 막 골목으로 들어서는데 뒤에서 묵직한 목소리가 들려왔다.

"얘야, 잠깐만."

재이가 천천히 뒤를 돌아보았다. 가로등 불빛 아래 한 남자가 서 있었다. 머리가 헝클어진 남자의 몸에서 술 냄새가 풍겼다. 자경단은 아니었다. 군화를 신고 아래위가 붙은 청색 작업복을 입은 자경단은 뿔이 난 동물을 보는 즉시 진압봉을 휘둘렀다. 재이는 마을 입구에서 자경단의 진압봉을 맞아 두개골이 깨진 동물 시체 다섯 구를 봤다. 재이는 숨을 고르고 남자를 쳐다보았다.

"이 마을에 사니?"

"그런데요."

"왜 이렇게 밤늦게 돌아다니지?"

남자가 한 걸음 다가왔다. 재이는 뒤로 물러나면서 슬쩍 골목을 돌아보았다. 골목 어두운 곳에 몸을 숨긴 개가 보였다.

그때 지프 한 대가 샘터상회 앞에 멈춰 섰다. 자경단원들이 차 문을 열고 내렸다. 한 명은 샘터상회로 들어갔고 나머지는 평상에 둘러앉았다.

"심부름하러 나왔어요."

"집이 어딘데?"

"저기 골목 안 집요."

재이가 골목 안 기와집을 가리키자 남자의 표정이 싸늘하게 변했다.

"그 집이 네 집이야?"

"예."

남자가 키들키들 웃었다.

"그 집은 우리 집이야."

재이는 심장이 쿵 내려앉았다. 남자가 샘터상회를 돌아보며 소리쳤다.

"자경단! 여기 머리에 뿔이 난 아이가 있소!"

평상에 앉아 있던 자경단원들이 벌떡 일어났다. 재이는 골목 안으로 뛰었다. 자경단들의 군홧발 소리가 뒤를 쫓아왔다. 재이는 돌아보지 않았다. 기와집에서 왼쪽 골목으로 꺾자 개가 기다리고 있었다. 둘은 좁은 골목을 달려갔다. 요란한 호각 소리에 마을이 수

런거리며 깨어났다. 정신없이 골목을 달리던 둘은 걸음을 멈추었다. 막다른 골목이었다. 재이가 개를 돌아보며 물었다.

"어떡하지?"

"날 따라와."

개가 침착하게 골목 안 집 대문을 밀었다. 뒤를 따라 들어간 재이가 서둘러 대문을 잠갔다. 마당 안쪽 양옥집에 불이 켜져 있었다. 집주인이 문을 벌컥 열고 나올 것 같아 불안했다. 둘은 대문 옆에 몸을 붙이고 숨을 죽였다.

잠시 후 군홧발 소리가 대문 앞으로 다가왔다.

"어디 갔지?"

"멀리 못 갔어. 주변을 샅샅이 뒤져."

자경단이 대문을 쾅쾅 두들겼다.

"문 여세요!"

집 안에서 인기척이 났다. 재이가 옥상으로 올라가는 계단을 가리켰다. 개가 먼저 마당을 가로질러 계단을 뛰어 올라갔다. 재이도 황급히 뒤를 쫓아갔다. 옥상에 올라선 둘은 물탱크 옆에 몸을 숨겼다. 골목 여기저기에 플래시 불빛이 번쩍거렸다.

"누구세요?"

"자경단입니다."

"이 밤에 어쩐 일이에요?"

"머리에 뿔이 난 여자아이와 개가 근처에서 사라졌어요."

양옥집 주인 여자가 밖으로 나와 대문을 열었다. 곤봉을 든 자경단 두 명이 마당으로 들어왔다.

"그렇지 않아도 조금 전에 뉴스에서 봤어요. 전염성이 강하다면 서요?"

"가만 내버려 두었다간 우리 아이들에게도 옮길 겁니다."

"큰일이네요."

"집을 한번 둘러볼게요."

"그러세요."

집을 살피던 자경단원들이 옥상으로 올라가는 계단을 발견했 다. 그들은 플래시로 바닥을 비추며 계단을 올라갔다. 개가 다가오 는 불빛을 보고 속삭였다.

"옆집으로 넘어가자."

재이는 당황했다. 옆집 옥상과는 너무 멀어 보였다. 재이가 주 저하자 개가 먼저 몸을 날렸다. 옆집 옥상에 내려선 개가 다급하게 말했다.

"빨리 뛰어!"

재이는 자신이 없었다. 발소리가 점점 다가오고 있었다. 자경단 에 잡힌 아이들은 강원도 깊은 산속에 있는 수용소로 넘겨졌다. 그 곳에는 정부에서 파견한 의사들이 기다리고 있었다. 그들은 아이 들이 잡혀오는 즉시 강제로 뿔을 제거했다. 뇌와 이어진 뿔을 제거 하는 수술은 어려웠다. 뿔을 제거하고 살아남은 아이는 없었다. 철 조망이 둘러쳐진 수용소에서 수술을 기다리는 광경을 떠올리자 몸이 오싹했다.

재이는 뒤로 물러났다가 전속력으로 달려 난간을 박차고 날았 다. 그 순간 자경단이 옥상에 올라섰다. 그들이 재이를 가리키며 호각을 불었다.

"여기다!"

간신히 옆집 옥상에 발을 디딘 재이는 다시 다른 지붕으로 넘어갔다. 자경단원들의 플래시 불빛이 지붕을 달리는 둘을 쫓아왔다. 흩어져 있던 자경단원들이 골목 여기저기에서 달려왔다. 발밑에서 슬레이트가 우지직 깨졌다. 뒤를 돌아보자 자경단 한 명이 옥상을 건너뛰고 있었다. 숨이 멎었다. 저 멀리 무전 연락을 받은 지프 두 대가 달려오는 모습도 보였다. 머릿속이 캄캄했다. 재이는 지붕에서 지붕으로 타고 넘었다.

윤주의 글을 읽고 나자 이상하게도 기분이 우울했다. 갑자기 나 자신이 한심하게 여겨졌기 때문이었다. 대학 입학과 동시에 자기 이름으로 책을 내겠다는 윤주, 실현 가능성은 전혀 없지만 고교 폭력클럽을 평정하겠다는 변태석, 서울대 의대 수석을 목표로 공부에 매진한 오상윤까지 모두가 자신의 목표를 향해 조금씩 나아가고 있었다. 하지만 나는 아무런 목표가 없었다. 학교 공부에 전념하는 것도 아니고, 매일 체육관에 나갔지만 복싱도 생각처럼 늘지 않았다. 한참 늦게 입관한 후배들의 실력이 하루가 다르게 늘어나는 모습을 지켜볼 때마다 자괴감에 빠질 뿐이었다. 마음속에서 알 수 없는 분노가 들끓었지만 무엇을 어떻게 해야 하는지 전혀 알지 못했다. 윤주의 편지를 책상에 올려놓고 멍하게 앉아 있는데 아래층에서 어머니가 불렀다. 식당으로 내려가니 어머니 혼자 넓은 식탁에서 차를 마시고 있었다. 자리에 앉자 어머니가 찻잔을 내려놓고 나를 빤히 쳐다보았다.

"요즘 공부는 하니?"

"왜요?"

"대학 안 갈 거야?"

"가야죠."

대답은 했지만, 내 학교 성적에 전혀 관심이 없는 어머니가 왜 이런 말을 꺼내는지 알 수 없었다. 잠시 침묵하던 어머니의 입에서 놀라운 말이 흘러나왔다.

"서재를 없애기로 했다."

"왜요?"

"손님방을 만들 거야."

"손님방은 두 개나 있잖아요."

"그걸로는 부족해."

나는 황망한 눈빛으로 어머니를 바라보았다. 외조부의 서재는 이 저택의 심장이었다. 그 방을 만들기 위해 이 저택을 세운 것이었다. 지난번 보수 공사를 할 때도 서재를 건드리지 않은 건 그런 이유 때문이었다. 그 모든 걸 떠나서 서재는 내가 이 저택에서 숨 쉴 수 있는 유일한 공간이었다. 나는 치미는 분노를 삼켰다.

"서재에 있는 물건은 어쩌고요?"

"필요 없는 건 처분하고 나머진 창고로 옮겨서 보관할 거야."

"그 방에 버릴 물건이 있나요?"

"세상에 없는 사람들 물건을 잔뜩 쌓아놓아서 뭣 하겠니?"

어머니의 무덤덤한 말을 들은 나는 귀를 의심했다.

"외할머니 물건은 어떡할 거예요?"

"다 갖다 버릴 거야."

나는 당혹감을 감출 수 없었다.

"지금까지 네 외할머니는 나를 찾은 적이 한 번도 없어. 부모가 자식을 버렸는데, 자식이 부모 물건을 버리지 못할 이유가 있니?"

순간 등줄기가 서늘했다. 어머니가 왜 이렇게 변한 걸까. 평소에도 잔정이 없고 매사에 냉소적이었지만 이 정도는 아니었다. 어머니를 누가 이렇게 만든 걸까. 원인은 하나밖에 없었다.

"난 반대예요."

"뭐라고 했니?"

"동의할 수 없다고 말했어요."

어머니의 눈빛이 싸늘하게 변했다.

"난 동의를 구하는 게 아니라 통보하는 거야."

어머니의 목소리는 단호했다.

"다시 한번 생각해보세요."

"이미 끝난 결정이니 그렇게 알아."

어머니는 그렇게 말하고 일어나서 식당을 나갔다. 그 뒷모습을 보자 꾹꾹 눌러 참은 화가 폭발했다. 나는 어머니를 향해 소리쳤다.

"정신 차리세요!"

"뭐라고?"

"이렇게 사는 게 정상이에요? 어머니 모습이 어떤지 돌아보라고요!"

난 지금껏 어머니 말을 거부하거나 반기를 든 적이 없었다. 세상에서 의지할 사람이 어머니밖에 없었기 때문이었다. 어머니가 강태호와 재혼한다고 했을 때도, 저택에 들어와서 함께 살아야 한다고 했을 때도 내 의사를 표명하지 않은 건 그 때문이었다. 그러나이건 아니었다. 외조부의 서재를 없앤다는 건 지금까지 이어 온 집안의 뿌리를 뽑는 것이었다. 얼굴이 벌겋게 달아오른 어머니가 내뺨을 후려쳤다. 나는 식당을 나와 방으로 올라갔다. 마지막 희망이산산이 깨어졌다. 어머니가 미망에서 깨어나 원래의 자리로 돌아올 거라는 기대는 어리석은 희망이었다. 강태호가 이 집에 모습을나타낸 이후 모든 것이 끝났다. 나는 이 결정이 번복될 수 없다는사실을 알고 있었다. 어머니는 한 번 마음을 정하면 절대 변하지 않았다. 그날 밤 외조부의 서재에 남아 있던 얼마 안 되는 아버지 물건을 상자에 담아 내 침대 밑에 밀어 넣었다. 내가 할 수 있는 일은그게 전부였다.

다음 날 체육관에서 돌아오니 예상대로 서재가 철거되어 있었다. 외조부와 외조모의 물건은 이삿짐 상자에 담겨 지하실에 함부로 쌓여 있었다. 두 사람이 남긴 삶의 흔적이 어두운 지하실에 갇혀버렸다. 아무렇게나 쌓인 상자를 보자 비통한 심정이 들었다. 이제이 집에서 선대의 흔적을 찾을 수 있는 건 아무것도 없었다. 서재를철거하고 새로 방을 만드는 공사는 한 달도 지나지 않아 끝났다. 원래 2층에는 내가 쓰는 방과 서재를 포함하여 방이 네 개였다. 보수공사가 끝나고 어머니가 1층으로 내려가면서 남은 방 두 개를 손님용으로 사용하고 있었다. 그런데 그걸로 부족하다며 두 개를 더 만든 것이었다.

이듬해 1월 중순, 낯선 손님들이 저택을 방문했다. 몸매가 호리호리한 곱슬머리 중년의 사내와 눈매가 날카로운 젊은 남자 세 명이었다. 그들은 일본 도쿄 롯폰기를 거점으로 한 조직폭력단 이나가와가이稲川會의 간부였고 나머지 세 명은 조직원이었다. 그들이 한국을 방문한 이유는 강태호와 손잡고 강주 중심가에 5성급 관광호텔을 짓기 위해서였다. 당시 노태우 정부에서 범죄와의 전쟁을 선포하는 바람에 사회 분위기가 좋지 않았다. 그래서 사람들 눈에 띄지 않도록 저택에 숙소를 마련한 것이었다. 야쿠자들은 한 달 정도 저택에 머물면서 경주와 부산의 요정을 들락거리다 일본으로 돌아갔다. 그 뒤에도 그들은 호텔 공사가 끝날 때까지 마치 제집처럼 저택을 드나들었다.

겨울방학이 시작되었다. 변태석은 여전히 밤거리를 들쑤시고 다녔고 상윤은 학교와 독서실을 바쁘게 오갔다. 윤주도 대학 입시 준비를 하며 글을 쓰느라 하루가 부족한 듯했다. 그들에 비해 나는 너무나 한가했다. 어머니와 마주치는 것이 싫어 느지막하게 일어난 다음 혼자 밥을 먹고 곧바로 체육관에 가서 온종일 시간을 보냈다. 이따금 상윤이 체육관을 찾아와서 지금부터라도 공부해야 대학에 갈 수 있다고 끈질기게 충고했다. 물론 내가 학교 공부를 완전히 포기한 건 아니었다. 지금은 간신히 중하위권 성적을 유지하고 있지만, 3학년이 되면 그마저 장담할 수 없었다. 변태석은 체육관을 찾아와서 공부하라고 충고하는 상윤을 볼 때마다 인상을 찡그렸다. 변태석에게 오상윤은 가장 재수 없는 유형이었다. 덩치만 보면 변태석과 오상윤은 어른과 아이였다. 하지만 두뇌를 보면 유인원과 인간이었다. 변태석이 마음에 들지 않는 상윤을 가만 내버려 둔 것은 나 때문이었다. 아마도 내가 없었다면 변태석은 오상윤을 골목으로 끌고 가서 신나게 두들겨 팼을 것이다. 변태석의 이런 약점을 간파한 상윤은 만날 때마다 온갖 독설을 퍼부었다.

겨울방학이 끝날 때까지 나는 모두 다섯 번의 스파링을 치렀다. 총 전적은 5전 1승 4패였다. 유일한 1승은 스파링 도중 상대가 복통이 와서 기권한 것이었다. 내가 스파링을 할 때마다 변태석은 한숨을 푹푹 내쉬며 머리를 절레절레 흔들었다. 어머니와의 사이는 악화일로였다. 이미 돌아올 수 없는 다리를 건넌 어머니와 나는 평행선으로 나아가고 있었다. 강주 시내 중심가에 땅을 사들인 강태호는 관광호텔 신축 공사에 들어갔다. 강태호의 입지는 그야말로 확고부동했다.

8

교실 앞 화단에 목련 꽃이 활짝 피었다. 봄볕을 품은 바람이 불어올 때마다 하얀 꽃송이가 부드럽게 흔들렸다. 교실은 찬물을 끼얹은 듯 고요했다. 살얼음판 같은 긴장감이 감도는 교실은 2학년 때와 확연하게 달랐다. 담임은 노회한 지휘관이었다. 그는 매일 아침

총탄이 빗발치는 일류대라는 고지로 우릴 내몰았다. 그는 누구를 위한 전쟁인지 모를 정도로 우릴 혹독하게 몰아붙였다. 고지에 깃발을 꽂지 못하면 인생의 패자라는 게 담임의 확고한 신념이었다. 담임의 독려 때문일까. 웃음기가 사라진 아이들의 얼굴에선 적진을 향해 돌진하는 병사의 결연함이 느껴졌다. 교실에 들어설 때마다 불안하고 초조했다. 저들과 함께 그 고지에 오르지 못할 것 같아서였다. 그럴 때마다 나는 윤주를 떠올렸다.

3학년 새 학기가 시작된 지 2주가 지나도록 윤주에게선 연락이 없었다. 2월 중순에 만났을 때 윤주는 풀이 잔뜩 죽어 있었다. 본격적으로 대학 입시 공부에 전념하기 전에 지금 쓰는 이야기를 끝내고 싶은데 글이 잘 풀리지 않는다며 푸념했다. 두 마리 토끼를 잡는 게 쉽지 않은 모양이었다. 하지만 윤주의 성격으로 봐선 그 어느 것도 포기하지 않을 것이었다. 기분을 풀어주기 위해 변태석 이야기를 들려주었다. 윤주는 배를 잡고 깔깔 웃었지만 헤어져 집으로 돌아가는 뒷모습은 애처로울 정도로 어깨가 처져 있었다. 그녀의 슬럼프는 아무도 도와줄 수 없었다. 오로지 혼자 힘으로 빠져나와야 했다. 따라서 내가 할 수 있는 건 윤주가 슬럼프를 극복할 때까지 묵묵히 기다리는 것이었다.

한 주가 더 지나갔다. 여전히 편지도 없었고 연락도 없었다. 이렇게 길게 연락이 없는 건 처음이었다. 내 마음속에선 보고 싶다는 마음과 방해하지 말자는 생각이 끝없이 충돌했다. 마치 금단 현상을 겪는 사람처럼 온종일 머릿속이 멍했다. 수업 시간에는 선생들의 말이 잘 들어오지 않았고 체육관에선 운동에 집중이 되지 않았다. 변태석이 들려주는 무용담도 재미가 없었고 이따금 만나는 상윤의 잔소리도 지겨웠다. 일주일을 더 기다려도 연락이 없자 내 인내심이 바닥을 드러냈다. 3월 마지막 주 일요일에 나는 윤주가 다니는 성당을 찾아갔다.

성당으로 올라가는 길은 봄기운이 완연했다. 길가의 느티나무는 아직 잎을 틔우지 못했지만 돌 틈에는 보라색 제비꽃과 분홍색 꽃잔디가 활짝 피어 있었다. 나지막한 돌길을 올라가자 언덕에 붉은 벽돌로 지어진 성당이 나타났다. 나는 성당 앞 벤치에 앉아 윤주가 미사를 마치고 나오기를 기다렸다. 반 시간쯤 지나자 파견 성가와 함께 사람들이 하나둘 계단을 내려왔다. 마지막 신자들이 다 빠져나온 뒤에도 윤주는 나타나지 않았다. 나는 고개를 갸웃했다. 할머니가 병원에 입원해 있을 때를 제외하고 윤주는 미사를 거른 적이 없었다. 나는 벤치에서 일어나서 계단을 올라갔다. 스테인드글라스를 뚫고 들어온 햇살이 가득한 성당에는 성가대 악보를 정리하고 제대의 성물을 거두는 사람들만 있을 뿐 윤주는 보이지 않았다. 성당 주변을 한 바퀴 돌아본 나는 시립 도서관을 찾아갔다. 종합 자료실을 비롯하여 매점까지 돌아봤으나 윤주는 보이지 않았다. 어쩔 수 없이 은행나무 공터를 찾아갔다. 작년 가을부터 공터에 찾아가는 것을 자제하고 있었다. 윤주가 동네 사람들 눈에 띄면 곤란하다고 걱정했기 때문이었다.

샛노란 개나리꽃이 만개한 축대를 거슬러 올라가자 은행나무 공터가 나타났다. 겨울옷을 벗어 던진 아이들이 땀을 흘리며 뛰어놀고 있었다. 나는 은행나무 아래 벤치에 앉아 윤주의 집을 바라보았다. 그런데 뭔가 이상했다. 집 창문이 전부 닫혀 있고 윤주의 방에도 커튼이 내려져 있었다. 몇 시간을 지켜봐도 인기척이 없었다. 슬금슬금 몰려온 어둠이 공터를 뒤덮을 때까지 나는 꼼짝하지 않고 윤주의 집을 지켜보았다. 이윽고 어둠이 완전히 내려앉은 뒤에도 윤주의 집에는 불이 켜지지 않았다. 어쩔 수 없이 발길을 돌린 것은 밤 11시 무렵이었다.

다음 날 저녁에 다시 은행나무 공터를 찾아갔다. 여전히 윤주의 집은 불이 꺼져 있고 대문이 굳게 잠겨 있었다. 이해할 수 없었다. 가족 전체가 이틀이나 집을 비울 수 없었기 때문이었다. 이튿날 오후, 윤주가 다니는 학교를 찾아갔다. 야간 자율학습을 마친 학생들이 전부 학교를 빠져나올 때까지 기다렸지만 윤주는 끝내 모습을 보이지 않았다. 학교를 돌아나온 나는 변태석을 찾아갔다. 자초지종을 설명하자 변태석이 어찌 된 일인지 알아보겠다고 했다. 며칠 후 변태석이 체육관을 찾아와서 밖으로 불러냈다.

"학교에 나오지 않은 지 한 달 정도 되었어."

"한 달이나?"

불길한 느낌이 엄습했다. 나는 변태석과 함께 윤주의 집을 찾아갔다. 그녀의 집은 여전히 인기척 없이 깊은 침묵에 휩싸여 있었다. 이런 일이 있을 수 있을까. 평온한 일상을 유지하던 한 가족이 전부 모습을 감춘 것이다. 그때 지나가던 한 할머니가 우리를 수상한 눈빛으로 쳐다보았다.

"너희들, 왜 남의 집을 기웃거려?"

나는 인상 더러운 변태석을 밀어내고 앞으로 나섰다.

"이 집에 사는 친구를 찾아왔어요."

"누구?"

검은 비닐봉지를 든 할머니가 날카로운 눈으로 나를 쳐다보았다.

"큰딸이요."

"예쁘게 생긴 큰아이 말이야?"

"맞아요."

"어떤 친구야?"

"성당 친구예요."

성당이란 말에 할머니가 의심의 눈초리를 거두었다.

"그 아이, 아파서 병원에 입원했어. 그래서 식구들 전부 병원에 있어."

나는 망치로 머리를 얻어맞은 듯한 충격에 휩싸였다.

"많이 아파요?"

"그건 자세히 몰라."

할머니가 고개를 젓자 변태석이 불쑥 끼어들었다.

"어느 병원인지 아세요?"

"강주 병원이라고 들었어."

할머니는 그렇게 말하고 종종걸음으로 골목으로 사라졌다. 할머니의 뒷모습을 우두커니 지켜보고 있는데 변태석이 팔을 잡아끌었다.

"병원에 가보자."

골목을 거슬러 내려가서 택시를 잡았다. 병원까지 가는 길이 천

국처럼 아득하게 느껴졌다. 어디가 얼마나 아픈 걸까. 제발 큰일이 아니기를 바랐다. 잠시 후 우리는 병원에 도착했다. 나는 로비 대기석에서 병원에 근무하는 사촌 누나를 만나러 간 변태석을 기다렸다. 환자복을 입은 사람들을 보자 마음이 무거웠다. 20여 분 뒤에 변태석이 굳은 표정으로 돌아왔다.

"윤주는 이 병원에 없어."

"없다니? 그게 무슨 말이야?"

"2주 전에 부산대학병원으로 옮겨 갔어."

"대학병원?"

변태석이 천천히 고개를 끄덕이더니 말을 이었다.

"지난 3월 초, 새벽녘에 트럭 기사가 옛 해안도로 변에 쓰러져 있는 윤주를 발견하고 신고를 했어."

그 말을 듣는 순간 해안 절벽에서 보름달을 보고 돌아오던 밤이 떠올랐다. 그날 윤주의 자전거 체인이 끊어지는 바람에 풀숲에 숨겨두고 온 적이 있었다. 그런데 윤주는 왜 그곳을 간 걸까. 그리고 무슨 일이 있었기에 도로변에 쓰러져 있었던 걸까. 마치 미궁에 빠진 것처럼 여러 가지 의혹이 들었다. 변태석이 사촌 누나를 통해 알아낸 건 그게 전부였다. 어디를 얼마나 다쳤는지 물었지만, 사촌 누나는 환자에 관한 비밀이라며 알려주지 않았다고 했다. 이상하게도 그 말이 더 신경 쓰였다.

다음 날 우리는 학교를 빼먹고 부산행 시외버스에 올랐다. 혼자 가겠다고 했지만, 변태석이 막무가내로 따라왔다. 그런데 막상 버스가 출발하자 코를 골고 누워 자는 변태석이 든든하게 여겨졌다.

혼자서는 너무 막막했기 때문이었다. 부산에 도착한 우리는 곧바로 부산대학병원으로 갔다. 이번에도 변태석이 나섰다. 그는 안내실과 접수처를 바쁘게 뛰어다닌 끝에 윤주가 입원한 병동을 찾아냈다. 그런데 뜻밖에도 산부인과 병동이었다. 우리는 산부인과 병동이 있는 6층으로 올라갔다. 엘리베이터에서 내리는 순간 나는 흠칫 걸음을 멈추었다. 병동 접수처 앞에 윤주의 부모님이 점퍼 차림의 남자 두 명과 심각한 얘길 나누고 있었다. 남자들을 바라보는 변태석의 표정이 미묘하게 변했다. 그때 얘기를 나누던 네 사람이 엘리베이터 앞으로 걸어왔다. 그 모습을 본 변태석이 나를 붙잡고 귓속말했다.

"여기서 기다려."

변태석이 그들과 함께 엘리베이터에 올랐다. 나는 잠시 어리둥절했지만, 엘리베이터 문이 닫히는 걸 보고는 산부인과 병동 접수대로 갔다. 간호사에게 윤주 이름을 말하고 입원실을 묻자 직원이 인상을 찡그렸다.

"환자와는 무슨 관계인가요?"

"친구입니다."

"가족 이외는 면회가 불가능합니다."

"이유가 뭡니까?"

"그건 알려드릴 수 없습니다."

내가 따지듯 물었지만, 간호사는 대답은 똑같았다.

"그럼 얼마나 다쳤는지는 알 수 있을까요?"

"그것도 알려드릴 수 없습니다."

나는 당혹스러웠다. 면회를 할 수 없을 정도로 상태가 심각하다는 생각에 눈앞이 캄캄했다. 접수대와 병동 복도를 오가는 산모와 가족들을 보자 몇 가지 의문이 떠올랐다. 아무리 생각해도 이해할 수 없는 상황의 연속이었다. 아무래도 윤주의 부모님을 만나봐야 모든 의문이 풀릴 것 같았다. 병동 입구를 서성이는데 변태석이 엘리베이터에서 내렸다. 변태석이 심각한 눈빛으로 주위를 돌아보며 말했다.

"나가자."

"어딜?"

"일단 밖으로 나가자."

뭔가를 알아낸 듯했다. 엘리베이터를 타고 로비로 내려간 우리는 다시 병원 밖으로 나갔다. 병원 뒤편에 작은 공원이 있었다. 환자와 보호자들이 벤치에서 담소를 나누고 있었다. 변태석이 빈자리에 앉아서 나를 쳐다보았다. 그는 잠시 뜸을 들인 후 천천히 말을 꺼내기 시작했다.

"윤주 부모님과 같이 있던 남자들, 강주 경찰서 강력계 형사야."

"형사라고?"

변태석이 고개를 끄덕거렸다. 내 눈을 빤히 바라보던 변태석이 조심스럽게 입을 열었다.

"그들이 주고받는 말을 엿들었어."

"무슨 말을?"

"윤주가 당했어. 그것도 여러 명에게."

순간 나는 무너지듯 털썩 주저앉았다. 머릿속 회로가 뒤엉킨 듯

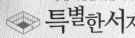

자기계발

행복도 배워야 합니다
이시형 지음

**뇌 과학자, 정신과 의사 이시형의
세로토닌 테라피!**

"행복은 마음이 아니라
 뇌에서 시작됩니다"

행복하고 싶다면
세로토닌을 공부하라!

에세이

불안한 행복
김미원 수필집

**몸으로 치열하게 써 내려간
불안한 행복의 기록**

"삶은 불안을 기억하며 행복해진다"
불안을 안고 태어난 이들에게

"그럼에도 삶은 살아갈 만하다!"

아득했다. 변태석이 무어라고 말했는데 윙윙거리는 소리만 들렸다. 어디선가 나비 한 마리가 날아왔다. 꽃들 사이를 오르내리는 나비를 보자 해안 절벽이 떠올랐다. 수평선 너머에 따뜻하면서 무시무시한 조류가 밀려오는 바다가 있었다. 그 바다의 기운과 내 가슴속에서 일어나는 소용돌이와 겹쳐져 더 격렬하게 요동쳤다. 그러나 해안 절벽 아래는 평온했다. 잔파도가 밀려와서 밀가루처럼 고운 모래톱을 어루만지고 있을 뿐이었다. 아버지가 견딜 수 없이 그리웠다. 그 무시무시한 조류를 알려준 아버지가 참을 수 없이 그리웠다. 내 슬픔과 괴로움을 호소할 수 있는 사람은 아버지밖에 없었다. 그런데 아버지는 세상에 없었다. 저 깊은 바닷속에 영원히 잠들어 있었다.

현관문을 열어준 교동댁이 내 얼굴을 보고 흠칫 놀랐다. 나는 방으로 올라가서 침대에 얼굴을 묻었다. 아버지가 돌아가셨다는 소식을 들었을 때 나는 믿지 않았다. 오늘 아침까지 멀쩡하게 살아 숨쉬던 사람을 볼 수 없다는 사실을 이해할 수 없었다. 아버지를 잃은 상실감을 절감한 건 사고 소식을 듣고 난 지 한참이 지나서였다. 어느 날 집 안 곳곳에서 아버지의 체취가 사라졌다는 사실을 깨닫는 순간 슬픔과 고통이 걷잡을 수 없이 밀려왔다. 내 머리를 쓰다듬어주고 장난을 치던 아버지를 영원히 볼 수 없다는 사실을 그때 알게 된 것이었다. 윤주에게 일어난 일은 더 비현실적이었다. 자정이 넘어갈 무렵 식은땀이 나면서 오한이 일었다. 몸을 부들부들 떨다가 깜빡 잠이 들었다. 눈을 뜨자 새벽녘이었다. 식당으로 내려가서 물을 마신 다음 정원으로 나갔다. 옅은 안개 속에서 항구가 한 덩어리로 뭉개져 흐물흐물 녹아내리고 있었다. 먼바다에서 고래의 울음소리가 들려왔다. 어미의 품을 떠나는 새끼 고래의 울음소리였다. 이제 새끼 고래는 죽는 날까지 어미를 만날 수 없었다. 홀로 살아가야 하는 고래의 두려움은 미지의 세계가 아니라 광대한 바다에서 자신이 누구인지 알지 못하는 불확실함이었다.

다음 날 학교에 갈 수 없었다. 손가락 하나 움직일 수 없었기 때문이었다. 교동댁이 죽을 끓여 방으로 가져왔지만, 한 순가락도 삼키지 못하고 뱉어냈다. 종일 자다가 깨기를 반복했다. 새벽녘에는 유령처럼 집 안을 돌아다녔다. 화장실에 들어가 문을 걸어 잠그고 벽에 이마를 갖다 대고 몸을 떨면서 울었다. 거울에 비친 낯빛이 죽음을 앞둔 환자처럼 창백했다. 이튿날은 봄비가 내렸다. 빗속을 뚫고 바다로 나간 배들이 수평선 언저리를 기웃거리다 항구로 돌아왔다. 봄비에 떨어진 꽃의 잔해가 수로를 막았다. 아침 일찍 비옷을 입고 나타난 청년들이 오전 내내 삽과 빗자루를 들고 언덕길을 오르내렸다. 사흘 동안 어머니는 한 번도 방을 들여다보지 않았다. 나역시 어머니를 찾지 않았다.

나흘째 되던 날 죽을 먹었다. 몸을 추스른 오후에 윤주의 집을 찾아갔다. 집에 불이 환하게 켜져 있었다. 윤주의 방에도 커튼이 활짝 걷혀 있었다. 윤주의 가족들이 돌아온 게 아니었다. 새로운 사람들이 이사를 온 것이었다. 나는 그들이 중국음식점에서 배달 온 음식을 시끌벅적하게 먹는 모습을 잠시 지켜보다가 쓸쓸히 돌아섰다. 오랜만에 시내에 나갔다. 발길 닿는 대로 거리를 거닐다 보니 변태석을 처음 만났을 때 온 주점 앞이었다. 계단을 올라가니 그날처럼 담배 연기가 자욱했다. 구석 테이블 커튼을 열자 변태석이 놀란 얼굴로 벌떡 일어났다. 나는 희미한 웃음을 짓고서 그들 자리에 끼어 앉았다. 누군가 술잔에 소주를 가득 부어주었다. 나는 단숨에 마셨다. 난생처음 마시는 술이 물 같았다. 나는 변태석 친구들이 주는 술을 계속 마셨다. 머릿속의 생각을 멈출 수 있다면 독이라도 먹을 수 있었다. 그들이 건배를 외칠 때마다 이유도 모른 채 잔을 부딪쳤다. 물처럼 들이마신 술은 불덩어리로 변해 몸속을 헤집고 다녔다. 한순간 그들의 말소리가 아련하게 멀어지더니 눈앞이 흐릿해졌다. 얼마나 지났을까. 눈을 뜨니 변태석 혼자 남아 있었다. 주점을 나와 밤거리를 걸었다. 찬바람을 쐬자 머리가 조금 맑아졌다. 변태석이 나를 쳐다보며 씨익 웃었다. 여드름투성이 얼굴이 친근하게 보인 건 이때가 처음이었다. 그때 갑자기 변태석이 노래를 부르기 시작 했다.

"한 남자와 한 여자가 있었답니다. 두 사람은 서로 사랑했더랍니다. 개울가 언덕 위에 예쁜 집 짓고 사슴처럼 새처럼 살았답니다. 새 아침도 둘이서 어두운 밤도 둘이서 기쁨도 괴로움도 둘이 둘이서 사슴처럼 새처럼 살았답니다. 날이 가고 달이 가고 해가 바뀌고 두 사람은 엄마 아빠 되었답니다."

처음 듣는 노래였다. 높낮이가 거의 없는 단조로운 노랫말이 묘하게 마음을 흔들었다. 나는 변태석이 흥얼거리는 노래를 따라 부르기 시작했다. 우린 밤거리를 정처 없이 걸어가며 고장 난 카세트 테이프처럼 끝없이 반복해서 노래를 불렀다. 나중에는 얼마나 불렀는지 목이 쉬었다. 하지만 우리는 굴하지 않고 아픈 목을 부여잡고 꺽꺽거리며 노래를 불렀다.

변태석과 헤어져 집에 돌아왔는데 대문 앞이 시끄러웠다. 잠시 후 계단을 올라오는 발소리가 들리더니 방문이 벌컥 열렸다. 어머니가 화난 얼굴로 서 있었다.

"술 마셨니?"

나는 대답하지 않았다.

"몸이 아프다고 학교도 가지 않은 녀석이 술을 마셔?"

나는 몸을 일으키며 어머니를 향해 소리쳤다.

"무슨 상관이에요?"

"뭐라고?"

"내가 뭘 하든 관심 없잖아요."

어머니가 갑자기 내 뺨을 후려쳤다. 나는 얼굴을 더 내밀고 소리쳤다.

"어머니, 그 사람이 이 집에 어울린다고 생각하세요? 그 사람은 깡패예요. 사람을 죽인 살인자라고요. 세상 사람들이 뒤에서 손가락질하고 욕하는 거 모르세요? 왜 모두가 아는 진실을 어머니 혼자 모르는 척하는 거예요. 어머니, 정신 차리세요!"

그때 와이셔츠 차림의 강태호가 불쑥 방으로 들어왔다. 여느 때 같았으면 겁을 먹고 입을 다물었을 것이다. 그러나 오늘은 아니었다. 몸속의 알코올이 준동한 것인지 참고 참은 울분이 터져 나온 것인지 내 속에 있는 말이 두서없이 쏟아져 나왔다. 나는 강태호를 가리키며 고함쳤다.

"저 사람은 어머니를 속인 사기꾼이에요!"

무심결에 그 말을 하고 나자 정말 이 모든 일이 강태호 때문이라는 생각이 들었다. 확신은 더 큰 확신을 불러왔다. 나는 불행과 재앙을 몰고 온 남자를 분노에 찬 눈빛으로 노려보았다. 그때 성큼성큼 걸어온 강태호가 주먹을 휘둘렀다. 나는 그대로 방구석에 처박혔다. 아프지도 않았고 무섭지도 않았다. 오히려 죽어도 좋다는 생각이 들었다. 나는 벌떡 일어나서 악을 쓰듯 소리쳤다.

"더 때려! 더 때려보라고!"

어머니가 막아서지 않았다면 그는 아마도 나를 죽였을 것이다. 하지만 나는 전혀 두렵지 않았다. 나를 뚫어지게 노려보던 강태호가 천천히 돌아서서 방을 나갔다. 윗옷을 걸쳐 입자 어머니가 팔을 붙잡았다. 나는 어머니를 밀어내고 방을 나갔다. 계단을 쿵쾅거리며 내려가자 교동댁이 놀란 얼굴로 내 앞을 막아섰다. 나는 거칠게 교동댁을 밀치고 밖으로 나갔다. 단숨에 언덕길을 뛰어 내려갔다. 때마침 지나가는 택시를 향해 손을 들었다. 시내 유흥가는 밤이 깊었는데도 사람들이 북적거렸다. 나는 네온사인이 번쩍거리는 유흥가를 가로질렀다. 술집이 줄지어 늘어선 골목 입구에서 낯선 청년들과 어깨가 부딪쳤다.

"이 새끼, 뭐야?"

한 청년이 술 냄새를 풍기며 내 멱살을 움켜잡았다. 골목으로 나를 끌고 들어간 그들은 다짜고짜 주먹을 휘둘렀다. 반사적으로 가드를 올렸다. 그러나 한꺼번에 날아온 주먹들이 얼굴과 배와 등을 무차별로 난타했다. 건물 벽에 등을 기댄 나는 샌드백처럼 두들겨

맞았다. 그런데 이상하게도 맞으면 맞을수록 마음이 편했다. 마치 내 안에 자리 잡고 있던 슬픔이 깨끗이 지워지는 것 같았다. 나는 그들을 향해 몸을 내밀었다. 정면으로 날아온 주먹이 콧대를 강타했다. 코피가 분수처럼 사위로 튀었다. 나는 코피를 줄줄 흘리며 그들에게 다가갔다. 청년들이 주먹을 멈추고 의아한 눈으로 쳐다보았다. 내가 미친 사람처럼 씩 웃으며 다가가자 그들이 돌아서서 골목을 뛰어나갔다. 나는 핏물을 뚝뚝 흘리며 거리로 나왔다. 놀란 사람들이 홍해처럼 길을 열었다. 시간을 되돌릴 수 있다면 더 맞을 수 있었다. 아니, 이보다 더 큰 고통도 얼마든지 받아들일 수 있었다. 발길 닿는 대로 걷다가 문득 정신을 차려보니 체육관 앞이었다. 계단을 올라가서 출입문을 열었다. 사무실에 앉아 있던 관장이 고개를 들었다. 문을 열고 나온 관장이 나를 의자에 앉히고는 젖은 수건으로 피를 닦고 어긋난 코뼈를 맞춰주었다. 그런 다음 사무실 안쪽에 있는 작은 방으로 데려가서 담요 한 장을 던져주고 나가버렸다.

새벽녘 눈을 뜨자 무시무시한 통증이 밀려왔다. 소변을 보는데 피가 섞여 나왔다. 거울을 보니 얼굴 형체를 알아볼 수 없었다. 다시 방으로 돌아간 나는 정오까지 죽은 듯이 잤다. 점심 무렵 관장이 깨워 일어나니 죽과 진통제가 놓여 있었다. 죽을 꾸역꾸역 먹고 진통제 두 알을 삼켰다. 그리고 다시 끝없는 잠의 수렁으로 빠져들었다.

다음 날 아침, 일어나서 체육관을 청소하기 시작했다. 빗자루로 먼지를 쓸고 물걸레로 마룻바닥을 닦았다. 마룻바닥 틈에 낀 먼지도 걷어냈다. 링과 탈의실과 화장실까지 깨끗하게 청소했다. 출근한 관장이 체육관을 돌아봤지만, 아무런 말이 없었다. 저녁 무렵 어떻게 알았는지 변태석이 내 옷이 담긴 스포츠 가방을 가져왔다. 교동댁이 챙겨준 모양이었다. 피 묻은 옷과 신발을 벗고 새 옷으로 갈아입었다. 붓기와 멍이 조금 빠졌지만, 몰골은 여전히 형편없었다. 뭔가를 해야 했다. 아무것도 하지 않고 가만히 있다간 머리가 터져 버릴 것 같았다. 나는 다시 체육관 청소에 매달렸다. 창고에서 사다리를 가져와서 한 번도 청소한 적이 없는 중창을 닦기 시작했다. 그런 다음 계단 천장에 가득한 거미줄을 걷어냈다. 관원들은 날마다 달라지는 체육관이 낯선지 고개를 갸웃거렸다.

오전에는 체육관 청소를 하고 오후에는 운동을 다시 시작했다. 줄넘기를 뛰고 아령과 역기를 들어 올리고 샌드백을 쳤다. 스텝이 엉키고 주먹이 헛나갔지만, 상관없었다. 머리가 폭발하는 것보다 나았기 때문이었다. 관원들이 모두 돌아간 늦은 밤에는 링에 올라가서 섀도복싱을 했다. 텅 빈 링에서 상상의 상대를 향해 숨을 헐떡거리며 주먹을 휘둘렀다. 손가락 하나 움직일 수 없을 때 링에서 내려와 샤워실로 들어갔다. 차가운 물줄기를 맞고 있으면 타샤 튜더, 아스트리드 린드그렌, 로알드 달 같은 좋아하는 작가들의 이름을 나열하던 윤주의 표정이 떠올랐다.

다음 날 해안 절벽을 찾아갔다. 작년 여름 축제 이후 처음이었다. 변함없이 푸르른 광대한 바다를 보자 뼈가 부서지는 듯한 상실감이 몰려왔다. 곡벽을 타고 모래톱으로 내려갔다. 신발을 벗고 모래밭을 걸었다. 고운 모래가 발가락 사이로 흩어졌다. 청명한 날씨였다. 바람은 선선했고 태양은 눈이 부셨다. 갈매기들은 해수면을 낮게 비행하고 있었다. 너무나 아름다운 풍광이었다. 나는 무릎을 꿇고 모래에 얼굴을 묻었다. 차가운 모래가 살을 파고들었다. 모래밭을 돌아나와 절벽을 올라갔다. 해안의 초지를 아무 생각 없이 걸어갔다. 윤주는 왜 옛 해안도로에 있었던 걸까. 그랬다. 이곳을 찾아온 것이었다. 막힌 글을 풀기 위해, 혹은 뭔가 영감을 얻기 위해서 해안 절벽을 찾아온 것이 분명했다. 그리고 돌아가는 길에 누군가에게 변을 당한 것이었다. 그때 내 눈에 뭔가 띄었다. 나는 성긴 풀을 헤치고 나아갔다. 넓은 풀밭에 반쯤 묻힌 스카프가 바람에 펄럭거리고 있었다. 윤주가 늘 목에 두르고 다니던 푸른색 스카프였다. 주변을 돌아보니 바이크 바퀴 자국이 어지러웠다. 순간 이곳이 윤주가 놈들에게 당한 장소라는 직감에 머리털이 쭈뼛 섰다.

9

최호는 해안도로 입구에 바이크를 세웠다. 그는 그곳에서부터 해안을 향해 걸어가며 풀의 상태를 신중하게 살폈다. 초지 곳곳에는 풀이 짓눌리고 뽑힌 흔적이 희미하게 남아 있었다. 최호는 진흙이 묻은 풀을 손으로 만지며 흔적을 따라갔다. 이윽고 우리는 잡목에 둘러싸인 초지에 도착했다. 내가 윤주의 스카프를 발견한 바로 그곳이었다. 최호가 쪼그려 앉아 뿌리가 뽑힌 풀을 만지며 생각에 잠겼다. 그 모습을 지켜보던 변태석이 물었다.

"어때?"

"시간이 너무 많이 지났어. 거기다 비까지 왔고."

최호는 일어나서 흙 묻은 손을 털며 해안을 돌아보았다. 변태석이 인상을 찡그리며 다시 물었다.

"몇 대인 것 같아?"

"네다섯 대 정도."

"폭주족일까?"

"그럴 수도 있고 아닐 수도 있어."

"바이크 종류는?"

"희미해."

"찾을 수 있어?"

최호가 머리를 끄덕였다.

"머릿속에 떠오르는 놈들이 몇 명 있어."

"누구야?"

"한 일주일만 기다려봐."

최호는 내 어깨를 툭툭 치며 위로의 눈빛을 보냈다. 그런 다음 그는 왔던 길을 되돌아가서 자신의 바이크에 올라 시동을 걸었다. 바이크의 엔진 소리가 적막한 해안을 울렸다. 최호는 우릴 돌아보며 손을 흔든 다음 해안도로를 달려갔다. 그가 시야에서 사라지자 변태석이 나를 돌아보았다.

"사실 나도 짐작 가는 놈들이 있어. 작년에도 이런 일이 있었거든. 그런데도 최호를 부른 것은 좀 더 확실하게 알아보기 위해서야. 그러니 최호에게 맡기고 일주일만 기다려보자."

최호는 변태석의 중학교 친구였다. 한때 그가 폭주를 시작하면 수백 명이 따라붙을 정도로 전국적으로 이름이 알려진 폭주족 리더였다. 작년까지 미친 듯 폭주하던 최호는 올해 들어서자 갑자기 폭주를 멈추고 바이크 가게에서 아르바이트에 몰두하고 있었다. 한때 그와 함께 폭주했던 변태석의 말에 의하면 최호는 바이크 마니아였다. 바이크를 완전히 분해했다가 다시 조립할 정도의 실력을 갖춘 전문가였다. 그가 일하는 바이크 숍은 강주에서 가장 규모가 컸다. 하루에도 수백 대의 바이크가 수리를 위해 들락거렸기에 최호는 강주를 비롯한 인근 지역 라이더들의 신상을 훤하게 꿰고 있었다. 우리는 왔던 길을 되돌아가서 해안도로에 도착했다. 그곳에는 변태석의 국산 바이크가 세워져 있었다. 작년 사고 이후 처박아 두었다가 오랜만에 꺼냈다는 바이크는 먼지 한 점 없이 번쩍거렸다. 변태석이 바이크에 올라앉아 시동을 걸었다. 뒷자리에 올라타자 바이크가 총알처럼 튕겨 나갔다. 나는 황급히 변태석의 허리를 꽉 움켜잡았다. 매일 자전거를 타고 오가던 풍광이 빠르게 망막을 스치고 지나갔다. 문득 해안 절벽에서 처음 윤주를 만난 날이 생각났다. 초지의 풀을 밟던 하얀 운동화와 나풀거리던 치마와 호기심 넘치던 윤주의 눈빛이 떠올랐다. 윤주의 가족들이 강주를 떠난 건 사람들 시선 때문이었다. 입에서 입으로 은밀하게 전해지는 동정과 연민이 왜곡되고 부풀려져 피해자가 죄인이 되어버리는 어처구니없는 현실이 싫어서 삶의 터전을 버리고 떠난 것이었다.

사흘째 되던 날 변태석이 체육관을 찾아왔다. 옷을 갈아입고 계단을 내려가자 최호가 자신의 바이크에 앉아 있다가 손을 들었다. 변태석의 바이크 뒷자리에 오르자 둔중한 엔진 소리가 몸을 흔들었다.

"어딜 가는 거야?"

"놈들을 찾았어."

나는 놀란 얼굴로 두 사람을 바라보았다. 최호가 희고 가지런한 치아를 드러내며 웃었다. 불과 사흘 만에 범인을 찾았다는 사실이 믿어지지 않았다. 구시가지를 벗어난 두 대의 바이크는 다리를 건너 남쪽을 향해 달려갔다. 20여 분 뒤 남항을 알리는 이정표가 나타났다. 해안선을 따라 길게 늘어선 남항 중심가가 나타났다. 왼쪽은 바다였고 오른쪽 낮은 언덕에 집들이 빼곡하게 불을 밝히고 있었다. 남항의 규모는 북항의 절반이 채 되질 않았다. 여름 축제가 북항에서 계속 열리는 이유도 그것 때문이었다. 선창에 작년 여름 축제에서 봤던 남항의 목선들이 정박해 있었다. 최호는 남항 중심가를 통과하여 계속 남쪽으로 내려갔다. 이윽고 집들의 불빛이 드문드문해질 무렵 두 사람이 바이크를 멈추었다. 백사장 입구에 여러 종류의 바이크 10여 대가 세워져 있었다. 최호가 나란히 세워진 바이크를 가리키며 말했다.

"해안 절벽에 남아 있던 바퀴 자국은 이 바이크들의 흔적이야."

나는 눈을 동그랗게 치켜뜨고 최호가 가리키는 바이크를 쳐다보았다. 솔직히 뭐가 뭔지 알 수 없었다. 그때 최호가 불빛이 일렁거리는 해안을 돌아보며 말했다.

"저놈들이 이 바이크 주인들이야."

그곳에는 10여 명의 청년들이 모닥불에 둘러앉아 있었다. 우린 해변으로 내려갔다. 그들의 얼굴을 알아볼 수 있을 정도로 거리가 가까워지자 최호가 걸음을 멈추었다. 그는 무리 중 덩치가 유난히 큰 한 명을 지목했다.

"저놈이 주범이야."

변태석이 부연 설명했다.

"류재열이야. 어릴 때부터 유도를 배워서 실력이 수준급이지. 작년 전국체전에 출전했다가 결승에서 패했어. 그런데 시합이 끝나고 집으로 돌아가는 결승전 상대를 불러내서 무참하게 허리를 꺾어버렸어. 그 바람에 유도계에서 영원히 쫓겨났어. 온갖 소문이 무성한 질이 아주 안 좋은 놈들이야."

"확실해?"

"범인일 확률이 높아."

최호가 류재열 패거리 중 한 명이 한때 자신을 따랐던 폭주족인데, 그를 통해서 정보를 알아냈다고 알려주었다. 그런데 놀라운 건 이들의 범행이 처음이 아니라는 사실이었다. 작년 여름에도 비슷한 일을 저지른 모양이었다. 모닥불에 둘러앉아 시시덕거리는 놈들을 보자 분노가 치밀었다. 최호가 내 팔을 잡아당겼다. 우리는 다시 해안도로로 올라갔다. 최호와 내가 남고 변태석이 혼자 바이크를 몰고 남항 중심가로 달려갔다. 10여 분 지났을 때 변태석의 바이크가 불빛을 번득이며 돌아왔다.

"얼마나 걸릴까?"

"시내서 오려면 20분 정도 걸릴 거야."

"형사들이 도착하기 전에 놈들이 자릴 옮길 수 있으니 잘 지켜봐야 해."

변태석의 우려와 달리 류재열 패거리는 움직일 생각이 없었다. 멀리서 보는 그들의 모습은 목가적이었다. 그러나 약자를 파괴하고도 죄책감을 느끼지 못하는 게 저들의 실체였다. 저들이 잡혀가서 법의 심판을 받아도 윤주가 상처를 회복할 수 없을지 모른다는 생각에 마음이 무거웠다.

그때 저 멀리 해안도로 입구에 경찰차가 나타났다. 남항 입구에서 잠시 머뭇거린 경찰차를 포함한 세 대의 경찰차는 속도를 높여 우리가 있는 곳으로 달려왔다. 우리는 바이크를 타고 주택가 골목으로 잠시 몸을 피했다. 경찰차가 멈춰 서자 형사들이 차에서 뛰어내렸다. 그들은 곧바로 해변을 향해 달려갔다. 느닷없이 경찰이 들이닥치자 놀란 패거리가 각기 흩어져 도망쳤다. 그러나 그들은 얼마 도망치지 못하고 전부 잡혔다. 수갑을 찬 패거리가 차례로 경찰차와 봉고차에 태워졌다. 마지막으로 덩치 큰 류재열이 씨근덕거리며 봉고차에 올라탔다. 경찰차가 경광등을 번쩍거리며 남항을 빠져나가는 모습을 확인한 뒤에야 우리는 비로소 안도의 한숨을 내쉬었다. 두 친구의 상기된 표정을 보자 지난 며칠 동안 내 가슴을 짓누르던 묵직한 돌덩어리가 사라진 듯한 느낌이 들었다.

그러나 세상은 우리 생각처럼 간단하게 흘러가지 않았다. 그땐 몰랐지만, 훗날 나는 착한 일을 한 사람은 상을 받고 나쁜 짓을 한 사람은 벌을 받는다는 말이 우리를 위로하기 위한 경구警句에 불과하다는 사실을 알았다. 세상은 복잡다단했다. 흑도 아니고 백도 아니었다. 진실과 거짓은 뒤섞여 있었다. 선은 악이 되고 악이 선으로 둔갑되는 상황을 나는 수없이 목격했다. 우린 늘 두 개의 길 앞에서 선택을 강요받았다. 그것은 그 누구도 피할 수 없는 숙명이었다. 우린 각자의 신념에 따라 길을 선택했다. 그 어느 길도 선택하지 못한 사람들은 뒤에서 밀려오는 거대한 흐름에 휩쓸려갔다.

그날 경찰에 체포된 류재열 패거리는 이틀 만에 풀려났다. 그들의 부모가 경찰서로 몰려와서 증거도 목격자도 없이 신고자의 말만 믿고 체포했다며 항의해서 방면된 것은 아니었다. 피해자 조사를 위해 부산대학병원으로 급파된 형사들이 아무런 소득 없이 빈손으로 돌아왔기 때문이었다. 류재열 패거리가 체포되기 전날, 윤주는 병원 화장실 거울을 깨서 자신의 손목을 그어버렸다. 다행히 당직 간호사가 일찍 발견하여 목숨을 건졌지만, 의식이 불분명했다. 가족들 얼굴까지 알아보지 못하는 상태가 되자 외삼촌이 운영하는 강릉의 개인 병원으로 옮겨갔다. 이런 이유로 경찰은 류재열 패거리를 풀어줄 수밖에 없었다. 가까스로 깊은 수렁에서 벗어났다고 생각했는데, 변태석에게 그 소식을 듣는 순간 더 깊이 빠져든 기분이었다.

세상은 평온했다. 봄날의 나른한 공기가 넘실거리는 거리는 신록이 한창이었다. 무거운 겨울옷을 벗어 던진 사람들은 가볍고 밝은 옷차림으로 봄날을 만끽하고 있었다. 그들은 자신에게 주어진 일상을 즐기고 있을 뿐 누구도 한 소녀의 불행에 관해서 관심을 갖지 않았다. 세상은 어제도 그랬고 오늘도 그러했고 내일도 그렇게 무심하게 흘러갈 것이었다.

그날 밤 나는 아무도 없는 체육관에서 불을 환하게 밝히고 링에 올라갔다. 깊은 적요 속에서 가상의 상대를 향해 주먹을 날렸다. 날

174

숨과 들숨, 스텝과 스텝, 주먹과 주먹 사이로 온갖 상념이 떠올랐
다. 관장은 왜 나에게 집에 돌아가라는 말을 하지 않는 걸까. 왜 전
보다 깨끗해진 체육관에 대해서 아무 말이 없는 걸까. 사무실 벽에
걸린 사진 속에 동양 챔피언 벨트를 들고 자세를 취한 사람이 관장
이 맞는 걸까. 담임은 집에 몇 번이나 전화했을까. 그 전화를 받은
어머니는 무슨 말을 했을까. 운명은 존재할까. 만약 있다면 아버지
와 윤주의 불행은 정해진 결과의 산물이었을까. 두 사람은 무얼 잘
못했기에, 왜 그런 가혹한 파국을 맞이한 걸까. 운명을 거부할 순
없을까. 눈에 보이지 않는 운명의 거미줄에 묶여 평생을 살아가야
한다면 삶이 무슨 의미가 있는 걸까. 그렇다면 우리의 삶을 옭아맨
운명의 기준은 무얼까. 왜 누군가는 고통의 눈물을 흘려야 하고 누
군가는 아무런 노력 없이 모든 영광을 가져가는 걸까. 그 절대적인
기준은 무얼. 누가 우리의 운명을 결정하는 걸까. 내 초상肖像의
기원은 어머니였다. 어머니가 떠난 후 그 빈자리는 윤주의 몫이 되
었다. 윤주는 황량한 들판을 배회하던 나에게 기꺼이 안식처를 내
주었다. 내가 뿌리를 내릴 수 있도록 햇살과 청정한 물을 듬뿍 주었
다. 그런 윤주가 내 곁을 떠났다. 발밑을 비추던 등불이 사라지자
나는 그만 길을 잃고 말았다. 한 치 앞이 보이지 않는 것보다 견딜
수 없이 고통스러운 건 내가 윤주에게 아무런 도움을 줄 수 없다는
현실이었다.

갑자기 그들이 궁금했다. 그들은 어디서 무얼 하고 있을까. 오늘
도 희희낙락하고 있는 걸까. 나는 옷을 갈아입고 체육관을 나섰다.
그들을 가까이서 보고 싶었다. 다른 사람들의 고통에 둔감한 저들

의 얼굴을 두 눈으로 직접 확인하고 싶었다. 나는 대낮처럼 불을 밝힌 유흥가를 한 바퀴 돌아다닌 끝에 류재열 패거리가 자주 온다는 디스코텍을 찾았다. 붉은색 카펫이 깔린 계단을 올라가서 입장료를 내고 음료수로 바꿀 수 있는 티켓을 받았다. 온몸을 흔드는 음악 소리가 울려 퍼지는 실내에는 젊은 남녀가 가득했다. 사이키 조명이 번쩍거리는 플로어에는 사람들이 정신없이 몸을 흔들고 있었다. 콜라병을 받아들고 홀을 한 바퀴 돌았다. 그러다 플로어 바로 옆 단체석에 앉아 있는 류재열 패거리를 발견했다. 나는 그들을 관찰하기 좋은 위치에 자리를 잡았다. 류재열을 중심으로 둘러앉은 그들은 탁자 밑에서 뭔가를 꺼내 돌려가며 마시고 있었다. 아마도 술인 듯했다. 류재열은 입술이 두껍고 눈 밑이 거무스름했다. 그래서인지 고등학생이라고 보기 힘들 정도로 나이가 들어 보였다. 그들은 쉼 없이 귓속말을 주고받으며 음악 소리에 맞춰 몸을 들썩거렸다.

잠시 후 음악이 느린 템포로 바뀌었다. 플로어에서 몸을 흔들던 사람들이 각자 자리로 돌아갔다. 잠시 후 느린 템포의 음악이 끝나갈 무렵, 몸에 달라붙는 옷을 입은 한 젊은 남자가 무대에 올라왔다. 그가 알아듣기 힘든 말을 빠르게 쏟아내자 산더미처럼 쌓인 스피커에서 빠른 리듬의 팝이 터져 나왔다. 음악 소리가 실내를 쾅쾅 울리자 사람들이 기다렸다는 듯 우르르 플로어로 몰려나갔다. 순식간에 플로어를 가득 채운 사람들이 빠른 비트의 음악에 맞춰 격렬하게 몸을 흔들었다. 그 모습을 우두커니 지켜보는데 소변이 마려웠다. 나는 그들 패거리 앞을 지나쳐서 화장실로 갔다. 화장실 안은 담배 연기가 자욱했다. 소변을 보고 손을 씻는데 패거리 두 명이 화장실에 들어왔다. 소변기 앞에 선 그들은 대뜸 욕을 뱉었다.

"야, 우리 두부 먹어야 하는 거 아냐?"

"두부는 왜?"

"감옥에서 나오면 두부를 먹잖아."

"미친놈, 우린 감옥이 아니라 경찰서 유치장에 갇혀 있다가 풀려난 거야."

"유치장이나 감옥이나 뭐가 다르냐?"

"당연히 다르지."

"씨발, 형사들에게 잡혀 수갑을 찼을 땐 오줌을 지릴 뻔했어. 넌 안 그랬냐?"

"난 꼼짝없이 감옥에 끌려가는 줄 알았어. 그년이 내 얼굴을 봤거든."

"내 얼굴도 봤어. "

"그년이 제 손목을 긋고 정신이 이상해지지 않았다면 우린 지금쯤 감방에서 콩밥을 먹고 있을 거야."

두 사람은 사람들이 듣거나 말거나 신경 쓰지 않았다. 오히려 형사와 감옥 같은 말을 들으라는 듯 강조했다. 나는 그들이 화장실 구석에서 담배에 불을 붙이는 모습을 슬쩍 돌아본 다음 화장실을 나와 자리로 돌아갔다. 류재열은 춤추는 걸 좋아하지 않는 듯 자리에 그대로 앉아 있었다. 이상하게도 자리를 들락거리는 패거리는 눈에 들어오지 않았다. 오로지 류재열만이 내 시선을 사로잡았다. 그건 그가 이 모든 일의 출발점 같았기 때문이었다. 대체 왜 그런 짓을 한 걸까. 나는 핏발 선 눈으로 류재열의 거무스름한 눈을 노려보았다. 그의 전신에서는 강한 힘이 느껴졌다. 그러나 강태호와는 다른 힘이었다. 강태호가 절제된 힘이라면 류재열은 어디로 튈지 모르는 난폭한 힘이었다. 그때 화장실에서 나온 패거리가 플로어로 올라갔다. 비좁은 틈을 파고들자 사람들이 짜증을 냈다. 그러나 그들이 인상을 쓰자 사람들이 마지못해 자리를 비켜주었다. 플로어 중앙에 자리를 잡은 둘은 마구잡이로 몸을 흔들었다. 류재열이 그들을 쳐다보며 실성한 사람처럼 히죽히죽 웃었다.

한창 춤을 추던 두 사람이 옆에 있는 여자에게 다가가서 추근거렸다. 놀란 여자가 자리를 옮기려 하자 어깨로 막았다. 주변의 사람들은 그 모습을 지켜볼 뿐 제지하지 못했다. 한 녀석이 손으로 여자의 가슴을 쿡 찔렀다. 여자가 놀라 비명을 질렀지만, 귀를 찢는 음악 소리에 묻혀버렸다. 나는 벌떡 일어나서 플로어로 올라갔다. 그리고 여자의 머릿결을 어루만지며 지분거리는 녀석의 턱에 주먹을 꽂았다. 녀석이 수숫단처럼 픽 쓰러졌다. 그때 다른 녀석의 주먹이 얼굴을 향해 날아왔다. 나는 가볍게 주먹을 피한 후 녀석의 옆구리를 강하게 찍었다. 옆구리를 부여잡은 녀석이 놀라 뒤로 물러났다. 녀석에게 다가가는데 뒤통수에서 불이 번쩍했다. 어느새 류재열 패거리가 몰려와 있었다. 그때부터 주먹이 무차별로 날아왔다. 도저히 막을 수 없었다. 플로어를 뒹굴자 패거리가 달려들어 발로 마구 짓밟았다. 그제야 음악이 멈추고 춤추던 사람들이 놀라 흩어졌다.

나는 가까스로 바닥에서 일어나서 플로어 벽을 등지고 섰다. 조명을 끄지 않은 탓에 패거리의 몸이 로봇처럼 딱딱 끊어져서 움직였다. 얼굴을 만져보니 끈적끈적한 피가 묻어나왔다. 나는 손을 바지에 문지르고 가드를 올렸다. 사이키 조명이 번쩍거리는 순간 패거리가 동시에 달려들었다. 동시다발로 쏟아지는 주먹을 도저히 막을 수 없었다. 얼굴과 복부, 옆구리와 등을 얻어맞고 무릎을 꿇는 순간 누군가 그들을 막아섰다. 흐릿한 눈을 들어보니 변태석과 최호였다. 둘이 어떻게 여길 온 걸까. 변태석과 최호가 나를 일으켜 세웠다. 그러나 그것도 잠시, 더 늘어난 패거리가 달려들었다. 변태석과 최호가 그들과 맞섰다. 그러나 패거리의 숫자는 점점 늘어났다. 어느새 20명으로 불어난 패거리가 동시에 주먹을 휘둘렀다. 그들의 위세에 눌린 우리는 점차 플로어 구석으로 몰렸다. 문득 정신을 차려보니 류재열이 팔짱을 끼고 우릴 쳐다보고 있었다. 희미하게 웃고 있는 류재열의 얼굴을 보자 다리에 힘이 풀렸다. 그때 내 옆에 있던 변태석이 얼굴을 정통으로 맞고 비명을 질렀다. 그야말로 속수무책이었다. 빠져나갈 틈이 없었다. 패거리 중 한 명이 품에서 뭔가를 꺼냈다. 번쩍 빛을 발하는 칼날을 보는 순간 머리털이 삐죽 섰다. 칼을 든 녀석이 입가에 묻은 침을 닦고 한 걸음 앞으로 나왔다. 절체절명의 순간, 화장실 방향에서 누군가 불이야 하고 소리를 질렀다. 동시에 검은 연기가 울컥울컥 쏟아져 나왔다. 연기를 본 사람들이 비명을 지르며 출입문을 향해 몰려갔다. 벽을 타고 올라간 불길이 천장으로 번져나가자 디스코텍은 순식간에 아수라장으로 변했다. 매캐한 연기가 몰려오는데 누군가 내 팔을 잡았다. 상윤이었다. 나는 멍한 눈으로 상윤을 바라보았다. 변태석이 우릴 돌아보며 소리쳤다.

"따라와!"

변태석이 화장실 맞은편에 있는 주방으로 뛰어들었다. 주방을 가로지른 그는 뒤쪽 벽에 쌓아놓은 음료수 상자를 발로 걷어찼다. 음료수 상자가 와르르 무너지면서 방화문이 나타났다. 방화문을 열자 외부로 나가는 계단이었다. 우린 단숨에 계단을 뛰어 내려갔다. 건물 옆 주차장에 최호와 변태석의 바이크가 나란히 세워져 있었다. 두 사람이 바이크에 뛰어올라 시동을 걸었다. 상윤과 내가 둘의 뒷자리에 올라타자 바이크가 굉음을 울리며 주차장을 빠져나갔다. 그때 펑 하는 소리와 함께 불길이 창문을 뚫고 뿜어져 나왔다. 멀리서 소방차와 사이렌 소리가 들려왔다. 변태석의 바이크가 유흥가를 가로질렀다. 사람들이 놀란 메뚜기떼처럼 흩어졌다. 유흥가를 빠져나와 4차선 도로에 진입하는 순간, 어디선가 바이크 엔진 소리가 들려왔다. 뒤를 돌아보니 어느새 불이 난 디스코텍을 빠져나온 류재열 패거리가 바이크를 몰고 우릴 쫓아오고 있었다.

최호가 중앙선을 넘어 반대 차선을 달리기 시작했다. 마주 달려오던 자동차들이 급브레이크를 잡으며 방향을 틀었다. 바이크 진동이 몸을 텅텅 울렸다. 가로등 불빛이 빠르게 뒤로 물러났다. 다시 차선을 넘어간 바이크는 무서운 속도로 질주하기 시작했다. 구시가지 번화가를 빠져나와 외곽 도로로 방향을 선회했다. 뒤를 돌아보니 어느새 두 배로 불어난 바이크가 도로를 점령한 채 맹렬하게 추격해오고 있었다. 앞서 달리던 최호의 바이크가 멈칫 속도를 늦추었다. 전방에서 바이크의 라이트 불빛이 번쩍거리고 있었다. 이번에는 변태석이 해안도로를 향해 방향을 틀었다. 우리는 해안을 따라 휘돌아가는 도로를 질주했다. 10분 정도 지나자 북항을 알리는 이정표가 나타났다. 변태석의 허리를 움켜잡은 손에 땀이 흥건했다. 북항에 들어서는 순간 전방에 또 다른 바이크들이 나타났다. 무전기 소리가 여기저기서 들리는 걸 보니 패거리를 전부 불러 모은 모양이었다. 변태석이 방향을 틀어 부둣가로 내려갔다. 부두를 달려간 우리는 방파제 끝에서 멈춰 섰다. 수산 회사 창천에서 길이 끊어졌다. 뒤를 돌아보니 더 불어난 바이크들이 속도를 줄인 채 몰려오고 있었다. 우린 독 안에 든 쥐였다. 공교롭게도 매일 저녁 불을 밝히고 늦게까지 인부들이 움직이던 창천의 정문이 닫혀 있고 회사 건물과 냉동 창고도 불이 꺼져 있었다. 변태석이 퉁퉁 부은 얼굴로 최호를 돌아보며 난감한 표정을 지었다. 그때 최호의 뒷자리에서 뛰어내린 상윤이 선창을 가리키며 소리쳤다.

"저기로 올라가자."

그곳에는 포신을 떼어낸 옛 포경선 한 척이 정박해 있었다. 뱃전에 걸쳐놓은 나무 발판을 바라보던 최호가 우릴 돌아보며 고개를 끄덕였다. 우린 바이크를 끌고 배로 올라갔다. 그런 다음 부두에 걸친 나무 발판을 밀어버렸다. 발판이 바다로 풍덩 빠지는 순간 류재열 패거리가 우르르 몰려왔다. 그들은 배 위에 올라간 우릴 당혹스러운 눈길로 올려다보았다. 한 녀석이 우릴 손가락질하며 고함을 질렀다.

"이 새끼들아, 내려와."

"네놈들이 올라와."

뱃전에 버티고 선 변태석이 패거리를 향해 약을 올렸다. 화가 난 패거리가 일제히 욕설을 퍼붓자 변태석이 그에 뒤질세라 생전 처음 듣는 욕설을 쏟아냈다. 그때 뒷전에 서 있던 류재열이 앞으로 나왔다.

"네놈들 얼굴을 똑똑히 기억해두지."

"기억해서 어쩔 건데?"

"어떻게 될지 잘 알잖아?"

"모른다. 이 돼지 새끼야."

"뭐라고?"

류재열의 낯빛이 싸늘하게 변했다. 그가 패거리를 돌아보며 뭔가를 지시했다. 그러자 패거리가 사위로 흩어졌다. 그 모습을 지켜보던 변태석이 최호를 돌아보며 물었다.

"저 자식들 뭐 하는 거야?"

"사다리를 찾으러 간 것 같아."

"여길 올라오겠다고? 어림없지."

그때였다. 갑자기 배가 진저리치듯 흔들렸다. 우린 깜짝 놀라서 서로의 얼굴을 돌아보았다.

"뭐야?"

"무슨 소리지?"

"배 엔진 돌아가는 소린데."

우리는 동시에 뱃전 중앙에 있는 조타실을 올려다보았다. 조타실에서 새어나오는 희미한 불빛이 보였다. 사람의 형체를 확인한 순간 놀라운 일이 벌어졌다. 선창에 정박해 있던 배가 천천히 움직이기 시작한 것이었다. 우리만 놀란 게 아니었다. 배 아래 모여 있던 패거리도 갑자기 배가 움직이자 놀라서 우왕좌왕했다. 그들 중 한 명이 뛰어가서 선창을 내려다보고는 닻줄이 풀려 있다고 소리쳤다. 뱃머리로 몰려가서 아래를 내려다보니 정말 닻줄이 풀려 있었다. 우리가 황당해하고 있을 때 불도 켜지 않은 배가 천천히 내항을 빠져나가기 시작했다. 변태석이 철계단을 밟고 올라가서 조타실 문을 두들겼다. 그러나 아무런 반응이 없었다. 문을 열어보려 했지만 꿈쩍하지 않았다. 이윽고 내항을 완전히 빠져나간 배는 어두운 수평선을 향해 곧장 나아갔다. 선미 난간에 몸을 기댄 우리는 빠르게 멀어지는 북항의 불빛을 망연한 시선으로 쳐다보았다.

3부

1

봄의 정원에 피어난 꽃들의 향기가 진동했다. 벌과 나비가 춤을 추는 꽃들 사이를 헤치고 나아갔다. 낮은 둔덕에 올라서자 드넓은 정원이 내려다보였다. 저 멀리서 머리를 양 갈래로 묶고 흰색 치마를 입은 한 여자아이가 꽃밭을 뛰어놀고 있었다. 여섯 살 정도의 아이가 살금살금 다가가서 손을 뻗자 붉은 자운영 꽃잎에 내려앉은 부전나비가 날개를 흔들며 날아올랐다. 아이가 나비를 잡기 위해 폴짝 뛰었다. 나비가 더 멀리 날아갔다. 아이가 나비를 쫓아갔다. 아이의 해맑은 웃음소리가 정원을 울렸다. 아이는 나풀거리는 나비를 쫓아 점점 언덕을 향해 다가왔다. 검은 점이 흩뿌려진 부전나비가 언덕에 올라섰다. 이 꽃 저 꽃에 내려앉은 나비는 파르르 날개를 떨며 그의 어깨에 내려앉았다. 그때 여자아이가 숨소리를 새근거리며 언덕에 올라섰다. 아이가 나비를 향해 손을 내밀었다. 그러나 그의 어깨는 너무 높았다. 여자아이를 바라보던 그가 허리를 살짝 숙였다. 부전나비는 움직이지 않았다. 여자아이가 환하게 웃었다. 목젖이 파르르 떨렸다. 여자아이가 살며시 손을 내밀었다. 희고 가는 손에서 젖 냄새가 났다. 아이의 손이 부전나비의 날개를 잡는 순간 눈을 번쩍 떴다.

배 엔진 소리가 귓전을 파고들었다. 나는 식은땀을 훔치며 간이 침대에서 일어났다. 선실 창을 비집고 들어온 여명에 깊이 잠든 세 사람의 모습이 드러났다. 나는 세 사람을 깨우지 않고 선실을 나갔다. 좁은 계단을 올라가서 조리실을 통과하여 갑판으로 나갔다. 바다가 오렌지빛이었다. 조타실을 올려다보니 사람의 형체가 어른거렸다. 지난밤 북항을 빠져나온 배는 잠시도 쉬지 않고 바다를 나아갔다. 조타실에 있는 사람은 누굴까. 창천의 관계자일까. 그렇다면 문을 걸어 잠글 이유가 없었다. 조타실을 제외한 배의 모든 문이 열려 있는 것도 이상했다. 나는 수평선을 주의 깊게 살폈다. 물빛이 빠르게 변해가는 바다에는 아무것도 보이지 않았다. 수런거리는 소리가 들려와서 조리실로 들어가니 세 사람이 피곤한 모습으로 탁자에 앉아 있었다. 변태석이 하품하며 물었다.

"아직도 그대로야?"

"그래."

"빌어먹을."

조리실을 돌아보았다. 한쪽 벽에 작은 싱크대가 부착되어 있었다. 냉장고를 열어보니 육류를 비롯하여 밑반찬과 김치가 들어 있었다. 싱크대 선반에 라면과 소주병이 가득 쌓여 있는 것으로 봐선

배가 수시로 운항되고 있는 듯했다. 싱크대 선반을 뒤적거리는 변태석을 물끄러미 바라보던 상윤이 문을 열고 밖으로 나갔다. 뒤를 따라가자 상윤이 말했다.

"뭔가 이상해."

"뭐가?"

"이 배는 자정 무렵에 불을 끄고 항구를 빠져나왔어. 아무도 모르게 출항했다는 뜻이지."

상윤은 그렇게 말하고 조타실 아래에 있는 선실 문을 열었다. 선실은 선원들이 사용한 흔적이 고스란히 남아 있었다. 벽에 붙은 해도海圖에는 붉은 선이 어지럽게 그어져 있었다. 그중 몇 개의 좌표는 일본과 가까운 해상이었다. 문득 창천에서 은밀하게 고래를 포획한다는 소문이 생각났다. 배 어딘가에 포신을 숨겨놓고 고래를 포획하는 걸까. 상윤이 벽감을 뒤져 배 설계도를 찾아냈다. 배의 총중량은 89톤이었다. 전면 갑판에 두 개의 어창魚艙과 한 개의 얼음 창고가 있었다. 선실은 두 곳이었는데 각각 조타실과 조리실 아래에 있었다. 설계도를 통해 알 수 있는 건 그게 전부였다. 나는 배에 관해 아는 게 아무것도 없었다. 어렸을 때 배에 올랐다가 실수로 바다에 떨어진 뒤부터 아버지는 나를 배 근처에도 못 가게 했다. 그건 세 사람도 마찬가지였다. 선실 창으로 붉은빛이 스며들었다. 창밖을 내다보니 수평선에 불덩어리가 어른거렸다. 선실 문을 열자 바다를 빠져나온 태양이 하늘로 솟아오르고 있었다. 바다를 뒤덮은 어둠의 장막이 빠르게 걷혔다. 그 모습을 지켜보던 나는 상윤을 돌아보며 물었다.

"어떻게 된 거야?"

"뭐가?"

"디스코텍에 어떻게 왔냐고?"

배 설계도를 제자리에 넣고 돌아선 상윤이 나를 쳐다보았다.

"네 어머니가 날 찾아왔어."

"어머니가?"

"네가 어디 있는지 알아봐달라고 부탁했어."

집에서 눈길 한 번 주지 않던 어머니가 상윤을 찾아갔다는 말에 놀랐다. 어머니답지 않은 행동이었다. 그렇다면 분명 날 걱정해서가 아니라 내가 필요한 일이 생긴 것이다. 그렇지 않고서야 어머니가 날 찾을 이유가 없었다. 어쨌든 어머니 부탁을 받은 상윤은 나를 찾아서 체육관으로 갔다. 그리고 마침 류재열 패거리가 무혐의로 풀려났다는 소식을 들은 변태석과 최호를 만난 모양이었다. 세 사람이 내가 갈 만한 장소를 찾아다니다 디스코텍까지 오게 된 것이었다. 상윤의 불안한 눈동자를 보자 뭔가 뇌리를 스쳐 지나갔다.

"네가 불 질렀어?"

상윤이 어두운 안색으로 고개를 끄덕거렸다.

"나로선 그 방법이 최선이었어."

상윤은 그 위급한 상황에서 우릴 구할 방법이 그것밖에 없었다고 말했다. 비록 과격한 방법이었지만, 판단은 정확했다. 경찰에 신고했어도 도착하기 전에 우린 중상을 입었을 게 불을 보듯 뻔했다. 그는 규칙과 질서를 지키지 않는 사람을 극도로 경멸했다. 만약 법이 없었다면 오늘날 고도의 문명을 이루지도 못했다는 것이 상윤의 생각이었다. 그런 상윤이 스스로 법을 어긴 것이다. 그런데 문제는 법을 어긴 것이 아니라 처벌이었다.

"대학 시험 칠 수 있을까?"

상윤의 침울한 표정을 보자 미안한 마음을 금할 수 없었다. 그러나 이미 엎질러진 물이었다. 사람들이 다치지 않았기를 바랄 수밖에 없었다. 그보다 더 급한 건 우리가 처한 상황이었다. 류재열 패거리를 피해 올라탄 배가 어디로 가는지, 배를 움직이는 사람이 누군지를 알아야 했다. 그때 최호가 얼굴을 내밀었다.

"밥 먹자."

조리실로 들어가니 탁자 위에 음식이 차려져 있었다. 변태석이 우릴 쳐다보며 말했다.

"죽을 때 죽더라도 일단 먹고 보자."

"누가 만든 거야?"

"이 자식이 만들었어."

최호가 멋쩍은 웃음을 지었다. 그가 온갖 재료를 넣고 끓인 김치찌개는 맛이 훌륭했다. 변태석이 밥 두 공기를 게 눈 감추듯 먹어치웠지만, 상윤은 입맛이 없다며 밥을 먹지 않았다. 최호 덕분에 아침을 해결한 우리는 식기를 정리한 다음 갑판으로 나갔다. 바람은 선선했고 햇살은 따사로웠다. 시야에 들어오는 건 아무것도 없었다. 하얀 거품을 일으키는 항적航跡을 내려다보던 상윤이 한숨을 쉬며 말했다.

"대체 이 배는 어디로 가고 있는 걸까?"

변태석이 갑자기 소리를 질렀다.

"외국으로 가는 거 아닐까?"

"외국이라니?"

"일본 말이야."

상윤이 버럭 화를 내며 소리쳤다.

"바보 같은 소리 하지 마."

"뭐라고?"

눈알을 부라리며 금방이라도 주먹을 휘두를 것 같은 변태석을 말렸다. 우리 중 지금 가장 속이 타는 사람은 상윤이었다. 예기치 못한 사건에 휘말려 금쪽같은 시간을 허비하고 있었기 때문이었다. 우린 다시 뱃머리로 가서 2층 높이의 조타실을 올려다보았다. 사람이 보이지 않았다. 조타실을 향해 소리를 내지르던 변태석이 열이 뻗친 듯 철제 계단을 올라가서 철문을 발로 걸어찼다. 그러나 아무리 발로 차고 고함쳐도 조타실에선 아무런 반응이 없었다. 제풀에 지친 변태석이 숨을 헐떡거리며 갑판으로 내려왔다. 성난 망아지처럼 날뛰던 변태석이 입을 다물자 배는 침묵에 빠졌다. 우리가 할 수 있는 일은 아무것도 없었다. 조타실의 선원이 문을 열어주거나 배가 멈추기를 기다릴 수밖에 없었다. 최호가 갑판 한쪽에 세워둔 자신의 바이크로 걸어갔다. 수납통에서 작은 튜브와 천을 꺼내 바이크를 닦기 시작했다. 그런 최호를 지켜보던 변태석이 투덜거렸다.

"이런 상황에 바이크 닦을 생각이 드냐?"

"할 일이 없잖아."

"너, 잘 때도 바이크 껴안고 자지?"

"그러고 싶다."

"빌어먹을, 이상하게도 이놈만 보면 내 바이크가 너무 초라해 보인단 말이야."

변태석이 최호의 바이크를 툭툭 치며 볼멘소리를 늘어놓았다. 최호는 그런 변태석을 무시하고 천으로 바이크를 먼지 한 점 없이 닦았다. 그 모습을 물끄러미 바라보던 변태석이 나를 쳐다보았다.

"이 자식이 어떻게 이 비싼 바이크를 몰고 다니는지 알아?"

변태석이 답답하고 지루한 시간을 보낼 기회를 잡았다는 듯 최호의 바이크에 얽힌 이야기를 주절주절 늘어놓기 시작했다.

최호는 매주 토요일 점심을 아버지와 먹었다. 어머니가 돌아가신 이후 일이 두 배로 늘어난 아버지는 늘 바빴다. 그래서 두 사람이 정한 묵계가 토요일 점심이었다. 단출하게 둘이 마주 앉아 밥을 먹으면서 이런저런 대화를 나누었다. 갑작스럽게 어머니를 잃은 아버지는 말수가 줄고 술이 늘었다. 요즘 들어선 귀밑머리까지 하얗게 세고 주름이 늘어났다. 이따금 술 취해 비틀거리는 아버지를 볼 때마다 가슴이 찢어지는 듯했다. 외지로 떠돌면서 이런저런 사업에 손대다 실패한 아버지는 고향으로 내려와서 식당을 차렸다. 남은 돈 전부를 쏟아부은 가게는 테이블 여섯 개의 작은 횟집이었다. 예전과 다른 건 어머니와 함께 일한다는 점이었다. 몇 년을 고생한 끝에 가게는 조금씩 알려져서 제법 단골이 늘었다. 때마침 빈옆 가게를 인수하여 좀 더 크게 확장했다. 그때부터 조금씩 탄력이 붙은 횟집은 안정세로 접어들었다. 그런데 그때 갑자기 어머니가 아프기 시작했다. 폐암 3기였다. 진단을 받고 나서 뭔가 시도해볼 겨를도 없이 어머니는 세상을 떠나셨다.

　점심을 먹은 뒤에 아버지는 식당으로 나가셨고 최호는 고물 바이크를 몰고 7번 국도를 달렸다. 한 시간 정도 바닷바람을 뚫고 달려간 그는 신라 선덕여왕 시대에 창건한 한 천년 사찰에 도착했다. 사찰 지장전에는 어머니의 위패가 모셔져 있었다. 처음에는 아버지와 함께 갔는데 49재가 끝난 뒤에는 혼자서 찾아갔다. 그날은 아버지 일을 도와주느라 오후 늦게 사찰에 도착했다. 최호는 주차장에 바이크를 세우고 사찰을 향해 걸어 올라갔다. 그는 불교 신자가 아니었다. 그런데도 사찰을 휘돌아 내려오는 물소리를 들으면 이상하게도 마음이 차분하게 가라앉았다. 사천왕문을 통과한 최호는 샘물을 한 잔 마시고 경내에 들어섰다. 시간이 늦어서인지 경내가 한산했다.

　대웅전 섬돌 위에 여자 구두 한 켤레가 나란히 놓여 있었다. 한 젊은 여자가 정좌한 채 불상을 뚫어지게 올려다보고 있었다. 저물어가는 잔영 아래 오뚝한 콧날이 하얗게 빛났다. 문득 최호는 걸음을 멈추었다. 불상을 바라보는 눈빛이 어디선가 본 듯해서였다. 어머니가 입원한 병실에 스무 살 정도의 젊은 아가씨가 있었다. 나이 든 환자가 대부분인 병실의 유일한 젊은 환자인 탓에 최호의 눈길이 자연스럽게 갈 수밖에 없었다. 그런 어느 날 병실에 갔더니 침상이 비어 있었다. 여느 날과 달리 어머니 표정이 침울했다. 그 순간 최호는 화가 났다. 만약 인간의 운명을 결정하는 자가 있다면 멱살을 잡고 주먹을 날리고 싶었다. 어떤 근거로 삶과 죽음을 정하는지 따져 묻고 싶었다. 어머니는 한 번도 남에게 거짓말을 하거나 해를 끼친 적이 없었다. 한평생을 그렇게 살아온 어머니에게 왜 이런 일이 생겼는지 이해할 수 없었다. 대웅전에 홀로 앉아 불상을 쳐다보는 여자의 눈빛이 그때 병실에서 본 아가씨의 눈빛과 똑같았다.

잠시 그녀를 지켜보던 최호는 지장전으로 올라갔다. 지장전의 마룻바닥이 차가웠다. 처음 어머니 이름이 적힌 위패를 봤을 때 너무 낯설었다. 한 생명이 한 줄의 글자로 축약된다는 사실을 선뜻 받아들일 수 없었다. 그 생경함이 누그러진 것은 요즘 들어서였다. 어쨌든 최호는 어머니의 죽음을 온전히 받아들일 때까지 계속 지장전을 찾아올 생각이었다. 어머니 이름이 적힌 위패를 바라보고 있는데 문득 조금 전 대웅전에서 본 여자의 눈빛이 떠올랐다. 기시감이 들 정도로 두 사람의 눈빛이 같은 것은 무엇 때문일까.

지장전을 나와 대웅전을 들여다보니 아무도 없었다. 최호는 산그림자가 드리우기 시작한 경내를 돌아나갔다. 사천왕문에 이르렀을 때 범종 소리가 들려왔다. 삶과 죽음의 경계를 넘나드는 청아한 소리가 가슴을 파고들었다. 산에서 흘러내린 어둠이 일주문 기둥에 들러붙어 있었다. 주창은 텅 비어 있었다. 지역 특산물을 파는 할머니들까지 철수한 사하촌은 적막감이 감돌았다. 최호는 바이크에 올라 시동을 걸었다. 사하촌 입구 버스 정류장에 여자가 오도카니 앉아 있었다. 최호는 바이크를 멈추고 여자에게 물었다.

"어디까지 가세요?"

여자가 버스로 40분 정도 떨어진 유원지를 말했다. 최호는 버스 정류장 벽에 붙어 있는 시간표를 가리키며 말했다.

"막차가 오려면 한 시간을 더 기다려야 해요."

"그렇구나."

여자는 남의 일처럼 무심하게 고개를 끄덕거렸다.

산과 산 사이에 옹기종기 모인 집들에 하나둘 불이 켜졌다. 그 모습을 바라보던 여자가 물었다.

"학생이니?"

"예."

"절에는 어쩐 일이야?"

"어머니 위패가 여기 모셔져 있어요."

"그랬구나."

여자가 손목시계를 흘깃 쳐다보았다.

"그 전에 택시라도 오겠지."

"이 시간에는 택시가 거의 다니지 않아요. 제가 태워 드릴게요."

"바이크를?"

"타세요."

"그래도 될까?"

여자가 잠시 머뭇거리다 바이크 뒷자리에 올라탔다. 바이크가 굉음을 토하며 저물어가는 시골길을 달려갔다. 급격한 커브가 나타날 때마다 최호의 허리를 잡은 여자의 팔에 힘이 들어갔다. 볏짚을 들어낸 황량한 들판이 연이어 나타났다. 땅거미가 내려앉은 들판 위에 이름 모를 철새들이 떼를 지어 날아가고 있었다. 국도변 집에서 흘러나온 불빛이 아지랑이처럼 흔들렸다. 얼마나 달렸을까, 갑자기 여자가 소리쳤다.

"더 빨리 달려봐."

"뭐라고요?"

"세상이 보이지 않을 때까지 달려봐."

최호는 엑셀을 한껏 당겼다. 2차선 도로의 노란 중앙선이 공중에서 춤을 추었다. 앞을 가로막는 승용차를 추월했다. 여자의 팔이 허리를 끊을 듯 죄어왔다. 엔진이 포효했다. 국도변 미루나무가 흐물흐물 녹아내렸다. 낡은 엔진이 폭발할 것 같았다. 그러나 두려움은 없었다. 오히려 이 상태로 세상 끝까지 달리고 싶었다. 가파른 고갯길을 치고 올라간 바이크는 고갯마루에서 한숨 돌린 다음 무서운 속도로 경사길을 질주하기 시작했다. 머리칼이 곤두섰다. 그러나 최호는 속도를 늦추지 않았다. 더 빠르게 달리고 싶었다. 고갯길을 내려와서 직선도로에 들어서자 흡반처럼 달라붙은 여자의 몸이 떨어졌다. 저 멀리 유원지의 화려한 불빛이 나타났다. 넓은 호수를 따라 늘어선 호텔에서 쏟아져 나온 불빛이 휘황찬란했다. 최호는 여자가 말한 호텔 앞에서 멈춰 섰다. 바이크에서 내린 여자의 얼굴이 잔뜩 상기되어 있었다. 대웅전 불상을 노려보던 눈빛이 없었다. 흐트러진 머리카락을 정리한 여자가 손을 내밀었다. 최호가 손을 잡았다.

"고마워, 잘 가."

호텔을 향해 걸어가던 여자가 뒤를 돌아보며 환하게 웃었다.

그날 이후 최호는 사찰 경내에 들어설 때마다 가슴이 두근거렸다. 그녀를 다시 만날지 모른다는 기대감 때문이었다. 그러나 그녀는 보이지 않았다. 일부러 넓은 경내를 돌아다니며 전각을 살폈지만, 여자는 없었다. 그러다 여자를 다시 만난 것은 한 달이 지났을 때였다.

　여느 날처럼 대웅전 앞을 지나치다 여자를 발견했다. 여자는 불상을 향해 합장하고 무릎을 꿇은 다음 이마를 대고 절하고 있었다. 백팔배를 하는 듯했다. 동작을 반복하는 여자의 안색이 어두웠다. 이윽고 백팔배를 끝낸 여자가 정좌하여 그날처럼 황금빛 불상을 갈구하는 눈빛으로 올려다보았다. 한참 뒤 대웅전을 나온 여자가 최호를 알아보고 환하게 웃었다.

　"너도 왔구나."

　"잘 지내셨어요?"

　두 사람은 경내를 돌아다니며 이런저런 대화를 나누었다. 그녀의 이름은 무화였고 나이는 스물다섯이었다. 본명인지는 알 수 없었다. 무화는 한 달에 두 번 비번 날에 사찰을 찾아온다고 했다. 하지만 호텔에서 무슨 일을 하는지, 백팔배를 하는 이유가 뭔지는 말하지 않았다. 최호는 그녀 역시 자신처럼 남들에게 말하지 못할 이유가 있다고 생각했다. 그날 최호는 무화를 뒷자리에 태우고 해안길을 달렸다. 대웅전에선 중병 걸린 환자처럼 어둡던 무화의 안색이 푸른 파도가 넘실거리는 바다 앞에서 환하게 바뀌었다. 그때부터 최호는 한 달에 두 번 무화를 만났다. 그리고 온종일 바이크를 타고 달리다 해 질 녘쯤 유원지 호텔에 그녀를 데려다주었다. 그런 어느 날 해안가 커피숍에서 무화가 물었다.

　"앞으로 뭘 하고 싶어?"

　"두 가지 꿈이 있어요."

　"그게 뭔데?"

"첫째는 돈을 벌어서 경주용 바이크를 사고 싶어요."

"그렇구나. 두 번째는?"

"스즈카 서킷을 달리고 싶어요."

"그건 또 뭐야?"

최호가 폭주하기 시작한 것은 어머니가 돌아가시고 몇 달이 지났을 때였다. 아무리 노력해도 잊을 수 없던 상실감이 속도에 몸을 맡기고 질주하면서 사라진다는 걸 깨닫고부터였다. 그때부터 최호는 고물 바이크를 몰고 전국을 미친 듯 돌아다녔다. 바이크는 바이크를 알아본다는 말처럼 폭주족들과 자연스럽게 어울렸다. 최호는 그렇게 전국을 돌아다니며 각 지역의 폭주족들과 어울렸다. 그러나 시간이 갈수록 회의감이 들었다. 폭주족들의 목적이 자신과 다르다는 사실을 깨달은 것이다. 그들은 세상이 자신을 주목하길 바랐다. 자신이 얼마나 대단한 존재인지 인정해주길 원했다. 사회적 질서를 깨부순다는 아이들도 있었다. 그들은 사회적 금기의 영역을 침범하면서 희열을 느꼈다. 그러나 그들의 생각과 달리 세상은 아무도 폭주를 인정하지 않았다. 오히려 경멸하고 비난을 보낼 뿐이었다. 최호는 그들과 어울려 폭주하고 집으로 돌아갈 때면 자신이 한없이 초라하게 여겨졌다. 처음 속도에 몸을 맡겼을 때의 희열은 어느새 흔적도 없이 사라진 뒤였다. 그때 우연히 바이크 잡지에서 일본 미에현 스즈카시에서 매년 8월에 개최되는 스즈카 8시간 내구레이스 기사를 읽었다. 전 세계에서 몰려온 라이더들이 노면 온도 60도에 육박하는 무더위 속에서 교대로 돌아가며 5,821킬로미터의 서킷을 8시간 동안 달리는 시합이었다. 그 순간 최호는 자신이 해야 할 일이 뭔지를 깨달았다. 그날 이후 최호는 거짓말처럼 폭주를 멈추었다.

"누나는 뭘 하고 싶어요?"

난감한 표정으로 잠시 생각하던 무화가 어렵게 입을 열었다.

"예전에는 있었는데 이젠 잊어버렸어."

"걱정하지 마세요. 또 생길 테니."

"그럴까? 그랬으면 좋겠다."

"언젠가 서킷을 달릴 때 초대할게요."

"나도 네가 서킷을 달리는 모습을 보고 싶어."

최호에게 무화는 친누나였고 때론 여자친구 같았다. 어머니를 잃고 상심에 빠진 최호는 그렇게 마음의 상처를 치유했다. 무화 역시 최호의 바이크를 타고 동해안을 달리면서 즐거워했다. 온종일 웃고 떠들던 무화는 저녁 돌아갈 시간이 되면 말이 없어지고 표정이 어두워졌다. 그런 무화를 지켜보는 최호의 마음은 무거웠다.

그런 어느 날 무화가 약속 장소에 나타나지 않았다. 무화는 그 어떤 언질도 없이 다음 비번 날에도 나타나지 않았다. 최호는 온종일 무기력증에 시달렸다. 그 어떤 일도 흥미가 없었다. 바이크를 타고 미친 듯이 달려도 재미가 없었다. 달린다는 자체에도 아무런 의미가 없었다. 머릿속에 성에가 낀 듯한 날들이 흘러간 뒤에 무화의 비번 날이 다가왔다. 이른 아침부터 준비를 끝낸 최호는 평소 그녀를 만나던 유원지로 달려갔다. 그날 역시 마찬가지였다. 온종일 꼼짝도 하지 않고 기다렸지만 무화는 끝내 모습을 드러내지 않았다. 최호는 불을 환하게 밝힌 호텔을 바라보며 망설였다. 괜히 자신이 무화의 일을 방해하는 게 아닐까 싶어서였다. 그렇다고 그냥 돌아갈 수도 없었다. 또 가슴이 답답한 시간을 보내기 싫었기 때문이었다. 해가 저물어갈 무렵, 최호는 마침내 호텔 문을 열고 들어갔다.

"그런 직원은 없습니다."

호텔 프런트 직원의 말에 최호는 당황했다. 그동안 수없이 무화가 호텔로 들어가는 모습을 봤기 때문이었다. 귀신에 홀린 것 같았다. 호텔을 나왔지만 발길이 떨어지지 않았다. 밤이 점점 깊어갔다. 호텔 앞을 서성거린 지 한 시간쯤 지났을 때 호텔 뒤쪽 주차장에서 한 젊은 여자가 걸어 나왔다. 슬리퍼를 신은 여자는 종종걸음으로 호텔 옆 건물에 있는 편의점에 들어갔다. 최호는 담배를 사 들고 그녀에게 조심스럽게 다가갔다. 키가 큰 사내아이가 앞을 막아서자 놀란 여자가 눈을 동그랗게 치켜떴다.

"뭐니?"

"혹시 무화라는 분 아세요?"

"무화?"

"넌 누구니?"

"누나와 알고 지내는 동생입니다."

최호의 바이크를 본 여자의 표정이 풀어졌다.

"네가 무화를 태워주었다는 그 아이구나."

"맞아요. 그런데 누나 어디 있어요?"

여자가 천천히 고개를 저었다.

"여기 없어."

"예?"

"서울로 갔어."

최호는 그렇게 말하고 돌아서는 여자를 다시 붙잡았다. 최호를 측은한 눈빛으로 바라보던 여자는 서울 강남에 있는 호텔 이름을 알려주고는 서둘러 떠나갔다. 잠시 그녀를 지켜보던 최호는 그녀가 사라진 호텔 건물 뒤쪽으로 걸어갔다. 넓은 주차장에 고급 승용차들이 가득했다. 호텔 후문 입구에 증기탕이란 간판이 보였다. 유리문을 열자 붉은빛 카펫이 지하로 이어져 있었다. 계단을 내려가자 증기 냄새가 났다. 복도 좌우에 방들이 늘어서 있었다. 작은 프런트 맞은편 방에서 화장을 짙게 한 여자가 나왔다. 여자는 최호를 빤히 쳐다보더니 손을 내저었다.

"여긴 미성년자가 들어올 수 없는 곳이야."

맞은편 방문이 열리면서 짧은 치마와 탱크톱을 입은 아가씨가 나왔다. 열린 문 사이로 벌거벗은 중년 남자가 누워 있는 모습이 보였다. 수증기가 자욱한 방을 보는 순간 머릿속이 아득했다. 여자에게 떠밀려 밖으로 나온 최호는 넋을 잃은 채 증기탕 간판을 올려다보았다. 그때 승용차에서 내린 술 취한 남자들이 우르르 증기탕으로 들어갔다. 그들의 뒷모습을 바라보던 최호는 천천히 주차장을 돌아갔다. 바이크에 올라 시동을 걸었다. 엔진 소리가 심장을 텅텅 울렸다. 엑셀을 당기자 바이크가 총알처럼 튕겨 나갔다. 가로수 나뭇가지가 휙휙 스쳐 지나갔다. 언젠가 무화가 했던 말이 떠올랐다.

"부처님 앞에서 백팔배를 하면 몸과 마음이 정화되는 것 같아. 갓난아이처럼 정결해지는 느낌이 들어. 그래서인지 법당을 찾아오지 못하는 날은 온몸이 불결해서 미칠 것 같아."

한 달쯤 지났을 때 누군가 집을 찾아왔다. 자신을 영업 사원이라고 밝힌 사람이 키와 편지를 내밀었다. 밖을 내다보니 가와사키 발칸이 세워져 있었다. 편지에는 그동안 자신의 마음을 달래준 선물이라는 무화의 글이 짧게 쓰여 있었다.

변태석의 이야기가 끝날 무렵 갑자기 배의 속도가 떨어졌다. 우린 조타실 앞으로 달려갔다. 한 남자의 모습이 조타실 창문에 어른거렸다. 그러나 얼굴을 확인할 순 없었다. 목적지에 도착한 걸까. 주위를 돌아봤지만, 여전히 아무것도 없는 망망대해였다. 배의 속도가 눈에 띄게 느려졌다. 이윽고 북항을 빠져나온 뒤부터 잠시도 쉬지 않고 달려온 배가 멈춰 섰다. 변태석이 조타실을 쳐다보며 고함을 질렀지만, 아무런 반응이 없었다. 제풀에 지친 우리는 어쩔 수 없이 선실로 들어갔다. 해가 저물 때까지 기다렸지만 조타실에선 아무런 기척이 없었다.

최호가 만든 저녁을 먹고 돌아서자 보름달이 떠올랐다. 달이 떠오르자 바다는 순식간에 납빛으로 변했다. 우린 모두 바다를 바라보며 상념에 잠겼다. 대체 이곳은 어디일까. 조타실의 선원은 어떤 이유로 이곳을 찾아온 걸까. 무사히 집으로 돌아갈 수 있는 걸까. 그때 어디선가 이상한 소리가 들려왔다. 뭔가 묵직한 물건이 바닥을 끄는 소리였다. 곧이어 흐느끼는 소리가 났다. 선실을 뛰어나간 우리는 조타실을 올려다봤다. 그러나 아무것도 보이지 않았다.

"무슨 소리지?"

"뭔지는 모르지만 일이 생긴 것 같아."

순간 남자의 격렬한 울음소리가 터져 나왔다. 절망과 회한이 가득한 울음이었다. 10여 분 동안 계속되던 울음소리가 그친 뒤 조타실은 다시 침묵에 휩싸였다. 잠시 후 조타실 철문의 잠금 고리를 여는 소리가 났다. 그리고 마침내 굳게 잠겨 있던 철문이 열리며 한 남자가 밖으로 나왔다. 그는 거친 숨을 토하며 철제 계단을 밟고 갑판으로 내려왔다. 우린 주춤주춤 뒤로 물러났다. 갑판에 내려선 남자가 우릴 향해 천천히 돌아섰다. 달빛에 드러난 남자의 얼굴을 본 순간 나는 숨을 멈추었다.

2

남자는 침몰한 포경선에서 유일하게 살아 돌아온 기관장이었다. 대문 앞에서 나를 습격한 기관장이 내 앞에 서 있었다. 어떻게 이런 일이 있을 수 있는 걸까. 지난 6년 동안 미치광이로 살아온 사람이 어떻게 여기까지 배를 운항해 올 수 있단 말인가. 기관장은 우릴 지나쳐서 뱃머리로 올라갔다. 그리고 위치를 확인하듯 달빛이 일렁거리는 바다를 돌아보았다.

"저 사람 누구야?"

"아버지 포경선에서 기관장으로 일했던 사람."

"맞아."

"그렇다면 미친 사람이 배를 몰고 여기까지 왔단 말이야?"

세 사람이 놀란 표정으로 뱃머리에 우뚝 선 기관장을 바라보았다. 뱃머리로 올라가려는데 상윤이 내 팔을 잡았다.

"어쩌려고?"

"여길 왜 왔는지 물어봐야지."

"괜찮을까?"

기관장과 한바탕 싸운 걸 아는 상윤이 불안한 눈빛으로 날 쳐다보았다. 나는 고개를 끄덕이며 조심스럽게 뱃머리로 올라갔다. 기관장은 예전에 고래를 잡는 포신이 있던 자리에 서 있었다. 가까이 다가가자 몸에서 악취가 진동했다. 만일의 상황을 대비하여 몇 걸음 뒤에서 그를 불렀다.

"아저씨?"

기관장은 대답이 없었다. 좀 더 크게 불렀지만, 그는 바다를 바라보고 있을 뿐 돌아보지 않았다. 나는 한 걸음 옆으로 다가가서 기관장의 눈을 확인했다. 초점 잃은 동공이 나를 전혀 의식하지 못하고 있었다. 그제야 나는 기관장이 제정신이 아니라는 사실을 깨달았다. 기관장이 천천히 몸을 돌렸다. 눈이 마주쳤다. 그러나 그는 내 존재를 알아차리지 못했다. 옆으로 살짝 비켜서자 기관장은 난간을 잡고 배의 왼쪽을 뚫어지게 내려다보았다. 몽유병 환자처럼 사람을 인식하지 못하는 사람이 배를 몰고 여기까지 왔다는 사실이 믿어지지 않았다. 기관장은 그날 왜 나를 죽이려 한 걸까. 아무리 생각해도 이해할 수 없는 행동이었다. 문득 그날 선창에 불을 환하게 밝힌 배를 쳐다보던 모습이 떠올랐다. 그때 세 사람이 긴장한 표정으로 뱃머리로 올라왔다.

"뭐라고 해?"

"아무래도 사람을 인식하지 못하는 것 같아."

"그럴 리가?"

변태석이 옆으로 다가가서 기관장을 불렀다. 하지만 기관장은 여전히 묵묵부답이었다. 난감했다. 대체 어떻게 해야 할지 눈앞이 아득했다. 바다를 뚫어지게 내려다보던 기관장이 천천히 돌아섰다. 그는 우릴 알아보지 못하고 갑판으로 내려갔다. 그러고는 알 수 없는 말을 중얼거리며 조타실로 올라갔다.

"믿을 수 없어."

변태석이 당혹스러운 표정으로 고개를 절레절레 흔들었다. 최호가 상윤을 돌아보며 물었다.

"저런 사람이 배를 운전할 수 있어?"

"수십 년 동안 배를 탄 사람이니 무의식 상황에서도 할 수 있을 거야."

"그런데 정신이 오락가락하는 사람이 여길 왜 찾아온 걸까?"

"뭔가 이유가 있을 거야."

"정신 나간 사람에게 이유가 있다는 게 말이 되냐?"

우린 한숨을 내쉬며 조타실을 올려다보았다. 우리가 북항으로 돌아갈 방법은 한 가지밖에 없었다. 기관장이 정신을 차려 배를 운전하는 것이었다. 그것 말고는 우리가 집으로 돌아갈 길은 없었다. 나는 조금 전 기관장이 서 있던 뱃머리 난간 앞에 섰다. 그는 왜 창천의 배를 몰고 여기까지 온 걸까. 분명 이유가 있을 것이다. 난간을 잡고 출렁거리는 바다를 바라보는 순간 머릿속에서 뭔가 번쩍 떠올랐다. 혹시 여기가 그곳이 아닐까. 갑판으로 내려간 나는 배를 한 바퀴 돌아보았다. 광활한 바다에는 불빛 한 점 보이지 않았다. 정말 이곳이 아버지의 포경선이 침몰한 곳일까. 한번 떠오른 생각에 점차 확신이 들었다. 포경선이 침몰한 위치를 아는 사람은 기관장밖에 없었다. 만약 그렇다면 그는 왜 사고 장소를 찾아온 걸까. 밤공기가 싸늘했다. 조타실에서 흘러나온 불빛이 눈을 찌를 듯 선명했다. 내 가설을 확인해줄 사람은 기관장밖에 없었다. 그에게 직접 물어보는 것 말고는 방법이 없었다.

나는 철제 계단을 밟고 조타실로 올라갔다. 손잡이를 당기자 문이 열렸다. 어떻게 된 걸까. 나는 심호흡을 한 다음 조타실로 들어갔다. 각종 계기 장치가 붙어 있는 조타실은 생각보다 좁았다. 기관장은 의자에 앉아 눈을 감고 있었다. 나는 불빛에 드러난 기관장을 자세히 살펴보았다. 긴 머리는 제멋대로 뒤엉켜 있고 옷은 거의 누더기였다. 찢어진 옷 사이로 속살이 거뭇했다. 그는 잠이 들어 있었다. 가볍게 코를 골며 꿈을 꾸는 듯 입술을 실룩거렸는데 허연 침이 밀려 나왔다. 항구 사람들의 말에 의하면 기관장은 이따금 정신이 멀쩡할 때가 있었다. 그는 사람을 똑똑히 알아봤고 손에 잡히는 물건의 용도까지 정확하게 알고 있었다. 그런데 그 시간이 짧다는 게 문제였다. 선명하던 눈빛이 몽유병 환자처럼 초점이 흐려지면서 정신이 나간다는 것이었다. 사람들은 그런 현상을 전류와 비교했다. 고장 난 플러그처럼 전기가 들어왔다가 꺼지길 반복한다는 것이었다. 기관장이 보는 세상은 어떤 모습일까. 자신에게 몰아닥친 불행을 알고 있는 걸까. 어쩌면 모르는 게 더 나을 것이다. 이런저런 상념에 잠겨 있는데 갑자기 기관장이 눈을 번쩍 떴다. 나는 깜짝 놀라 뒤로 물러났다. 그는 입가에 묻은 침을 더러운 옷소매로 닦고는 나를 빤히 쳐다보았다.

"너, 동찬이 아니냐?"

기관장의 입에서 내 이름이 튀어나오는 순간 나는 기절할 뻔했다. 너무 놀라서 말이 나오질 않았다. 기관장의 말이 다시 이어졌다.

"네가 왜 여기 있는 거냐?"

간신히 정신을 차린 나는 떨리는 목소리로 되물었다.

"내가 누군지 아시겠어요?"

"내가 너를 왜 모르겠니."

봉두난발에 희끗희끗한 수염으로 뒤덮인 기관장의 낯빛은 피로한 기색이 역력했다. 그러나 눈빛만은 명료했다.

"전에 날 만난 거 기억하세요?"

"그런데 네가 언제 이렇게 컸지?"

기관장이 인상을 찡그리며 나를 올려다보았다. 그 순간 나는 그가 내 어렸을 적 모습을 기억하고 있다는 사실을 알아차렸다. 그렇다면 그날 일도 기억하지 못하는 걸까.

"혹시 날 죽이려 했던 거 기억나세요?"

"내가 너를?"

기관장이 믿을 수 없다는 표정을 지었다. 그는 손으로 자신의 머리를 강하게 압박하면서 기억을 떠올리려고 애썼다. 그러다 체념한 듯 손을 떨구며 힘없이 중얼거렸다.

"아무것도 기억이 나질 않는구나."

기관장의 말은 사실인 듯했다. 그날 광기에 휩싸여 내 목을 조를 때와 지금의 눈빛은 확연하게 달랐다.

"내가 널 그렇게 했다니 믿을 수 없구나."

자신이 어떤 일을 했는지 기억하지 못하면서도 자책하는 기관장을 보자 불현듯 그날의 진실을 알 수 있는 절호의 기회라는 생각이 들었다. 북항 주민이라면 누구나 당시 포경선이 침몰한 원인과 과정을 상세하게 알고 싶어 했다. 그런데도 아무도 묻지 않은 건 기관장의 정신 상태가 온전하지 못했기 때문이었다. 그는 그 모든 과정을 알고 있는 유일한 사람이었다. 나는 잠시 머릿속을 정리한 다음 단도직입적으로 물었다.

"아저씨, 그날 어떤 일이 있었던 거예요?"

"그날이라니?"

"아버지가 어떻게 돌아가셨는지 알고 싶어요."

"그건⋯⋯."

기관장이 미간을 찡그리며 입술을 깨물었다. 굳은 표정으로 침묵하는 그의 얼굴에서 그날의 고통스러운 기억이 고스란히 느껴졌다. 나는 재촉하지 않았다. 기관장이 스스로 입을 열 때까지 기다렸다. 자칫 몰아붙였다간 정신 상태가 이상해질 우려가 있어서였다. 기관장이 힘겹게 자리에서 일어났다. 그는 조타실 계기판에 손을 올리고 창밖을 내다보았다. 깊은 생각에 잠겨 있던 기관장이 자리로 돌아와서 무너지듯 털썩 주저앉았다. 그러고는 힘겹게 입을 열기 시작했다.

"무엇부터 얘기해야 할까. 시간은 없고 할 말은 많은데 어디서부터 시작해야 할지 모르겠구나. 하지만 그날 일어났던 일을 누군가는 알아야겠지. 아니 이젠 그 모든 사실을 알아도 될 때가 되었다는 생각이 드는구나."

그렇게 말한 기관장은 두 손으로 거친 얼굴을 문질렀다. 이윽고 손을 내린 그가 나를 뚫어지게 쳐다보았다. 그 퀭한 눈빛에 자책과 회한이 어른거렸다. 한동안 말을 잇지 못하던 기관장이 마침내 결심한 듯 6년 동안 가슴에 깊이 묻어둔 진실을 꺼내기 시작했다.

1985년 7월 초만 해도 북항의 분위기는 차분했다. 정부가 국제포경위원회와 협상해서 포경 금지를 2년 동안 유예한다는 소문이 파다하게 퍼져 있었기 때문이었다. 2년이면 고래를 포획하면서 충분히 이직移職을 준비할 수 있었다. 그런데 날이 더워지기 시작하면서 분위기가 싸늘하게 얼어붙었다. 다가오는 10월 121차 포경수산업협동조합 이사회에서 조합을 해산한다는 청천벽력 같은 소식이 전해진 것이다. 협동조합 해산은 포경 금지 확정을 의미했다. 이 같은 소식이 알려지자 그동안 손을 놓고 있던 선원들의 발등에 불이 떨어졌다. 선주들이야 포경선을 원양어업과 저인망어업, 혹은 정치어업이나 오징어채낚기 배로 전환하면 그만이었다. 그러나 지난 수십 년 동안 고래를 포획하며 살아온 선원들은 상황이 달랐다. 하루아침에 일자리를 잃기 때문이었다. 시간도 별로 없었다. 마지막 포경까지 남은 기간은 불과 석 달 남짓이었다. 이때부터 가동할 수 있는 포경선은 전부 바다로 나갔다. 조금이라도 풍랑이 높으면 출항하지 않았지만, 시간이 부족한 뱃사람들은 위험을 무릅쓰고 바다로 나갔다. 특히 집안에 결혼 같은 대소사를 앞둔 선원들은 그야말로 고래를, 그것도 가장 큰 놈으로 잡기 위해 눈에 불을 켰다.

9월, 동진호는 밍크고래 세 마리를 포획했다. 그러나 만족할 만한 크기는 아니었다. 기름값 정도를 건졌을 뿐이었다. 그런데 그게 문제였다. 첫 끗발이 개 끗발이라고 10월 하순까지 고래를 한 마리도 발견하지 못한 것이었다. 따지고 보면 동해안의 모든 포경선이 연근해를 이 잡듯 뒤지고 있었기에 씨가 마를 만도 했다. 동진호가 연근해를 벗어나서 멀리 나아간 건 그런 이유 때문이었다. 바닷바람이 점차 거칠어지자 선원들의 초조감은 극도에 달했다. 빈손으로 항구에 들어설 때마다 선원들은 새카맣게 탄 속을 달래기 위해 강소주를 사발로 들이켰다. 그리고 마침내 마지막 포경이 다가왔다. 그날 새벽, 선원들의 눈에 핏발이 서 있었다. 최소한 반년은 먹고 살 수 있는 큰 고래를 잡아야 한다는 비장한 심정으로 그들은 배에 올랐다.

그날 새벽, 뜬눈으로 밤을 보낸 나는 가장 먼저 배에 올랐다. 밤새 한숨도 못 잔 것은 출항을 결정하지 못했기 때문이었다. 서둘러 기관실로 내려간 나는 해수흡입구Sea Chest 상태를 확인했다. 해수흡입구는 배의 하부에 구멍을 뚫어 배관을 연결한 곳인데, 바닷물을 끌어 올려 엔진을 냉각시키는 장치였다. 배의 운항에 엔진 다음으로 중요한 장치였다. 그런데 해수흡입구는 선체 표면에서 가장 유속이 빠른 곳에 있어 침식부식侵蝕腐蝕이 빈번하게 일어났다. 예상대로 바닷물을 빨아들이는 금속 파이프의 굽힙부 균열 상태가 심각했다. 지난여름부터 계속된 출항으로 인해 배를 수리할 시간이 없었기 때문이었다. 기관실 바닥에 쪼그려 앉아 고민했지만, 선뜻 결론을 내릴 수 없었다. 그건 해수흡입구 상태가 모호했기 때문이었다. 마지막 출항을 견뎌줄 수 있으면 다행이지만, 만약 균열 부위가 파손되면 치명적인 사태가 발생할 수 있었다. 한 시간 동안 고민한 끝에 나는 출항을 중지해야 한다는 결론을 내렸다. 그렇게 결심하고 네 아버지에게 보고하기 위해 기관실을 나왔는데 때마침 선원들이 하나둘 배에 오르고 있었다. 마지막 포경에 나선 선원들의 비장한 표정을 보는 순간 마음이 흔들렸다. 저들의 속사정을 훤히 알고 있었기 때문이었다. 나는 결국 아무 문제가 없다고 보고했다. 그러고는 기관실로 내려가서 마닐라 밧줄로 균열 부위를 단단하게 싸맸다. 그러고는 오늘 하루만 버텨 달라고 마음속으로 빌었다.

그날 우리는 동해를 샅샅이 뒤진 끝에 마침내 고대하던 고래의 분기를 발견했다. 우린 곧바로 고래를 쫓기 시작했다. 얼핏 봐도 25미터가 넘는 대형 참고래였다. 놈을 잡는다면 이직할 때까지 당분간 버틸 수 있었다. 한참 고래를 추격하는데 북서풍이 강하게 불어오면서 풍랑이 거세졌다. 겨울철 동해에서 빈번하게 출몰하는 바람이었다. 높아진 파도에 고래의 형체가 오락가락하자 선원들의 속이 타들어갔다. 마지막 포경임을 의식한 네 아버지가 속도를 올리며 거친 파도를 뚫고 나아갔다. 이윽고 고래가 사정거리에 들어오자 포가 발사되었다. 포물선을 그리며 날아간 작살이 고래 등에 꽂힌 순간 선원들은 환호성을 내질렀다. 잠시 후 작살을 끌어당기는데 기관실에서 강한 충격음이 들려왔다. 기관실로 뛰어 내려가니 마닐라 밧줄로 감아놓은 해수흡입구 굽힘부에서 바닷물이 분수처럼 솟구치고 있었다. 그 뒤에 일어난 일은 순식간이었다. 불과 몇 분 사이에 바닷물이 차오르자 동진호는 선미부터 가라앉기 시작했다. 갑판으로 뛰어 올라가자 동료들이 바다로 뛰어들고 있었다. 난 주위를 돌아볼 겨를도 없이 바닷속으로 몸을 날렸다. 11월의 얼음장 같은 바닷물이 몸을 휘감았다. 거친 파도 속에서 동료들의 비명이 여기저기서 들려왔다. 그때 배에서 튕겨 나온 플라스틱 조각이 눈에 띄었다. 나는 그걸 붙잡고 미친 듯 헤엄쳤다. 소용돌이를 벗어났다고 생각한 순간 뒤를 돌아보니 포경선의 망루가 막 바닷속으로 가라앉고 있었다. 그 뒤에 파도에 휩쓸린 내가 다시 정신을 차렸을 땐 네 아버지가 보낸 구조 신호를 받고 황급히 달려온 어느 어선의 갑판이었다. 내 옆에는 이미 숨이 끊어진 동료 다섯 명이 누워 있었다. 그 다섯 명 중에 네 아버지는 없었다. 나머지 선원들은 탈출하지 못하고 배와 함께 수장된 것이었다.

마지막 포경에 나선 동진호가 침몰한 사고는 철저하게 인재였다. 그것도 기관장인 나의 잘못된 판단으로 발생한 사고였다. 내 어리석은 판단이 오랜 친구와 동료들을 죽음으로 몰고 간 것이다. 나는 이런 사실을 말할 수 없었다. 동료들을 죽이고 혼자 살아 돌아왔다는 가혹한 비난을 견뎌낼 자신이 없었다. 돌이켜보면 참으로 어리석은 생각이었다. 하지만 당시 내가 선택할 수 있는 건 그 방법밖에 없었다. 한동안 정신 병원에 입원해 있다가 집으로 돌아온 나는 밤낮으로 술을 마셨다. 맨정신으로 버틸 수 없었기 때문이었다. 아무것도 먹지 않고 술을 마셨고 취하면 아무 곳에나 쓰러져 갔다. 그리고 눈을 뜨면 다시 술을 마셨다. 이런 날들이 계속되던 어느 날, 눈을 뜨자 사물이 일그러져 보였다. 마치 뜨거운 햇볕에 녹아내리는 아이스크림 같았다. 이상하게도 그때부터 내 마음이 편해졌다. 어선, 전봇대, 집, 사람들이 일그러져 보이는 순간 나를 갉아먹던 죄책감이 사라진 것이다. 이따금 정신이 멀쩡할 때가 있었는데 그때 내 눈에 보이는 사물이 어색하게 보일 정도였다. 난 그 무서운 죄책감의 형벌에서 벗어나기 위해 스스로를 광기 속으로 밀어 넣어버린 것이다.

스스로 미치광이가 되었다는 기관장의 고백은 충격적이었다. 만약 그날 기관장이 출항을 막았다면 어떻게 되었을까. 아버지를 비롯한 12명 선원들은 전부 살아 있을 것이고 기관장 역시 미치지 않았을 것이다. 언덕 위의 저택도 아무런 풍파를 겪지 않았을 것이다. 어머니도 내가 기대한 무난한 삶을 살아가고 있을 것이다. 그러나 운명에는 만약이란 가설이 존재하지 않았다. 누군가 선택하고 결정하는 순간부터 돌아가는 거대한 톱니바퀴는 절대 멈출 수 없었다. 더 빠르고 더 강한 탄성으로 돌아가는 게 운명이었다. 그날 기관장의 잘못된 판단이 자신을 비롯한 선원 모두의 운명을 송두리째 바꿔버린 것이다. 나는 침울한 표정의 기관장을 바라보며 물었다.

"혹시 이곳이 사고 지점인가요?"

기관장이 고개를 끄덕거렸다. 내 예감이 맞았다. 이 바닷속에 아버지의 유해가 잠들어 있었다. 그런데 기관장은 왜 침몰 사고가 발생한 장소를 찾아온 걸까. 지난 6년 동안 정신이 오락가락한 상태로 살던 사람이 왜 갑자기 배를 훔쳐서 사고 해역을 찾아왔는지 도무지 이해할 수 없었다. 그때 기관장이 배를 움켜잡고 신음을 질렀다. 지금까지는 몰랐는데 배가 임산부처럼 부풀어 있었다. 거칠게 숨을 몰아쉬던 기관장이 힘겹게 말했다.

"이젠 더 견딜 수 없구나."

금방이라도 터질 듯 부풀어 오른 배를 보자 불길한 느낌이 엄습했다. 만약 기관장에게 무슨 일이 벌어지면 우린 집으로 돌아갈 수 없었다. 나는 마른 수건으로 기관장의 얼굴에 흐르는 식은땀을 닦아주며 다급하게 물었다.

"아저씨, 어디가 아프세요?"

"물, 물 좀 다오."

기관장의 안색이 창백했다. 나는 조타실을 빠져나가 조리실로 들어갔다. 변태석과 최호가 자리에서 벌떡 일어났다.

"언제 집으로 돌아가는 거냐?"

"아직 모르겠어."

나는 기관장이 배를 훔쳐 예전 침몰 사고가 난 해역을 찾아왔다는 사실을 두 친구에게 알려주었다. 내 말이 끝나기 무섭게 변태석이 되물었다.

"이유가 뭐야? 6년이나 반쯤 정신이 나간 채 살던 사람이 왜 갑자기 사고 해역을 찾아온 거지?"

"아직 물어보지 못했어."

냉장고에서 물병을 찾아들고 다시 조타실로 올라갔다. 기관장이 벽에 머리를 기대고 잠들어 있었다. 나는 그를 깨우려다 그만두었다. 숨을 쉴 때마다 오르내리는 부푼 배를 보자 다시 불안감이 머리를 들었다. 저런 몸으로 지금까지 어떻게 견뎌온 걸까. 어쨌든 잠시라도 눈을 붙이고 나면 몸 상태가 나아질 것이다. 곤히 잠든 기관장을 지켜보던 나는 물병을 내려놓고 갑판으로 내려갔다.

뱃머리로 올라가서 물속을 들여다보았다. 아버지의 유해가 이 바닷속에 있었다. 지난 6년 동안 간절하게 그리워하던 아버지가 바로 이곳에 있었다. 한때 아버지를 원망했었다. 언덕 위의 저택이 저리 속절없이 무너진 게 아버지 탓이라고 생각했기 때문이었다. 아버지가 살아 있었다면 모든 일은 절대 일어나지 않았다. 아버지의 부재가 우리 운명을 완전히 바꾸어버린 것이다. 하지만 아버지를 원망만 한 것은 아니었다. 오히려 견딜 수 없이 그리운 날이 많았다. 어머니의 어이없는 행동을 볼 때마다 아버지를 향한 그리움은 더 커져만 갔다.

아버지를 생각하면 늘 기억나는 모습이 있었다. 어느 날 나를 학교 운동장으로 데려간 아버지는 자전거를 타라고 했다. 페달을 밟을 때마다 자전거가 넘어졌다. 잠시 나를 지켜보던 아버지가 자전거 뒤를 잡아주었다. 그러자 자전거가 넘어지지 않았다. 잠시 후 아버지가 운동장 저편을 향해 달리라고 했다. 나는 있는 힘껏 페달을 밟았다. 자전거가 앞으로 쑥쑥 나아갔다. 두렵지 않았다. 아버지가 뒤에서 자전거를 잡아주고 있었기 때문이었다. 하늘을 나는 듯한 기분이 들었다. 이윽고 운동장 반대편에 도착한 나는 뒤를 돌아보았다. 아버지가 운동장 저편에서 손을 흔들고 있었다. 그제야 나는 아버지의 신뢰와 믿음이 자전거의 균형을 잡아주었다는 사실을 깨달았다. 운동장 저편에서 환하게 미소 짓고 있는 아버지의 모습은 언제나 내 마음속에 깊이 아로새겨져 있었다.

하지만 아버지가 늘 내 편이 되어준 건 아니었다. 언젠가 하굣길에 한 아이가 시비를 걸어왔다. 난 싸움을 피하고 싶었다. 하지만 나를 가로막은 그 아이는 다짜고짜 주먹으로 명치를 때렸다. 숨이 턱 막혔다. 나는 배를 움켜잡고 바닥에 주저앉았다. 간신히 숨을 몰아쉬고 일어서는데 저 멀리 아버지가 나를 바라보고 있었다. 아버지를 발견한 순간 온몸의 긴장이 풀렸다. 나는 배를 잡고 울었다. 아버지가 달려와서 나를 때린 그 아이를 혼내주길 바라며 악을 쓰고 울었다. 그러나 내 예상과 달리 아버지는 달려오지 않았다. 무표정한 얼굴로 나를 지켜보고 있을 뿐이었다. 그땐 정말 아버지가 밉고 원망스러웠다. 그런 내가 아버지 심정을 이해한 것은 훗날이었다. 아버지는 나의 나약한 모습을 보기 싫었던 것이었다.

아버지는 외조부의 서재에서 잠드는 날이 많았다. 어떤 날은 술을 많이 마셔서였고 어떤 날은 책을 읽다 그대로 잠이 들었다. 간혹 잠이 오지 않은 날이면 서재를 찾아갔다. 아버지 옆에 누워 이런저런 이야기를 듣다가 나도 모르게 잠이 들었다. 무슨 이야기를 했던가. 이젠 아무것도 기억나지 않았다. 어느 날 새벽, 누군가 흐느끼는 소리에 눈을 떴다. 아버지가 베개에 얼굴을 파묻고 울고 있었다. 아버지가 우는 모습을 본 건 그때가 처음이자 마지막이었다. 몸의 떨림이 고스란히 전해왔다. 나는 그 슬픔이 참고 참다가 터져 나온 애절한 고통이란 사실을 느꼈다. 어른들은 울지 않았다. 슬픔을 속으로 삼킬 뿐 절대 드러내지 않는다는 걸 훗날에야 알았다. 나는 숨을 죽이고 스탠드 불빛에 드러난 천장의 격자무늬를 오랫동안 올려다보았다. 아버지는 그 깊은 새벽에 왜 그렇게 서럽게 울었던 걸까. 무엇이 아버지를 그토록 고통스럽게 만든 걸까.

나는 아버지에 관해서 아는 것이 아무것도 없었다. 어떤 걸 좋아하는지도 몰랐고 싫어하는 게 무엇인지도 몰랐다. 왜 이따금 나를 낯선 사람처럼 쳐다보는지 이유도 알지 못했다. 아버지는 어떤 사람이었을까. 아버지의 꿈은 무엇이고 어떤 삶을 살아온 걸까. 그 모든 대답을 해주기도 전에 아버지는 세상에서 사라져버렸다. 그리고 이젠 흑백 사진 속에서 말없이 웃고만 있었다.

갑판으로 내려온 나는 다시 조타실로 올라갔다. 기관장은 여전히 잠들어 있었다. 낯빛은 조금 전과 달리 편안해 보였다. 잠을 자지 못해서 그런 걸까. 불룩 나온 배가 눈길을 끌었다. 그때 대문 앞에서 나를 습격했을 때는 이 정도가 아니었다. 선실로 내려가기 위해 돌아서는데 기관장이 옅은 신음 소릴 내며 눈을 떴다. 나는 얼른 물병을 열어 건네주었다. 기관장은 목이 말랐던지 단번에 물병을 비웠다. 눈빛이 한결 맑아진 것 같았다. 그는 입가의 물기를 닦고 나를 가만히 쳐다보았다.

"몇 살이냐?"

"열여덟 살요."

"아장아장 걸을 때가 엊그제 같은데 벌써 어른이 되었구나."

"제 어릴 적 모습이 기억나세요?"

"물론이지."

기관장의 회한에 잠긴 눈빛을 보자 문득 오래전 외조부의 서재에서 발견한 흑백 사진이 떠올랐다. 사진 속 세 사람의 나이가 지금

나와 같았다.

"아버지는 어떤 사람이었나요?"

"네 아버지?"

"예."

"좋은 친구였지."

"어떤 삶을 살다 갔는지 알고 싶어요."

기관장이 허리를 약간 세우고 내 눈을 응시했다.

"최한주가 어떤 삶을 살았는지 알고 싶다는 말을 들으니 감회가 새롭구나. 이젠 네가 최한주의 지난한 삶을 충분히 이해할 수 있는 나이가 되었구나."

기관장은 그렇게 말하며 머리를 벽에 기대고 눈을 감았다. 조타실 천장에서 쏟아진 불빛에 병색이 완연한 얼굴이 드러났다. 침묵은 길었다. 헝클어진 머리카락 사이로 드러난 미간에 깊은 주름이 잡혀 있었다. 이윽고 기관장이 눈을 떴다. 그는 앞에 놓인 물병을 집어 남은 물을 전부 마셨다. 그리고 기관장의 입에서 24년 전의 이야기가 흘러나왔다.

3

1968년, 고등학교 졸업을 앞둔 나의 가장 큰 고민은 진로였다. 북항 아이들의 선택은 대부분 두 가지였다. 군대에 가거나 포경선을 타는 것이었다. 개중에는 나름 큰 뜻을 품고 대도시로 나가는 아이들도 있었다. 하지만 몇 년 지나서 고향으로 돌아온 아이들은 포경선을 탔다. 대처를 떠도는 것보다 포경선을 타는 게 벌이가 좋았기 때문이었다. 포경업이 활황의 흐름을 타기 시작한 때라 누구든지 마음만 먹으면 돈을 벌 수 있는 시절이었다. 그러나 나는 그들의 삶이 전혀 부럽지 않았다. 돈은 많이 버는지 모르지만, 날씨가 좋은 날엔 바다에 나가 고래를 포획하고 풍랑이 높은 날엔 아침부터 모여서 술추렴을 벌이는 그들의 일상이 내 눈에는 왠지 모르게 초라해 보였다. 그러나 내가 학교를 졸업하면 북항을 떠나야겠다고 마음먹은 것은 그보다는 피 냄새가 싫어서였다. 그들의 몸에서는 언제나 비릿한 고래 피 냄새가 났다. 그것은 아무리 씻어내도 절대 지워지지 않는 천형의 냄새였다. 나는 그렇게 살고 싶지 않았다. 매일 아침 양복에 넥타이를 매고 출근하는 것이 나의 꿈이었다. 그 꿈을 실현하기 위해선 대학에 진학해야 했다.

내 아버지는 목수였다. 뱃사람들이 득실거리는 북항에서 목수는 참으로 특별한 직업이었다. 아버지는 북항은 물론이고 강주 시내로 나가서 온종일 나무를 자르고 못을 박으며 집을 지었다. 그렇게 번 돈으로 우리 형제를 근근이 키우셨다. 이런 집안 환경에서 내가 대학에 가는 것은 낙타가 바늘구멍을 통과하는 것보다 어려웠다. 학교 성적이 탁월하게 뛰어나면 장학금을 노릴 수도 있었지만, 성적이 어중간했다. 그즈음 아버지의 시력이 갑자기 나빠졌다. 안경을 바꾸는 것보다 시력이 나빠지는 속도가 더 빨랐다. 나무를 자르고 못을 박아야 하는 목수가 자의 눈금을 빨리 읽지 못한다는 건 치명적인 결함이었다. 아버지의 일거리가 점점 줄어드는 동안에도 나와 형제들의 성장은 날이 갈수록 빨라졌다. 대학을 포기할 무렵 놀라운 소식이 들려왔다. 북항에서 가장 규모가 큰 해동포경에서 대학등록금 전액을 장학금으로 내준다는 소식이었다. 더 놀라운 건 내가 그 일곱 명 후보 명단에 들어갔다는 사실이었다. 불을 보듯 빤한 인생을 살아갈 수밖에 없는 내게 갑자기 하늘에서 밧줄이 뚝 떨어진 것이었다. 후보로 선정되었다는 소식을 들은 늙은 아버지는 눈물을 글썽거렸다.

그해 어느 봄날, 나는 여섯 명의 아이들과 함께 해동포경 백 사장의 저택을 찾아갔다. 어떻게 선발했는지 모르지만, 남학생 셋에 여학생이 네 명이었다. 우린 모두 한껏 상기되어 있었다. 당시는 집마다 형제들이 적게는 네다섯 명에 많게는 열 명일 정도로 식구가 많았다. 이는 뱃사람들이 아무리 돈을 많이 벌어도 가족들을 건사하기 어려운 이유였다. 이런 환경에서 장학금을 받을 수 있는 후보가 되었다는 사실은 굉장한 특혜였다. 언덕길을 올라가는 아이들의 표정에는 긴장과 설렘이 가득했다. 언덕 위에 도착한 우리는 높은 철제 대문을 보는 순간 그만 얼어붙었다. 말로만 듣던 강주 최고 부자인 백 사장의 저택을 사람들은 언덕 위의 저택이라고 불렀다. 말로만 듣던 웅장한 저택의 규모에 모두 주눅이 들어버린 것이었다.

잠시 후 등을 떠밀린 남학생이 쭈뼛거리며 초인종을 눌렀다. 짧은 정적이 지나간 후 묵직한 발소리가 들려왔다. 곧이어 육중한 철제 대문이 철컹 열리며 한 중년 남자가 나타났다. 백 사장이었다. 그의 뒤를 따라 저택으로 들어간 우리는 눈이 휘둥그레졌다. 봄꽃이 만발한 드넓은 정원 때문이었다. 그뿐이 아니었다. 파릇한 잔디

위에 우뚝 선 서양식 저택이 우리의 기를 죽였다. 집 안으로 들어간 우리는 입을 다물지 못했다. 우린 신발을 가지런히 벗어놓고 넓은 방으로 들어갔다. 그곳에는 10여 명이 앉을 수 있는 긴 탁자가 놓여 있었다. 자리에 앉자 교동댁이라 불린 젊은 가정부가 케이크 한 조 각씩을 우리 앞에 놓아주었다. 남학생들은 스펀지처럼 생긴 케이 크에 넋을 잃었고 여학생들은 화려한 꽃무늬 장식의 웨지우드 접 시와 은빛 포크에 정신을 빼앗겼다. 그때 나를 당혹스럽게 만든 건 봄꽃이 만발한 정원과 높은 천장이 아니었다. 실내를 가득 채운 쾌 적한 공기였다.

북항 사람들은 어딜 가든 서로를 알아봤다. 그들이 서로를 알아 보는 건 고래 피 냄새 때문이었다. 그런데 남녀노소를 가리지 않고 풍기던 그 냄새가 저택에서는 나지 않았다. 대신 머리가 맑아지는 쾌적한 공기가 감돌고 있었다. 그 순간 나는 우리가 사는 부두와 언 덕 위의 저택이 엄연히 다른 세계라는 사실을 깨달았다. 그러나 위 화감은 들지 않았다. 그들이 오랫동안 그렇게 살아왔기에 당연하 다고 생각했다. 케이크 조각을 떼어 입에 넣자 아찔한 단맛이 혀를 휘감았다. 나는 앞으로 함께 공부하게 될 친구들을 돌아보았다. 그 들은 횟집 아들이었고 선구점 딸이었으며 어시장 생선 가게와 뱃 사람들의 자식들이었다. 이들의 공통점은 학교 성적이 좋고 품행 이 반듯하다는 것이었다. 서로 간에 경쟁은 필요 없었다. 대학 입시 에 통과하는 사람만이 장학금을 받을 수 있었다. 대신 조건이 있었 다. 백 사장의 무남독녀인 백소윤과 대학 입시까지 함께 공부해야 한다는 게 조건이었다. 따라서 백 사장이 자신의 외동딸과 어울릴 친구들을 신중하게 선발한 것은 당연한 일이었다.

케이크를 거의 다 먹어갈 무렵 한 여학생이 들어왔다. 백 사장의 무남독녀 백소윤이었다. 그녀는 마치 요정처럼 날개를 흔들며 날아와서 내 맞은편에 내려앉았다. 그녀와 눈이 마주친 나는 얼굴이 확 달아올랐다. 소윤이 은근한 미소를 머금고 우리를 돌아보며 가볍게 머리를 숙였다. 우린 다급하게 소윤을 향해 맞절하듯 고개를 숙였다. 그런 다음 난감한 표정으로 서로를 돌아보았다. 동급생인 소윤을 어떻게 대해야 할지 몰라서였다. 그때 소윤이 우리 생각을 읽은 듯 말했다.

"편한 친구처럼 대해줘."

그 순간 아무런 의미가 없던 '친구'라는 단어가 영롱한 빛을 발하며 우리 가슴에 날아들었다. 삶의 무한한 비밀을 품은 의미심장한 단어가 된 것이다. 그제야 나는 어색한 표정을 거두고 소윤을 바라보았다. 올해 초 상가 거리에서 소윤을 본 적이 있었다. 백 사장의 차에서 내리는 그녀를 본 순간 심장이 철렁 내려앉았다. 소윤의 모습은 너무나 비현실적이었다. 티끌 한 점 없는 하얀 피부에 새카만 동공을 보는 순간 나는 얼어붙었다. 신비로운 아우라에 휩싸인 소윤이 그날 밤 꿈에 나타났다. 북극여우 다섯 마리가 호위하는 엘크를 탄 그녀가 눈 덮인 자작나무 숲을 달리고 있었다. 엘크의 발굽이 양탄자처럼 깔린 이끼를 밟을 때마다 벌레잡이제비꽃과 사초과 식물들이 흩날렸다. 자작나무 숲을 빠져나온 그녀는 주황, 빨강, 분홍, 주황색 토탄이 양탄자처럼 깔린 늪지를 질주했다. 꿈에서 깨어나자 엘크의 발굽에 짓눌린 축축한 이끼가 질퍽거리는 소리가 귓전에 아련했다. 그날 이후 소윤은 영원히 닿을 수 없는 별처럼 내 마음속 깊은 곳에 자리를 잡았다. 눈이 마주쳤다. 소윤이 환하게 웃었다. 그 웃음의 파장을 견디지 못한 나는 옆에 앉은 최한주를 돌아보았다.

그는 마치 군기가 바짝 든 신병처럼 백소윤을 뚫어지게 쳐다보고 있었다. 장작처럼 뻣뻣한 그 모습을 보자 피식 웃음이 새어 나오면서 긴장이 스르르 풀렸다. 한주는 어렸을 적부터 친구였다. 그는 북항 입구에서 뱃사람들을 상대로 밥과 술을 파는 작은 식당을 하는 어머니와 단둘이 살고 있었다. 그는 말수가 적고 내성적이었는데 초등학교 때부터 줄곧 상위권의 성적을 유지했다. 사실 일곱 명 중에 대학에 진학할 확률이 가장 높은 친구였다. 아버지를 일찍 잃은 그는 어머니를 끔찍하게 생각하는 효자였는데 장학금이 절실하게 필요한 처지였다. 그때 권일상이란 친구가 당시 인기를 끌던 땅딸막한 코미디언을 흉내 냈다. 그 덕분에 한바탕 떠들썩하게 웃고 나자 경직된 분위기가 풀어졌다. 그때부터 우린 대학 예비고사까지 진행할 스터디 방식에 대해서 의논하기 시작했다.

그날 저녁 우린 난생처음 스테이크를 먹었다. 소윤은 나이프와 포크를 보고 난감해하는 우리에게 친절하게 사용 방법을 가르쳐주었다. 육즙이 가득한 부드러운 고기는 입에 들어가자마자 사르르 녹아내렸다. 권일상이 눈을 지그시 감고 감탄사를 지르는 바람에 우린 폭소를 터뜨렸다. 소윤도 덩달아 목젖이 보일 만큼 깔깔 웃었다. 그렇게 화기애애한 분위기 속에서 저녁 식사를 끝낼 무렵 교동댁이 우리에게 선물을 하나씩 나눠주었다. 나중에 집에 돌아와서 열어보니 보기 힘든 펜과 노트였다. 각기 선물을 든 우리는 백 사장에게 인사하고 저택을 나섰다. 배웅 나온 소윤은 우리가 언덕길을 내려갈 때까지 내내 손을 흔들었다. 그날 이후 우리는 일주일에 세 번씩 저택에 모여 본격적으로 스터디를 시작했다.

 내 삶의 목표가 전격적으로 바뀐 건 그때였다. 양복을 입고 넥타이를 매고 출근한다는 막연하고 모호한 목표를 버리고 현실적인 가능성을 알아보기 시작했다. 부산이 고향인 아버지의 한때 꿈은 마도로스였다. 그래서인지 아버지는 실현 가능성이 없다는 걸 알면서도 아들 중 누군가 제복을 입고 큰 배를 운항하는 해기사海技士가 되기를 바랐다. 그런데 그 막연했던 꿈에 내가 한 걸음 바짝 다가서자 아버지의 기대는 한껏 부풀었다. 평소 기계를 분해하고 조립하는 걸 좋아했던 나는 점차 해양대학교 기관학과라는 구체적 목표를 설정했다. 내게 주어진 기회를 절대 놓칠 수 없었다. 예비고사와 본고사 관문을 통과하여 아버지의 꿈이었고 당시 모든 젊은 이가 갈망하는 마도로스가 될 수 있는 일생일대의 기회를 기필코 잡아야 했다. 나는 내 모든 에너지를 스터디에 쏟아부었다. 전날이면 신중하게 문제를 골라서 충분히 예습했다. 그리고 문제를 달달 외운 다음에 스터디에 참여했다. 그뿐이 아니었다. 용모와 복장에도 신경을 썼다. 매일 짧은 머리를 감았고 교복은 언제나 빳빳하게 다려 입었다. 언행도 조심했다. 아무 생각 없이 무심코 내뱉은 말 한마디가 나의 앞날을 좌우할 수 있다고 생각했다. 시간이 지나서 돌아보면 나만 그렇게 한 건 아니었다. 다른 친구들도 뭔가 다르게 보여야 한다고 약속이라도 한 듯 각기 나름의 노력을 기울이고 있었다.

　우린 점차 거대한 성城 같은 서양식 저택에 익숙해졌다. 일제 텔레비전, 마호가니 가구, 몸이 푹 파묻히는 소파, 화려한 색상의 자기 그릇, 달콤한 서양 과자가 처음 봤을 때처럼 신기하게 여겨지진 않았다. 그러나 이따금 소윤을 따라 서재에 들어갈 때마다 심장이 목구멍 밖으로 튀어나올 듯 펄떡거렸다. 서재는 신세계였다. 그곳에는 내가 태어나서 처음 보는 물건들이 즐비했다. 그중에서도 나를 가장 매혹시킨 것은 오디오였다. 당시 우리가 듣는 음악은 검은 고무줄로 배터리를 칭칭 동여맨 트랜지스터라디오에서 흘러나온 노래가 전부였다. 채널은 수시로 끊겼고 갑자기 바뀔 때도 있었다. 그래서 라디오를 듣기 위해선 눈금을 맞춰 자신이 선호하는 채널을 찾는 일이 가장 중요했다. 그런 내게 한 벽면을 가득 채운 원판 LP는 천상의 문을 열고 들어가기 위한 열쇠였고 새파란 점멸등이 반짝거리는 매킨토시 앰프와 내 허리 높이의 알텍 스피커에서 울려 퍼지는 드보르자크의「신세계 교향곡」은 천상의 화음이었다.

　여름방학이 시작되자 스터디의 강도가 높아졌다. 매일 아침 집을 나선 우리는 저택에서 밤늦게까지 공부에 몰두했다. 얼마 뒤에 알게 된 사실이지만, 우린 각기 잘하는 과목이 하나씩 있었다. 최한주는 수학, 권일상은 영어, 나는 국사였고 나머지 네 명의 여학생도 각기 성적이 뛰어난 과목이 있었다. 자신이 가장 잘하는 과목의 예상 문제를 만들어서 함께 풀어보는 방식은 서로 부족한 성적을 끌어올리는 데 상당한 도움이 되었다. 특히 성적이 고만고만했던 소윤이 가장 많은 수혜를 입었다. 실제로 소윤의 성적이 스터디를 시작한 뒤부터 급상승한 게 반증이었다. 매일 얼굴을 맞대고 공부하면서 소윤과도 친해졌다. 서먹한 관계를 떨쳐내자 베일에 가려져 있던 그녀의 실체가 조금씩 드러났다. 누군가와 친구가 되기 위해선 먼저 상대의 생각을 존중해야 했다. 그런데 소윤은 홀아버지 밑에서 성장한 탓인지 매사가 자기중심적이었다. 이해와 배려보다는 독선과 아집이 앞섰다. 그런데도 소윤은 아무 문제가 없었다. 그건 우리가 그녀를 이해하고 받아들일 수밖에 없었기 때문이었다. 그렇게 옆에서 서너 달을 지켜본 소윤은 한때 내 마음속에서 스칸디나비아 왕국의 공주에서 부잣집 외동딸이 되어 있었다. 그렇다고 그녀가 내 마음에서 완전히 멀어진 건 아니었다. 오히려 그녀의 오만함이 매력적으로 비쳤다. 그것이 우리와 다른 세상에 사는 사람들만이 가질 수 있는 특권처럼 여겨졌기 때문이었다.

소윤을 대하는 여학생들의 태도도 흥미로웠다. 처음에는 소윤을 어떻게 대할지 몰라서 전전긍긍하던 그녀들은 시간이 지나면서 각기 나름의 방식으로 소윤을 대하기 시작했다. 장학금을 받기 위한 전제 조건은 대학 본고사의 합격이었다. 그런데도 그녀들은 소윤을 대하는 자신들의 태도가 그에 못지않게 중요하다고 판단했다. 솔직히 말하면 소윤의 눈 밖에 나면 장학금을 받지 못할지도 모른다는 두려움 때문이었다. 이 막연한 두려움은 그녀들이 소윤에게 적극적으로 다가서게 만든 동인이었다. 서로 진실한 속마음은 알 수 없었다. 하지만 겉으로 보기에 우리 여덟 명은 누구보다 친한 친구였다. 그동안 친구 한 명 없던 소윤은 일곱 명의 친구를 얻었고 가난한 집안의 자식들인 우리는 새로운 세계로 나아갈 사다리를 잡은 것이었다. 이런 절박한 상황에서도 우린 당면한 문제를 잠시 내려놓을 정도로 젊었다.

그건 소윤을 향한 남학생들의 연심이었다. 나만 그런 줄 알았는데 알고 보니 최한주와 권일상도 같은 마음을 품고 있었다. 저택에 들어설 때부터 집으로 돌아갈 때까지 두 사람의 눈길은 해바라기처럼 소윤을 쫓았다. 그중에서도 가장 가슴앓이가 심한 건 나였다. 나는 밤마다 편지를 썼다. 편지지에 소윤의 이름을 쓰고 나면 얼굴이 붉어지고 심장이 방망이질하듯 뛰었다. 그런 다음 모호한 문장을 적어 내려갔다. 밤하늘의 별빛은 심오한 삶의 비밀을 품고 있었고 먼바다에서 불어오는 바람은 미지의 세계에서 보낸 전령사였다. 슬픔은 유려하게 과장되었고 미래는 턱없는 장밋빛이었다. 그렇게 자신조차 알 수 없는 모호한 문장을 나는 끝없이 써 내려갔다. 그러나 아침이면 밤새 쓴 편지를 찢어버렸다. 내 마음속 은밀한 욕망의 실체를 마주보기가 부끄러워서였다. 그러나 밤이 오면 다시 망상에 젖어 기약 없는 편지를 썼다. 스터디가 없는 날은 하루가 지루했다. 초조하고 불안한 마음을 달래기 위해 나는 손톱을 자르고 이제 막 나기 시작한 수염을 뽑았다. 운동화를 세탁하고 풀 먹인 교복을 빳빳하게 다렸다. 그런 다음 어머니 콜드크림을 훔쳐 얼굴에 발랐다. 거울 속의 번질번질한 얼굴을 보면 근거 없는 자신감이 생겼다. 그러나 그 자신감은 다음 날 언덕을 올라가서 소윤의 얼굴을 보는 순간 모래성처럼 와르르 무너졌다.

아침부터 참매미가 극성스럽게 울던 어느 날, 정원에서 낯선 목소리가 들려왔다. 머리가 지끈지끈한 방정식 문제를 풀고 있던 나는 고개를 들어 정원을 내다보았다. 머리가 희끗희끗한 초로의 남자와 한 남자 고등학생이 보였다. 무어라고 말하던 남자가 손에 든 마대 자루를 내려놓고 화단으로 들어가서 잡초를 뽑기 시작했다. 그러나 남학생은 심기가 불편한 듯 우두커니 서 있었다. 그러자 뙤약볕 아래 잡초를 솎아내던 남자가 돌아보며 채근했다.

"계속 그렇게 서 있을 거냐?"

남자가 거듭 재촉했다. 하지만 불만이 가득한 표정의 남학생은 움직이지 않았다. 그 모습을 바라보던 남자가 혀를 차며 허리를 숙였다. 남학생을 어디선가 본 듯했지만, 생각이 나질 않았다. 바람 한 점 없는 정원은 뜨거운 열기가 넘실거렸다. 느릅나무 가지에 매달린 참매미가 귀청이 떨어질 듯 울었다. 정오의 햇살이 무자비하게 쏟아져 내렸지만, 얼굴이 새카맣게 탄 남학생은 시위하듯 꼼짝하지 않았다. 그때 문득 소윤을 바라본 나는 깜짝 놀랐다. 안색이 종잇장처럼 창백했기 때문이었다. 소윤은 펜을 잡은 손을 파르르 떨면서 안타까운 시선으로 남학생을 쳐다보고 있었다. 지난 다섯 달 동안 소윤의 그런 표정을 본 건 처음이었다. 입술을 꽉 깨문 소윤이 정원을 향해 천천히 고개를 저었다. 그제야 석상처럼 서 있던 남학생이 천천히 고개를 끄덕이며 화단으로 들어갔다. 남학생이 허리를 숙여 풀을 뽑기 시작하자 소윤의 동공에서 일렁거리던 초조와 불안이 빠르게 가라앉았다. 여름날 오후의 햇살은 점점 뜨거워졌다. 그러나 높은 천장에 실링 팬이 돌아가는 방의 공기는 쾌적했다. 저 멀리 주방에서 접시가 달가닥거리는 소리를 듣는 순간 소윤과 눈짓을 주고받은 남학생이 누군지 기억났다.

그는 같은 중학교를 졸업한 강태호였다. 북항 출신의 그는 고등학교에 입학할 무렵 시내로 이사를 나갔다. 그 후 서로 다른 학교에 진학하면서 만나진 못했지만, 이런저런 경로를 통해서 소식을 듣고는 있었다. 중학 시절 강태호는 독종으로 소문이 자자했다. 가슴 근육이 발달한 그는 자신보다 덩치가 큰 친구들과 선배들까지 곧잘 때려눕혔다. 특히 한번 화가 나면 물불을 가리지 않았다. 상대가 눈물을 흘리며 빌어도 팔 하나 정도 부러뜨려야 직성이 풀리는 성격이었다. 몇 년 만에 본 강태호는 몰라보게 달라져 있었다. 그때보다 키가 훌쩍 큰 그는 날렵하고 탄탄한 체격이었다. 작년 겨울 무단결석한 자신을 꾸짖는 담임을 폭행하여 퇴학당한 강태호는 신흥 조직폭력단에 들어가서 활동하고 있었다. 그러다 올해 초 조직폭력배들이 집단 싸움에 연루되어 소년원을 다녀왔다는 소문이 나돌았다.

화단에서 잡초를 뽑고 있는 초로의 남자는 그의 아버지였다. 그는 백 사장 아버지가 운영하던 한의원에서 약재를 관리했었다. 하지만 실제론 글을 읽고 쓸 줄 모르는 문맹이었기에 온갖 허드렛일을 맡았다. 한때 진료를 받기 위해선 며칠을 기다려야 할 정도로 문전성시를 이루던 한의원은 백 사장 부친이 돌아가시면서 문을 닫았다. 이때 한의원에서 일하던 사람들이 뿔뿔이 흩어졌는데 백 사장이 사정이 딱한 그를 불러들여 저택 관리를 맡긴 것이었다.

강태호가 잡초를 솎아내는 모습을 지켜보던 나는 다시 방정식 문제에 집중했다. 그날 문제를 만든 건 최한주였다. 수학 성적이 뛰어난 그는 이미 교과서를 뗀 지 오래였다. 그가 만든 문제는 적어도 내가 보기에 교사들도 풀기 어려울 정도였다. 어쨌든 머리에 쥐가 날 정도로 방정식을 풀고 있는데 소윤이 펜을 내려놓고 방을 나갔다. 화장실에 간 줄 알았던 그녀는 10분이 지나도록 돌아오지 않았다. 정원을 내다보니 강태호가 보이지 않았다. 뭔가 이상한 느낌이 들었다. 한낮의 저택은 고요했다. 나는 화장실에 가는 척하며 방을 나갔다. 소윤은 1층 화장실에 없었다. 집 안 이곳저곳을 기웃거리는데 어디선가 소곤거리는 말소리가 들려왔다. 창문을 열고 내다보자 정원 반대편 창고 앞에서 강태호와 백소윤이 대화를 나누고 있었다.

"언제 나올 거야?"

"아버지 외출하면 나갈게."

"오래 기다리게 하지 마."

"알았어."

두 사람이 움직이는 기척에 나는 얼른 화장실로 들어갔다. 손을 씻는데 심장이 벌렁거렸다. 현관문이 열리는 소리가 났고 소윤의 발소리가 들려왔다. 나는 찬물로 얼굴을 북북 씻었다. 눈앞에서 아른거리던 소중한 무언가가 형체도 없이 사라지는 느낌이 들었다. 마른 수건으로 얼굴을 닦은 다음 방으로 돌아갔다. 소윤이 아무 일 없다는 듯 수학 문제를 풀고 있었다. 소윤을 슬쩍 훔쳐보는 권일상을 보자 헛웃음이 나왔다. 우린 모두 헛물을 켜고 있었던 것이었다. 정원을 내다보니 강태호와 그의 아버지가 솎아낸 잡초를 마대 자루에 쓸어 담고 있었다.

그날 스터디는 일찍 끝났다. 내심 저녁을 기대했던 친구들의 얼굴에 실망감이 가득했다. 어쩔 수 없이 가방을 챙겨 들고 현관을 나서는데 누군가 최한주를 불렀다. 강태호였다. 두 사람은 같은 고등학교였다. 강태호의 집이 북항을 떠나 강주 시내로 이사한 뒤에도 자주 만난 모양이었다. 나무 그늘 밑에서 얘기를 나누는 두 사람을 잠시 지켜보던 나는 친구들과 함께 저택을 빠져나갔다.

마침내 우리의 운명이 결정되는 날이 밝아왔다. 그해 12월 19일 새벽, 눈을 뜬 나는 찬물로 몸을 씻었다. 이빨이 덜덜 떨릴 정도로 추웠지만, 머리는 명경처럼 맑았다. 새벽밥을 준비한 어머니의 눈시울이 촉촉하게 젖어 있었다. 골목까지 따라 나온 아버지가 등을 툭툭 두들겨주었다. 그해는 대학 예비고사 시행 원년이었다. 이를테면 대학을 가기 위해선 두 번의 시험을 봐야 했다. 그 첫 번째가 예비고사였다. 이 예비고사에 합격해야만 자신이 원하는 대학의 본고사를 치를 수 있었다. 각자 배정된 학교에서 시험을 친 우리는 그날 저녁 저택에 모였다. 백 사장이 그동안 시험 준비로 고생한 우릴 위로하기 위해 만든 자리였다. 모처럼 우린 홀가분한 심정으로 웃고 떠들며 저녁을 먹었다. 하지만 마음속에는 예비고사 결과가 똬리를 틀고 있었다. 그날 우리는 10개월 동안 지속한 스터디를 해체했다.

예비고사 합격 소식을 기다리는 일주일은 숨이 턱턱 막힐 정도로 초조했다. 그런데 뜻밖에도 합격자 발표가 미뤄졌다는 소식이 들려왔다. 모든 수험생의 한숨 소리가 여기저기서 들려왔다. 미뤄졌던 합격자 명단 발표는 이틀 뒤 30일 오후에 발표되었다. 합격자 명단 벽보가 붙은 운동장에선 희비가 엇갈렸다. 합격자는 환호성을 내질렀고 시험에 떨어진 학생들은 절망했다. 나는 후자에 속했다. 11만 2,436명이 응시한 예비고사에서 6만 1,215명의 합격자가 발표되었는데 거기에 내 이름은 없었다. 스터디 멤버 중에서 탈락자는 나를 포함하여 세 명이었다. 이듬해 치른 본고사에서 네 명이 합격했다. 백소윤은 부산대, 권일상과 최은미란 여학생은 각기 대구와 서울의 국립대로 갔다. 최한주 역시 무난하게 본고사에 합격했다. 그런데 그가 선택한 학교가 예상 밖이었다. 내가 목표한 해양대학교 항해학과를 지망한 것이다. 백 사장은 약속대로 세 사람의 등록금 일체를 장학금으로 내주었다. 이 소식은 지방지 사회면에 크게 실릴 정도로 강주에서 한동안 화제가 되었다.

이듬해 여름, 광복동과 서면, 해운대와 송도에서 강태호와 백소윤을 봤다는 목격담이 심심찮게 들려왔다. 당시 소윤은 동래 금강공원 근처에 있는 먼 친척이 운영하는 하숙집에서 학교를 오가고 있었다. 자동차로 한 시간 정도 걸리는 부산과 강주는 같은 생활권이나 마찬가지였다. 그런 이유로 부산을 드나드는 강주 사람들 눈에 뜨인 모양이었다. 사람들 입에서 은밀하게 떠돌던 소문은 그해 연말 마침내 해동포경 백 사장의 귀에 들어갔다. 소식을 접한 백 사장은 곧바로 사람들을 풀어 사실 여부를 확인하기 시작했다. 그로부터 얼마 지나지 않아 두 사람의 행적이 낱낱이 드러났다. 그날 차를 몰고 부산으로 달려간 백 사장은 소윤을 강제로 차에 태워 강주로 돌아왔다. 그런 다음 강태호의 아버지를 저택으로 불러들였다.
백 사장에게 자초지종을 듣고 난 강태호의 아버지는 기절초풍했다. 사고를 치고 학교를 그만둔 아들이 시내 건달패와 어울린다는 건 어렴풋이 알고 있었다. 그런데 자신이 젊은 시절부터 모셔온 어르신의 손녀와 만나고 있다는 사실은 청천벽력이었다. 그는 어렸을 때부터 백 사장을 도련님이라고 불렀다. 일본으로 유학 간 백 사장이 어린 소윤을 안고 귀국했을 때 부산항으로 마중 나간 사람도 그였다. 백 사장은 성격이 온화했다. 그러나 한번 화를 내면 물불을 가리지 않았다. 더구나 하나밖에 없는 딸에 관해서는 강박증까지 보일 정도였다. 그건 유학 시절 만난 소윤의 어머니와 연관이 있었다. 백 사장은 사실 관계 여부를 알려줄 뿐 어떻게 하라고 말하지 않았다. 하지만 백 사장을 오랫동안 옆에서 지켜본 강태호의 아버지는 그의 견고한 침묵이 얼마나 무서운지 익히 알고 있었다. 그는 백 사장 앞에 무릎을 꿇고 바닥에 머리를 조아렸다. 오갈 데 없는 자신을 거두어 인간 구실을 할 수 있게 해준 선대의 집안에 큰 폐를 끼쳤다며 대성통곡했다.

집으로 돌아온 그는 마당 구석에 있는 대추나무에 굵은 밧줄을 걸었다. 그런 다음 아들을 방으로 불렀다. 그는 구구절절한 말을 늘어놓지 않았다. 간단명료하게 이 시간 이후 소윤을 만나면 목을 매겠다고 선언했다. 그건 어떤 말로도 아들의 독한 성미를 꺾을 수 없다는 걸 알고 있었기 때문이었다. 아버지의 서슬 퍼런 선언에 강태호는 깜짝 놀랐다. 그러나 그것도 잠시였다. 아버지가 백 사장 앞에 머리를 조아렸다는 사실에 분노가 치밀었다. 강태호는 어렸을 때부터 아버지의 태도를 못마땅하게 생각했다. 돈이 많은 사람, 많이 배운 사람, 사회적으로 높은 지위에 있는 사람 앞에서 죽은 듯 엎드리는 아버지가 싫었다. 봉건 시대에서나 볼 수 있는 주종 관계에 얽매인 아버지가 부끄러웠고 혐오스러웠다. 한편으론 그런 아버지를 외면할 수 없는 자신의 처지가 한없이 원망스러웠다. 강태호는 아버지에게 두 번 다시 소윤을 만나지 않겠다고 약속했다. 그런 다음 부엌에 들어가서 식칼을 집어 들고 대추나무에 걸린 밧줄을 흔적도 찾을 수 없도록 난도질했다.

강태호가 야심을 품은 것은 바로 이때였다. 아버지와 자신의 자존심을 무참하게 짓밟은 백 사장보다 더 큰 부자가 되겠다고 결심한 것이다. 정상적인 방법이 아니어도 상관없었다. 돈을 벌 수만 있다면 천 길 불길도 마다하지 않을 거라고 맹세했다. 강태호는 생각했다. 만약 자신의 아버지가 그 집안에서 하인으로 일하지 않았다면, 아버지가 면서기였다면, 아버지가 학식이 높은 사람이었다면, 아버지가 사업가였다면 어떻게 되었을까. 백 사장 앞에 엎드린 아버지가 이마가 찢어지도록 바닥을 찧지 않았을 거란 결론을 내렸다. 강태호는 자신을 엄정하게 판단했다. 고등학교를 퇴학한 스무 살짜리가 사회적으로 성공할 확률은 낙타가 바늘구멍을 통과하기보다 힘들었다. 남들과 똑같은 삶을 살 수 없었다. 그 길의 끝에 다다른 사람들의 말로는 지금껏 지긋지긋할 정도로 많이 봤다. 그렇다면 아무것도 없는 자신이 성공할 수 있는 길은 한 가지밖에 없었다. 그건 비정상적인 삶이었다. 남들이 가지 않는 길을 가야만 자신이 원하는 모든 걸 얻을 수 있었다. 강태호는 아버지와의 약속을 지키지 않았다. 오히려 아버지가 당한 치욕을 갚아주겠다고 생각했다. 또 그런 모멸감을 안겨준 백 사장에게 복수하기 위해서라도 소윤을 포기하지 않겠다고 결심했다.

　이듬해 새 학기가 시작되었다. 그러나 소윤은 저택에서 한 걸음도 벗어날 수 없었다. 백 사장이 학교에 휴학계를 내고 집 밖 출입을 금지했기 때문이었다. 하지만 두 사람은 백 사장의 눈을 피해 만남을 이어갔다. 그것도 밖이 아닌 집 안에서 만났다. 강태호가 저택에 갇힌 소윤을 만날 수 있었던 건 저택 살림을 맡은 교동댁이 도와주었기 때문이었다. 소윤이 눈물을 흘리며 간곡하게 매달리자 마음 약한 교동댁이 위험을 무릅쓰고 두 사람이 만날 수 있게 도와준 것이었다. 백 사장이 저택을 비운 날이면 소윤은 자기 방 창문에 하얀 수건을 걸었다. 이를 확인한 강태호는 우거진 삼나무를 헤치고 언덕을 올라갔다. 저택 뒷문을 넘어 집 안으로 들어간 그는 소윤의 방에서 시간을 보내다 돌아갔다. 교동댁은 백 사장이 예고 없이 일찍 귀가하거나 외출에서 돌아올 즈음이면 미리 알려서 강태호가 들키지 않고 저택을 빠져나갈 수 있게 해주었다. 그런데 교동댁의 도움을 받아 은밀한 만남을 지속하던 두 사람에게 예기치 못한 일이 일어났다.

　강태호가 폭력 사건에 휘말려 경찰에 체포된 것이다. 강주를 양분한 폭력배들 간의 싸움은 그날 저녁 전국 뉴스 메인을 장식할 만큼 큰 사건이었다. 시내 번화가 한복판에서 양측 조직원들이 칼과 손도끼를 휘두른 싸움의 결과는 참혹했다. 사망자 한 명에 중상자가 셋이나 나왔고 경상자는 수십 명이었다. 이 사건의 핵심 인물로 지목된 강태호는 징역 4년을 선고받았다. 이 소식은 소윤에게 있어 하늘이 무너지는 것과 마찬가지였다. 그때부터 소윤은 인고의 시간을 보내야 했다. 매일 눈물로 밤을 보낸 그녀는 교동댁을 붙잡고 하소연을 쏟아냈다. 집 밖을 나갈 수 없었기에 면회도 갈 수 없는 그녀에게 4년이란 시간은 가혹하리만치 길었다. 시간은 묵직한 돌덩어리를 매단 듯 느리게 흘러갔다. 첫해는 억장이 무너져 미칠 것 같았는데 이듬해는 적응이 된 탓인지 조금 나아졌다. 아버지 눈을 피해 강태호가 수감된 교도소에 면회를 다녀오기 시작한 것도 이즈음이었다. 소윤은 그렇게 홀로 남은 시간에 점차 적응해 나아갔다. 그리고 마침내 간절하게 기다리던 날이 다가왔다. 형기를 채운 강태호가 출소한 것이다.

강태호의 4년 수감 생활은 많은 변화를 불러왔다. 감옥에 가기 전만 해도 혈기왕성한 신출내기 건달이었는데 4년이란 시간이 강태호의 위상을 바꾸어놓은 것이다. 감옥을 나온 강태호는 물 만난 고기처럼 강주의 폭력 세계를 휘젓고 다녔다. 한편으론 소윤과의 만남도 이어갔다. 두 사람의 관계는 1년쯤 지났을 때 다시 위기가 찾아왔다. 유흥가 이권 사업에 휘말린 강태호가 다시 감옥에 수감된 것이다.

그즈음 이런 사실을 알지 못한 백 사장은 매파들을 만나고 있었다. 백 사장이 원하는 신랑감의 우선 조건은 데릴사위였다. 전국에서 이름난 매파들은 얼마 지나지 않아서 백 사장이 원하는 조건에 부합하는 맞선 상대를 하나둘 데려왔다. 소윤은 당연히 펄쩍 뛰었다. 결혼할 생각이 없다고 완강하게 거부했지만, 아버지의 압박을 이길 순 없었다. 어쩔 수 없이 맞선 자리에 나간 소윤은 이런저런 핑계를 대면서 남자들을 돌려보냈다. 전국의 이름난 집안에서 일류대학을 나온 청년들이 강주를 찾아왔다가 줄줄이 퇴짜를 맞고 돌아갔다. 그러나 백 사장의 집념은 놀라웠다. 소윤이 아무리 거절하고 물리쳐도 끝없이 신랑감을 데려왔다. 소윤 역시 어쩔 수 없이 맞선 자리에 계속 나갔다. 당시는 사회적으로 가부장적인 권위가 득세하던 시절이었다. 따라서 아버지의 엄명을 거역할 수 있는 자식은 거의 없었다. 그런 어느 날, 맞선 장소에 나타난 한 청년이 소윤의 거절에도 불구하고 적극적으로 구애했다. 저택까지 찾아온 청년의 집은 구미였다. 당시 우리나라 최고 권력자와 가까운 집안의 차남이었다. 미국 유학까지 다녀온 청년은 이목구비가 반듯한 엘리트였다. 말하자면 소윤이 혼담을 거절할 명분이 거의 없는 혼처였다. 청년을 만난 백 사장 역시 어느 때와 달리 강하게 소윤을 압박했다.

백 사장과 소윤은 각기 나름의 사정이 있었다. 그즈음 백 사장은 누군가의 귀띔으로 소윤이 강태호와 만난다는 말을 전해 들은 것이다. 백 사장이 중매를 통해 소윤의 결혼을 강하게 밀어붙인 건 바로 그 때문이었다. 이 상태로 내버려 두었다간 집안의 씻을 수 없는 수치가 될 것이라고 여긴 것이다. 소윤에게는 아무에게도 말할 수 없는 비밀이 있었다. 그녀는 이미 배 속에 강태호의 아이를 가진 상태였다. 하지만 그 사실을 아버지에게 말할 수 없었다. 강태호는 흠결이 너무 많은 사람이었다. 따라서 하늘이 두 쪽 나도 아버지가 강태호를 받아들일 수 없는 건 명약관화했다. 설령 임신 사실을 안다고 해도 달라질 건 없었다. 수단과 방법을 가리지 않고 강제로 낙태시킬 게 불을 보듯 뻔했다. 소윤에게 있어 그건 절대 있을 수 없는 일이었다. 소윤은 어떤 희생을 치르더라도 배 속 아이를 지킬 작정이었다. 하지만 아무리 머리를 쥐어짜도 해결책이 없었다. 거기다 맞선 본 청년까지 이틀이 멀다고 저택을 찾아오고 있어 머리가 터질 지경이었다. 이런 사정을 알지 못한 백 사장은 혼담을 일사천리로 밀어붙였다. 청년의 부모를 만나서 결혼 날짜를 정해버린 것이다. 속전속결이었다. 이젠 빠져나갈 구멍이 없었다. 진퇴양난에 빠진 소윤이 전전긍긍하고 있을 무렵 최한주가 백 사장을 찾아왔다.

백 사장에게 장학금을 받아 해양대를 졸업한 한주는 당시 승선 근무 예비역을 이행하기 위해 상선商船을 타고 있었다. 때마침 휴가를 받아 집에 왔다가 백 사장에게 인사하려고 저택을 찾아온 것이었다. 백 사장은 한주를 좋아했다. 북항의 나이 든 사람들도 깨끗한 외모에 온화한 성품을 가진 한주를 좋아했다. 어쩌면 백 사장이 생각하는 이상에 가장 부합한 청년이 최한주였다. 장학금을 받은 학생 중 꾸준하게 백 사장을 찾아와서 인사하는 사람은 최한주가 유일한 것도 이유 중의 하나였다. 그래서인지 백 사장은 한주를 자신의 친아들처럼 아꼈다. 첫날 백 사장에게 인사하고 돌아간 한주는 이틀 뒤 다시 백 사장을 찾아왔다. 그리고 놀라운 사실을 고백했다. 무릎을 꿇은 한주가 소윤과 결혼하고 싶다고 간청한 것이다. 전혀 예상치 못한 상황에 백 사장은 당혹감을 감추지 못했다. 그동안 소윤이 강태호를 만난다고 알고 있었기 때문이었다. 한주는 더 놀라운 사실을 털어놓았다. 소윤이 자신의 아이를 가진 상태라고 말한 것이다. 놀란 백 사장은 소윤을 불러 진위를 확인했다. 소윤이 사실을 인정하자 백 사장은 곧바로 구미로 전화를 걸어 혼담을 취소했다.

결혼 예물에 날짜까지 받아놓은 상태여서 청년의 집안이 발칵 뒤집혔다. 백 사장은 다음 날 직접 구미로 올라가서 청년의 부모들을 만났다. 그 자리에서 백 사장은 그간 들어간 비용을 전부 내준 다음 혼담을 깨끗하게 정리했다. 이처럼 백 사장이 단칼에 모든 상황을 정리한 건 아이 아버지가 최한주였기 때문이었다. 그만큼 한주를 향한 백 사장의 믿음과 신뢰는 두터웠다. 최한주와 백소윤의 결혼식은 그로부터 한 달 뒤 성대하게 치러졌다. 그리고 거처를 저택으로 옮긴 뒤에 다시 승선 근무 예비역을 마치기 위해 상선으로 돌아갔다. 이듬해 소윤은 건강한 아들을 출산했고 승선 근무 예비역을 마치고 북항으로 돌아온 한주는 백 사장이 경영하는 해동포경에 정식으로 입사했다.

2년 뒤 교도소에서 출감한 강태호는 본격적으로 자신의 이름을 걸고 신흥 조직을 결성했다. 이미 그의 주변에는 주먹을 잘 쓰고 배포가 큰 청년들이 즐비했다. 그때부터 그는 기존의 폭력 조직들을 상대로 치열한 이권 싸움에 나섰다. 그리고 승승장구하며 점차 자신의 세력을 확고하게 구축해갔다. 세상은 참으로 아이러니했다. 강태호가 어둠의 세계에서 점차 입지를 굳혀갈수록 소윤과는 점점 멀어졌다. 그는 가끔 깊은 밤 아무도 모르게 북항을 찾아갔다. 항구에서 언덕을 올려다보면 저택을 밝힌 불빛이 환하게 빛났다. 그 불빛은 세상 어떤 불빛보다 밝았다. 그 불빛 아래 자신이 사랑하는 여자와 아들이 살고 있었다. 그러나 지금 자신의 처지로선 그들 앞에 나설 수 없었다. 아니 다가갈 수 없었다. 강태호는 그 불빛을 바라보며 조만간 모든 걸 제자리로 돌려놓을 것이라고 확신했다. 아무리 자신을 벌레 보듯 하는 백 사장이라도 그 아이가 자신의 아이라는 걸 알고 나면 어쩔 수 없을 것이었다. 그러나 강태호의 이런 계획은 자꾸만 어긋났다. 온갖 범죄와 이권에 연루되어 감옥을 들락거리는 시간이 늘어났기 때문이었다.

한편 대학 입시에 실패한 나는 곧바로 군에 지원했다. 그리고 제대한 다음에는 여느 북항 청년들처럼 포경선을 타기 시작했다. 그리고 수년이 지난 뒤에 간신히 해기사 자격증을 땄다. 그때부터 이 배에서 저 배로 옮겨 타는 동안 내 삶은 바다에서 한 치를 벗어날 수 없었다. 배에서 내려 부둣가 선술집에서 쓴 소주를 마시고 잘 익은 돼지고기 한 점을 씹는 것이 유일한 즐거움이었다. 그런 내 삶에 변화가 일어난 것은 한주가 해동포경에 입사하고 난 뒤였다. 한주의 요청으로 해동포경에 들어가서 1만 톤급 포경선 기관장을 맡고부터 안정을 찾을 수 있었다. 정신없이 바쁜 나날을 보내던 중 갑자기 백 사장이 동진호 한 척을 남기고 모든 선박과 부동산을 처분하여 건설업에 뛰어들면서 암운이 드리워졌다. 그 뒤에 일어난 일들은 고군분투의 연속이었다. 나는 한주가 무너진 가세를 일으켜 세울 수 있게 최선을 다했지만 역부족이었다. 60~70년대 호황기를 끝낸 포경 산업이 고래 개체 수의 급격한 감소로 점차 내리막길을 걷고 있었기 때문이었다. 거기다 북항의 숨통을 끊는 포경 금지가 거대한 해일처럼 몰려오고 있었다.

최한주가 술에 의존하기 시작한 건 그 무렵이었다. 그는 원래 술을 즐기는 사람이 아니었다. 선원들과 어울릴 때도 소주 몇 잔이면 그만이었다. 그런 그가 매일 알코올 중독자처럼 술을 마셔댔다. 그런 어느 날 한주는 바다가 보이는 선술집에 홀로 앉아 있었다. 맞은편에 앉아 그를 가만히 바라보니 열여덟 살 청동빛 실링 팬이 돌아가던 저택의 넓은 방에서 방정식을 풀던 앳된 모습은 흔적도 없었다. 대신 삶에 찌든 남자가 술에 취해 있었다. 그가 술잔을 탁자에 내려놓으며 혼잣말처럼 중얼거렸다.

"돌아가고 싶다."

한주의 목소리는 어미 잃은 새끼 고래의 울음소리 같았다. 문득 그 뜨거운 여름날이 떠올랐다. 운동화 밑창이 녹아내린 아스팔트에 쩍쩍 달라붙는 소리가 들려왔다. 중학교 3학년 여름방학이 한창이던 어느 날, 나는 친구들과 함께 북쪽 해안에서 물놀이를 하고 있었다. 그곳은 완만하게 이어지던 해안선이 융기되는 시작점이어서 날카로운 바위가 많았다. 그래서 담력이 작은 친구들은 얼씬거리지도 못하는 장소였다. 발가벗은 우리는 가위바위보를 했다. 최한주가 뽑혔다. 그는 3미터 높이의 바위 끝으로 주춤주춤 나아갔다. 가장자리에 선 한주가 정지된 동작으로 하늘을 올려다보았다. 그때 최한주의 운명이 정해졌다. 무한하게 펼쳐진 삶의 길이 하나로 집약되는 순간이었다. 빡빡 깎은 머리, 새카맣게 탄 얼굴, 이마에 송골송골 맺힌 땀방울, 새파란 수평선을 오락가락하는 고깃배 한 척, 거무죽죽한 바위를 때리는 파도, 공중으로 흩날리는 포말과 한 시간 동안 꿈쩍하지 않는 하얀 뭉게구름이 선명하게 떠올랐다. 한주는 왜 바다를 보지 않고 하늘을 올려다본 걸까. 그는 자신의 운명이 돌이킬 수 없는 결말을 향해 치닫고 있다는 사실을 알았을까. 출렁거리는 수면에 부딪힌 햇살이 눈을 찌르는 순간 한주의 오른발이 살짝 미끄러졌다. 중심을 잃은 한주는 자세 그대로 수직으로 추락했다. 놀란 우리가 바위 아래를 내려다보자 붉은 피가 물감을 풀어놓은 듯 번지고 있었다.

친구들이 황급히 바다로 뛰어드는 순간 나는 바지를 입고 항구를 향해 달렸다. 정수리에서 흘러내린 땀방울이 사방으로 흩날렸다. 운동화 밑창에 아스팔트가 쩍쩍 달라붙었다. 시야가 흐릿했다. 누군가 발목을 잡아채는 느낌이었다. 물속에 숨은 칼날 같은 바위에 음낭이 찢겨나간 한주는 서너 차례 수술을 받았지만, 결국 성불구가 되었다. 이런 사실이 사람들에게 알려지지 않은 건 한주 어머니 덕분이었다. 아들이 상처 입을 걸 두려워한 그녀가 주변 사람들에게 완전히 나았다고 거짓말을 한 것이다.

강태호가 말도 안 되는 황당한 계획을 꾸민 건 한주의 이런 비밀을 알고 있었기 때문이었다. 그날 교도소로 강태호를 면회 간 한주가 그 제안을 받아들인 것은 이 연극이 금방 끝날 거라고 여겼기 때문이었다. 그러나 세상 모든 일이 그렇듯 두 사람의 생각대로 흘러가지 않았다. 강태호가 강주 유흥가를 장악하기 위해 매일 피비린내 나는 싸움을 벌이느라 백 사장 앞에 나설 기회가 점점 멀어졌고 건설업에 뛰어들었다가 실패한 백 사장이 세상을 등져버린 것이다.

한주는 출발점으로 돌아가고 싶었다. 그러나 너무 멀리 와서일까. 돌아갈 방법이 없었다. 잠시 눈을 감았다가 떴는데 돌아갈 수 있는 지점을 한참이나 지나쳐버린 것이다. 한주에겐 삶의 목표가 없었다. 아무리 발버둥 치며 나아가도 늘 제자리였다. 돌아갈 곳도 없었고 나아갈 곳도 없었다. 이따금 한주를 보면 그날 강태호의 제안을 선뜻 받아들인 배경에 소윤을 좋아하는 마음이 있었다는 생각이 들곤 했다. 성적인 불구가 인간의 마음에 어떤 영향을 끼치는 지는 알 수 없었다. 하지만 그 젊은 날에 누군가를 좋아하는 마음을 막을 수 있는 건 아무것도 없었다. 벚꽃이 흩날리는 그 아름다운 봄날에 화려한 서양식 저택에서 소윤을 본 남자라면 누구나 그런 마음을 품을 수밖에 없었다. 그래서 덧없다는 걸 알면서도 잠시 꿈을 꾼 것이다. 따라서 어떤 말로도 한주를 위로할 수 없었다. 그저 잠시 가혹한 운명을 망각할 수 있는 술잔을 채워주는 것이 전부였다.

4

그날 이후 나는 어떤 일에도 놀라지 않았다. 다리가 끊어지고 건물이 주저앉고 비행기가 건물에 충돌해도 동요하지 않았다. 지금껏 수많은 일을 경험했지만, 그 어떤 일도 그날처럼 내게 충격을 주진 못했다. 나는 말을 할 수도 몸을 움직일 수도 없었다. 그저 온몸을 쥐어짜는 듯한 통증이 사라질 때까지 기다려야 했다. 그렇게 몇 분이 지나자 거대한 프레스에 짓눌린 듯한 충격이 서서히 가라앉았다. 하지만 나는 선뜻 입을 열지 못하고 기관장의 창백한 안색을 바라보고만 있었다. 그와 나는 종種이 달랐다. 내가 초식 동물이라면 그는 맹수였다. 그런 내가 어떻게 그의 아들일 수 있단 말인가. 더구나 그는 자신의 욕망을 충족하기 위해 살인을 범한 사람이었다. 그런 사람은 절대 내 아버지가 아니었다. 내 아버지는 이 바다에 잠들어 있었다. 나는 그 아버지에게 모든 걸 배웠다. 지금 내가 세상을 바라보는 시선은 모두 아버지에게 기인한 것이었다. 어째서 세상은 내 의지와 상관없이 제멋대로 흘러가는 걸까. 나는 기관장을 쳐다보며 고통스러운 질문을 던졌다.

"그 사람이 내 아버지란 거예요?"

"그렇다."

"믿을 수 없어요."

"그렇겠지. 하지만 그건 분명한 사실이다."

기관장이 숨을 몰아쉬며 대답했다.

"그렇다면 어머니는 그런 사실을 내게 숨긴 거지요?"

"아마도 때를 기다렸을 것이다."

어머니의 당당한 눈빛이 떠올랐다. 도저히 이해할 수 없는 태도와 처신이 머릿속을 스쳐 지나갔다. 물병을 들어 한 모금 마신 기관장이 쉰 목소리로 말을 이어갔다.

"내 말을 선뜻 받아들이기 힘들다는 건 나도 안다. 하지만 이 일은 부정할 수 없는 사실이다. 지금은 혼란스럽겠지만 곧 이 부당한 현실을 받아들여야 할 것이다. 세상은 네가 생각하는 것처럼 단순하지 않다. 때때로 우리가 믿었던 진실은 거짓이 되고 우리가 경멸했던 거짓이 진실이 되는 일들이 끝없이 반복되는 것이 우리가 사는 세상이다."

기관장이 천천히 일어나서 조타실 밖으로 나갔다. 나는 그의 뒤를 따라 갑판으로 내려갔다. 기관장은 뭔가를 찾듯이 바다를 바라보며 갑판을 돌았다. 그리고 다시 뱃머리에 올라선 기관장은 밤바다를 내려다보며 혼잣말을 중얼거렸다.

"이곳이 아니란 말인가."

"아저씨, 무얼 찾으시는 거예요?"

기관장은 묵묵부답이었다. 그 모습을 보자 의문이 솟구쳤다. 아버지의 포경선이 침몰한 것은 6년 전이었다. 그 오랜 시간이 지난 뒤에 이곳을 왜 찾아온 걸까. 내가 다시 불렀지만, 기관장은 여전히 침묵했다. 잠시 바다를 내려다보던 그는 다시 조타실로 올라갔다. 멍하게 조타실을 올려다보고 있는데 갑자기 배가 움직이기 시작했다. 선실 문이 벌컥 열리며 세 사람이 갑판으로 뛰어나왔다.

"어떻게 된 거야?"

"나도 모르겠어."

우린 서둘러 조타실로 올라갔다. 다행히 문은 잠겨 있지 않았다. 변태석이 내 옆구리를 쿡 찔렀다. 나는 조심스럽게 다가가서 물었다.

"어디로 가시는 거예요?"

"그것이 있는 곳으로."

"그게 뭐예요?"

기관장은 대답하지 않았다. 우린 불안한 시선으로 방향키를 잡은 기관장의 구부정한 뒷모습을 지켜보았다. 배가 출발하고 반 시간쯤 지났을 때 갑자기 바람이 거칠게 불어왔다. 잔잔하던 바다가 출렁거리자 배가 좌우로 흔들렸다. 그때 기관장의 몸이 휘청거렸다. 종잇장처럼 창백한 얼굴에서 식은땀이 흘러내렸다. 기관장이 나를 쳐다보며 말했다.

"물 좀 다오."

내가 물병을 찾아 건네주자 기관장이 부들부들 떨리는 손으로 힘겹게 물을 마셨다. 그 순간 배가 크게 요동쳤다. 기관장이 그대로 바닥에 주저앉았다. 기관장이 변태석을 지목하며 갈라진 목소리로 말했다.

"방향키를 잡아."

변태석이 황망한 표정으로 우릴 돌아보았다. 배가 다시 요동치자 기관장이 온몸의 힘을 짜내서 소리쳤다.

"빨리 잡아!"

변태석이 놀라 방향키를 잡았다.

"어떻게 하면 됩니까?"

"그냥 잡고만 있어."

나는 기관장을 부축하여 일으켜 세운 다음 뒤쪽 의자에 앉혔다. 온몸이 땀에 흠뻑 젖은 기관장이 벽에 머리를 기대고 눈을 감았다. 달이 구름 사이로 들어가자 사위가 칠흑처럼 어두워졌다. 일직선으로 뻗어 나간 서치라이트 불빛에 용틀임하는 바다가 드러났다. 진군하듯 몰려온 파도가 뱃머리를 강타했다. 산산이 흩어진 포말이 눈송이처럼 날렸다. 오상윤의 낯빛이 하얗게 질렸다. 최호 역시 굳은 표정으로 요동치는 바다를 응시하고 있었다. 방향키를 움켜잡은 변태석의 얼굴은 사색이 되어 있었다. 거대한 배가 미끄럼틀을 타듯 흔들렸다. 구름에 가려져 있던 달이 나타났다. 들끓는 은빛 바다를 돌아본 상윤이 비명을 질렀다. 거대한 물기둥이 배의 우측을 향해 몰려오고 있었다. 나는 숨을 멈추었다.

그때 기관장이 번쩍 눈을 떴다. 그는 벌떡 일어나서 변태석을 밀어내고 방향키를 잡았다. 물기둥이 배의 우측을 강타했다. 배가 휘청했다. 기관장은 꿋꿋이 버텼다. 조금 전까지 몸을 가누지 못하던 사람이란 사실이 믿어지지 않았다. 두 번째 물기둥이 몰려왔다. 우린 충격에 대비하여 고정된 물건을 잡았다. 둔중한 충격이 몸을 울렸다. 그러나 배는 주저 없이 요동치는 바다를 일직선으로 나아갔다. 기관장은 물결이 다가오면 속도를 늦추었고 물결이 멀어지면 속도를 올렸다. 마치 거대한 물결과 씨름하듯 밀고 당기기를 반복했다. 기관장의 신기에 가까운 실력을 본 변태석은 입을 다물지 못했다. 공포에 질려 있던 우리는 빠르게 평정심을 되찾았다. 하지만 나는 한편으로 여전히 불안했다. 그건 기관장의 몸 상태 때문이었다. 남은 기력을 전부 끌어모은 기관장은 초인적인 정신력으로 배를 운항하고 있었다. 그러나 한계점에 도달한 순간 무너질 것이다. 그런 나의 우려와 달리 반 시간쯤 지나자 물결이 서서히 가라앉았다. 그제야 나는 긴 한숨을 내쉬었다. 10여 분 뒤에 기관장이 변태석에게 방향키를 맡기고 물러났다. 의자에 털썩 주저앉은 기관장의 머리에서 땀방울이 주르륵 흘러내렸다. 나는 그에게 물병을 건네준 다음 조타실 문을 열고 갑판으로 내려갔다. 잔잔한 물결이 일렁거리는 바다를 보자 조금 전 세상을 집어삼킬 듯한 물결이 몰려왔다는 사실이 믿어지지 않았다. 나는 고요하게 일렁거리는 밤바다를 가만히 바라보았다. 이따금 삶의 고비에서 피로함을 느낄 때 눈을 감으면 그날의 바다가 떠올랐다. 그 깊은 고요를 어디에서도 본 적이 없었다. 빛과 어둠이 뒤섞인 물결의 흔들림을 어떻게 표현

할 수 있을까. 그 어떤 단어로도 설명할 수 없었다. 굳이 말한다면 몸과 정신이 올올이 풀어져 산산이 흩어지는 느낌이었다. 그렇게 오랫동안 바다를 바라보고 있는데 갑자기 배가 멈춰 섰다. 조타실에서 내려온 기관장이 나를 향해 걸어왔다. 숨소리가 거칠었고 금방이라도 주저앉을 듯 다리가 휘청거렸다. 간신히 내가 있는 곳으로 걸어온 기관장이 뱃머리에 힘겹게 걸터앉았다.

"네가 두 살이 되던 날 한주가 날 찾아왔다. 그는 정신이 나간 눈빛으로 날 쳐다보며 한숨을 내쉬었다. 그의 얼굴에는 기쁨과 슬픔, 행복과 불행 등 상반되는 감정이 야누스처럼 복잡하게 뒤섞여 있었다. 그는 첫 술잔을 단숨에 들이킨 후 이젠 그만 연극을 그만두고 싶다고 말했다. 백 사장을 볼 때마다 죄책감이 들어 견딜 수 없다는 것이었다. 평소 한주의 성격으로 봐선 충분히 가능한 일이었다. 그리고 강태호가 약속을 차일피일 미룬 것도 또 하나의 이유였다. 강태호는 애초 소윤이 아기를 낳으면 백 사장을 만나서 모든 걸 털어놓겠다고 약속했다. 그런데 2년이 지나도록 아무 소식이 없었던 것이었다."

기관장이 배를 만지며 인상을 찡그렸다. 통증이 계속되는 모양이었다. 잠시 후 길게 숨을 몰아쉰 뒤에 말을 이었다.

"그날 백 사장에게 전모를 알리겠다고 말했지만, 한주는 그렇게 하지 못했다. 소윤이 울면서 매달렸기 때문이었다. 네가 걸음마를 시작할 무렵 한주의 마음이 달라지기 시작했다. 하루가 다르게 성장하는 널 지켜보면서 삶의 기쁨을 얻은 것이었다. 한주는 네가 두 발로 서는 날 세상 전부를 얻은 듯 기뻐했고 네가 처음 아빠라는 말을 했을 때 남몰래 눈물을 흘렸다. 다른 사람들에겐 별것 아닌 말이었지만 한주에게 그 말은 세상 무엇과도 바꿀 수 없는 말이었다. 그때부터 한주에게 너는 특별한 존재였다. 세상을 살아가는 동인이며 동시에 자신의 상처를 헤집는 근원이었다. 그러나 한주를 옆에서 지켜본 내가 봤을 때 고통보다는 기쁨이 수십 배 컸다. 비록 피 한 방울 섞이지 않았지만 넌 한주에게 가장 소중하고 사랑스러운 존재였다. 따라서 넌 한주의 그 마음을 영원히 잊지 말아야 한다. 내가 너에게 해줄 말은 이게 전부다. 좀 더 일찍 만났다면 더 많은 얘기를 나누었을 텐데 아쉽구나. 하지만 이렇게라도 만나서 얘길 나누었으니 다행이라고 생각한다. 이젠 나 때문에 억울하게 죽어간 동료들에게 용서를 빌고 인간을 위해 죽어간 고래를 위해 진혼을 치르는 일만 남았구나."

"그게 무슨 말이에요?"

기관장은 대답 대신 천천히 몸을 일으켰다. 힘겹게 뱃머리로 올라선 그는 난간을 잡고 달빛을 품은 바다를 가만히 내려다보았다. 그때 어디선가 좁은 금속관을 빠져나가는 소리가 들려왔다. 고래의 울음소리였다. 나는 뱃머리로 뛰어 올라가서 수평선을 돌아보았다. 고래는 보이지 않았다. 바닷속 공명共鳴이 점차 배에 접근하고 있었다. 한순간 바다가 갈라지면서 회백색 물체가 솟구쳐 올랐다. 거대한 고래가 우뚝 솟은 채 형형한 눈빛으로 이편을 바라보고 있었다. 머리카락이 삐죽 섰다. 고래의 몸이 천천히 내려왔다. 내 기억 속의 고래는 끈적끈적한 기름과 파리 떼가 집요하게 달라붙는 고깃덩어리였다. 그러나 지금 내 앞에 있는 고래는 사체가 아니었다. 온전하게 존재하는 하나의 생명이었다. 검은 몸에 흰빛이 점점이 박힌 고래의 등에서 은빛 물줄기가 분출되었다. 분기였다. 고래가 다시 부상하자 바닷물이 폭포수처럼 흘러내렸다. 고래가 천천히 입을 벌리자 깊고 검은 공동에서 차가운 공기가 흘러나왔다. 그 서늘한 기운이 몸에 닿는 순간 살과 뼈가 녹아내렸다. 모든 형상이 사라지고 순수한 결정結晶만이 남았다. 고래는 생명의 근원이었다. 탄생과 죽음으로 이어지는 순환의 고리였고 영혼의 전령사였다. 기관장이 나를 돌아보았다. 죽음의 그림자가 넘실거리던 얼굴이 갓난아이처럼 맑았다.

"구조 신호를 보냈으니 기다리면 집으로 돌아갈 수 있을 거다."

기관장은 그렇게 말한 뒤에 곧바로 바다로 뛰어들었다. 고래를 향해 나아가는 기관장의 몸짓은 부드럽고 힘이 넘쳤다. 새로운 생명의 탄생을 위해 거친 물살을 거슬러 올라가는 연어의 몸짓이었다. 검푸른 바다에 한 줄기 하얀 선이 만들어졌다. 그 선은 점차 고래를 향해 나아갔다. 기관장이 고래의 정면에 도착했다. 잠시 고개를 든 기관장은 한 치의 망설임 없이 검은 공동으로 들어갔다. 기관장을 삼킨 심연의 문이 닫혔다. 고래가 천천히 물속으로 가라앉았다. 바다는 아무 일 없었다는 듯 잔잔해졌다. 뱃전을 감돌던 기적이 점차 멀어졌다. 희미한 기적이 끊어지는 순간 수평선 위로 고래가 몸을 비틀면서 솟구쳐 올랐다.

우린 살면서 절대 설명할 수 없는 순간과 마주할 때가 있다. 그럴 땐 침묵해야 한다. 입을 여는 순간 거짓이 되어버리기 때문이다. 난 지금까지 그날의 아름다운 도약을 누구에게도 말하지 않았다. 무덤에 들어가는 순간까지 절대 입을 열지 않을 것이다. 따라서 그날 내가 보고 들은 전부는 영원히 봉함될 것이었다. 고래가 거대한 물보라를 일으키며 바닷속으로 들어간 뒤에야 나는 힘없이 주저앉았다. 눈에서 눈물이 흘러내렸다. 그건 슬픔의 눈물이 아니었다. 숭고한 자연의 비밀을 지켜본 감동의 눈물이었다. 문득 뒤를 돌아보니 세 친구가 서 있었다. 최호가 손을 내밀었다. 나는 그 손을 잡고 일어섰다. 우린 달빛을 품은 밤바다를 오랫동안 바라보았다.

5

다음 날, 해가 뜨자 상윤은 망원경을 들고 조타실 지붕으로 올라갔다. 두 시간 동안 수평선을 샅샅이 뒤졌으나 상윤은 돛단배 한 척 찾아내지 못했다. 조타실로 내려온 상윤의 표정이 어두웠다.

"그 아저씨, 구조 신호 보낸 거 맞겠지?"

"맞을 거야."

"확실해?"

"분명 그렇게 말했어."

"그런데 왜 이리 오질 않는 거지."

사실 지난밤만 해도 우린 아침에 눈을 뜨면 구조선이 도착해 있을 거라고 기대했다. 상윤의 초조한 표정을 보자 불안감이 슬그머니 몰려왔다. 혹시 구조 신호를 잘못 보낸 게 아닐까. 하지만 평생을 바다에서 살아온 기관장이 그런 실수를 할 리 없었다. 설령 그렇다 해도 우리가 할 수 있는 건 아무것도 없었다. 나는 구조 신호를 보낼 방법을 찾기 위해 기계 장치를 살피는 상윤을 지켜보다가 조타실을 내려갔다. 뱃머리에 올라서자 지난밤의 일들이 선명하게 떠올랐다. 그 모든 과정이 꿈처럼 아련했다. 그만큼 기관장의 죽음은 비현실적이었다. 그가 전해준 말들이 떠올랐다. 전력을 다해 달려왔는데 눈앞에서 결승선 테이프가 사라진 느낌이었다. 밤새 꼬박 한숨도 못 자고 생각했지만, 아무런 결론을 내리지 못했다. 솔직히 지금도 믿어지지 않았다. 지난 6년 동안 가장 증오했던 사람이 내 아버지란 사실을 받아들일 수 없었다. 어머니는 왜 지금껏 내게 알려주지 않은 걸까. 기관장이 말한 시기는 언제인 걸까.

뱃머리에서 내려와서 조리실로 들어갔다. 한참 아침 준비를 하고 있던 최호가 나를 흘긋 쳐다보며 말했다.

"배고프지? 조금만 기다려."

나는 탁자에 앉아 굵게 썬 파를 냄비에 집어넣는 최호를 바라보았다. 그의 손놀림은 가벼웠다. 오랫동안 이 배에서 조리장으로 일한 사람처럼 능숙하게 음식을 만들고 있었다.

"음식을 많이 해본 것 같다."

"아버지가 횟집을 하시는데 가끔 자리를 비울 때 내가 주방을 봐."

"그렇구나."

최호가 모양 좋게 부친 달걀을 접시에 올리며 말을 이었다.

"우리 아버진 철저한 방임주의자야."

"왜?"

"다른 부모님들은 자식을 좋은 대학에 못 보내서 안달인데 우리

아버진 내가 좋아하는 바이크를 실컷 타다가 언제든지 마음 내킬 때 식당을 물려받으라고 해서."

"그래서 뭐라고 대답했어?"

"당연히 싫다고 했지."

"어째서?"

"아직 무슨 일을 해야 할지 몰라서야."

최호의 말이 이해가 되었다. 그가 심각한 표정으로 날 쳐다보며 말했다.

"그런데 이 배에서 식사를 준비하면서 생각이 조금 달라졌어."

"어떻게?"

"요리사란 직업이 괜찮을지 모른다는 생각이 들었어."

"왜 갑자기 그런 생각을 했어?"

"인간은 그 어떤 상황에서도 먹어야 하는 존재야. 당장 우릴 봐. 어젯밤 그런 일을 보고도 배가 고프잖아. 굶주린 상태에서는 아무런 감정을 느낄 수도 없어. 그보다도 서로 다른 재료가 어우러져 음식이 만들어지는 과정이 흥미로워졌어. 감각적으로 재료의 비율을 찾는 사람이 훌륭한 요리사란 아버지 말씀을 이제야 이해할 것 같아."

최호는 그렇게 말하고 자신의 손을 가만히 들여다보았다. 잠시 후 변태석과 오상윤이 문을 열고 들어왔다. 둘의 표정은 완전히 달랐다. 상윤은 한시가 급해 보였지만, 변태석은 느긋했다. 구조 신호를 보냈으니 급할 게 없다는 것이었다. 우린 탁자에 둘러앉아 최호가 준비한 아침을 먹기 시작했다. 과연 최호의 음식 솜씨는 훌륭했다. 잡다한 재료를 넣었는데도 감칠맛이 났다. 밥을 세 그릇이나 비우고 난 변태석이 우릴 돌아보며 말했다.

"나 결심했어."

"뭘?"

"공부해서 대학을 가기로 마음먹었어."

변태석의 뜬금없는 말에 우린 뜨악한 표정을 지었다. 최호는 믿어지지 않는다는 듯 떨떠름한 표정으로 되물었다.

"네가 공부를 하겠다고?"

"그래."

"쥐약 먹었냐?"

"나 진심이야."

"좋아. 진심이라고 믿어주지. 근데 어느 대학을 가고 싶은데?"

"해양대."

최호가 눈을 동그랗게 치켜떴다. 우린 변태석이 중고등학교를 통틀어 한 번도 꼴찌를 면해본 적이 없다는 사실을 알고 있었다. 우리의 반응을 깨끗하게 무시한 변태석이 눈빛을 반짝거리며 말했다.

"어젯밤, 방향키를 잡은 순간 오줌을 쌀 뻔했어. 내 손에 의해 이 큰 배가 움직인다고 생각하자 온몸의 털이 곤두설 정도로 흥분했어. 이 심장이 갓 잡아 올린 고등어처럼 펄떡거렸다고."

변태석이 자신의 심장을 툭툭 쳤다. 사뭇 진지한 표정을 봐선 해양대를 가고 싶다는 말은 진심인 것 같았다. 잠시 잡았던 배의 방향키가 뭔가를 건드린 모양이었다. 그러나 문제는 공부였다. 해양대는 변태석이 만만하게 볼 학교가 절대 아니었다. 따라서 변태석이 해양대에 입학한다는 건 낙타가 바늘 구멍을 통과하는 것과 같았다.

식사가 끝나자 변태석은 조타실로 올라갔고 오상윤은 구조선을 찾기 위해 망원경을 들고 조타실 지붕으로 올라갔다. 나는 최호를 도와 설거지를 마친 다음 갑판으로 나갔다. 바다를 돌아보는데 남쪽 수평선이 이상했다. 수직으로 늘어선 짙은 회색 구름이 우리가 있는 방향으로 움직이고 있었다. 오상윤이 갑판으로 내려와서 망원경을 건넸다.

"저게 뭐지?"

"적란운 같아."

"그게 뭔데?"

"폭우와 돌풍을 몰고 오는 구름."

지난밤에 만난 풍랑은 기관장이 있었기에 무사히 빠져나올 수 있었다. 그러나 그가 없는 지금의 배는 종이배나 마찬가지였다. 살갗에 닿는 바람이 끈적끈적할 정도로 습도가 높았다. 맑은 대기도 어느새 우중충하게 변해 있었다. 더 불안한 건 우리가 지켜보고 있는 동안에도 하늘 끝까지 솟은 구름층이 넓어지고 있다는 사실이었다. 아침나절 잠시 느긋했던 우리는 다시 불안에 휩싸였다.

정오가 지나자 음산한 기운을 풍기는 구름층이 손에 잡힐 듯 가까워졌다. 적란운에 짓눌린 바다는 폭풍 전야였다. 수직으로 늘어선 구름층이 위협적으로 빠르게 다가오는 모습에 속이 새카맣게 타들었다. 그러나 우리가 기다리는 구조선은 나타날 조짐조차 없었다. 선실에 가만 앉아 있을 수 없었던 우리는 갑판을 서성거리며 진군하듯 몰려오는 구름을 지켜보았다.

"왜 이렇게 구조선이 오지 않는 걸까?"

"이 배가 하루 밤낮을 달려왔잖아. 그러니 구조선도 여기까지 오려면 시간이 걸릴 거야."

"괜찮을까?"

나는 대답을 할 수 없었다. 지난 이틀 동안 일어난 일은 상윤에게 있어 난생처음 겪는 혹독한 시련이었다. 서울대를 목표로 학교와 집을 오가던 그가 망망대해 한복판에 우리와 함께 있다는 사실이 믿어지지 않았다. 그때 변태석이 조타실에서 고개를 내밀고 나를 불렀다. 조타실 철제 계단을 올라가고 있는데 갑자기 비명이 들렸다. 돌아보니 배 뒤쪽 갑판에 서 있던 상윤이 보이지 않았다. 배 뒤쪽 갑판으로 달려가는데 강한 돌풍이 몸을 때렸다. 공중으로 휙 올라간 몸이 갑판 바닥에 내동댕이쳤다. 나는 벌떡 일어나서 난간을 잡고 배 아래를 내려다보며 상윤의 이름을 외쳤다. 변태석과 최호가 헐레벌떡 달려왔다.

"무슨 일이야?"

"오상윤이 바다에 떨어졌어."

우린 갑판을 돌아다니며 목이 터지게 상윤을 불렀다. 그러나 상윤은 대답이 없고 강한 돌풍이 계속 휘몰아쳐왔다. 중심을 잡기 힘들 정도로 몸이 휘청거렸다. 북항 입구의 낡은 건물에서 온종일 노인들을 치료하는 상윤의 아버지와 실어증에 걸린 어머니를 떠올리자 눈앞이 캄캄했다. 더구나 상윤은 우리를 위해서 디스코텍에 불까지 질렀었다. 나는 미친 듯 갑판을 돌아다니며 상윤을 불렀다. 바람이 더 세차게 불어왔다. 한 방향이 아니라 사위에서 채찍을 내리치듯 불어왔다. 그때 변태석이 요동치는 바다를 가리키며 소리쳤다.

"저기 있다!"

뒤집힌 파도 속에 검은 형체가 퍼뜩 드러났다. 순간 나는 신발을 벗어 던지고 바다로 뛰어들었다. 얼음장처럼 찬 바닷물이 몸을 휘감았다. 작년 여름 축제 이후 바다는 처음이었다. 파도가 높아서 시야가 흐릿했다. 상윤이 있는 방향을 향해 나아갔다. 파도가 강하게 몸을 밀어냈다. 정신이 번쩍 들었다. 자칫하다간 나까지 위험할 수 있다는 생각이 들었다. 나는 잠시 숨을 고른 다음 몸의 힘을 빼고 물결의 빈틈을 파고들었다. 이윽고 눈앞에 상윤이 나타났다. 나는 뒤로 접근해서 팔을 잡았다. 상윤이 몸을 확 돌려 내 목을 잡으려고 했다. 그러나 나는 팔 사이로 손을 넣어 움직이지 못하게 제압했다. 그때 머리 위에서 주황색 구명환이 날아왔다. 나는 팔을 뻗어 낚아챈 구명환을 상윤의 목에 걸었다. 그제야 정신이 돌아온 상윤이 공포에 질린 눈으로 나를 바라보았다. 나는 뱃전을 향해 팔을 흔들었다.

"당겨!"

두 사람이 밧줄을 잡아당기자 상윤의 몸이 쑤욱 끌려갔다. 뱃전에서 몇 차례 미끄러졌지만, 몸이 가벼운 상윤은 쉽게 배로 올라갔다. 다음은 내 차례였다. 나는 파도에 휩쓸린 구명환을 향해 다가갔다. 구명환을 잡는 순간 강한 파도가 몸을 때렸다. 나는 중심을 잃고 뒤집히는 물결에 빨려 들어갔다. 머릿속이 하얘졌다. 윤주의 얼굴이 떠올랐다. 소매물도 폐가에서 고양이 가족을 쳐다보며 환하게 웃고 있었다. 어머니와 교동댁도 차례로 떠올랐다. 곧이어 아버지가 나타났다. 초등학교 운동장 축구 골대 앞에서 손을 흔들고 있었다. 그 온화한 미소를 보자 마음이 편안해졌다. 난 혼자가 아니었다. 저 깊은 바닷속에 아버지가 나를 기다리고 있었다. 이제 아버지와 함께 못다 한 이야기를 나누며 영겁의 시간을 이어가게 될 것이다. 의식이 연기처럼 한 점으로 빨려 들어가는 마지막 순간, 나는 눈을 번쩍 떴다. 바닷물이 바늘처럼 망막을 찔렀다. 나는 남은 힘을 모아 강하게 팔다리를 흔들었다. 흐릿한 시선에 구명환이 어른거렸다. 딱딱한 구명환의 감촉이 손에 닿은 순간 내 이름이 들렸다. 손을 흔들자 몸이 끌려갔다. 나는 뱃전을 발로 밀어내며 갑판으로 올라갔다. 갑판에는 바닷물이 흥건했다. 우린 갑판 바닥을 기어가서 선실로 들어갔다. 강한 파도가 뱃전을 때릴 때마다 배가 크게 출렁거렸다. 밧줄로 단단하게 묶어놓은 두 대의 바이크가 삐걱삐걱 흔들렸다. 상윤이 울먹거리며 말했다.

"배가 뒤집히진 않겠지?"

"그런 일은 없을 거야."

최호가 강하게 고개를 저었다. 삶과 죽음은 우리의 의지와 아무런 상관이 없었다. 더 큰 파도가 몰아쳐오면 죽을 것이고 파도가 가라앉으면 살게 될 것이다. 시간이 느리게 흘러갔다. 시계 초침 소리가 굉음처럼 고막을 울렸다. 10분, 20분, 반 시간, 한 시간쯤 지났을 때 배의 흔들림이 조금씩 가라앉았다. 그리고 한 시간이 더 지나자 배의 흔들림이 멈추었다. 우린 선실 문을 열고 갑판으로 나갔다. 남쪽 수평선을 짓누른 적란운이 흩어지고 있었다. 그제야 살았다는 안도감이 밀려왔다. 변태석이 젖은 옷을 벗어 던지고 선미로 달려 갔다. 변태석이 바다를 향해 소리를 내질렀다.

"와라! 와라! 와라!"

변태석의 외침이 바다를 쩌렁쩌렁 울렸다. 최호가 웃통을 벗어 던지고 변태석 옆으로 달려가서 고함을 질렀다. 두 사람이 동시에 외치는 소리에 몸이 움찔움찔했다. 살을 뚫고 나온 무언가가 살갗을 기어 다니는 느낌이었다. 나는 그들에게 달려갔다. 두 사람 옆에 나란히 서서 수평선을 노려보며 소리쳤다. 배 속에서 끌어올린 소리가 몸통을 울리며 수면 위로 퍼져 나갔다. 몸이 타는 듯 뜨거웠다. 한여름 땡볕 아래 서 있는 듯 활활 타올랐다. 그때 상윤이 괴성을 지르며 달려왔다. 우리와 나란히 선 상윤이 구호를 따라 외쳤다. 변태석이 바지를 벗었다. 속옷까지 벗어 던진 변태석이 상체를 앞뒤로 흔들며 바람과 파도에 맞서듯 우렁차게 이상한 구호를 외쳤다. 최호가 옷을 벗자 나도 젖은 옷을 벗어 던졌다. 발가벗은 우리 보고 흠칫 놀란 상윤이 쭈뼛거리며 옷을 벗었다. 발가벗은 우리는 어깨동무하고 발을 구르며 미친 사람처럼 괴성을 질렀다. 우리의 기세에 눌린 걸까. 바람이 빠르게 잦아들었다. 그리고 쉬지 않고 뱃전을 두들기던 파도가 잦아들었다. 변태석이 갑판을 달리기 시작했다. 갑판을 한 바퀴 돌아온 변태석의 성기가 하늘을 찌를 듯 빳빳하게 서 있었다.

그때 어디에선가 사이렌 소리가 들려왔다. 서쪽 수평선에 해경 깃발을 단 배가 보였다. 변태석이 벼락처럼 조타실 지붕으로 뛰어 올라갔다. 그리고 펄쩍펄쩍 뛰며 두 팔을 흔들었다.

4부

1

눈을 반쯤 감고 운동장을 내려다보았다. 하얗게 빛나는 운동장에 투명한 햇살이 흥건하게 괴어 있었다. 담장을 따라 늘어선 플라타너스는 온통 연록이었다. 교실은 찬물을 끼얹은 듯 고요했다. 책에 코를 박은 아이들은 숨소리조차 내지 않았다. 이따금 볼펜 굴러가는 소리가 천둥처럼 요란했다. 아이들은 뭔가 달라져 있었다. 지금껏 아무런 특징이 없던 아이들이 자신만의 형태를 갖추기 시작한 것이다. 이제 막 움튼 그것은 무엇이 될지 알 수 없지만 그들의 평생을 좌우할 것만은 분명했다. 그런 아이들과 달리 나는 그 어떤 조짐도 없었고 징후도 없었다. 뭔가를 하고 싶은 생각도 없었고 뭔가를 이루겠다는 계획도 없었다. 그저 거친 물결에 휩쓸린 나뭇잎처럼 어디론가 떠내려가고 있었다. 한동안 여기저기 불려 다니느라 정신이 없었다. 당연히 질책과 훈계가 따라왔다. 일주일 정도 지나서야 일상으로 돌아올 수 있었다. 아침에 집을 나섰고 수업이 끝나면 체육관에 들렀다가 집으로 돌아오는 일의 반복이었다. 내가 있든 없든 시간은 무심하게 흘러가고 있었다. 그러나 자세히 들여다보면 중요한 것들이 빠져 있었다. 늘 술 취해 부둣가를 배회하던 기관장이 영원히 사라졌고 작가를 꿈꾸던 한 소녀가 정신 병원에 갇혀 있다는 사실을 사람들은 알지 못했다. 두 사람은 처음부터 존재하지 않았다는 듯 사람들의 기억에서 빠르게 잊히고 있었다.

해경은 기관장이 창천의 배를 훔쳐 공해상으로 나갔다는 우리 말을 외면했다. 거기다 기관장이 스스로 고래 배 속으로 들어갔다는 우리 증언은 더더욱 믿지 않았다. 사실을 전달하는 우리도 당혹스럽긴 마찬가지였다. 눈앞에서 본 모든 광경을 온전히 전달할 방법이 없었기 때문이었다. 그렇다고 배에 관해서 아무것도 모르는 우리가 배를 훔쳐 공해상으로 나갔다는 가설도 성립되지 않았다. 해경 조사관은 결국 기관장이 배를 훔쳤고 바다에서 실족하여 사망했다는 최종 보고서를 작성할 수밖에 없었다. 해경이 서둘러 사건을 종결한 배경에는 배가 파손되지 않았고 내가 선주의 아들이란 점이 참작되었다.

사실 우리의 관심은 배 도난 사건이 아니었다. 우리가 촉각을 곤두세운 건 디스코텍 화재 사건이었다. 방화는 다친 사람이 없어도 3년 이상의 징역형에 해당하는 중범죄였다. 예상대로 화재 피해는 상당했다. 디스코텍의 절반이 불에 탔으며 계단을 굴러 다친 경상자가 십여 명이었고 연기를 마셔 병원에 입원한 사람이 여섯 명이었다. 그래도 천만다행인 건 중상자가 없다는 사실이었다. 그런데 뜻밖에도 우리의 우려는 기우에 그쳤다. 강태호가 디스코텍 리모델링 비용과 다친 사람들의 치료비를 전부 해결하면서 사건이 일단락된 것이다. 사건 자체를 축소하여 덮을 정도로 강태호의 영향력은 막대했다. 어쨌든 나락으로 추락하기 일보 직전까지 내몰렸던 오상윤은 덕분에 기사회생하여 다시 모범생으로 돌아갈 수 있었다.

시내 곳곳에서 류재열 패거리와 마주쳤다. 그들은 침을 내뱉고 욕설을 퍼붓긴 했지만, 그게 전부였다. 저들이 우리를 선불리 건드리지 못하는 것은 내가 누군지 뒤늦게 알았기 때문이었다. 강태호란 보호막이 없었다면 하이에나처럼 썩은 냄새를 풍기는 그들은 진작 우리의 살점을 찢어발겼을 것이다. 저들의 이런 약점을 간파한 변태석의 기세는 하늘을 찌를 듯했다. 천군만마를 얻은 듯 활개치며 시내를 누비고 돌아다녔다. 그렇다고 류재열 패거리가 우릴 포기한 건 아니었다. 그들은 호시탐탐 기회를 엿보며 우리 주변을 어슬렁거리고 있었다. 류재열과 몇 번 마주칠 때마다 몸속의 피가 얼어붙었다. 류재열의 두툼한 목덜미를 보면 목에 굵은 가시가 박힌 것처럼 통증이 일었다. 학교에서도 나를 바라보는 아이들의 시선이 전과 달라졌다. 호기심에 끌린 몇몇 아이들이 다가왔지만, 나의 냉담한 태도에 물러났다. 그들은 아마 뒷전에서 살인자의 아들이라고 손가락질하고 있을 것이었다.

집에서도 별로 달라진 게 없었다. 탕아처럼 집으로 돌아왔지만, 어머니의 태도는 전보다 더 차가웠다. 상윤에게 나를 찾아달라고 부탁했다는 말이 무색할 정도였다. 나 역시 보란 듯 어머니를 냉담하게 대했다. 교동댁은 중간에 끼어 이러지도 저러지도 못하고 난감해했다.

사실 어머니보다 더 신경 쓰이는 사람은 강태호였다. 될 수 있는 한 마주치지 않으려고 노력했지만, 한집에 살기에 어쩔 수 없이 얼굴을 볼 수밖에 없었다. 그때마다 나는 곤혹스러웠다. 그를 어떻게 대해야 할지 알 수 없었기 때문이었다. 그의 눈길은 여전히 무덤덤했다. 디스코텍 사건에 대해서도 묻지 않았고 배에서 일어난 일에 관해서도 관심이 없는 것처럼 행동했다. 그는 나에게 해준 게 아무것도 없었다. 지친 내가 쉴 수 있는 그늘도, 기댈 수 있는 버팀목도 아니었다. 어떤 열매가 독이 있고 어떤 열매가 먹을 수 있는 건지 알려주지 않았고 옳고 그름과 진실과 거짓을 구분하는 방법도 가르쳐주지 않았다. 세상을 살아가는 데 필요한 삶의 지혜를 알려준 적은 더더욱 없었다. 대신 그는 오로지 자신의 욕구와 욕망을 충족하기 위해서 타자를 짓밟고 빼앗았다. 그런 그가 어떻게 내 아버지가 될 수 있단 말인가. 무엇보다 응당 사라져야 할 증오와 분노가 내 마음속에 그대로 남아 있었다. 따라서 그는 생물학적인 핏줄일 뿐 정서적으로 나와 완벽하게 유리된 사람이었다.

무단결석의 대가로 근신 처분이 내려졌다. 아침에 학교에 와서 첫 수업 시간 종이 울리면 복도에 나가 무릎을 꿇고 앉았다. 휴식 시간에 잠시 쉬었다가 오후 수업이 끝날 때까지 계속 복도에 있어야 했다. 첫날은 수치스러웠는데 이튿날부터는 텅 빈 복도의 고요함에 익숙해졌다. 우리 교실은 3층 복도 끝이어서 온갖 소리가 다 들려왔다. 복도 중간에 있는 교무실 출입문이 드르륵 열리는 소리, 운동장에서 울려 퍼지는 체육 선생의 신경질적인 호각 소리, 말끝을 올리는 독특한 억양의 영어 선생 목소리가 들려왔고 오후가 되면 체전에 출전하는 육상 선수들이 운동장 트랙을 달리는 발소리가 들려왔다. 저 멀리 운동장 구석에서 테니스공이 앙투카 코트를 때리는 소리도 묘한 공명으로 복도로 흘러들었다. 복도 한쪽 격자창 너머에 오래전 학교장이 심었다는 목백합 우듬지가 보였다. 하늘을 향해 곧게 뻗은 나뭇가지가 흔들리면 오후의 조각난 햇살이 파편처럼 유리창을 뚫고 들어와서 내 심장을 찔렀다.

나는 그 산란하는 빛 아래서 반성문을 썼다. 점심시간이면 나는 복도 맨바닥에 종이를 대고 펜으로 꾹꾹 눌러쓴 반성문을 들고 4층 학생과 지도 상담실로 올라갔다. 담당 선생님은 50대 중반의 윤리 선생님이었다. 선생님은 돋보기를 쓰고 내가 제출한 반성문을 꼼꼼하게 들여다보며 붉은 펜으로 밑줄을 북북 그었다. 그런 다음 다시 정독한 뒤에 인주를 듬뿍 묻힌 도장을 꾹 눌러주었다. 그러면 나는 그걸 들고 교무실로 가서 담임에게 제출했다. 토요일 오후, 내가 쓴 반성문에 도장을 찍어준 선생님이 나를 빤히 쳐다보며 말했다.

"내일 시간 있냐?"

"예?"

"내일 아침 10시까지 강주 강으로 나와."

선생님은 의아한 표정을 짓고 있는 내게 근신의 연장이라고 말했다. 나로선 거부할 권리가 없었다.

다음 날 강어귀에서 선생님을 만났다. 선생님은 챙이 넓은 모자를 썼고 운동화를 신고 있었다. 강둑에 올라선 선생님이 강의 하류를 가리키며 말했다.

"강물은 저 아래쪽 합수점에서 다른 물줄기와 만나서 동해로 흘러 들어간다."

나는 강을 돌아보았다. 강폭은 넓었고 양쪽에 쌓은 제방은 튼튼했다. 강바닥에는 크고 작은 돌이 깔려 있고 중심부에 좁은 물줄기가 흘러내리고 있었다. 군데군데 보이는 모래톱에는 잡초가 바람에 몸을 흔들고 있었다. 나는 속이 훤히 들여다보이는 강물을 바라보며 질문했다.

"여기서 뭘 하는 건가요?"

"돌을 찾아."

"어떤 돌요?"

"색채가 화려하거나 뭔가를 연상하는 무늬가 있는 돌을 찾으면 된다."

선생님은 새, 꽃, 달, 별, 곤충, 짐승, 폭포, 산봉우리, 절벽 등의 형상이 있는 돌을 찾으라고 부연 설명을 했다. 별로 어려운 일은 아니었다. 다만 근신과 탐석이 무슨 연관이 있을까, 하는 의문이 들었다. 어쨌든 선생님이 말하는 대로 할 수밖에 없었다. 내 근신의 단축과 연장을 결정할 수 있는 권한이 있었기 때문이었다. 우린 정오에 같은 장소에서 만나기로 하고 흩어졌다. 선생님은 상류로 올라갔고 나는 하류의 합수점을 향해 내려갔다. 강바닥은 그야말로 돌밭이었다. 크기와 형상이 다른 돌이 지천으로 널려 있었다. 나는 강바닥을 살피며 선생님이 말한 돌을 찾기 시작했다. 그러나 특이한 형상이 있는 돌은 좀처럼 눈에 띄지 않았다. 그래도 조금이라도 특이하다고 생각되는 돌을 부지런히 한자리에 모았다.

정오가 가까워지자 강바닥이 점점 뜨거워졌다. 신발을 벗고 물속으로 들어가서 머리를 담그고 얼굴을 씻었다. 열기가 한풀 꺾였다. 물기를 대충 닦고 상류를 바라보니 선생님 역시 물속에 들어가 있었다. 무릎 높이의 물살은 제법 세찼다. 선생님은 허리를 숙이고 물속을 한참이나 들여다볼 뿐 돌을 건지진 않았다. 나는 물에서 나와 돌을 모아놓은 곳으로 가서 하나씩 자세히 들여다보았다. 그런데 처음 봤을 때는 뭔가 특이하다고 생각했던 돌에 아무런 느낌이 들지 않았다. 형상도 특징도 없어 보였다. 어느새 선생님도 다가와서 내가 두 시간 동안 강바닥을 헤집고 다니며 모은 돌을 주의 깊게 살폈다. 그러나 고개만 끄덕거릴 뿐 별다른 언급을 하지 않았다.

우리는 강둑으로 올라가서 버드나무 그늘에 앉았다. 선생님이 배낭 속에서 김밥을 꺼냈다. 보온병도 꺼냈는데 떫은맛이 나는 차가 담겨 있었다. 우린 흘러내리는 물줄기를 바라보며 묵묵히 김밥을 먹었다. 선생님은 학생과의 다른 선생님들과 달리 인상이 온화했다. 거기다 나이까지 지긋해서 '불량품'들을 상대할 수 있을까, 하는 생각이 들었다. 김밥과 차를 마시고 나자 선생님이 강을 가리키며 말했다.

"저 돌은 모두 상류에서 여기까지 떠밀려 왔다. 처음엔 모두 한 덩어리였지. 어느 날 모체가 깨지면서 갈라져 나온 돌들이 하류를 향해 구르기 시작해서 여기까지 온 것이지. 출발은 같았는데 여기까지 오는 데 걸린 시간은 전부 다르다. 수백 년이 걸려서 힘들게 도착한 돌이 있는가 하면 급류에 편승해 불과 1년 만에 여기까지 굴러온 돌도 있다. 한덩어리에서 갈라져 나왔지만, 각기 다른 궤적으로 여기까지 도달한 거지. 하지만 1년이 걸렸든 수백 년이 걸렸든 저 돌들의 종국은 같다. 시간의 차이는 있겠지만, 다시 하류로 떠밀려가서 산산이 흩어지는 게 저 돌들의 운명이다. 강의 하류에 쌓인 모래가 바로 저 돌들이 제 형상을 잃고 죽어간 잔해다."

선생님의 건조한 목소리가 뜨겁게 달아오른 강바닥으로 흩어졌다.

"지금부터는 너 자신과 가장 닮았다고 생각되는 돌을 하나 찾아야 한다. 내가 봐서 그 돌이 너와 닮았다고 보이면 남은 근신 기간을 면제해주마."

선생님의 제안은 뜻밖이었다. 하지만 너무 막연했다. 내가 아무리 나를 닮은 돌이라고 주장해도 선생님이 아니라면 그만이기 때문이었다. 주저하는 나를 본 선생님이 한마디 덧붙였다.

"또 다른 눈으로 가만 들여다보면 너를 닮은 돌이 있을 거다."

"또 다른 눈요?"

"그렇다."

"그게 뭔가요?"

선생님은 대답 대신 손을 저었다. 나는 어쩔 수 없이 방죽을 내려갔다. 선생님의 의도를 이해할 수 없었다. 자신을 닮은 돌을 어떻게 찾는단 말인가. 게다가 또 다른 눈은 뭘까. 그냥 아무 돌이나 주워 나와 닮았다고 주장하면 선생님은 어떤 반응을 보일까. 이런저런 생각에 머릿속이 복잡했다. 강바닥을 훑으며 상류를 향해 올라갔다. 상류의 돌은 하류와 달리 표면이 거칠고 균열이 선명했다. 처음에는 형상이 뚜렷한 돌을 찾았다. 그러나 그런 돌은 없었다. 나는 좀 더 다르게 생각했다. 그냥 직감이 오는 돌을 찾는 것이었다. 처음에는 날 닮았다고 생각했지만, 손에 잡고 가만 들여다보면 아니었다. 집어 들었다가 놓기를 수없이 반복했다. 그래도 마음에 드는 돌을 찾지 못한 나는 신발을 벗고 물속으로 들어갔다. 물속에도 수많은 크기의 돌이 깔려 있었다. 나는 허리를 숙이고 물속을 들여다보았다. 세찬 물줄기가 종아리를 때리며 휘돌아갔다.

머릿속에서 커다란 암석 하나가 떠올랐다. 어느 날 벼락이 내리치자 암석이 산산이 깨어졌다. 갖가지 형상으로 쪼개진 암석이 급류에 떠밀려 강을 굴러가기 시작했다. 장대같이 쏟아지던 비가 멈추고 강물의 수위가 내려가자 돌들이 멈춰 섰다. 시간이 흘러 다시 엄청난 폭우가 쏟아져 내리자 돌들이 다시 움직이기 시작했다. 물살에 떠밀린 돌은 자신보다 약한 돌을 깨면서 점차 하류를 향해 나아갔다. 그러다 큰 암석에 가로막혔다. 아무리 거친 급류가 쏟아져도 앞을 가로막은 암석이 길을 열어주지 않자 돌은 움직일 수 없었다. 돌은 여름이면 작열하는 햇살을 고스란히 받았고 겨울철에는 차가운 눈비를 맞았다. 그런 어느 날 갑자기 앞을 가로막은 암석이 깨졌다. 그때부터 돌은 다시 굴러가기 시작했다. 처음에는 더디게 움직였다. 하지만 강바닥에 박힌 수많은 돌과 부딪혀 둥글게 깎이면서 점차 구르는 속도가 빨라졌다.

그때 물속에 박혀 있던 돌 하나가 내 눈에 들어왔다. 모서리가 아직 거친 돌이었다. 나는 물속에 손을 넣어 돌을 집어 올렸다. 돌은 내 주먹 두 개 정도의 크기였다. 물 밖으로 나온 나는 돌을 찬찬히 들여다보았다. 그 어떤 색도 형상도 갖추지 못한 돌이 마음을 끌었다. 나는 돌을 들고 선생님을 향해 걸어갔다. 강가의 풀숲에서 멧새가 울었다. 모래톱의 풀들이 바람에 서걱서걱 흔들렸다. 발에 걸리는 돌이 뜨거웠다. 방죽에 올라서자 선생님이 다가와서 내가 든 돌을 유심히 살폈다.

"이 돌인가?"

"예."

"어째서?"

"그냥 마음이 끌립니다."

선생님은 천천히 고개를 끄덕였다. 그러고는 제방 아래 모래 더미에 있는 개미집을 가리켰다. 바닥에서 도톰하게 솟은 작은 구멍으로 개미들이 새카맣게 들락거리고 있었다.

"저 개미들의 활동 영역은 2~3킬로미터다. 저기서 태어난 개미들은 평생 먹이를 구하고 집을 짓고 새끼를 낳고 돌보다 죽어간다. 저 개미들이 보는 세상의 크기는 얼마나 될까. 아마도 이 강이 전부일 거다. 개미의 눈에 비친 강은 거대한 세계이며 동시에 우주인 셈이지. 그런데 과연 이 강이 세상 전부일까. 우리가 알듯 이 강은 세상의 극히 작은 일부다. 지금 너희들 눈에 비친 세상도 개미의 그것과 똑같다. 그렇다면 강의 길이와 넓이를 온전하게 알기 위해서는 어떻게 해야 할까. 이 제방으로 올라와야 한다. 어쩌면 더 높은 곳으로 올라가야 강의 시작과 끝을 확인할 수 있을 거다. 넌 이제 곧 어디에서 세상을 볼 것인지 결정해야 한다. 저 강바닥에서 볼 것인지 아니면 높은 곳에서 볼 것인지 선택할 시간이 다가온 것이다."

흐르는 강물 소리가 고요히 내 마음으로 들어왔다. 내 마음의 굴곡을 따라 흘러가던 물은 점차 빠르게 굽이치며 흘러갔다. 나는 돌을 가만히 들여다보았다. 물기가 바짝 마른 돌은 무겁고 뜨거웠다. 마치 내 심장처럼 펄떡거렸다. 나는 선생님에게 배낭을 빌려 돌을 담았다. 배낭을 둘러메자 돌의 무게가 어깨를 짓눌렀다. 발이 땅속으로 가라앉는 느낌이었다. 선생님과 헤어져 집으로 돌아온 나는 돌을 꺼내 책상에 올렸다. 옅은 검은빛이 감도는 거친 돌은 여전히 뜨거웠다.

2

6월이 되어서도 나는 여전히 무기력했다. 아침이면 습관처럼 책가방을 들고 집을 나섰고 수업이 끝나면 집으로 돌아오기를 반복했다. 대학 입시까진 아직 반년이란 시간이 남아 있었다. 지금부터라도 공부에 전념하면 좋은 대학은 힘들더라도 지방의 어중간한 대학은 가능했다. 그러나 집중이 되질 않았다. 책을 들여다보면 활자가 따로 놀았다. 제멋대로 섞여버린 단어는 뜻을 파악할 수 없었다. 아이들이 무섭게 책을 들여다보고 있을 때 나는 계절이 지나가는 모습을 멍하게 지켜보았다. 학교와 집 어디에서도 섞이지 못한 채 물 위의 기름처럼 둥둥 떠다녔다. 가슴 한 곳에 커다란 구멍이 나 있었다. 그런데 그걸 무얼로 채워야 할지 알 수 없었다.

그런 어느 날, 최호가 일하는 바이크 가게에 들렀다. 오랜만에 본 최호가 반갑게 나를 맞이했다. 대학을 포기한 그는 학교가 끝나기 무섭게 가게로 와서 바이크 수리에 몰두하고 있었다. 그는 급하게 수리해야 할 바이크가 있다며 잠시 기다려 달라고 했다. 나는 최호가 바이크를 수리하는 동안 가게를 돌아보았다. 가게는 꽤 넓었다. 안쪽에는 가죽옷, 장갑, 헬멧까지 다양한 용품을 팔고 있었다. 바이크는 국산에서 수입까지 종류가 다양했다. 새 바이크의 번쩍거리는 크롬을 보는 순간 내 마음속에서 뭔가 덜컥 움직였다. 변태석의 바이크 뒷자리에 탔을 때 심장을 쿵쿵 울리던 엔진 소리가 생각났다. 그날 저녁 집으로 돌아간 나는 교동댁에게 돈을 빌려달라고 졸랐다. 집으로 돌아와서 의기소침한 나를 걱정한 그녀는 용도를 묻지 않고 제법 큰 돈을 빌려주었다. 나는 그 돈으로 최호가 신중하게 골라준 중고 바이크를 샀다. 최호는 따로 시간을 내서 내가 운전 기술을 습득할 수 있도록 성심껏 도와주었다. 그 덕분에 나는 얼마 지나지 않아 바이크를 몰고 다닐 수 있게 되었다. 매일 바이크를 타고 낯선 도로를 달렸다. 주말에는 최호를 따라 7번 국도를 질주했다. 소실점을 향해 달려가면 이상하게도 마음이 차분하게 가라앉고 머릿속이 투명하게 맑아졌다. 짐승처럼 울부짖는 엔진 소리가 가슴이 뚫린 듯한 허전함을 조금은 채워주었다. 그제야 나는 최호가 바이크를 분신처럼 소중하게 다루는 심정을 이해할 수 있었다.

어느 날 오후, 변태석이 학교로 찾아왔다. 오랜만에 본 변태석의 얼굴은 여드름으로 인해서 분화구에 가까웠다.

"어쩐 일이냐?"

"그거 봤어?"

"뭘?"

"올해 뱃고놀이 참여 선수 명단."

"관심 없어."

"과연 그럴까?"

변태석이 콧구멍을 벌렁거리며 따라오라고 손짓했다. 시내를 빠져나간 변태석의 바이크가 멈춘 곳은 뜻밖에도 북항 입구였다. 바이크에서 내린 그가 벽보판에 붙은 포스터를 가리키며 말했다.

"자세히 들여다봐."

올해 여름 축제를 알리는 포스터였다. 새파란 하늘을 배경으로 남항과 북항의 대장선 뱃머리가 충돌한 사진이 선명했다. 내가 의아한 눈길로 돌아보자 변태석이 또 다른 포스터를 가리켰다. 그곳에는 올해 축제에 참여할 선수 명단이 빽빽하게 적혀 있었다. 명단을 읽어 내려가던 나는 깜짝 놀랐다. 내 이름이 있었기 때문이었다. 그뿐이 아니었다. 내 이름 밑에는 변태석과 최호와 오상윤의 이름이 선명하게 인쇄되어 있었다. 그것도 북항의 대장선에 승선하는 명단이었다.

"어떻게 된 거야?"

"올해 축제에 우리가 선발되었어. 그것도 호위선이 아니라 대장선에!"

"누가 이런 짓을 한 거지?"

"누구긴, 축제위원회가 했지."

강태호가 떠올랐다. 우릴 축제 명단에 올릴 사람은 그밖에 없었다. 그는 대체 무슨 생각으로 우리 네 명을 참여 선수 명단에 올린 걸까. 선혈이 낭자한 싸움에 참여시켜 뒤늦게 우리에게 벌이라도 주려는 걸까. 도무지 이해할 수 없었다. 온갖 생각이 머릿속에 떠올랐다. 변태석이 손가락으로 명단을 툭툭 치며 말했다.

"전부 싹 바뀌었어."

"뭐가 바뀌었다는 거야?"

"나이 든 사람들이 전부 빠졌어."

명단을 다시 살펴보니 강태호의 이름이 보이지 않았다. 그 밖에도 지난 축제마다 단골손님처럼 대장선에 오르던 사람들 이름이 전부 빠져 있었다. 명단에는 지금껏 축제에 한 번도 참여하지 않은 사람들이 대부분이었다. 물론 명단에 올랐다고 반드시 축제에 참여해야 하는 건 아니었다. 하지만 지금까지 치른 네 번의 축제에서 참여를 거부한 사람은 단 두 명밖에 없었다. 한 사람은 집에 초상初喪이 났고 한 사람은 교통사고를 당했다. 이처럼 사람들이 축제에 열성적으로 참여하는 건 공동체에서 배척당하기 싫어서였다. 참여를 거부하면 남자답지 못하다는 조롱과 멸시를 각오해야 했다. 뱃사람들 특유의 끈끈한 연대감도 한몫했다. 어쨌든 북항의 선봉장인 강태호가 빠졌다는 사실은 의외였다. 일명 해적선 놀이라고 불리는 뱃고놀이 축제가 성공한 배경에는 강태호의 활약이 절대적이었기 때문이었다. 실제로 축제마다 그를 보기 위해 찾아오는 사람들이 꽤 많았다. 그때 변태석이 다른 포스터를 가리키며 말했다.

"남항의 명단을 봐."

남항의 참여 선수 명단이 적힌 포스터를 보는 순간 나는 또 한 번 깜짝 놀랐다. 가장 위쪽의 선봉장에 류재열의 이름이 선명하게 찍혀 있었다. 축제에 참여하는 선수 구성이 25세 이하였기에 고등학생인 류재열을 선봉으로 내세운 건 그야말로 파격이었다. 선봉은 옛날식으로 말하면 선단을 지휘하는 장수라고 할 수 있었다. 따라서 지금까지 축제에서 선봉은 힘과 지략이 뛰어난 사람이 맡았다. 류재열이 기라성 같은 선배들을 물리치고 선봉 자리를 꿰찼다는 건 이번 축제가 격렬한 싸움이 된다는 걸 의미했다. 그동안 남항은 한 번도 북항을 이기지 못했다. 그건 북항의 선봉인 강태호를 뚫지 못했기 때문이었다. 하지만 강태호가 전격적으로 물러난 이번 축제는 상황이 달랐다. 출중한 유도 기술에 호전적인 성격까지 갖춘 류재열과 그를 따르는 패거리까지 전부 발탁한 것은 끓는 물에 기름을 끼얹은 거나 다름없었다. 변태석이 실실 웃으며 말했다.

"안 그래도 몸이 근질근질해서 미칠 지경이었는데 잘됐어."

바다에서 돌아온 변태석은 중학교 시절부터 모아온 마피아와 야쿠자 관련 책을 전부 고물상에 팔아치웠다. 그런 다음 독서실에 틀어박혀 해양대 진학을 목표로 공부를 시작했다. 그러나 지금껏 교과서 한번 제대로 들여다본 적 없었는데 공부가 될 리 없었다. 좁은 책상에 앉아 도무지 이해할 수 없는 영어 단어와 수학 문제를 풀고 있던 변태석에게 날아온 여름 축제 소식은 우리에 갇힌 짐승에게 열쇠를 넘겨준 것과 같았다. 변태석이 웃음기를 싹 거두고 말했다.

"옛말 하나도 틀리지 않아."

"그게 무슨 말이야?"

"원수는 외나무다리에서 만난다는 말이 딱 들어맞잖아."

변태석이 흰자위를 번득이며 목소리를 높였다.

"지난번 디스코텍에서 당한 치욕을 갚아줘야지."

"······."

"놈들이 윤주에게 그런 짓을 했다는 사실을 잊은 건 아니겠지?
경찰이 놈들을 풀어준 건 증거가 없어서야. 이젠 합법적으로 놈들
에게 죄를 물을 수 있게 되었어."

변태석의 비장한 말이 천둥처럼 고막을 울렸다. 특히 용서할 수
없다는 말은 날카로운 비수처럼 내 심장을 찔렀다. 복싱은 링에서
만 싸우는 경기였다. 그러나 실전은 달랐다. 일대일로 맞서는 게 아
니라 한꺼번에 수십 명이 달려들 수 있는 게 실전이었다. 따라서 아
무리 뛰어난 실력의 복서라도 집단으로 달려들면 속수무책일 수밖
에 없었다. 난 이미 두 번이나 그런 경험을 했었다. 변태석이 바이
크에 올라 시동을 걸었다.

"가자."

"어딜?"

"최호에게 이 소식을 알려줘야지."

잠시 후 바이크 가게로 들어가자 분해한 바이크 엔진을 들여다보
고 있던 최호가 손을 흔들었다. 기름때 묻은 장갑을 벗은 그는 변태
석의 말이 끝나기 무섭게 망설임 없이 단호한 목소리로 말했다.

"당연히 참여해서 놈들을 혼내줘야지."

두 친구의 이글거리는 눈빛을 보자 난 내가 부끄러워졌다. 윤주
와 아무 상관이 없는 두 사람은 일말의 망설임도 없이 류재열 패거
리와 맞서겠다고 나섰다. 잠시나마 이 상황에서 도망치고 싶다는
마음을 품었던 내가 수치스러웠다. 변태석이 최호의 넓은 어깨를
슬쩍 쳐다보며 말했다.

"너, 요즘 운동은 하냐?"

"못 하고 있어. 학교 마치고 여기 와서 바이크와 씨름하다 집에 가면 그대로 뻗어버려."

"그러다 지난번처럼 당하면 어쩌려고?"

"그땐 숫자에서 우리가 밀렸잖아."

"어쨌든 몸을 만들어. 너도 알다시피 뱃고놀이는 백병전이야. 전쟁이라고, 전쟁."

"아직 시간이 있으니 준비해야지."

변태석이 나를 쳐다보며 물었다.

"오상윤은 어때?"

"자기 이름이 축제 명단에 올랐다는 걸 알면 펄쩍 뛸 거야."

"지금 어디 있지?"

"학교서 야간 자율 학습하고 있을 거야."

"오랜만에 얼굴 한번 볼까?"

최호는 공구를 정리하고 사무실로 들어가서 윗옷을 걸치고 나왔다. 잠시 후 우리는 학교 정문에 도착했다. 정규 수업이 끝난 학교는 3학년 교실만 불이 켜져 있었다. 운동장 연단 앞에 바이크를 세운 변태석이 경적을 울렸다. 교실 창문이 드르륵 열리며 야간 자율 학습 중인 아이들이 얼굴을 내밀었다. 변태석이 그들을 쳐다보며 소리쳤다.

"범생이 오상윤 어디 있냐?"

"뭐야?"

잠시 후 상윤이 머릴 내밀고 인상을 찡그렸다. 창문이 하나둘 닫힐 무렵 상윤이 운동장으로 내려왔다. 그는 불안한 눈빛으로 우릴 돌아보았다.

"무슨 일 있어?"

"있지."

"뭔데?"

상윤의 눈빛이 불안에 휩싸였다.

"올해 뱃고놀이 축제에 네가 선수로 선발되었어."

"내가? 내가 왜?"

상윤이 이해할 수 없다는 듯 거듭 되물었다. 그에게 북항의 대표 선수로 선발되었다는 소식은 마른하늘에 날벼락이었다. 변태석이 진지한 얼굴로 상윤을 쳐다보며 말을 이었다.

"우리 전부 명단에 들어 있는 걸 보니 아무래도 지난번 사건 때문인 것 같아."

"그 사건 다 끝난 거 아냐?"

"넌 너무 쉽게 해결되었다는 생각이 안 들어?"

"그야 그렇지만……."

뒷말을 흐리며 나를 쳐다보던 오상윤이 절망적인 목소리로 말했다.

"난 안 해. 아니, 하기 싫어."

오상윤이 절규하자 교실 창문이 열리더니 누군가 얼굴을 내밀고 조용히 하라고 소리쳤다. 변태석이 삿대질하며 욕설을 퍼붓자 머리가 쏙 들어가고 창문이 닫혔다. 오상윤이 우릴 돌아보며 비장한 각오로 말했다.

"난 누굴 때리는 것도 맞는 것도 전부 싫어."

"괜찮겠어?"

"뭐가?"

"사람들이 널 싫어할 텐데."

"상관없어."

"비겁한 놈이라고 손가락질하고 욕할 텐데."

변태석이 이죽거리자 오상윤이 단호하게 머리를 저었다.

"그래도 안 해."

변태석을 밀치고 나선 최호가 상윤을 다독거려주었다.

"하기 싫으면 안 해도 돼."

"그래도 될까?"

오상윤의 얼굴에 화색이 감돌았다.

"본인이 싫다는데 어쩌겠어."

"그럼 어떻게 하면 되지?"

"북항 수협 건물 2층에 있는 축제위원회를 찾아가서 대학 입시 준비 때문에 축제에 참여할 수 없다고 말해."

그제야 상윤의 얼굴에 화색이 감돌았다.

"대신 우릴 좀 도와줘."

"뭘?"

"우리가 이길 수 있는 전술을 연구해줘."

"그렇게 할게."

그제야 평정심을 회복한 상윤이 예의 명석한 눈빛으로 고개를 끄덕거렸다. 최호가 우릴 돌아보며 말했다.

"이유야 어쨌든 축제에 참여한 이상 반드시 이겨야 해. 어쩌면 놈들에게 복수할 좋은 기회야."

복수라는 말이 나를 흔들었다. 세 사람과 헤어진 나는 북항을 향해 달려갔다. 항구에 도착한 나는 집으로 올라가지 않고 내항을 가로질러 방파제로 올라갔다. 방파제에는 낚시꾼들이 줄지어 앉아 있었다. 밤바다에 야광 찌가 반짝거리며 물속을 오르내렸다. 방파제 끝 등대에 바이크를 세우고 나선형 난간을 올라갔다. 드넓은 북항의 전경이 한눈에 들어왔다. 문득 방파제를 가득 채운 사람들의 함성이 귓전을 울렸다. 맨몸으로 뒤엉킨 남자들의 거친 숨소리와 아우성이 굉음처럼 고막을 흔들었다.

열두 살 이후 내 무의식을 지배한 건 강태호였다. 그는 두려움의 근원이었다. 하지만 직접적인 위해를 가한 적은 없었다. 그러나 류재열은 달랐다. 그는 관념이 아니라 직접 맞부딪치는 현실의 인간이었다. 그것도 타자의 고통에 희열을 느끼는 전형적인 사디스트였고 아무런 죄의식 없이 다른 사람의 일상을 짓밟는 괴물이었다. 그런 괴물과 싸워야 했다. 더구나 류재열과 비슷한 성향의 패거리가 20명이 넘었다. 그들과 싸워 이길 수 있을까. 그동안 복싱을 통해 깨달은 건 내가 싸움에 적합하지 않다는 사실이었다. 상대를 때리는 것도 맞는 것도 힘들었다. 상대의 펀치가 몸을 가격하는 순간 엄청난 고통과 함께 두려움이 엄습했다. 그 두려움은 내 의식을 무너뜨렸다. 그건 경험하지 않으면 절대 느낄 수 없는 공포였다. 만약 변태석과 최호가 없었다면 난 상윤처럼 축제 참여를 거부했을 것이다. 기꺼이 비겁자라는 오명을 뒤집어썼을 것이다. 그러나 이젠 돌이킬 수 없었다. 물러날 수도 도망칠 수도 없었다. 설령 그곳이 지옥이라도 가야 했다. 살이 찢어지고 뼈가 부서져도 나아갈 수밖에 없었다.

3

강주 시내를 관통하는 강변에 들어선 관광호텔은 웅장했다. 지상 12층 지하 4층의 호텔은 객실이 200개였고 부대시설로 두 개의 대형 연회장과 양식, 일식, 중식당을 갖춘 지방 도시에서 찾아보기 힘든 규모의 관광호텔이었다. 막바지 공사가 한창인 듯 인부들이 트럭에서 자재를 내리고 있었다. 건물 외벽에는 고층 사다리차를 탄 사람들이 간판을 설치하고 있었다. 한 중년 남자가 회전문을 열고 나왔다. 무전기를 들고 작업 지시를 내리던 사내가 달려가서 남자에게 허리를 숙였다. 남자가 건물 외벽에 간판을 부착하는 인부들을 가리키며 무어라고 말했다. 그러자 책임자인 듯한 사내가 연신 고개를 끄덕거렸다. 남자의 말이 끝나자 사내가 무전기에 대고 뭔가 지시를 내렸다. 잠시 후 인부들이 작업이 끝났다는 신호를 보내자 채널 간판에 불이 들어왔다. 저녁 어스름을 밝힌 불빛이 찬란했다. 강태호는 뒷짐을 지고 밤하늘을 혜성처럼 환하게 밝힌 '강주 관광호텔'이란 글자를 오랫동안 올려다보았다.

그때 한 사내가 강변에서 올라왔다. 인도에 올라선 사내는 호텔을 흘깃 쳐다보며 다짜고짜 욕을 했다. 듣기 거북할 정도로 거친 욕설을 쏟아내던 사내는 강태호가 호텔로 들어간 뒤에야 입을 다물었다. 횡단보도를 건너간 사내는 호텔 외벽에 가래침을 퉤 뱉고는 번화가로 들어갔다. 체육관으로 가려던 나는 방향을 틀었다. 행색이 남루한 사내를 어디선가 본 듯했다. 그런데 기억이 나질 않았다. 건물 모퉁이에 바이크를 세운 나는 사내의 뒤를 따라갔다. 식당과 술집이 다닥다닥 붙은 골목은 퇴근한 직장인들로 북적거렸다. 사내가 보이지 않았다. 누군데 저렇게 원한이 가득한 욕설을 퍼붓는 걸까. 강태호는 아마도 이 자리에 오기까지 필연적으로 수많은 사람을 짓밟았을 것이다. 사내는 그런 사람 중 한 명인 듯했다. 골목을 거슬러 올라가며 가게들을 기웃거리는데 한 식당에서 고성이 들렸다. 유리문이 벌컥 열리며 조금 전 사내가 식칼을 들고 뛰어나왔다.

"이 새끼들, 밖으로 나와."

건장한 청년 세 명이 밖으로 걸어 나왔다. 아마도 그들과 시비가 붙은 모양이었다. 청년들이 사내를 쳐다보며 나직하게 말했다.

"아저씨, 좋은 말 할 때 그냥 가소."

"이 건방진 쌍놈의 새끼가 뭐라고 지껄이는 거야?"

"아저씨가 먼저 시비를 걸었잖소."

사내가 청년들을 향해 소리쳤다.

"내가 누군지 알아?"

"누군데요?"

청년들이 어이없다는 표정으로 되물었다. 쌍심지를 켠 사내가 목소리를 높였다.

"부산항 하역장에서 날 모르면 간첩이야. 부산 건달들이 날 보고 형님이라고 불러. 오랜만에 고향에 왔더니 귀때기 새파란 놈들이 나를 몰라보고 있어."

사내가 식당 주방에서 가져온 듯한 식칼을 흔들며 소리쳤다. 청년들이 서로를 돌아보며 피식피식 웃었다.

"아저씨 이름이 뭐요?"

사내가 자신의 이름을 말하는 순간 기억이 났다. 6년 전 침몰한 포경 선원 가족들을 선동하여 저택으로 쳐들어와서 난장판을 만들었던 바로 그 사내였다. 강태호에게 붙잡혀 죽을 만큼 얻어맞고 쫓겨난 사내는 그 뒤 북항에서 자취를 감추었다. 사내가 식칼을 흔들며 위협했지만, 청년들은 조금도 겁을 먹지 않았다. 오히려 찔러보란 듯 다가가자 사내가 뒤로 주춤주춤 물러났다. 그 모습을 본 구경꾼들이 피식피식 웃음을 터뜨렸다. 청년이 사내를 향해 점잖게 말했다.

"그만 칼 내려놓고 집에 가소."

그 말이 끝나기도 전에 사내가 홱 돌아서서 구경꾼들을 향해 식칼을 마구잡이로 휘둘렀다. 혼비백산한 사람들이 파다닥 흩어졌다. 구경꾼들에게 화풀이한 사내가 청년들을 노려보며 소리쳤다.

"오늘은 내가 바빠서 그만 간다. 다음부턴 조심해."

사내는 그렇게 말하고는 뒤도 돌아보지 않고 도망쳤다. 사내를 피해 메뚜기 떼처럼 흩어지는 사람들을 보자 만감이 교차했다.

체육관 올라가는 계단 천장에 거미줄이 가득했다. 출입문을 열자 시큼한 땀 냄새가 진동했다. 운동하고 있던 관원들이 흘긋 돌아봤는데 낯선 얼굴이 많았다. 사무실은 비어 있었다. 라커룸에서 옷을 갈아입고 나와 거울 앞에 섰다. 그동안 운동을 하지 않은 탓에 살이 조금 오른 것 같았다. 줄넘기를 시작했다. 몸이 무거웠다. 줄은 번번이 발에 걸렸고 숨이 턱 밑까지 차올랐다. 불과 한 달만인데 몸이 기름을 칠하지 않은 녹슨 기계처럼 삐걱거렸다. 줄넘기를 끝낸 다음 글러브를 끼고 샌드백을 두들겼다. 샌드백이 돌덩어리를 넣은 듯 딱딱했다.

지금쯤 류재열은 이번 축제에서 우리와 맞붙는다는 사실을 알고 있을 것이다. 최호가 복수를 말했듯 그 역시 우리를 합법적으로 응징할 기회를 잡았다고 생각하고 있을 게 분명했다. 수백 명이 뒤엉킨 육박전에서 숨긴 무기로 옆구리를 찌르면 그만이었다. 여름 축제까지 두 달 남짓이 남았다. 그때까지 몸을 만들어야 했다. 그동안 체육관에서 많은 관원을 봤다. 그들은 서로 다른 이유를 대며 체육관을 찾아왔지만, 속을 들여다보면 대부분 누군가를 이기고 싶어 했다. 남들보다 강해지고 싶은 열망이 그들의 내부에 숨어 있었다. 그러나 똑같이 운동을 시작해도 결과는 각기 달랐다. 어떤 사람은 한두 달 만에 뛰어난 실력을 보여주는가 하면 어떤 사람은 1년이 넘어도 제자리걸음이었다. 내가 바로 그런 경우였다. 남들보다 두 배 세 배 노력했지만, 체질 탓인지 좀처럼 실력이 늘지 않았다. 지금까지 체육관을 드나들면서 깨달은 건 결코 쉬운 상대가 없다는 것이었다. 내가 연습한 만큼 상대 역시 연습했고 이기고 싶은 열망 역시 상대도 갖고 있었다. 따라서 누군가를 이기기 위해선 더 많은 시간을 들여 훈련해야 했다. 그래도 상대를 쉽게 이길 수 없는 것이 복싱이었다.

한 시간 정도 샌드백을 친 다음 섀도복싱을 시작했다. 가상의 상대와 맞선 나는 스트레이트, 라이트 훅, 어퍼컷을 날렸다. 상대는 꿈쩍하지 않았다. 나는 더 강하게 상대를 몰아붙였다. 내 펀치를 맞을수록 상대의 몸이 점점 불어났다. 어느새 정신을 차려보니 코너에 몰려 있었다. 나를 가로막은 상대는 류재열이었다. 두툼한 입술을 실룩거리던 류재열이 주먹을 날렸다. 쇳덩어리 같은 펀치에 코뼈가 와지끈 내려앉았다.

가로 6미터, 세로 10미터의 링은 세상의 축소판이었다. 링에 올라서면 반드시 누군가와 싸워야 했다. 결과는 승자와 패자로 나누어졌다. 처음 만나는 상대들은 대부분 쉬웠다. 그러나 점점 강한 상대가 나타났다. 그들은 무자비하고 흉포했다. 수단과 방법을 가리지 않고 나를 이기려 했다. 반칙을 일삼고 속이고 기만하며 거짓 정보를 흘려 현혹했다. 때론 거짓 눈물을 흘렸다. 그렇게 안심시킨 다음 무방비 상태의 나를 때려눕혔다. 링 바닥에 누워 죽어가는 개처럼 숨을 헐떡거리고 있을 때 귀에 익은 목소리가 들려왔다.

"오랜만이구나."

나는 글러브를 벗고 수건으로 땀에 젖은 얼굴을 닦았다. 체육관을 돌아보니 모두 집으로 돌아간 듯 아무도 없었다. 나는 술 냄새를 풍기는 관장에게 물었다.

"두려움의 실체는 무엇인가요?"

"두려움은 나약함, 회피, 부정이 한덩어리로 뭉쳐진 거지. 따로 흩어져 있을 땐 별 게 아니야. 하지만 그것이 하나둘 합쳐지면서 점차 괴물로 변해. 그 괴물에 발목이 잡히면 한 걸음도 앞으로 나아갈 수 없어. 끝없는 자기혐오와 비하에 시달리다 끝내 세상으로부터 버려지게 되는 게 두려움의 실체지."

"승리는요?"

"앞으로 나아가는 힘이지. 그 동력을 통해서 우린 승자가 되어 원하는 목표에 도달할 수 있어."

관장은 마룻바닥을 서성거리며 말을 계속 이어나갔다.

"다른 운동도 비슷하지만, 최상위 그룹에 속한 선수들의 실력은 종이 한 장 차이야. 그런 이유로 시합 당일의 몸 상태와 상대의 실수와 적절한 운이 승패를 결정하는 경우가 허다해. 어떤 사람들은 그걸 실력이라고 해. 어쨌든 승자가 되기 위해선 그 모든 것을 뛰어넘어야 해."

"승리를 위해서라면 수단과 방법을 가리지 않아도 되나요?"

"그건 아니야."

관장이 고개를 저었다.

"부당한 방법으론 절대 승자의 희열을 느낄 수 없어. 그건 반칙일 뿐 아무것도 아니야."

관장의 눈빛이 여느 날과 달리 공허하게 보였다.

"우린 왜 이렇게 승부에 집착하는 거죠?"

"승자가 모든 부와 명예를 독식하기 때문이야. 그래서 모든 복서의 꿈은 챔피언이야. 더 오를 곳 없는 정상에 서는 게 모든 스포츠의 목표지. 패자는 아무도 기억하지 않아. 사람들은 오로지 승자만을 기억해. 그건 우리가 살아가는 세상도 마찬가지야. 아무도 삶의 패자를 위로하지 않아. 오직 승자만을 추앙할 뿐이지.”

나는 오랫동안 마음속에 품고 있던 질문을 던졌다.

“나 같은 사람이 월등하게 강한 상대를 쓰러뜨릴 방법이 있나요?”

“있어. 그래서 복싱이 재밌는 운동인 거야.”

“그게 뭔가요?”

“리버 블로우.”

관장은 그 말을 툭 던지고는 돌아서서 사무실로 들어갔다. 초여름의 후덥지근한 열기가 중창을 통해서 들어왔다. 나는 옷을 갈아입고 체육관을 나섰다. 바이크에 올라 시동을 걸었다. 짐승의 소리가 심장을 울렸다. 밤거리의 풍광이 눈앞으로 다가왔다가 소멸했다. 나는 몸을 낮게 엎드리고 액셀을 강하게 당겼다. 부아아아앙 바이크가 굉음을 울리며 폭발하듯 질주했다. 관장의 말이 계속 머릿속에 떠올랐다. 무하마드 알리를 한 방에 쓰러뜨릴 수 있는 기술이 있어도 내 안의 두려움을 극복하지 못하면 무용지물이었다. 우선 내가 해야 할 일은 두려움을 이겨내는 것이었다. 그 괴물을 깨부수지 못하면 난 한 걸음도 앞으로 나아갈 수 없었다. 괴물을 때려 부순 뒤에야 비로소 류재열을 상대할 수 있었다. 나는 어떤 일이 있어도 그를 징벌해야 했다. 그건 이유가 아니라 내게 주어진 절대적인 의무였다.

4

7월 첫 주말 오후, 북항 입구에 있는 해변에 건장한 체격의 청년들이 하나둘 모여들었다. 고등학생부터 대학생까지 다양한 나이의 청년들은 체격이 탄탄했다. 청년들의 숫자는 점점 불어나서 한 시간쯤 지나자 200여 명으로 늘어났다. 먼저 도착한 청년들은 새로운 청년들이 해변에 들어설 때마다 박수를 보내며 환호성을 질렀다. 가장 먼저 해변에 도착한 변태석은 연신 콧구멍을 벌렁거리며 사람들 사이를 돌아다니며 인사하느라 정신이 없었다. 최호와 나는 해변에 앉아 거뭇하게 변해가는 바다를 바라보고 있었다.

"요즘도 주방에 들어가?"

"가끔."

"아버진 뭐라고 하셔?"

"늘 내가 하고 싶은 대로 하라고 하셔."

최호가 횟집 주방에서 생선회를 뜨는 모습을 상상했다. 강태호가 저택에 들어온 뒤부터 나는 생선회를 먹지 않았다. 냄새만 맡아도 구토가 치밀어서였다. 하지만 최호가 뜬 생선회라면 얼마든지 먹을 수 있을 것 같았다. 그는 무화가 선물한 바이크를 성물聖物처럼 신성하게 대했다. 매일 아침 눈을 뜨면 가장 먼저 바이크를 먼지 한 점 없이 닦았다. 그는 바이크를 탈 때 절대 잔기술을 부리지 않았다. 그저 황소처럼 목표를 향해 우직하게 나아갈 뿐이었다. 그런 모습을 지켜볼 때마다 난 곧 최호가 스즈카 서킷을 달리는 날이 올 거라고 믿었다.

그때 우렁찬 함성이 들려왔다. 돌아보니 눈빛이 부리부리한 한 청년이 해변에 들어서고 있었다. 올해 처음 북항의 선봉을 맡은 장광호였다. 몇 달 전 특전사를 전역한 그는 복학을 기다리는 체대 휴학생이었다. 백사장에 흩어져 있던 청년들이 그를 둘러쌌다.

"저는 이번 축제에서 선봉을 맡은 장광호라고 합니다. 모두 알다시피 올해는 지금까지 축제를 만들고 이끌어 오신 선배님들이 물러나고 그 뒤를 젊은 우리가 맡게 되었습니다. 우리에게 가장 중요한 게 무얼까요. 그렇습니다. 승리입니다. 우린 어떤 일이 있어도 승리해야 합니다."

장광호는 군인 특유의 말투로 수차례 승리를 강조했다. 그의 열띤 연설에 취한 청년들이 손뼉을 치면서 환호성을 질렀다. 이어 장광호는 뱃고놀이의 규칙과 공격과 방어에 대해서 상세하게 설명했다. 그런 뒤에 축제가 열릴 때까지 주말마다 해변에서 전술 훈련을 한다며 한 사람도 빠짐없이 참여해달라고 당부했다. 이에 혈기가 넘치는 청년들의 화답이 해변을 쩌렁쩌렁 울렸다. 첫 대면이 끝났다. 장광호는 해변을 떠나는 청년들의 손을 잡아주며 승리에 대한 열의를 불태웠다. 해변을 나온 청년들은 북항으로 몰려갔다. 식당과 술집에 모인 그들의 얼굴에는 자부심이 흘러넘쳤다. 이들은 무엇 때문에 전쟁이나 다름없는 축제에 열광하는 걸까. 치기 어린 호전성 때문일까. 아니면 승자만이 누릴 수 있는 짜릿한 희열과 성취감 때문일까. 편을 나누어 상대의 깃발을 먼저 뺏는 쪽이 승리하는 이 단순한 시합에 목숨을 걸고 달려드는 이유는 무얼까. 상윤이 말한 것처럼 우리 몸에 야만의 피가 흐르고 있는 걸까.

다음 날 우리는 다시 해변에 모였다. 장광호는 청백의 깃발을 백 사장 좌우에 꽂아 놓고 청년들을 양편으로 나누었다. 그런 다음 다 시 인원을 공격조, 수비조, 대기조로 편성했다. 공격조는 상대 진영 에 쳐들어가서 깃발을 뺏는 임무였고 그 뒤를 대기조가 받쳤다. 수 비조는 자기편이 상대 깃발을 먼저 빼앗을 때까지 상대의 공격을 막아내며 깃발을 지키는 역할이었다. 변태석은 공격조, 최호는 대 기조에 들어갔고 나는 수비조에 편성되었다. 장광호가 호각을 불 자 양측의 공격조가 일제히 적진을 향해 뛰어들었다. 중앙에서 양 측 공격조가 충돌했다. 치열한 접전 끝에 공격조가 뚫리자 대기조 가 막아섰다. 대기조가 무너지면 깃발을 에워싼 수비조가 합세하 여 상대의 공세를 막았다.

장광호가 우리에게 요구하는 공격과 수비는 럭비의 전술과 개념 이 비슷했다. 럭비는 공을 소유한 선수를 중심으로 스크럼을 만들 어 상대편을 밀어내며 전진하여 인골 지역에 들어가서 터치해 점 수를 얻는 경기였다. 이런 방식은 힘으로 상대를 격파하면서 전진 하여 상대의 깃발을 뺏는 뱃고놀이와 거의 흡사했다. 200명의 건장 한 청년들이 뛰고 구르는 해변은 전쟁터를 방불케 했다. 처음에는 장난처럼 상대의 멱살을 잡고 밀어내던 횟수가 점차 거듭되자 눈 빛이 달라졌다. 실전처럼 상대편을 향해 돌진했고 깃발을 빼앗기 위해 달려드는 적을 힘을 합쳐 막아냈다.

훈련은 해 질 무렵이 되어서야 끝났다. 그야말로 손가락 하나 움 직일 수 없을 정도로 녹초가 되었다. 그런데도 아무도 불만이 없었 다. 오히려 청년들은 흥분한 기색이 역력했다. 피가 끓는 젊은이들

답게 짧은 휴식을 취하고 나면 언제 그랬냐는 듯 해변을 뛰어다녔고 저녁 늦게까지 술자리를 벌였다. 훈련이 끝날 즈음이면 북항 부녀회에서 만든 음식을 날라왔다. 불을 환하게 밝힌 해변에 한바탕 떠들썩한 잔치가 벌어졌다. 청년들은 부녀회에서 만든 음식을 배불리 먹으면서 이 축제가 자신들만의 시합이 아니라는 사실을 깨달았다. 축제는 중세의 전쟁과 같았다. 성을 함락하려고 몰려오는 적의 파상적인 공세를 병사와 주민이 합세하여 막아내는 전쟁이었다. 훈련이 시작되었다는 소식을 들은 주민들은 직접 해변까지 찾아왔다. 그들은 아예 자리를 펴놓고 새로 선발된 청년들이 모래밭을 나뒹구는 모습을 주의 깊게 관찰했다. 주민들은 청년들이 실수하면 안타까워했고 적의 수비를 뚫고 들어가서 깃발을 빼앗으면 박수를 보냈다.

훈련이 한창이던 어느 날, 오상윤이 해변을 찾아왔다. 그는 모래밭을 뒹구는 우릴 보고 혀를 내둘렀다. 하지만 예전과 다르게 날 선 비판을 쏟아내진 않았다. 아마도 혼자 빠진 게 미안한 모양이었다. 상윤은 남항의 상황을 살펴보자고 했다. 우린 장광호에게 자초지종을 알린 다음 바이크를 타고 남항으로 갔다. 소문에 의하면 남항도 본격적인 훈련을 시작한 모양이었다. 남항 역시 세대교체가 이루어졌는데 우리와 다르게 고등학생 숫자가 압도적으로 많았다. 아마도 선봉이 선수 구성을 할 수 있는 권리를 적극적으로 이용한 것 같았다.

남항 입구에 도착한 우리는 해안과 면한 슈퍼마켓 앞에 놓인 파라솔에 앉았다. 해안에는 100여 명의 청년들이 둥글게 원을 그리고 앉아 있었다. 류재열이 야구 배트를 들고 의자에 앉아서 지켜보는 가운데 웃통을 벗은 두 사람이 뒤엉킨 채 싸움을 벌이고 있었다. 의아한 생각이 들었다. 전술 훈련을 하느라 정신이 없는 우리와 너무 상반된 모습이었기 때문이었다.

"저놈들 뭐 하는 거야?"

"토너먼트 게임을 하고 있어."

상윤이 차분한 목소리로 대답했다.

"이유가 뭐지?"

"싸움에서 이긴 사람을 추려서 앞에 내세우려는 거지."

"미쳤구나."

변태석의 말에 상윤이 고개를 저었다.

"내가 보기엔 효과적인 방법이야."

"어째서?"

"전투 정신병을 극복할 수 있기 때문이야."

"그게 무슨 말이야?"

"1973년 아랍과 이스라엘 간의 10월 전쟁에서 전체 부상자의 30퍼센트가 전투 쇼크와 스트레스 환자였어. 이들은 극도의 긴장과 불안에 빠져 총 한번 제대로 쏴보지도 못하고 스스로 무너진 거지. 옛날 유럽 전역을 공포에 떨게 한 바이킹은 전투를 시작하기 전에 순록의 소변을 마셨어. 광대버섯인 아마니타 무스카리아를 순록에게 먹여 받아낸 소변이었지. 소변을 마신 바이킹들은 팔이 잘려나가도 통증을 느끼지 못한 채 엄청난 괴력으로 도끼를 휘둘러 적을 무참하게 섬멸했어. 바이킹들이 이렇게 미쳐 날뛴 건 광대버섯에 들어 있는 암페타민 때문이었지. 이 강력한 흥분제가 바이킹의 긴장과 불안, 피로와 통증, 두려움과 공포를 없애준 거야. 따라서 어떤 싸움이든 상대를 이기기 위해선 두려움과 공포를 견뎌내야 해. 이걸 없애는 게 바로 적개심이야. 류재열이 저들에게 싸움을 시킨 건 두려움과 공포를 극복하고 적개심과 투쟁심을 불러일으키기 위해서야."

오상윤의 날카로운 분석에 우린 할 말을 잃었다. 그때 최호가 무거운 입을 열었다.

"우린 어떻게 하면 될까?"

"한 가지 방법이 있어."

"그게 뭐지?"

"남항의 호위선을 먼저 처리해."

"호위선을?"

"지금까지 호위선은 뒤에서 지켜보다가 대장선의 선수가 부족하면 채우는 일종의 보충 부대 역할을 했어. 그런데 생각해보면 그들도 엄연하게 적이라고 할 수 있어. 그러니 그들을 먼저 없애면 수적으로 우위를 점할 수 있어."

"그게 가능할까?"

"뱃고놀이는 배에 탄 선수가 바다에 떨어지면 실격 처리하는 것 말고는 특별히 정해진 규칙이 없어. 따라서 얼마든지 변칙적인 운용이 가능해."

상윤의 말은 틀린 게 없었다. 문제는 장광호였다. 그동안 옆에서 지켜본 그는 원칙을 굉장히 중요하게 생각했다. 그런 그가 지금까지의 전통을 깨고 변칙적인 전술을 시행할 것인지가 관건이었다. 그때 해변에서 함성이 터져 나왔다. 상대를 때려눕힌 청년이 두 팔을 치켜들고 승리의 환호를 내지르고 있었다. 새로운 청년이 바닥에 쓰러져 있는 패자를 끌어내고 조금 전까지 피를 흘리며 싸운 승자와 맞섰다. 두 사람이 주먹을 휘두르는 모습을 지켜보던 우리는 자리에서 일어났다.

7월은 그렇게 다람쥐 쳇바퀴 돌듯 흘러갔다. 주말에는 해변에서 온종일 모래밭을 뒹굴었고 주중에는 체육관에서 살다시피 했다. 순서는 늘 똑같았다. 줄넘기를 뛰고 샌드백을 쳤고 섀도복싱을 했다. 내 상상의 상대는 늘 바뀌었다. 대부분 나보다 체격이 크고 기술이 뛰어난 선수들이었다. 때론 만만한 상대가 나타났다. 그럴 땐 세계 최고의 복서처럼 상대를 무자비하게 두들겨 팼다. 그러나 희열도 잠시였다. 글러브를 벗고 돌아서면 다시 제자리였다. 내 펀치에 쓰러진 상대는 실체 없는 상상 속 이미지일 뿐이었다. 그렇게 나는 매일 덧없는 희망을 품었고 절망의 나락으로 떨어지길 반복했다. 때때로 모든 걸 포기하고 싶어졌다. 아무도 없는 곳으로 도망치고 싶었다. 하지만 난 그럴 용기가 없었다. 연습이 무의미한 건 아니었다. 운동에 몰두하고 있으면 머릿속이 간명해졌다. 잡념이 사라지고 목표가 선명해졌다.

"어깨 힘을 빼."

섀도복싱에 열중하다 돌아보니 관장이 서 있었다. 그는 딱딱하게 굳은 내 어깨를 가리키며 말을 이었다.

"어깨에 힘이 들어가면 펀치를 빠르게 날리지 못해. 펀치가 느리면 상대에게 데미지를 줄 수 없어. 그리고 목표 지점을 맞추겠다는 욕심도 버려."

"왜죠?"

"오히려 독이 될 수 있기 때문이야."

"그럼 어떻게 해야 합니까?"

"상대의 주먹을 보지 말고 눈을 봐. 거기에 모든 게 있어."

리버 블로우는 간을 공격하는 기술이었다. 간은 다른 부위와 달리 보호하는 근육이 없었다. 그래서 정통으로 맞는 순간 충격이 척추를 타고 뇌까지 올라가고 동시에 내부 장기의 신경을 마비시켜 순간적으로 몸을 움직일 수 없게 만들었다. 그러나 이 기술은 쉽게 구사할 수 없었다. 평균 호흡보다 수십 배 빠르게 호흡하며 계속 움직이는 상대의 들숨 타이밍을 포착하는 건 그야말로 하늘의 별 따기보다 어려웠다. 만약 그 바늘 같은 미세한 틈을 찾아 정확하게 가격할 수만 있다면 최정상의 프로 복서도 한 방에 KO 시킬 수 있는 무서운 기술이었다.

그해 여름은 할리우드 영화의 주인공 같은 보비, 엘리, 게리, 어빙이란 태풍이 차례로 몰려왔다. 장광호는 비가 오든 태풍이 불든 상관없이 주말마다 우릴 해변으로 불러모았다. 그날도 정오 무렵에 시작한 훈련은 빗방울이 굵어질 때까지 계속되었다. 청팀 공격조가 한 시간 동안 파상공세를 퍼부었지만, 홍팀의 수비조가 만든 이중 스크럼은 좀처럼 뚫리지 않았다. 번번이 스크럼에 막혀 모래밭을 뒹굴자 변태석의 얼굴이 벌겋게 달아올랐다. 여느 때와 달리 변태석의 눈빛은 진지했다. 그는 명단 발표 다음 날 유도 도장에 등록했다. 뱃고놀이는 싸움 실력이 필수였다. 하지만 상대를 때려눕히는 데는 한계가 있었다. 그보다는 바다로 밀어내는 방법이 더 실리적이었다. 특히 유도의 잡기 기술은 사람들이 뒤엉킨 접전에서 상당한 효과를 발휘할 수 있었다. 한두 달 만에 유도 기술을 완전하게 습득할 순 없겠지만, 어쨌든 도움이 된다는 게 변태석의 생각이었다. 선천적으로 운동 신경이 뛰어난 그는 속성으로 익힌 유도 기술을 훈련에서 유감없이 써먹었다. 그러나 오늘만큼은 마음대로 풀리지 않는지 잔뜩 흐린 하늘을 올려다보며 구시렁거렸다.

수비조 훈련이 시작되었다. 우린 깃발을 둘러싸고 이중 스크럼을 만들었다. 전방에는 30명의 공격조가 우릴 노려보고 있었다. 그들은 훈련인데도 눈에 핏발이 서 있었다. 장광호가 호각을 불자 그들이 천천히 다가왔다. 심장이 쿵쿵 뛰고 무릎이 희미하게 떨렸다. 그들의 거친 숨소리가 바이스처럼 몸을 옥죄어왔다. 코앞까지 접근한 그들의 몸에서 땀 냄새가 강하게 풍겼다. 이윽고 그들이 함성을 지르며 달려들었다. 눈앞이 번쩍했다. 옆의 동료가 잡아줘서 간신히 버텨냈다. 나는 모래 깊숙이 발을 묻고 좌우 동료와의 간격을 바짝 좁혔다. 뒤로 물러난 공격조가 한껏 당긴 시위처럼 어깨를 부딪쳐왔다. 땀과 빗물이 범벅된 공격조의 돌덩어리 같은 어깨가 스크럼을 파상적으로 때렸다. 스크럼 일부가 무너지면 뒤에서 대기하던 동료가 재빨리 달려들어 빈틈을 메웠다. 입 안에서 비릿한 피냄새가 번졌다. 충돌할 때 혀를 깨문 모양이었다. 나는 머리를 흔들어 빗물을 털어내며 공격조들의 어깨를 밀어냈다. 시야가 흐릿했다. 사선으로 쏟아져 내리는 빗방울은 점점 굵어졌고 파도는 굵주린 짐승처럼 모래톱을 할퀴었다.

장광호가 호각을 불자 뒤엉켜 있던 공격조와 수비조가 동작을 멈추었다. 공격조와 수비조가 물러나고 새로운 사람들이 그 자리를 채웠다. 수비조가 서로의 어깨를 갈고리처럼 엮어 강력한 스크럼을 만들자 공격조가 그들을 향해 전진했다. 나는 뜨겁게 달아오른 몸을 빗물에 식히며 깃발을 지키고 뺏기 위해 나선 청년들을 바라보았다. 그들은 모두 뱃사람들의 자식이었다. 뱃사람들은 허약한 남자를 경멸했다. 그들은 거친 파도를 헤치고 거대한 고래의 몸통에 작살을 꽂는 강한 남자를 동경했다. 그런 그들에게 싸움에서 물러서는 건 참을 수 없는 수치였다.

선두에 선 변태석의 눈빛이 이글거렸다. 빗방울이 더 거세졌다. 그러나 이들을 지켜보는 사람들은 아무도 움직이지 않았다. 한 줄로 늘어선 공격조가 깃발을 향해 천천히 다가갔다.

머리를 빡빡 민 청년이 스크럼을 향해 돌진했다. 그러나 스크럼에 막힌 그는 뒤로 벌렁 나뒹굴었다. 벌떡 일어난 청년은 다시 괴성을 지르며 스크럼을 향해 맹렬하게 달려들었다. 스크럼을 짠 수비조는 그물망처럼 뒤로 살짝 물러나서 충격을 완화한 다음 앞으로 밀어냈다. 장광호가 고안한 이 방법은 상당한 효과가 있었다. 아무리 힘이 좋아도 스크럼을 뚫기가 쉽지 않았기 때문이었다. 장광호는 이 전술이 실전에서 강력한 효력을 발휘할 거라고 믿었다. 바람이 점점 강해졌다. 강풍에 흩날린 포말이 해안도로까지 날아갔다. 온몸이 새카맣게 탄 장광호는 쉬지 않고 호각을 불었다.

공격조들이 수비조의 약한 부분을 집요하게 공략했다. 수비조가 무너지는 틈을 메우기 위해 달려들 때마다 강하게 밀어붙여 조금씩 간격을 넓혀갔다. 기회를 엿보던 변태석이 득달같이 미세한 균열을 파고들었다. 변태석이 수비조의 멱살을 잡아 강하게 당기자 철옹성 같던 스크럼이 무너지기 시작했다. 한번 시작된 균열은 걷잡을 수 없이 번져나갔다. 스크럼을 뚫고 들어간 변태석이 최종 수비조의 어깨를 짚고 빗물에 젖은 깃발을 낚아챘다. 그 순간 장광호의 호각이 빗줄기를 뚫고 섬광처럼 울려 퍼졌다.

"이겼다!"

변태석이 깃발을 들고 포효하자 공격조들이 우르르 몰려와서 승리의 함성을 질렀다. 변태석이 괴성을 지르며 해변을 달려갔다. 공격조들이 그 뒤를 쫓아갔다. 모래밭에 주저앉은 수비조와 이를 지켜보던 청년들이 합세하여 해변을 달려갔다. 변태석이 파도가 휘몰아치는 바다에 뛰어들었다. 청년들이 뒤를 따라 우르르 바다에 뛰어들었다. 변태석이 깃발을 흔들며 목이 터지게 소리쳤다.

"와라! 와라! 와라!"

성난 파도가 청년들의 몸을 후려쳤다. 그러나 그들은 물러서지 않았다. 비바람에 맞선 청년들이 솟구쳐 오르는 파도를 노려보며 맹수처럼 으르렁거렸다. 변태석이 다시 구호를 외치자 200명의 청년들이 동시에 소리쳤다.

"와라! 와라! 와라!"

청년들의 함성이 장대비가 쏟아지는 해안을 쩌렁쩌렁 울렸다. 청년들은 상체를 흔들며 배 속에서 끌어올린 구호를 목놓아 외치고 외쳤다.

5

8월 첫 주말 오후, 마지막 전술 훈련이 끝났다. 장광호는 한 달 동안 자신을 믿고 따라준 청년들의 손을 잡아주면서 고마움을 전했다. 얼굴이 검게 그을린 청년들의 표정은 밝았다. 그들은 서로의 어깨를 끌어안고 다가올 축제의 선전을 다짐했다. 장광호는 오상윤의 제안에 관해 말이 없었다. 그걸로 봐선 전통을 깨지 않고 뱃고놀이를 치를 생각인 듯했다.

여름 축제를 일주일 앞둔 북항 거리는 사람들로 북적거렸다. 나는 노점상들이 점령한 거리를 지나서 내항으로 내려갔다. 선창에 말끔하게 수리한 목선이 정박해 있었다. 그 옆에는 한 무리의 청년들이 둘러앉아 석쇠에 고기를 굽고 있었다. 매캐한 연기를 보자 문득 작년 여름 축제 전야가 떠올랐다. 불침번들의 얼굴만 바뀌었을 뿐 똑같은 상황이었다. 하나 달라진 건 내가 축제에 직접 참여하고 있다는 사실이었다. 나는 착잡한 기분으로 대장선에 높이 걸린 깃발을 올려다보았다.

언덕길을 올라가자 대문 앞에 승용차가 시동이 걸린 채 서 있었다. 운전사는 보이지 않았다. 대문을 열고 들어서는데 현관문이 벌컥 열리고 어머니가 운전기사의 부축을 받으며 걸어 나왔다. 뭔가 분위기가 심상치 않았다. 뒤따라 나온 교동댁의 얼굴이 하얗게 질려 있었다. 그때 어머니가 휘청거리며 주저앉았다. 어머니의 팔을 잡고 일으켰다. 운전기사가 달려가서 차 뒷문을 열자 어머니가 간신히 차에 올랐다. 교동댁이 나를 어머니 옆자리에 밀어 넣으며 울먹거렸다.

"사장님이 많이 다쳤어."

교동댁의 말이 채 끝나기도 전에 차가 언덕길을 내려갔다. 운전기사는 상향등을 번쩍거리며 인파가 넘치는 거리를 빠져나갔다. 해안도로에 들어서자 앞을 가로막는 차들을 전부 추월하며 질주했다. 나는 식은땀을 흘리는 운전기사를 쳐다보며 물었다.

"어떻게 된 겁니까?"

"죄송합니다. 정말 죄송합니다."

운전기사는 대답 대신 엉뚱한 말을 늘어놓았다. 다시 한번 묻자 그제야 조심스럽게 입을 열었다.

"잠시 방심한 사이에 사고가 터졌습니다."

"그게 무슨 말인가요?"

"누군가 회장님을 칼로 찔렀습니다."

운전기사의 말이 선뜻 믿어지지 않았다. 그는 장정 네다섯 명을 순식간에 때려눕힐 수 있었다. 그런 그가 괴한의 칼을 맞았다는 건 있을 수 없는 일이었다. 별것 아닌 일로 호들갑을 떠는 게 아닐까. 그런데 어머니의 표정을 보자 그게 아닌 듯했다. 해안도로를 빠져 나온 승용차가 강변로에 들어섰다. 저 멀리 불을 환하게 밝힌 호텔 건물이 보였다. 차는 호텔 앞에서 속도를 늦추었다. 호텔 정문 앞에 노란색 출입금지 테이프가 둘러쳐져 있고 경찰관들이 출입을 통제하고 있었다. 그 안쪽에는 사복형사로 보이는 남자들이 모여 있고 호텔 안에는 짧은 머리의 사내들이 불안한 눈빛으로 형사들을 지켜보고 있었다. 그때 어머니가 명령조로 말했다.

"빨리 병원으로 가요."

호텔을 지나친 차는 다시 질주했다. 도시를 밝힌 불빛이 차창 너머로 빠르게 흘러갔다. 차는 강을 가로지른 다리를 건너갔다. 강물에 반사된 불빛을 보자 알 수 없는 불안감이 밀려왔다. 10여 분 뒤 우리가 탄 차가 병원 입구에 도착했다. 병원 정문에 검은 양복을 입은 사내들이 모여 있었다. 사내들이 뒷문을 열고 어머니를 향해 허리를 숙였다. 그들을 돌아보던 어머니가 눈빛이 날카로운 한 사내를 지목했다.

"어디 있어요?"

"따라오십시오."

사내들이 길을 열었다. 우리는 사내와 함께 엘리베이터에 올랐다. 사내가 상황을 설명했다. 강태호가 호텔 옥상에서 시가지를 내려다보고 있는데 누군가 등에 칼을 꽂고 밀어버렸다고 했다. 사내는 범인을 잡기 위해 시내 전역을 이 잡듯 뒤지고 있다는 말을 덧붙였다. 굳은 표정의 어머니는 별다른 말이 없었다. 중환자실에서 만난 의사는 칼에 찔린 상처는 별것 아닌데 추락하면서 호텔 정문 포치 모서리에 머리를 부딪친 게 문제라고 했다. 내일 날이 밝는 대로 수술을 하는데 언제 깨어날지는 알 수 없다고 알려주었다. 수술은 다음 날 정오에 끝났다. 우린 사흘 뒤에야 소독을 거친 다음 중환자실로 들어갈 수 있었다. 인공호흡기를 착용한 그를 본 어머니가 숨을 멈추었다. 오래전 포경선이 침몰했다는 소식에도 표정 하나 변하지 않던 어머니가 눈물을 흘렸다.

나는 병상에 누운 그의 얼굴을 들여다보았다. 숨결이 느껴질 만큼 가까이서 얼굴을 본 건 처음이었다. 몇 년을 한집에서 살면서 한 번도 정면을 본 적이 없었다. 그의 얼굴은 편안하게 보였다. 마치 오랫동안 쓰고 있던 가면을 벗은 듯 홀가분한 얼굴이었다. 나는 아직도 그를 어떻게 받아들여야 할지 결론을 내리지 못한 상태였다. 그래서인지 병상에 누운 그를 봐도 아무런 감정이 들지 않았다. 나는 그의 가슴에 얼굴을 묻고 흐느껴 우는 어머니를 내버려둔 채 중환자실을 나왔다. 로비로 내려가자 사내들이 몰려와서 나를 둘러쌌다.

"회장님 언제 깨어납니까?"

그들은 수산 회사 창천의 임직원이자 시내의 각종 유흥업소를 맡은 조직원들이었다. 내가 고개를 흔들자 그들은 낙담한 표정으로 한숨을 내쉬었다. 병원 입구에 봉고차 한 대가 세워져 있고 형사들이 서성거리고 있었다. 병원 동향을 파악하기 위해 나온 형사들이 주고받는 말소리가 들려왔다.

"강태호가 칼에 찔리다니 믿을 수 없어."

"잔챙이 야쿠자 칼에 찔린 역도산도 어이없이 죽었어."

나는 그들을 지나쳐 도로로 내려가서 택시를 잡았다. 호텔 입구에 다다른 후 택시에서 내렸다. 경찰들이 떠난 호텔은 을씨년스러웠다. 나는 잔뜩 독이 오른 사내들을 지나서 호텔 안으로 들어갔다. 막바지 실내 공사가 중단된 호텔은 어수선했다. 로비 한쪽에는 비닐에 싸인 카펫이 산더미처럼 쌓여 있고 바닥에는 각종 장비와 전선이 어지럽게 흩어져 있었다. 호텔 곳곳은 미완성이었다. 그 여백은 주인의 부재를 온몸으로 알리고 있었다. 연회장 문이 열리며 몸

303

에 달라붙는 셔츠를 입은 남자가 나타났다. 나를 본 남자가 정중하게 고개를 숙였다. 언젠가 저택에서 본 호텔 지배인이었다.

"회장님 상태는 어떻습니까?"

지배인의 얼굴에는 호텔과 자신의 미래에 관한 불안이 짙게 드리워져 있었다. 나는 고개를 젓고는 호텔을 돌아보고 싶다고 말했다. 지배인은 더 묻지 않고 앞장섰다. 연회장과 세 개의 식당은 공사가 완전히 끝난 상태였다. 지하층에 있는 나이트클럽과 사우나도 청소까지 완벽하게 끝나 있었다. 공사가 남은 장소는 호텔의 관문인 로비였다. 그곳만 끝나면 모든 공사가 끝난다고 지배인이 침울한 목소리로 말했다. 부속 시설을 돌아보고 로비로 돌아오자 어디선가 본 남자 네 명이 서 있었다. 그들은 저택에서 한 달 정도 머물렀던 일본 야쿠자들이었다. 지배인 역시 그들을 아는 듯 황급히 머리를 숙였다. 키가 작고 곱슬머리인 사내가 나를 흘끔거리며 뭔가를 물었다. 지배인이 나를 돌아보며 말했다.

"회장님이 언제 깨어날지 알고 싶다고 합니다."

나를 쳐다보는 야쿠자들의 얼굴에 불만이 가득했다. 호텔 개장을 코앞에 두고 예상치 못한 변고가 생겼기 때문이었다. 호텔에 막대한 자금을 투자한 조직 입장이 난감해진 것이다. 그들이 급하게 도쿄에서 강주로 날아온 건 그 때문이었다. 나는 난처한 표정으로 언제 깨어날지 모른다고 말했다. 지배인의 통역을 듣고 난 사내가 인상을 찡그리며 "바카야로!" 하고 소리쳤다. 자신의 부하들에게 거칠게 욕설을 퍼부은 사내는 나를 흘끗 쳐다보고는 호텔을 나갔다. 그들의 뒷모습을 보고 있던 지배인이 땅이 꺼질 듯 한숨을 내쉬었다.

"옥상은 문이 열려 있나요?"

"잠겨 있습니다."

잠시 후 지배인에게 열쇠를 받아들고 엘리베이터에 올랐다. 엘리베이터는 포장지가 그대로 붙어 있었는데 바닥 골판지에 찍힌 발자국이 어지러웠다. 12층에서 내려 비상계단을 올라가자 방화문이 나타났다. 문 앞에는 출입금지 테이프가 붙어 있었다. 출입금지 테이프를 살짝 밀어내고 방화문을 열었다. 로비를 제외한 실내 공사가 끝난 것과 달리 옥상은 이제 막 난간 설치 작업을 시작한 듯했다. 옥상 바닥 곳곳에 금속 난간이 쌓여 있고 금속 절단기를 비롯한 작업 도구가 흩어져 있었다. 호텔 정면 방향의 파라펫에 노란색 출입금지 테이프가 둘러져 있었다. 옥상 가장자리에 서자 바다를 낀 도시의 전경이 내려다보였다. 파라펫에는 아무런 흔적이 없었다. 아래를 내려다보니 정문 입구 포치 모서리에 핏자국이 검게 말라 붙어 있었다.

저녁 어스름을 밝힌 간판을 바라보던 강태호의 뒷모습이 떠올랐다. 그 불빛은 그가 꿈꿔온 야망의 상징이었다. 그 찬란한 불빛을 위해 수많은 경쟁자를 물리쳤고 감옥을 제집처럼 들락거리며 살아왔다. 강주 시내를 내려다보는 이 웅장한 호텔은 그의 삶을 집약한 성취물이었다. 이제 곧 마무리 공사를 끝내고 이 장엄한 성채가 불을 밝히는 순간 그는 간절히 고대하던 염원을 이룰 것이었다. 그러나 그는 평생을 기다려온 권좌에 앉지 못했다. 대신 소독약 냄새가 진동하는 차가운 병상에 누워 있었다. 그는 이런 자신의 운명을 알았을까. 전혀 알지 못했을 것이다. 그렇다면 누가 그의 꿈을 짓밟은 걸까. 지금 내 나이에 학교를 그만두고 폭력 세계에 뛰어든 그는 지금까지 수많은 사람과 싸웠다. 그리고 지금도 온갖 이해관계에 얽히고설켜 있을 것이었다. 그런 그에게 원한을 품은 사람은 한두 명이 아니었다. 그들 중 누군가 그의 꿈을 좌초시킨 것이다. 하늘을 올려다보았다. 8월의 태양이 세상의 모든 꿈과 이상을 녹일 듯 강렬한 빛을 쏟아내고 있었다.

옥상을 돌아나와 문을 잠근 다음 로비로 내려갔다. 로비에는 아무도 없었다. 호텔 앞을 서성거리던 사내들도 보이지 않았다. 프런트 뒷벽에 걸린 런던, 뉴욕, 홍콩, 모스크바의 시간을 알리는 시계 초침이 거대한 기계의 회전판처럼 돌아가고 있었다. 나는 뒤를 돌아보았다. 천장 높은 로비는 마치 거대한 고래의 배 속 같았다. 저 드넓은 바다를 유영하는 고래가 아닌 입이 찢겨나가 죽은 고래의 어둡고 축축한 배 속이었다.

병원으로 돌아가자 변태석이 와 있었다. 그의 말에 의하면 강주 시내가 발칵 뒤집혔다고 했다. 조직원들이 총동원되어 유흥가를 이 잡듯 뒤지고 경찰 역시 검문검색을 강화하고 있었다. 이 흉흉한 분위기에 놀란 손님들이 서둘러 귀가하자 밤마다 불야성을 이루던 유흥가가 싸늘하게 얼어붙은 것이다. 그리고 강태호에게 패배하여 변방을 전전하던 폭력 조직이 은밀하게 움직임을 시작했다. 맹주가 사라진 중원을 차지하기 위해 준동을 시작한 것이다. 대외적으론 건실한 사업가였지만, 강태호는 여전히 강주의 폭력 세계를 장악하고 있었다. 그의 명령이 떨어지면 수백 명이 일사불란하게 움직일 정도로 위상은 절대적이었다. 그런 그의 생명이 경각에 달렸다는 사실은 오랫동안 힘의 균형을 유지해온 중심축의 와해를 의미했다.

변태석이 돌아간 뒤에 나는 중환자실 병동으로 올라갔다. 어머니가 병동 복도에 손님 한 명 없는 박물관 안내인처럼 망연하게 앉아 있었다.

"어딜 갔다 왔니?"

잠시 친구를 만나고 왔다고 하자 어머니는 뭔가 할 말이 있는 듯 입술을 달싹거렸다. 그러나 선뜻 말을 꺼내지 못하고 망설였다. 침묵을 지키던 어머니가 마침내 결심한 듯 입을 열었다.

"그는 네 아버지다."

나는 어머니의 유령처럼 창백한 얼굴을 가만히 바라보았다.

"선뜻 믿기 힘들겠지만 사실이다. 이런 일이 일어날 줄 알았다면 조금 더 일찍 알려줄 걸 그랬구나."

내 눈을 뚫어지게 쳐다본 어머니가 말했다.

"알고 있었니?"

"네."

어머니는 내가 그 사실을 어떻게 알았는지 묻지 않았다. 나 또한 그 복잡한 과정을 설명할 수 없어 입을 다물었다. 그때 갑자기 어머니가 손으로 얼굴을 감싸고 눈물을 터뜨렸다. 나는 당혹스러운 시선으로 어머니의 가냘픈 어깨가 흔들리는 모습을 바라보았다. 흐느끼는 어머니 모습에 그간의 미움과 원망이 봄날의 눈처럼 녹아내렸다. 어머니가 이렇게 왜소했던가. 그 순간 나는 내 몸과 마음이 훌쩍 컸다는 사실을 깨달았다. 이젠 어머니의 관심만을 갈구하는 아이가 아니었다. 혼자 힘으로 내 길을 걸어가야 하는 성인이었다. 나는 어머니를 부축하여 일으켜 세우고 복도를 돌아나갔다. 어머니 몸이 종잇장처럼 가벼웠다. 엘리베이터가 움직이자 어머니가 휘청거렸다. 나는 어머니가 흔들리지 않도록 단단히 붙잡았다.

그날 저녁 변태석이 집으로 찾아와서 범인이 체포되었다는 사실을 알려왔다. 범인을 잡은 건 경찰이 아니라 강태호의 부하들이었다. 그들이 변두리 모텔을 급습하여 범인을 잡을 수 있었던 것은 사건 당시 호텔 비상계단을 뛰어 내려오는 범인의 얼굴을 본 목격자가 있었기 때문이었다. 이런 사실을 경찰에 알리지 않은 건 배후를 알아내기 위해서였다. 그런데 범인을 잡아 알아보니 폭력 조직과는 상관이 없는 인물이었다. 그래서 경찰에 연락해 범인을 넘긴 것이었다. 어쨌든 범인이 어떤 사람인지 알고 싶었던 나는 변태석과 함께 경찰서를 찾아갔다.

변태석이 친분 있는 형사를 찾아가서 내가 누군지 알리자 형사가 사무실 안쪽을 가리켰다. 거기에는 수갑을 찬 한 사내가 조서를 쓰고 있었다. 사내의 얼굴을 확인한 나는 깜짝 놀랐다. 그는 호텔 앞에서 욕설을 퍼붓던 바로 그 남자였다. 맨발로 덜덜 떨면서 조서를 쓰고 있는 사내를 보는 순간 내 입에서 안타까운 탄식이 흘러나왔다. 차라리 그들 세계의 누군가가 원한에 찬 칼을 그의 등에 꽂았다면 이해할 수 있었다. 그렇게 살고 죽는 게 그들의 운명이었기 때문이었다. 그러나 이 사내는 아니었다. 다른 사람은 몰라도 이 사내만큼은 야망의 정점에 올라서기 직전의 그를 추락시킬 권리가 없었다. 바지에 오줌을 싸고 앞니가 빠진 사내를 바라보던 나는 발길을 돌렸다. 경찰서를 나오는데 까닭 모를 실망감이 어깨를 짓눌렀다. 그동안 나를 보호해온 견고한 갑옷이 벗겨졌다. 이제 물 빠진 저수지처럼 수면 아래 숨겨져 있던 것들이 하나둘 드러나기 시작할 것이다. 나는 그 어떤 보호막도 없이 그 엄혹한 진실과 대면하게 될 것이었다.

6

8월 한낮의 항구는 바짝 달군 프라이팬처럼 뜨거웠다. 아침부터 두 대의 살수차가 동원되어 항구 곳곳을 돌아다니며 물을 뿜었다. 그러나 살수차가 돌아서기 무섭게 물이 증발했다. 시내에서 북항으로 들어오는 도로는 아침부터 꽉 막혀 있었다. 간신히 정체를 뚫고 들어온 시내버스는 사람들을 끝없이 쏟아냈다. 자전거를 타고 온 사람도 있었고 심지어 뙤약볕을 걸어온 사람들도 있었다. 그들은 모두 노점상이 늘어선 거리를 지나서 내항으로 몰려갔다. U자형의 넓은 내항은 인산인해였다. 내항을 가득 채운 사람들은 흥분한 표정으로 축제가 시작되기를 기다리고 있었다. 이따금 바닷바람이 불어왔지만 그들의 열기를 식히기엔 부족했다. 이윽고 웃옷을 벗은 건장한 청년들이 내항 중앙에 마련된 본부석 단상에 올라왔다. 그들이 동시에 북을 내리치자 둥둥둥 소리가 뜨거운 공기를 밀어내며 퍼져 나갔다.

내항에는 중앙 단상을 경계로 북항과 남항의 선단이 마주 보고 있었다. 배의 갑판에는 얼굴이 새카맣게 탄 청년들이 줄지어 서 있었다. 뱃머리에 우뚝 선 장광호의 몸이 장작처럼 뻣뻣했다. 북소리가 울릴 때마다 뒤쪽에 서 있는 청년들의 몸이 움찔움찔했다. 장광호 바로 뒤쪽에 포진한 변태석은 여유가 넘쳤다. 그는 사람들을 향해 손을 흔들며 환하게 웃고 있었다. 최호의 표정은 담담했다. 그는 대장선 깃대에 걸린 깃발을 올려다보며 생각에 잠겨 있었다. 오상윤은 보이지 않았다. 아마 그는 자신의 집에서 망원경으로 우릴 지켜보고 있을 것이었다. 하늘을 올려다보자 칼날 같은 빛이 동공을 찔렀다. 눈을 깜빡인 다음 먼바다로 시선을 돌렸다. 하늘과 바다의 경계가 없었다. 눈을 감았다. 둔중하게 울리던 북소리가 잦아들었다. 군중들의 웅성거리는 소리가 잔물결처럼 가라앉았다.

초여름 풀밭을 한 소녀가 걸어가고 있었다. 소녀가 밟고 지나간 자리에 연록이 번져나갔다. 바닷바람이 소녀의 몸을 흔들었다. 남색 치마가 부풀었고 긴 머리가 흩날렸다. 벼랑에 매달린 노란 야생화와 하얀 해국이 몸을 흔들었다. 어디선가 날아온 바닷새가 저공비행을 했다. 수평선에 내려앉은 구름이 엉키고 부풀었다가 느닷없이 불어온 바람에 산산이 흩어졌다. 그 순간 소녀가 이편을 돌아보며 환하게 웃었다.

눈을 뜨자 본부석에서 지루하게 이어지던 축사가 끝났다. 심판장이 단상에 오르자 대기하고 있던 심판들이 모터보트에 올랐다. 흰옷을 입은 그들은 멀리서도 눈에 띄었다. 양측 대장선에 올라간 심판들이 배를 수색하기 시작했다. 올해 축제에서 바뀐 규칙은 두 가지였다. 첫째는 그동안 암묵적으로 묵인한 무기를 금지했다. 선

수 구성이 청년층으로 바뀌면서 자칫 큰 사고가 날 수 있었기 때문이었다. 또 하나는 대장선 뱃머리에 부착한 '고'를 없앴다. 뱃고놀이란 명칭이 만들어진 건 뱃머리에 고싸움놀이의 고를 부착했기 때문이었다. 양측 뱃머리에 부착한 고가 맞붙어 공중으로 치솟는 것은 일종의 퍼포먼스였다. 관중들에게 시각적으로 화려한 모습을 보여주기 위해서 고안한 것이었다. 축제위원회는 형식에 얽매이지 않는 진정한 해전海戰을 보여주겠다며 이 퍼포먼스를 과감하게 없애버렸다. 선수들이 배에 오를 때 수색을 해서인지 무기는 나오지 않았다. 그런데 남항의 대장선이 시끄러웠다. 심판들이 징이 박힌 가죽 장갑과 자전거 체인을 찾아낸 것이다. 호위선까지 샅샅이 뒤진 심판들이 수색을 끝냈다는 신호를 보냈다. 심판장이 하늘을 향해 신호총을 쐈다.

"탕!"

총성이 울리자 두 개의 선단이 서서히 움직이기 시작했다. 양측의 배가 나란히 서자 뱃전에 늘어서 있던 청년들이 상대를 향해 야유를 보내기 시작했다.

"아가들아, 엄마 젖은 먹고 왔냐?"

"나한테 얻어맞기 싫은 놈은 그냥 배에서 뛰어내려!"

남항이 도발하자 변태석이 목에 핏대를 세우며 고함쳤다.

"개새끼들, 뜨거운 맛을 보여줄 테니 기다려."

양측의 거친 입씨름에 관중들이 흥분하기 시작했다. 청년들이 상대를 자극하는 건 기선을 제압하기 위해서였다. 남항 대장선 뱃머리에 선 류재열은 신경전에 관심이 없다는 듯 앞만 바라보고 있었다. 어깨가 넓은 그는 타고난 강골이었다. 선수들은 이런저런 핑계를 대며 류재열과의 시합을 피했다. 그건 그의 잔혹한 성격 때문이었다. 류재열은 약한 상대를 절대 봐주지 않았다. 오히려 철저하게 짓밟았다. 그는 태생적으로 상대의 고통에 둔감했다. 류재열이 천천히 고개를 돌렸다. 나와 눈이 마주친 류재열이 희미하게 웃었다. 나는 시선을 피하지 않고 맞받았다.

남항의 배들이 먼저 내항을 빠져나갔다. 뒤를 이어 북항의 배들이 외항으로 나갔다. 양측의 선단은 넓은 바다에서 크게 선회했다. 멀리서 바라본 내항의 해수면은 은빛이었다. 둥둥둥 울리는 북소리에 맞춰 은빛 물결이 튀어 올랐다. 북항의 선단이 내항으로 들어갔다. 배들은 오른쪽 방파제를 따라 전진했다. 방파제를 가득 채운 사람들이 함성을 질렀다. 그들의 얼굴에는 각기 자신의 편이 이길 거라는 승리의 기대감이 가득했다. 사람들이 한여름 뜨거운 열기를 견뎌내는 건 그 승리를 지켜보기 위해서였다. 그것은 무엇과도 바꿀 수 없는 희열이었다. 바람에 나부끼는 깃발과 본부석 연단에 근엄한 표정으로 앉아 있는 내빈들과 웃통을 벗고 북을 내리치는 청년들과 건물 옥상과 지붕에 앉아 있는 사람들의 형체가 아지랑이처럼 흔들렸다.

양측의 선단이 내항에서 마주 섰다. 북소리가 멈추자 항구는 일순 팽팽한 전운이 감돌았다. 장광호의 목울대가 크게 움직였다. 그 뒤쪽에 상체를 낮춘 공격조들의 얼굴에서 땀방울이 뚝뚝 떨어졌다. 목이 탔다. 배가 터질 때까지 차가운 물을 마시고 싶었다. 장광호가 손을 흔들었다. 배가 천천히 전진했다. 남항의 선단이 앞으로 다가왔다. 양측의 대장선이 충돌할 듯 접근하자 관중들이 일어났다. 목덜미가 쓰라리게 따가웠다. 류재열 뒤쪽에 서 있는 패거리의 벗은 상체가 기름을 바른 듯 번들거렸다. 속도를 높여 전진하던 남항의 대장선이 뱃머리를 돌렸다. 그리고 우리 좌우에 포진한 호위선을 강하게 들이박았다.

호위선이 뒤집히면서 선수들이 무더기로 바다에 빠졌다. 남항의 대장선은 우왕좌왕하는 우리 측 호위선을 차례로 격파했다. 대장선이 밀어붙이자 크기가 작은 호위선은 속수무책이었다. 남항의 호위선까지 가세하여 공격하자 추풍낙엽처럼 바다에 떨어졌다. 예상치 못한 상황에 관중들은 입을 다물지 못했다. 놀란 건 양측 대장선의 격돌을 기다리던 심판들도 마찬가지였다. 뒤늦게 상황을 판단한 그들은 황급히 달려가서 바다에 빠진 청년들의 몸에 실격이란 낙인을 찍었다. 그런 다음 보트에 태워 육지로 옮겼다. 장광호는 당혹감을 감추지 못했다. 다급하게 뱃머리를 돌려 남항의 대장선을 막았지만, 그들은 교묘하게 뱃머리를 돌려버렸다. 장광호는 어쩔 수 없이 남은 호위선의 청년들을 전부 대장선으로 끌어 올렸다. 그 와중에도 남항의 공격은 계속되었다. 가까스로 전열을 수습한 결과는 참담했다. 시합을 본격적으로 시작하기도 전에 병력 대부분을 잃어버린 우리는 허탈감을 감추지 못했다.

남항의 배들이 뒤로 물러났다. 그들은 우릴 손가락질하며 킬킬거렸다. 그들의 비웃음에 북항 청년들의 얼굴이 벌겋게 달아올랐다. 그들은 심판들에게 격렬하게 항의했다. 그러나 심판들은 문제가 없다며 이의를 받아들이지 않았다. 장광호는 호위선에서 올라온 선수들을 나누어 편입시켰다. 기습 작전으로 승기를 잡은 남항의 배들이 기세등등하게 다가왔다. 승리를 확신한 남항 응원단이 자리를 박차고 일어나서 함성을 질렀다. 그 엄청난 환호성에 북항 청년들의 표정이 일그러졌다.

"아직 끝난 게 아니야."

장광호가 우릴 돌아보며 독려하는 순간 남항의 대장선이 우리 배 좌측을 강타했다. 강한 충격에 우리는 중심을 잃고 넘어졌다. 뒤로 물러난 대장선이 다시 배를 강하게 들이박았다. 연이은 충격에 몸을 가누지 못하고 있는데 남항의 청년들이 굶주린 승냥이처럼 우리 갑판으로 뛰어넘어왔다. 그들이 주먹을 휘두르자 갑판은 순식간에 아수라장으로 변했다. 그들은 사전에 면밀하게 준비한 듯 장광호를 집중적으로 공격했다. 장광호는 사력을 다해 그들과 맞섰다. 그러나 10여 명이 동시에 달려들자 어쩔 방법이 없었다. 그들은 제압한 장광호의 팔다리를 잡아 뱃전 너머로 던져버렸다. 우리 선봉을 해치운 그들의 공격은 일사불란했다. 다섯 명이 한 조가 되어 한 명씩 쓰러뜨린 다음 바다로 내던졌다. 여기저기서 물기둥이 솟구쳤다. 지난 한 달 동안 구슬땀을 흘리며 갈고닦은 전술은 아무 소용없었다. 간신히 살아남은 청년들이 깃발을 지키는 우리와 합세했다. 변태석과 최호는 다행히 살아 있었다. 그러나 치열한 싸움의 흔적이 역력했다. 변태석은 상의가 찢어져 너덜너덜했고 코가 퉁퉁 부어 있었다. 최호는 오른쪽 다리를 절뚝거렸다. 나머지 공격조와 대기조도 두 사람의 상태와 비슷했다. 그때 남항이 공격을 멈추었다.

류재열이 남은 패거리를 이끌고 우리 배로 넘어오고 있었다. 갑판에 내려선 류재열이 우리 앞으로 다가왔다. 그는 남은 우리를 돌아보며 씨익 웃었다. 전쟁에 승리한 장수처럼 득의만만한 얼굴이었다. 그때 내 옆에 있던 한 청년이 류재열에게 달려들었다. 그는 발차기가 특기인 태권도 유단자였다. 그의 발뒤축이 얼굴을 때리기 직전 류재열이 발을 덥석 잡아챘다. 그리고 바닥에 내동댕이친 다음 큼직한 발로 목을 짓눌렀다. 청년이 개구리처럼 파닥거렸다. 류재열은 그런 청년의 목덜미를 잡아 뱃전 너머로 가볍게 던져버렸다. 무서운 힘이었다. 그는 우리 깃발을 올려다본 뒤에 두툼한 입술을 실룩거리며 말했다.

"항복하고 깃발을 넘겨."

그의 뒤에 늘어선 패거리가 승부가 끝났다는 듯 웃고 있었다. 우린 아무도 대답하지 않았다. 30명 남짓한 인원으로 그들의 공격을 막을 수 없는 건 불을 보듯 뻔했다. 그러나 직접 깃발을 넘겨주는 건 참을 수 없는 모욕이었다. 류재열 옆에 서 있던 빡빡머리가 느물거리며 거들었다.

"피똥 싸지 말고 좋은 말 할 때 바쳐."

남항의 청년들이 일제히 폭소를 터뜨렸다. 그때 변태석이 앞으로 나서며 소리쳤다.

"죽을 때 죽더라도 그냥은 절대 넘겨줄 수 없어."

"새끼, 입만 살았군."

빡빡머리가 앞으로 나왔다. 류재열이 눈짓하자 남항의 청년들이 뒤로 물러났다. 이를 지켜보던 관중들이 술렁거렸다. 지금까지 축제에서 전혀 볼 수 없었던 광경이었다. 변태석과 빡빡머리가 맞붙었다. 변태석의 동작이 둔했다. 아무래도 어딘가 다친 듯했다. 빡빡머리의 주먹에 얼굴을 정통으로 맞은 변태석이 갑판을 뒹굴었다. 이 모습을 지켜보던 최호가 뛰어나갔다. 남항의 청년들이 우르르 달려들어 두 사람을 마구잡이로 두들겨 패기 시작했다. 빡빡머리의 발이 최호의 얼굴을 향해 날아가는 순간 나는 버럭 고함을 질렀다.

"그만 멈춰!"

빡빡머리가 동작을 멈추고 나를 어이없다는 듯 쳐다보았다. 나는 스크럼을 풀고 앞으로 나갔다. 나는 손으로 류재열의 얼굴을 가리켰다.

"나와 붙어보자."

남항의 청년들이 웃음을 터뜨렸다. 나는 류재열을 향해 다시 소리쳤다.

"돼지 새끼, 자신 없냐?"

돼지 새끼란 말에 류재열의 표정이 싸늘하게 변했다. 나는 계속 류재열을 도발했다. 보다 못한 빡빡머리가 나서자 류재열이 큼직한 손으로 뒷덜미를 잡았다. 패거리가 어리둥절한 눈으로 류재열을 바라보았다. 류재열이 빡빡머리를 밀어내고 앞으로 나왔다.

"내가 널 왜 그냥 뒀는지 알아?"

"왜지?"

"네 아버지 때문이지."

그의 손은 내 머리보다 컸다.

"그런데 말이야. 이젠 눈치를 볼 필요가 없어졌어."

"그런 얘기 그만두고 한판 붙자."

"꼬맹이 자신 있냐?"

"물론이지."

"쥐새끼 같은 놈이 간덩이가 부었구나."

내가 담담하게 말하자 류재열이 재미있다는 듯 웃었다.

"좋아. 부탁을 들어주지."

우리는 갑판 위에 마주 섰다. 나는 나보다 머리 하나가 더 큰 류재열을 올려다보았다. 뒷짐을 진 류재열이 싱긋 웃는 순간 등 뒤에 있던 손이 갈고리처럼 튀어나왔다. 나는 재빨리 손을 피했다.

"제법이군."

"돼지보다야 빠르지."

"평생 누워서 똥오줌을 싸게 해주지."

류재열의 눈꼬리가 치켜 올라갔다. 다시 손이 눈앞으로 휙 날아왔다. 반사적으로 어깨를 비틀었지만, 몸이 공중으로 들어 올려진 다음 갑판에 내동댕이쳐졌다. 나는 벌떡 일어났다. 류재열이 음산한 목소리로 말했다.

"고양이는 쥐를 한입에 죽이지 않아. 쥐가 스스로 포기할 때까지 가지고 놀다 한입에 삼켜."

류재열이 갈퀴로 바닥을 쓸 듯 손을 휘둘렀다. 나는 한 박자 빠르게 주먹을 날렸다. 관자놀이를 맞은 류재열이 어이없다는 듯 나를 쳐다보았다. 그것도 잠시, 그의 손이 튀어나오는 순간 나는 그대로 바닥에 내리꽂혔다. 갈비뼈가 욱신거려 숨을 쉴 수 없었다. 간신히 일어나자 코피가 주르륵 흘러내렸다. 목을 타고 내려간 핏물이 사타구니를 축축하게 적셨다. 류재열 얼굴이 흐릿하게 보였다.

"부전자전이란 말은 거짓이군."

류재열이 축 늘어진 귓불을 흔들며 웃었다. 무방비 상태였다. 하지만 그건 허점이 아니었다. 나방을 유혹하는 불빛이었다. 코피가 멈추었지만, 옆구리가 계속 욱신거렸다. 모든 사람이 나를 주시하고 있었다. 방파제를 가득 채운 군중들, 남북항의 선수들, 본부석의 내빈들, 어쩌면 오상윤도 자기 방에서 나를 지켜보고 있을 것이었다. 나는 한 걸음 앞으로 다가갔다. 왼손으로 류재열의 가슴을 툭툭 친 다음 허리를 틀어 목을 가격했다. 둔탁한 느낌이 왔다. 그러나 류재열은 목을 어루만지며 실실 웃고 있었다. 다시 앞으로 나아가는 순간 눈앞에서 불꽃이 번쩍했다. 갑판에 쓰러진 나는 숨을 헐떡거리며 하늘을 올려다보았다. 포기할까. 그러면 이 고통을 멈출 수 있었다. 이 정도면 충분히 할 만큼 했다. 나는 이를 악물고 일어났다. 다리가 후들거리고 머리가 어지러웠다. 나는 입 안에 고인 핏물을 뱉어내고 류재열을 노려보며 소리쳤다.

"이게 전부야?"

류재열이 피식 웃었다. 갑판에 퍼질러 앉은 패거리가 킬킬거렸다. 나는 다시 달려들었다. 그의 몸은 바윗덩어리처럼 단단했다. 류재열은 내 주먹을 가볍게 막아내며 고양이가 쥐를 가지고 놀듯 손으로 내 머리를 툭툭 밀었다. 그 모습을 보고 패거리가 재미있다는 듯 배를 잡고 갑판을 데굴데굴 굴렀다. 류재열은 소풍 나온 사람처럼 느긋했다. 뒷짐을 진 류재열이 몸을 흔들며 껄껄 웃었다. 그의 횡경막이 호수처럼 잔잔했다. 나는 그의 호흡을 셌다. 보통 사람의 평균 호흡은 분당 20회 정도였다. 운동 중인 선수의 호흡은 그보다 20~30배 많았다. 1회 호흡은 0.15초 정도였고 들숨은 0.075초 정도 되었다. 그 섬광 같은 순간을 정확하게 찾아야 리버 블로우를 성공할 수 있었다.

"이제 슬슬 끝낼까. 관중들이 슬슬 지겨워하는 것 같아서 말이야."

류재열이 뒷짐을 풀고 팔을 벌렸다. 내 허리를 꺾을 생각인 듯했다. 류재열의 두 팔이 집게처럼 벌어지는 순간 그의 품으로 뛰어들었다. 훅과 어퍼컷의 중간인 45도 각도로 쑤셔 넣는 느낌으로 옆구리에 왼 주먹을 꽂았다. 묵직한 촉감이 왔다. 류재열의 팔이 허공에서 멈췄다. 두툼한 입술에서 바람 빠지는 소리가 나면서 털썩 무릎을 꿇었다. 커다란 얼굴이 백지장처럼 하얬다. 나는 무릎으로 류재열의 턱을 차올렸다. 뭔가 부서지는 소리와 함께 류재열이 뒤로 천천히 넘어갔다. 눈자위를 뒤집은 류재열의 입에서 허연 거품이 부글부글 끓었다. 갑판에 앉아 히죽거리던 패거리가 벌떡 일어났다. 순간 갑판은 다시 아수라장으로 돌변했다. 나는 쏟아지는 주먹을 피해 갑판을 뒹굴었다. 얼굴을 감싸고 괄태충처럼 몸을 둥글게 말았다. 이윽고 북항의 깃대가 부러지는 순간 본부석에서 시합 종료를 알리는 총성이 울렸다. 남항 응원석에서 우레와 같은 함성이 터져 나왔다. 여름 축제가 끝났음을 알리는 북소리가 아련하게 들려왔다.

나는 천천히 몸을 뒤집었다. 눈이 부셨다. 나는 눈을 부릅뜨고 태양을 직시했다. 지금까지 나는 모든 싸움에서 졌다. 그 패배로 인해 나의 가장 소중한 것들을 전부 잃었다. 그러나 오늘은 아니었다. 내 의지와 힘으로 가장 두려워하던 상대와 싸워 이겼다. 내 생애 최초의 승리였다. 그러나 싸움은 끝난 게 아니었다. 이제부터 시작이었다. 앞으로 수많은 류재열이 내 삶의 고비마다 나타나서 내 앞을 가로막을 것이다. 나는 갈수록 강해지는 그들을 상대로 싸워야 한다. 내 인생의 전적은 그렇게 하나둘 승과 패를 거듭하며 쌓여가게 될 것이다. 어쩌면 그 싸움은 내가 죽는 날까지 계속될 것이다. 관장은 승자만이 모든 걸 소유할 수 있다고 했다. 나는 그렇게 생각하지 않는다. 우리는 늘 이길 수 없다. 그렇지만 패배가 내 모든 걸 빼앗아 갈 순 없다. 우리의 승률은 언제나 형편없이 낮다. 그렇다고 우리가 실패한 것은 아니다. 패배는 승리를 위한 발판이다. 그 발판을 밟고 조금씩 더디게 올라가면 언젠가는 내가 원하는 곳에 다다를 수 있을 것이다.

그해 여름의 뜨거웠던 햇살이 사위어 갈 무렵 강태호가 숨을 거두었다. 나는 상복을 입고 찾아오는 조문객들을 맞이했다. 아침부터 저녁 늦게까지 짧은 머리에 검은 양복을 입은 사람들이 끝없이 몰려왔다. 그러나 늦은 밤 저택을 찾아와서 그에게 머리를 숙이고 뭔가를 부탁하던 사람들, 그와의 친분을 과시하던 각급 기관장들, 지역 문화계 인사들, 정치인과 기업가들, 주말 저녁마다 정원에서 모임을 하던 사람들은 조문을 오지 않았다. 그래서인지 조문객들이 북적거리는 장례식장은 뭔가 누락한 느낌이 들었다. 강태호는 영정 사진 속에서 여전히 강렬한 눈빛으로 사람들을 굽어살피고 있었다. 그러나 그의 형형한 안광은 유리 케이스를 뚫지 못했다. 그는 이제 우리에 갇힌 짐승이었고 박제가 된 짐승이었다.

점심 무렵 어머니가 쓰러져서 응급실에 실려 갔다. 덕분에 나는 혼자서 이름도 얼굴도 모르는 사람들을 맞이해야 했다. 노스님은 병색이 완연한 얼굴로 찾아왔다. 스님은 침통한 표정으로 창천의 직원들과 귓속말을 나눈 다음 서둘러 돌아갔다. 일본에서도 조문객이 왔다. 그들은 조문보다는 다른 일에 관심이 많은 듯 한국의 조직원들과 거친 설전을 주고받았다. 북항의 뱃고놀이 축제위원회에서 온 사람들은 고작 서너 명이 전부였다. 그들은 손때 묻은 지폐가 든 봉투를 내놓고 의례적인 말을 늘어놓은 후 무언가에 쫓기듯 황급히 돌아갔다. 한여름 축제에서 강태호의 이름을 연호하던 북항 사람들은 아무도 보이지 않았다. 매년 여름마다 자신들의 심장을 뜨겁게 달구던 영웅의 죽음을 깨끗하게 망각한 것 같았다.

다음 날, 병원을 출발한 운구 행렬은 바스러지는 여름 햇살을 헤치고 화장장을 향해 나아갔다. 강주를 관통하는 다리를 건넌 운구차는 누군가의 제의가 있었던지 개장을 앞두고 주인을 잃은 관광호텔 앞에 잠시 멈추었다. 나는 차창을 내리고 강변에 우뚝 선 그의 화려하고 웅장한 성城을 올려다보았다. 그의 죽음은 예견된 것이었다. 지금껏 차곡차곡 쌓아 올린 파국의 방아쇠를 당길 순번이 사내에게 돌아온 것뿐이었다. 그가 찰나의 영광을 누린 호텔 앞에 잠시 머물렀던 운구차는 다시 화장장을 향해 출발했다. 차창 너머로 보이는 세상은 변함이 없었다. 윤주가 내 곁에서 사라졌을 때도 그러했고 기관장이 고래 배 속으로 들어갔을 때도 마찬가지였다. 세상이란 강물은 그저 무심하게 새로운 물결에 떠밀려 광대한 바다로 흘러가고 있을 뿐이었다.

화장장에 도착하자 줄지어 늘어선 승용차에서 검은 양복들이 내렸다. 그들은 비통에 잠긴 표정으로 삼삼오오 흩어져 그의 마지막 순간을 기다렸다. 그의 유해가 화로에 들어가는 순간 한 청년이 바닥에 주저앉아 오열했다. 새벽마다 활어를 사서 저택으로 가져오던 청년이었다. 그는 마치 자신의 아비를 잃은 듯 통곡했다. 이를 지켜보던 조직원들이 눈시울을 적셨다. 그러나 저들의 맹목적인 신봉도 이제 곧 산산이 흩어질 것이었다. 화장한 그의 유해를 노스님이 계시는 사찰 지장전에 안치하는 것으로 모든 장례 절차가 끝났다. 그로서 파란만장한 삶을 살아간 한 남자의 삶이 종결되었다.

돌이켜보면 나는 평범한 사람들이 평생에 걸쳐 경험하기 힘든 일들을 불과 열여덟 살에 겪었다. 그리고 그것은 당연히 내 삶에 깊은 영향을 끼쳤다. 어쩌면 지금까지도 그 자장이 나를 둘러싸고 있다는 생각이 든다. 솔직히 난 아직도 강태호란 사람에 관해 정의를 내리지 못했다. 그건 내 심장이 바닷속에 잠든 아버지를 가리키고 있기 때문이었다. 강태호를 내 아버지로 받아들이는 날이 올까. 그건 알 수 없다. 내일이 될 수도 있고 영원히 그런 날이 오지 않을 수도 있다. 지금껏 그는 내게 단 한 번도 따뜻한 말을 건네거나 다정한 눈길을 준 적이 없었다. 뱃고놀이 명단에서 내 이름을 본 순간 난 그가 내 잘못에 벌을 내린다고 생각했다. 그러나 그게 아니었다. 그가 나를 뱃고놀이에 참여시킨 건 나약한 육체와 정신으로 세상을 살아갈 수 없다는 걸 알려준 것이었다. 끝없이 싸워 이겨야만 험난

한 약육강식의 세계에서 살아남을 수 있다는 걸 가르쳐준 것이다. 내가 그 무엇에도 휘둘리지 않는 진정한 강자가 되길 원한 것이었다. 그것이 평범한 부자 관계를 실기失期하고 거친 삶을 살아온 그가 자기 아들을 대하는 삶의 태도였고 방식이었다.

때때로 깊은 밤 거센 바람을 뚫고 말을 달리는 한 남자가 생각났다. 남자의 팔에 안긴 아이는 누구일까. 아이의 눈에 비친 남자는 누구일까. 얼어붙은 땅을 박차며 달려가는 말馬만이 그 아이와 남자가 누구인지 알고 있을 것이다.

장례가 끝난 후 어머니는 실어증에 걸린 사람처럼 입을 닫았다. 거센 조류처럼 밀려오는 운명의 흐름에 반발하는 완고한 침묵이었다. 언덕 위의 저택은 6년 전으로 돌아갔다. 잘 벼린 칼날이 도마를 두들기는 소리가 멈추었고 차고의 승용차는 조금씩 먼지가 쌓여갔다. 저택을 관리하던 청년들도 하나둘 모습을 감추었다. 정원의 잡초는 기세등등하게 영역을 확장했고 그들에게 밀려난 꽃들은 간신히 몇 개의 씨앗을 남기고 스러져갔다.

첫 승리의 짜릿한 희열은 하룻밤이 지나자 덧없는 꿈처럼 사라졌다. 그리고 더 큰 공허가 몰려왔다. 나는 가슴이 뻥 뚫린 듯한 공허를 메우기 위해 밤마다 바이크를 몰고 도로를 질주했다. 그러나 아무리 달려도 공동空洞은 채워지지 않았다. 폭주족들과 어울렸다. 그들처럼 무분별한 방종放縱에 몸을 맡기고 광란의 질주를 벌였다. 그러나 아무런 희열을 느낄 수 없었다. 망막을 찢을 듯 달려드는 불빛은 감흥이 없었고 엔진 소리는 심장을 울리지 못했다. 아무리 달리고 달려도 피니시 라인이 나타나지 않았다. 어느 날 밤 해안 절벽을 찾아갔다. 바위에 올라 바다를 바라보았다. 바다는 변함이 없었다. 그 어떤 흔적과 기억도 없이 무심하게 흔들리고 있을 뿐이었다. 그 때 저 멀리 수평선에서 그 소리가 들렸다. 깊은 바닷속에서 누군가를 애타게 찾는 고래의 울음소리였다. 순간 나는 내가 간절하게 찾고 있는 피니시 라인이 어디에 있는지 깨달았다.

7

헬멧 실드 너머의 세상은 단순하다. 바이크가 달릴 수 있는 길과 달릴 수 없는 길만이 존재한다. 그것 말고는 그 어떤 의미도 부여할 수 없다. 해안선을 따라 휘돌아가는 2차선 도로의 샛노란 중앙선이 춤을 추듯 흔들렸다. 이따금 바퀴에 튕긴 돌이 마른 대지를 찢었다. 직선 도로에 들어서자 최호가 전방을 가리켰다. 저 멀리 흔들리는 2차선 도로에 대형 트럭 두 대가 나타났다. 트럭들은 레이스를 벌이듯 양쪽 차선을 차지하고 있었다. 최호가 액셀을 당겼다. 가죽 재킷에 반사된 햇살이 번쩍 빛을 튕겨냈다. 20대의 바이크가 직선도로를 질주했다. 트럭이 바짝 다가왔다. 운전사들의 웃는 표정이 선명하게 보였다. 최호의 발칸이 짐승처럼 울부짖으며 트럭 사이로 빨려 들어갔다. 그는 그곳을 악마의 아가리라고 불렀다. 최호를 집어삼킨 악마의 아가리가 꿈틀거렸다. 나는 악마의 아가리를 향해 돌진했다. 빛이 사라졌다. 트럭 엔진 소리가 천둥처럼 고막을 울렸다. 잠시 후 트럭의 굉음이 잦아지면서 사위가 깊은 물속처럼 고요해졌다. 그때 어둠의 저편에서 한 줄기 빛이 나타났다. 나는 그 빛을 향해 전속력으로 달려갔다. 악마의 아가리를 벗어나자 하늘에서 쏟아진 빛이 축복처럼 몸을 휘감았다.

도계道界를 넘어가자 바다색이 거뭇해졌다. 어둠이 내려앉은 도로는 느닷없이 융기되고 예상치 못한 곳에서 가라앉았다. 한 줄로 늘어선 우리는 굽이쳐 돌아가는 해안도로를 달려갔다. 어둠 속에서 홀연히 이정표가 나타나면 속도를 늦춰 목적지를 확인하고 다시 달렸다. 멀리 어둠을 밝힌 빛의 군집이 나타났다. 최호가 해안가로 들어갔다. 작은 공터에 한 무리의 라이더가 우릴 기다리고 있었다. 그들과 합류하여 다시 도로에 나섰다. 새로운 라이더들이 선두에 섰다. 그들은 우리를 인적이 드문 해변으로 데려갔다. 빽빽하게 늘어선 송림을 통과하자 모닥불이 활활 타오르는 백사장이 나타났다. 그곳에는 강원 지역의 라이더들이 음식을 준비해놓고 우릴 기다리고 있었다. 쉬지 않고 7번 국도를 달려온 우리는 그제야 바이크 엔진을 껐다.

자정 무렵 백사장에 흩어진 라이더들이 하나둘 바이크에 올랐다. 국도에 들어선 우리는 북쪽으로 계속 올라갔다. 반 시간 뒤 갈림길이 나타났다. 선두의 라이더가 방향을 왼쪽으로 꺾었다. 가로등 하나 없는 도로가 깊은 산속을 가로질렀다. 50대의 바이크가 뿜어내는 엔진 소리에 놀란 짐승들이 어둠 속을 뛰었다. 앞으로 나아갈수록 숲은 울창했고 어듬은 한층 더 농밀해졌다. 라이트 불빛에 입간판이 나타났다. 그 어떤 조명 장치도 없는 작은 간판이었다.

그러나 이 깊은 산길을 달리는 운전자라면 절대 외면할 수 없었다. '광명 정신 병원'이란 글자를 보는 순간 심장이 뛰었다. 강원 지역 라이더들이 엔진 소리를 높였다. 아름드리 전나무 숲을 통과했다. 곡선로에 들어서자 후미등 붉은 불빛이 어지럽게 번쩍거렸다. 이윽고 우리는 넓은 주차장에 도착했다. 텅 빈 주차장 뒤편에 철문이 있었다.

우리는 바이크에서 내려 철문을 향해 걸어갔다. 철문 너머에 백색 건물이 엎드려 있었다. 백색 건물에서 흘러나온 소독약 냄새가 콧속으로 스며들었다. 나는 철문을 잡고 흔들었다. 육중한 철문은 꿈쩍하지 않았다. 그 문은 경계였다. 이편은 햇살이 가득한 빛의 세계였고 저편은 어둠의 세계였다. 병동 어딘가에 윤주가 있었다. 나를 기억할까. 아니어도 상관없었다. 윤주를 빛의 세계로, 눈부시게 빛나는 태양 아래로 데려갈 수 있다면 나는 그 어떤 대가도 치를 수 있었다.

변태석이 철문 옆 담장을 넘어갔다. 밖에서 넘겨받은 절단기가 철문에 걸린 쇠사슬을 끊었다. 나머지는 대기하고 여섯 명이 철문 안으로 들어갔다. 강원 지역 라이더들이 몇 달 동안 인맥을 총동원해서 알아낸 정보에 의하면 윤주가 갇힌 병실은 본관 3층이었다. 우리는 가로등 불빛을 피해 화단을 가로질렀다. 불이 환하게 켜진 본관 정문 안에서 야간 근무자들이 수런거리는 소리가 들려왔다. 우리는 건물 벽을 따라 뒤편으로 돌아갔다. 후문 출입문은 잠겨 있었다. 건물 뒤편의 창문을 하나씩 확인했다. 역시 모두 잠겨 있었다. 잠시 고민하던 변태석이 물동이를 잡고 출입문 포치로 올라갔다. 포치 위의 작은 창문이 열렸다. 변태석이 좁은 창문으로 몸을 욱여넣었다. 잠시 후 출입문이 덜컥 열렸다. 우리는 발소리를 죽이고 건물 안으로 들어갔다. 변태석이 소곤거렸다.

"복도 안쪽에 근무자들이 있어."

출입문을 닫고 비상계단을 올라갔다. 3층에 올라온 우리는 복도로 나갔다. 야간 당직 간호사들의 목소리가 들려왔다. 데스크 뒤쪽에 문이 열려 있었다. 우리는 몸을 낮추고 데스크를 통과했다. 복도 한쪽 철문에 자물쇠가 걸려 있었다. 변태석이 절단기로 자물쇠를 끊었다. 우리는 희미한 불빛이 비치는 복도에 들어섰다. 복도 오른쪽은 격자창이었고 병실은 왼쪽이었다. 문에는 안을 들여다볼 수 있는 투명 아크릴판이 부착되어 있었다. 윤주를 찾기 위해선 병실을 전부 뒤져야 했다. 윤주의 얼굴을 아는 사람이 나밖에 없었기에 여고생으로 보이는 환자를 찾으라고 일렀다.

첫 번째 병실로 들어갔다. 병실의 구조는 간단했다. 사물함과 침대 하나가 덩그렇게 놓여 있었다. 침대로 다가가서 플래시로 얼굴을 비추었다. 중년 여자가 깊이 잠들어 있었다. 다음 병실로 들어갔다. 플래시 불빛에 곤히 잠든 삭발한 청년의 얼굴이 드러났다. 예상대로 환자들이 깊이 잠든 상태라 쉽게 얼굴을 확인할 수 있었다. 그러나 당직 간호사들이 언제든지 나타날 수 있어 긴장을 늦출 수 없었다. 병실을 뒤지기 시작한 지 20분쯤 지났을 때 변태석이 나를 불렀다. 319호실이었다. 1인용 침대에 젊은 여자가 누워 있었다. 플래시를 비출 필요가 없었다. 나는 한눈에 윤주를 알아봤다. 윤주의 짧은 머리와 홀쭉한 뺨을 보는 순간 목구멍이 뜨거웠다. 나는 여차

하면 입을 틀어막을 준비를 한 다음 윤주의 짧은 머리를 쓰다듬으며 이름을 속삭였다.

윤주가 눈을 떴다. 퀭한 눈으로 날 바라보았다. 그러나 여전히 꿈을 꾸는 듯 몽롱한 눈빛이었다. 그녀의 초점 잃은 동공을 바라보며 내 이름을 말했다. 윤주가 인상을 찡그렸다. 나를 알아봤다는 확신이 들지 않았다. 나머지 병실을 뒤지던 친구들이 319호실로 들어왔다. 그들은 입을 다물고 나를 지켜보았다. 나는 윤주를 조심스럽게 일으켜 앉혔다. 다행히 그녀는 내 손을 밀어내지 않았다. 최호가 사물함을 열어 신발과 옷을 꺼내왔다. 운동화를 신기고 환자복 위에 겉옷을 입혔다. 그때까지도 윤주는 나를 가만히 쳐다보고 있었다. 모든 준비가 끝나자 나는 윤주를 업었다. 가벼웠다. 몸이 깃털처럼 가벼웠다.

최호가 앞장서고 변태석이 뒤를 맡았다. 우리는 빠른 걸음으로 복도를 돌아나갔다. 먼저 철문을 빠져나간 최호가 간호사들이 근무하는 사무실을 살폈다. 네 명이 데스크 아래를 기어서 넘어갔다. 문제는 윤주를 업은 나였다. 그대로 통과하다가는 들킬 수밖에 없었다. 그때 변태석이 복도 한쪽에 세워져 있던 밀차를 끌고 왔다. 윤주를 내려 밀차에 눕혔다. 심장이 목구멍 밖으로 튀어나올 듯 펄떡거렸다. 사무실을 살피던 최호가 손짓하자 몸을 낮게 웅크린 채 윤주가 누운 밀차를 밀어 데스크를 통과했다. 윤주를 다시 업었다. 긴장감에 손가락이 뻣뻣했다. 비상계단을 뛰어 내려간 변태석이 뒤쪽 출입문을 열었다. 건물 밖으로 나간 우리는 철문을 향해 뛰었다. 숨이 턱까지 차올랐다. 그러나 걸음을 멈추지 않았다. 최호가 먼저 철문을 빠져나갔다. 뒤를 이어 철문을 빠져나간 친구들이 자신의 바이크에 올랐다. 내가 막 철문을 빠져나가는 순간 본관 건물에서 날카로운 여자 비명이 났다. 부산한 움직임과 함께 불이 켜졌다. 간호사들이 누군가 폐쇄 병동에 침입했다는 사실을 알아차린 모양이었다. 바이크에 올라앉았다. 변태석과 최호가 윤주를 내 뒷자리에 태운 다음 미리 준비한 벨트로 우리를 단단하게 묶었다. 엔진을 켜는데 철문 안에서 굵직한 남자의 목소리가 들렸다. 경비원인 듯한 남자 두 명이 달려오고 있었다.

"서라!"

최호가 먼저 출발했다. 그 뒤를 따라 라이더들이 엔진 소리를 울리며 달리기 시작했다. 굉음이 숲의 정적을 깼다. 우리는 속도를 늦추지 않고 구불구불한 산길을 질주했다. 7번 국도 초입에 들어섰다. 그곳에는 30명의 라이더들이 우릴 기다리고 있었다. 최호가 손을 들자 라이더들이 화답하듯 손을 흔들었다. 멀리서 경찰차 사이렌 소리가 들려왔다. 경광등 불빛이 짙은 어둠 속을 달려오고 있었다. 최호가 선두에 섰다. 그 뒤를 강원과 경기도에서 온 라이더들이 따랐다. 경찰차 다섯 대가 꽁무니에 따라붙었다. 경찰이 확성기로 앞을 가로막는 라이더들에게 멈추라고 소리쳤다. 그러나 라이더들은 길을 열어주지 않았다. 새벽 3시에 정동진을 통과하여 동해시 입구에 도착했다. 무전을 받은 경찰이 도로 곳곳에 대기하고 있었다. 이번에는 우리가 뒤쪽으로 빠지고 다른 지역의 라이더들이 길을 뚫었다. 다섯 팀으로 나누어진 라이더들이 심야의 동해시를 휘저으며 달렸다. 동해시를 빠져나오자 경찰차가 10여 대로 늘어났다. 계속 남쪽으로 내려갔다. 삼척을 지날 무렵 10여 명의 라이더가 태백 방향으로 빠졌다. 경찰차 몇 대가 그들을 쫓아갔다. 울진을 통과할 때 한 무리의 라이더가 봉화 방면으로 빠졌다. 몇 대의 경찰차가 그들을 쫓아갔다.

새벽 4시 평해읍에서 또 한 무리가 갈라졌다. 이윽고 영덕까지 내려온 우리는 주왕산으로 방향을 틀었다. 청송에서 다시 한 무리가 갈라졌다. 이제 우릴 추격하는 경찰차는 겨우 두 대였다. 마지막 남은 경찰차를 따돌린 것은 영천이었다. 이젠 우리밖에 없었다. 포항으로 들어가서 구룡포를 통과하여 다시 7번 국도에 들어섰다. 그때부터 우리는 일정한 속도를 유지하며 남쪽을 향해 달려갔다. 간간이 화물을 실은 트럭들이 달리는 새벽 해안도로는 한산했다. 언젠가 최호가 말했다.

"도로를 달리면 아무것도 생각나지 않아. 나와 바이크만 존재하는 느낌이지. 그때 비로소 살아 있다는 생명감이 몸속에서 꿈틀거려. 라이더들이 달리다 죽어도 좋다는 말을 하는 건 바로 그 때문이야."

그랬다. 지금 내가 그랬다. 세상에는 나와 윤주만이 존재했다.

새벽 5시, 차가운 무생물처럼 등에 매달려 있던 윤주의 몸에 온기가 감돌기 시작했다. 나는 계속 달렸다. 시간이 좀 더 지나자 무의미하게 흔들리던 윤주의 팔이 내 허리를 안았다. 콧날이 시큰해졌다. 나는 계속 일정한 속도로 어둠을 뚫고 달려갔다. 수평선에 오렌지빛이 너울거렸다. 날이 밝아오고 있었다. 해안 절벽 입구에서 강주의 라이더들이 직진했다. 최호와 변태석이 그들을 향해 손을 흔들었다. 바이크의 꽁무니에서 번쩍거리는 불빛이 빠르게 시야에서 사라졌다. 우리는 해안 절벽으로 들어갔다. 바이크를 세우자 온몸이 딱딱하게 굳어 있었다. 변태석과 최호가 벨트를 풀었다. 바이크에서 내린 윤주가 말없이 우리를 쳐다보았다. 나는 그녀의 손을 잡고 해안 절벽을 향해 걸어갔다. 새벽 바닷바람에 낮은 풀들이 우수수 흔들렸다. 이윽고 우리는 여명이 움터오는 해안 절벽에 올라섰다. 윤주의 시선이 어둠의 장막이 벗겨지는 바다를 응시했다.

　한순간 수평선에서 태양이 불쑥 솟았다. 윤주가 내 손을 뿌리치고 한 걸음 앞으로 나섰다. 입을 굳게 다문 윤주가 거대한 불덩어리를 뚫어지게 쳐다보았다. 윤주의 몸이 타는 듯 붉게 변했다. 그녀가 천천히 돌아섰다. 심장이 방망이질하듯 쿵쾅거렸다. 윤주가 다가와서 내 눈을 빤히 쳐다보았다. 그리고 가만히 손을 뻗어 내 얼굴을 감쌌다. 내 눈에서 눈물이 주르륵 흘러내렸다. 윤주의 헐벗은 손이 흐르는 눈물을 닦아주었다. 나는 이제 막 어둠의 세계에서 빠져나온 윤주의 여윈 몸을 안았다. 그녀의 심장이 뛰고 있었다. 느리게 뛰던 심장이 한순간 요동치듯 격렬하게 뛰었다. 우리는 손을 잡고 바다를 향해 돌아섰다. 그리고 붉은 태양을 바라보았다.

에필로그

언덕 위의 저택에서는 계절이 오고 가는 기척을 쉽게 알아차릴 수 있다. 봄의 기척은 소리다. 겨우내 얼어붙은 정원에서 싹들이 움트는 소리가 들려올 즈음이면 봄이 시작된다. 비라도 내리는 날은 그 소리가 더 선명하게 들린다. 빗방울과 어우러진 그들의 아우성으로 언덕 전체가 들썩인다. 여름의 기척은 색채다. 아침이면 정원의 식물과 나무의 색이 변한다. 무성한 가지와 잎사귀들이 어제의 색에 내일의 색을 덧칠하고 있다. 붉은 건 더 붉어지고, 푸른 것은 더 푸르게 변한다. 가을의 기척은 냄새다. 생기를 잃은 잡초와 낙엽과 쌓인 이끼에서 향긋한 냄새가 풍겨온다. 그 향기에 이끌린 벌레와 날짐승들의 조바심에 계절은 더 여물어간다. 겨울의 기척은 바다에서 시작된다. 뱃사람들은 바다 물빛에 민감하다. 그들은 바다가 죽은 물고기의 배처럼 허옇게 변하면 절대 바다에 들어가지 않는다. 그런 날은 무릎을 맞대고 앉아 술잔을 기울이며 뜨거웠던 지난 여름날의 추억을 얘기한다.

오후가 되면 집배원이 언덕길을 올라온다. 집배원에게 받은 두툼한 봉투를 들고 햇살이 환하게 비치는 서재로 올라간다. 오래된 마호가니 책상에 앉아서 달콤한 케이크를 베어 먹듯 편지를 읽어 내려간다. 나는 문장을 음미하듯 한 줄씩 읽고 또 읽는다. 편지의 내용은 가벼운 바람에도 날아갈 것들이 세세하게 적혀 있다. 이달에 어떤 꽃이 피었고 옆집 개가 손님의 구두를 물어뜯었고 누군가 찾아와서 어떤 음식을 먹었다는 내용이 손 글씨로 또박또박 쓰여 있다. 클릭 한 번이면 편지를 전할 수 있는 세상인데도 윤주는 오래전 그때처럼 여전히 손으로 쓴 편지를 보낸다. 오늘 편지에는 며칠 전 온종일 강을 뒤진 끝에 올해 자신을 닮은 돌을 찾았다는 소식이 적혀 있다. 그녀는 매년 자신을 닮은 돌을 찾으러 강으로 간다. 이제 하나를 더해 스물다섯 개의 돌이 책상 위에 가지런히 놓여 있다. 나는 동봉한 사진을 가만히 들여다본다. 올해 그녀가 찾은 돌은 모서리가 거칠고 홈집이 있는 회색빛 자그마한 돌이다. 그녀의 상처는 조금씩, 아주 조금씩 줄어들고 있다. 윤주의 글은 흐르는 강물이다. 강물은 그녀의 돌을 저만치 아래로 밀어낸다. 돌은 거친 모서리가 깎이고 홈집을 벗겨내며 굴러간다. 뜨거운 여름날의 햇살과 한겨울의 차가운 눈비를 맞으며 자신만의 색채와 형상을 조금씩 만들어간다.

집배원이 오지 않는 날이 길어지면 나는 서가에 가지런히 꽂힌 윤주의 책을 꺼내 펼친다. 첫 번째 책은『뿔의 아이들』이다. 머리에 뿔이 난 여자아이와 개가 동해안의 해안 절벽을 찾아가는 이야기다. 갖은 고초 끝에 마침내 해안 절벽에 도착한 재이가 청정한 푸른 바다를 바라보는 모습을 나는 오랫동안 읽고 또 읽는다. 『뿔의 아이들』을 읽고 나면 윤주의 또 다른 책을 꺼내 든다. 그렇게 윤주가 2년에 한 권씩 낸 책을 전부 읽고 난 무렵이면 마침내 기다리던 집배원의 바이크 소리가 들려온다.

변태석은 4수 끝에 간신히 해양대에 들어갔다. 학교를 졸업한 뒤에는 여러 배를 탔고 마침내 고대하던 상선의 선장이 되었다. 그는 첫 기항지인 마다가스카르에서 바오밥나무 아래 여드름 자국이 선명한 얼굴로 환하게 웃고 있는 사진을 메일로 보내왔다. 그는 오대양을 제집처럼 휘젓고 다니다 한국으로 돌아오면 최호가 운영하는 횟집을 찾아가서 마주 앉아 술을 마신다. 아버지에게 횟집을 물려받은 최호는 동해에서 잡힌 제철 생선으로 회를 뜨고 매운탕을 끓인다. 그리고 매년 여름이면 동료들과 함께 스즈카 8시간 내구레이스에 참여한다. 최호는 서킷에 들어설 때마다 관람석을 돌아본다. 여전히 무화의 모습은 보이지 않는다. 하지만 그는 언젠가 그녀가 관람석에서 환하게 웃으며 손을 흔들 거라는 희망을 품고 있다. 그는 매일 아침 바이크를 정갈하게 닦는다. 그래서일까, 25년이 지난 오늘까지 그의 바이크는 새것처럼 번쩍거린다. 오상윤은 자신이 목표하는 대학에 진학했다. 지금은 국립대에서 학생들을 가르치고 있다. 가끔 강주에 내려오면 그답지 않게 그해 여름 바다를 그리워한다. 지금껏 단 한 번도 대중목욕탕에 가지 않은 상윤이 젖은 갑판에서 발가벗고 함성을 지르던 모습이 생각난다. 아마도 그는 죽는 날까지 자신의 발가벗은 모습을 절대 보여주지 않을 것이다. 류재열은 몇 년 뒤에 비슷한 사건을 저질렀다. 다행히 이번에는 목격자가 있었고 피해자도 적극적으로 대응하여 류재열과 그의 패거리는 감옥에 갔다. 강주 북항의 뱃고놀이는 지금까지 계속 이어져 오고 있다. 이젠 매년 여름이면 전국 각지에서 수많은 젊은이가 해상 축제를 보기 위해 북항을 찾아온다. 그들은 고대의 해상전을 재현한 축제에 열광한다.

이따금 어디에 있는지, 어디로 가는지 길을 잃었을 때, 삶의 곳곳에서 이해할 수 없는 모순과 부당함과 맞닥뜨릴 때, 누군가에게 굴종을 요구받을 때, 또 다른 두려움과 직면할 때 그 뜨거웠던 여름날이 떠오른다. 짙은 땀 냄새, 뜨겁게 달구어진 모래, 의미가 불분명 구호, 정수리를 태울 듯한 강렬한 햇살, 소금기 섞인 눅눅한 바람과 모든 걸 용해하는 푸른 바다가 선명하게 생각난다. 돌아갈 수 없다는 걸 알면서도 그 순간이 간절하게 그리워진다. 세상은 여전히 규정할 수 없다. 선과 악이 바뀌었고 옳고 그름이 뒤섞여 있다. 나는 매일 싸운다. 나태와 탐욕, 시기와 질투처럼 내가 싸워야 할 대상은 끝없이 나타난다. 그중에서도 가장 두려운 건 욕망이다. 여전히 전적은 승리보다 패배가 많다. 늘 좌절하고 절망한다. 그런데도 나는 싸움을 멈출 수 없다. 흐르는 강물에 몸을 맡기고 부딪히고 깨지며 하류를 향해 굴러간다. 언젠가 그곳에 도달한다는 희망을 품고 물결에 떠밀려 굴러간다.

| 작가의 말 |

　소설의 착상은 우연이었다. 어느 날 지인의 유년 시절 얘기를 듣고 있는데 갑자기 머릿속에 항구가 내려다보이는 언덕에 우뚝 선 서양식 저택과 열두 살 소년의 불안한 얼굴과 살인죄로 감옥에 갇혀 있다가 출소한 한 중년 남자가 저택을 방문하는 모습이 떠올랐다. 이 소설은 그렇게 시작되었다.

　소설을 쓰는 동안 만나는 사람들에게 '만약 과거로 돌아갈 수 있다면 언제로 돌아가고 싶은가?' 하는 질문을 던졌다. 돌아오는 대답은 각기 달랐다. 지금 현재가 만족스럽기에 과거로 돌아가고 싶지 않다는 이도 있었고, 30대와 20대로 돌아가서 삶을 새로 시작해보고 싶다는 사람들도 있었다. 그런데 한 가지 특이한 건 아무도 열여덟 살로 돌아가고 싶다고 말하지 않았다는 점이다. 나 자신에게도 질문을 해보았지만 마찬가지였다. 우리는 왜 생에서 가장 아름다운 열여덟 시절로 돌아가지 않으려는 걸까.

열여덟 살은 청춘의 시작이다. 자신을 둘러싼 두꺼운 보호막을 뚫고 나와 욕망이란 이름의 씨줄과 날줄이 뒤엉켜 있는 세상 속으로 나아가는 출발점이다. 이들의 눈앞에 펼쳐진 세상은 모든 것이 모호하고 불확실하다. 그 불확실은 불안과 두려움으로 이어진다. 저 언덕 너머에 뭐가 있을지 알 수 없기에 불안하고 두려운 것이다. 여기에 우리가 열여덟 살로 돌아가고 싶지 않은 이유가 있다. 그 낯선 길을 나아갈 때의 수많은 시행착오와 통과의례에 따르는 필연적인 방황과 고통을 다시 겪기 싫어서 열여덟 살로 돌아가고 싶지 않은 것이다.

청춘들은 아무것도 가진 게 없다. 그에 비해 삶의 피니시 라인에 근접한 사람들은 세상 모든 돈과 권력을 움켜잡고 있다. 너무나 극명한 비대칭이다. 그러나 관점을 슬쩍 비틀어보면 그 불확실성은 무한의 가능성과 무엇이든 할 수 있는 권리를 품고 있다. 세상 모든 걸 소유한 사람들이 할 수 있는 일은 생각보다 많지 않다. 오히려 무방비의 상태로 빠르게 다가오는 무위의 시간을 고통스럽게 지켜보는 시간이 더 많다. 그래서 비록 아무것도 가진 게 없지만, 무한한 가능성을 품은 청춘을 찬란하다고 하는 게 아닐까. 어쩌면 이 무한의 가능성이야말로 청춘들의 특권이며 권리일 것이다.

이 소설의 모티브를 제공해준 최수안 시인과 선박 관련 취재에 도움을 준 박영호 님과 여전히 변함없는 유민 형과 안락한 집필실을 제공해준 원주 토지문화관에 감사의 말을 전한다.

당신은 운명을 거스를 수 있는지요. 아니, 당신은 운명과 맞대면할 수 있는지요. 운명에 속수무책 순응할 수밖에 없는 그 어떤 불가항력이 작동하더라도 그것에 굴복하지 않고 운명의 난바다를 헤쳐나갈 용기가 있는지요. 마윤제의 장편소설 『8월의 태양』은 우리들 삶 속 운명의 난바다가 일으키는 거친 파도의 물마루로부터 골 사이에서 숨가쁘게 오르락내리락하며 살아가는 삶'들'로 채워져 있다.

그렇다. "운명에는 만약이란 가설이 존재하지 않았다."란 문장이 『8월의 태양』을 관통하고 있듯, 운명의 난바다에서 벌어지는 한바탕 '뱃고놀이'가 은유하는 것이야말로 운명을 기정사실로 받아들이는 게 아니라 그 운명이 펼쳐지는 도정에서 목숨을 건, 운명과의 투쟁이 지닌 생의 성스러움과 비루함에 대한 성찰의 순간을 제공한다. 그럴 때, 포경에 나선 아버지의 갑작스러운 죽음으로부터 비롯한 가세의 급격한 쇠락과, 이 어려운 시기에 구세주처럼 나타난 강태호가 '양의 탈을 쓴 늑대' 조폭의 우두머리로서 북항의 침체한 경제를 일으킬 뿐만 아니라 급기야 '나'의 어머니와 부부의 인연을 맺으면서 '나'의 삶 전부를 송두리째 뒤흔들어버린, 말 그대로 '나'의 운명의 난바다를 헤쳐가는 삶'들'을 우리는 헤아릴 수 있으리라. 심지어, '나'가 그토록 증오하고 그 악의 실체를 벗겨내고 싶은 강태호가 '나'의 친부親父라는 사실 앞에서, 우리는 『8월의 태양』이 던지는 질문이 결코 예사롭지 않다는 데 절로 고개를 주억거리곤 한다.

이렇듯이, 『8월의 태양』은 팬데믹 시대를 맞이하여 우리들 각자 운명의 난바다에서 어떠한 '뱃고놀이'를 겪어야 하는지를, 윤리철학적 당위성으로 온전히 감당할 수 없는 삶의 역린을 서늘하게 건드린다.

고명철(문학평론가, 광운대 국어국문과 교수)

8월의 태양

ⓒ 마윤제, 2021

초판 1쇄 인쇄일 2021년 6월 18일
초판 1쇄 발행일 2021년 6월 30일

지은이 마윤제
펴낸이 사태희
편 집 최민혜
디자인 권수정
마케팅 장민영
제작인 이승욱 이대성

펴낸곳 (주)특별한서재
출판등록 제2018-000085호
주 소 04037 서울시 마포구 양화로 59, 703호 (서교동, 화승리버스텔)
전 화 02-3273-7878
팩 스 0505-832-0042
e-mail specialbooks@naver.com
ISBN 979-11-6703-018-4 (03810)